星の歌を聞きながら

ティム・ボウラー
入江真佐子［訳］／伊勢英子［絵］

ハリネズミの本箱

早川書房

星の歌を聞きながら

STARSEEKER
by
Tim Bowler

Translated by
Masako Irie
Originally published in English 2002 by
Oxford University Press
First published 2005 in Japan by
Hayakawa Publishing, Inc.
This book is published in Japan by
direct arrangement with
Oxford University Press.
さし絵：伊勢英子

いまは亡きナンにささぐ

登場人物《とうじょうじんぶつ》

ルーク・スタントン……………主人公。十四歳《さい》の少年
マシュー・スタントン…………ルークの亡《な》くなった父親
キアスティ・スタントン………ルークの母親
ロジャー・ギルモア……………キアスティの恋人《こいびと》
スキン（ジェイソン・スキナー）
ダズ（ダレン・フィッシャー）
スピード（ボビー・スピードウェル）……不良《ふりょう》仲間
ハーディング先生………………音楽教室の先生
ミランダ・デイヴィス…………ルークの同級生
ミセス・リトル…………………〈お屋敷《やしき》〉に住む老婆《ろうば》
ナタリー…………………………〈お屋敷〉に住む少女

宇宙《うちゅう》は物質《ぶっしつ》ではなく音楽でできている。

——ドクター・ドナルド・ハッチ

1

姿《すがた》は見えないが、声が聞こえた。暗いかすかなこだまのように、たそがれの中にささやきが聞こえる。女の子の声だ。あまりにはかない声なので、後ろに広がるバックランドの森の木々に宿《やど》る精霊《せいれい》の声が聞こえたのかと思ったほどだ。だが、その声は〈お屋敷《やしき》〉の方角から聞こえていた。ルークは古い屋敷をじっと見ながら、もう一度耳を澄《す》ました。そのとき、それが泣き声であることに気づき、びっくりした。

ルークは他のメンバーを見た。スキンとダズはあいかわらず塀《へい》ごしに屋敷のほうを見ている。スピードは地面にどっかとすわってドーナッツを食べていた。太い指は砂糖《さとう》とジャムだらけだ。スピードが顔を上げた。「ルーク？　だいじょうぶか？　へんな顔して」

「だいじょうぶだ」

明らかに他の少年たちにはこの声は聞こえていないようだ。スピードはまたすぐにドーナッツにもどり、他のふたりはあたりを見まわしもしなかった。ふたりの目は、一時間ほど前からずっと、屋《や》敷《しき》の玄関《げんかん》に釘《くぎ》づけになっている。ダズのイタチを思わせる顔はぴくぴくとひきつっていたが、スキンの顔は危険《きけん》な感じがするほどじっと動かず、火のように獰猛《どうもう》だった。ルークはしばらくためらったあとに、もう一度きいた。

「なにか聞こえない？」

「スピーディがげっぷをしたんだろ」ダズが顔も向けずにいった。「いつものことさ」

ルークは顔をしかめた。女の子の声はいまではっきりと聞こえている。なんで他のやつらには聞こえないのだろう？　ルークはさらに塀《へい》に近づき、上からむこうをのぞいた。目の前には〈お屋敷〉の庭が広がっていた。のびほうだいの芝生《しばふ》、花壇《かだん》、こわれたままの納屋《なや》、そしてそのむこうの左側には、屋敷そのものが夕闇《ゆうやみ》の中に荒涼《こうりょう》とそびえ立っていた。

「ミセス・リトルの姿《すがた》は？」塀の下からスピードが呼《よ》びかけた。

「まだだ」とスキン。

「今晩《こんばん》は外出しないんじゃないか？」

「そんなことはない」

「外出するつもりかどうか、わからないじゃないか。だって、あのばあさん、めったに家から出ないんだから」そういって、スピードはまたドーナッツにかぶりついた。スキンは怒《おこ》った顔をちらりとスピードに向けたが、またすぐに屋敷のほうに向きなおった。

「出てくるさ」スキンは目をせばめた。「ばあさんは金曜の夕方にはいつも村の店に行くんだ。だから今晩もきっとそうだ。見てろ」

「だったら、ばあさん、急がなきゃ。店が閉《し》まっちまうよ」とスピード。「店は夜遅《おそ》くまで開いてるんだよ。時間はたっぷりあるさ」突然《とつぜん》スキンが体をこわばらせた。「出てきたぞ。じっとして、もしばあさんがこっちを向いたらすぐに頭をひっこめるんだ」

ルークは身動きひとつせずに、ミセス・リトルが買い物袋《ぶくろ》を手にして家から出てきて、玄関《げんかん》のドアを閉め、門のほうに歩いていくのをじっと見ていた。ダズが首を横に振《ふ》った。

「それにしても、ほんとにみっともねえばあさんだな」

そのとおりだった。これほど感じの悪い顔の女の人をルークは見たことがなかった。アッパー・ディントンでもっとも嫌《きら》われている人物なのはまちがいなかった。そもそもこんな人と結婚《けっこん》した男性《だん》がいたこと自体信じがたいことだった。といっても、村でミスター・リトルのことを知っている人がだれかいるわけではないが。ミセス・リトルのことだって、みんなほとんど知らなかった。ミセス・リトルがここ二年ほど〈お屋敷《やしき》〉にたったひとりで住んでいるということと、だれかが家に近づくと、怒《おこ》って追いかえすということ以外は。まるで全世界の人間を憎《にく》んでいるみたいだった。とりわけ十四歳《さい》のばか者どものことは。ミセス・リトルがルークたちのことをそう見ているのはまちがいなかった。

だが、今度はその仕返しをする番だ。いま、少年たちはさんざんえらそうにされてきた仕返しをしてやろうと思っていた。ミセス・リトルは金持ちだった。どの程度《ていど》金持ちかはだれも知らなかったが、ありあまるほど金を持っていることは明らかだった。〈お屋敷〉はアッパー・ディントンの不動産ではいちばん高価《こうか》なのだ。美しい古い屋敷で、村の中心から離《はな》れたところに建っていた。塀《へい》で囲まれた大きな庭がバックランドの森までずっとつづいている。こんな家を買うからには、金をいっぱい持っているはずだ。だがスキンが狙《ねら》っているのは金ではなかった。

箱だった。もちろん、そのへんに転がっているのなら、金もあったほうがいい。だがスキンがとりつかれたようにほしがっているのは、前にここを調べにきて窓《まど》からのぞいたときに、ミセス・リトルが抱《かか》えていた箱だったのだ。あの箱の中には、宝石《ほうせき》かなにかすごく高価《こうか》なものが入っているにちがいない。中を見たわけではなかったが、そんなことはどうでもよかった。中身がなんにしろ、手に入れる価値《かち》はあるにきまっている。ミセス・リトルがあの箱を大事そうに抱えていた様子、まるで守銭奴《しゅせんど》が蓄《たくわ》えを調べるかのように箱の中身を調べていた様子からすると、仮《かり》に中身が宝石でないとしても、ミセス・リトルにとってすごく大切なものにちがいなかった。だとすれば、それだけで盗《ぬす》む価値があるというものだ。

「ばあさんが行くぞ」ダズが小声でいった。

ルークは老婦人《ろうふじん》の姿《すがた》が小道をたどってナット・ブッシュ通りに出、村の方に曲がっていったのを見ていた。スキンの目が自分に注《そそ》がれているのに気づいた。

「よし、ルーク。おまえの出番だ」

「あんまりやりたくなくなってきたな」

「やるんだよ」スキンはルークの顔を見た。「何度もいっただろ。おまえはおれたちの仲間に入りたがってる。おれたちもおまえに仲間に入ってほしいと思ってる。だけどその前におまえが信用できるやつかどうか知る必要があるんだ。おまえが肝《きも》っ玉《たま》のあるやつかどうか、な」スキンの目が冷たく光った。「肝《きも》っ玉《たま》がないんだったら、おまえなんかいらねえ。おうちにもどってピアノでも弾《ひ》いて、音楽のお勉強をしてな」

ルークがもう一度屋敷《やしき》のほうを見ると、また例の泣き声が聞こえてきた。スキンの声が暗く後ろから聞こえてきた。「おれたちの味方になるか敵《てき》になるかだ、ルーク。敵になんかなりたくないよな。いってる意味、わかるよな」

ルークはスキンの目を見つめた。まるでふたつの黒く燃《も》える炎《ほのお》を見ているようだった。そばではダズとスピードもこっちを見ていた。ルークは唇《くちびる》を噛《か》み、心から泣き声を閉《し》め出した。

「オーケー」とルークはいった。

「よし、いい子だ」とスキン。

四人は急いで小道まで行き、塀《へい》ぞいに門をめざして走った。突然《とつぜん》スキンが立ち止まり、すばやくあたりに目を走らせた。先ほどまでの冷静さは消え去り、顔が猟犬《りょうけん》のようにぴりぴりしている。小道の先の森のほうから馬のひづめの音が聞こえてきた。

「早く！　家の裏《うら》に行け！」

少年たちは門を乗りこえ、走って家の裏に回った。そして壁《かべ》にぴったり体をくっつけて待った。家に近づくうちにも、馬のひづめの音は大きくなってきた。ルークは壁の横から顔を突《つ》き出してのぞいた。

「だれだ？」とスキンがささやいた。

「ミランダ・デイヴィスと親父《おやじ》さんだよ」ナット・ブッシュ通りのほうに馬に乗ったふたりの人影《ひとかげ》

が消えるのを見ながらルークはいった。

スピードがうれしそうな声を出した。「ルークのガールフレンドだ」

「ガールフレンドなんかじゃない」とルークはいった。

「へえ、そうなのか？　おまえらが学校で仲良く話してるのを見たけどな」

「だまれ！」とスキンがいった。「そんなこといってる場合か」

スキンは仲間を〈お屋敷《やしき》〉のさらに裏側《うらがわ》のほうに連れていき、芝生《しばふ》の上で立ち止まった。夕暮《ゆうぐ》れの中の屋敷は眠《ねむ》たそうに見えた。一階《かい》も二階もカーテンが引かれている。ルークが見るかぎり、明かりはついていなかった。スキンは一階のいちばん近い窓《まど》を指し示《しめ》した。「ここが居間《いま》だ。この部屋《へや》で、ばあさんがあの箱を手にしているのを見たんだ。もっともおれがのぞいたのは反対側からだったけどな。小道の側からなんとか塀《へい》によじのぼってそこから見たんだ」

「たぶん箱はいまもここにあるんだろう。この居間に」とダズがいった。

「どうかな。ほんとうに大切なものだったら、どこか外からは見えない場所にしまっとくんじゃないか。とにかく、部屋を調べてみればわかる。カーテンのすきまから中が見えないか見てみよう」

ダズは走っていって、すぐにカーテンのすきまを見つけ、そこから中をのぞいた。

「なんだか気持ちの悪いところだな」とダズはいった。「へんな飾《かざ》り物でいっぱいだぞ」そういいながらのぞきつづけた。「それにほこりだらけだ。あのばあさん、あまり掃除《そうじ》しないみたいだな」

それからダズはくすくす笑った。「ルークは気に入るかもな。グランドピアノがあるぞ。おれたちがさがしているあいだに、ルークにクラシックの曲でも弾《ひ》いてもらうか」

ルークはダズのばかにしたような言葉を無視《むし》した。

「箱らしきものはあるのか？」とスキン。

「いや」ダズがいった。

「おれに見せろ」スキンは窓《まど》のところまで歩いていき、目をせばめてしばらくすきまをのぞいていたが、やがて口を開いた。「ああ、おれにも見えない。でも、いいさ。いったん中に入ったらもっとよく見られるんだから」スキンは背《せ》すじをのばして、ふりかえった。「よし、そろそろルーク・スタントンに活躍《かつやく》してもらうか」

ルークはみんなの目が自分に注《そそ》がれているのを感じた。スキンが近寄《ちかよ》ってきてルークの肩《かた》に腕《うで》を回した。「おれについてこい、ラッキー・ルーク。スピーディがドーナツに食《く》らいつき、おまえがぼーっとしているあいだに、おれとダズが塀《へい》のむこう側からしっかり見つけておいたものを見せてやるからよ」スキンは仲間をさらに家の裏側《うらがわ》のほうにひっぱっていき、上を指さした。「あそこだ」

ルークはスキンの視線の先を見あげた。そこに泣いている女の子がいることを半《なか》ば期待していたが、見えたのは壁に沿《そ》って走る雨どいと、開いたふたつの窓だけだった。ひとつは屋根についている天窓《てんまど》で、もうひとつはその下の二階《かい》の窓だった。

「おまえのために仕事をしやすくしてやったんだぜ。おまえの初仕事だからな。こんなのちょろいだろ。あのばあさん、こんな立派《りっぱ》な雨どいまで用意してくれたんだから」とスキンがいった。

ルークは片手《かたて》で雨どいにさわってみた。しっかりしていた。スキンのいうとおり、これを登るのはわけなかった。他の少年たちでもこれならたぶん登れるだろう。もちろんスピードは別にして。だが、今夜は他の少年たちを試すときではないことくらいルークにもわかっていた。今夜は自分のテストであり、あの箱をうばうべきまさにその時なのだ。スキンが雨どいのほうをあごで指した。

「さあ、行け」

ルークは躊躇《ちゅうちょ》して、仲間の顔を順に見た。スキンが一歩近づいてきた。目の中の炎《ほのお》がさらに濃《こ》く、深く、熱くなっていた。それでも声はナイフのように冷たかった。「行けといったんだ、ルーク。おれたち、おまえが頼《たよ》りなんだからな。おれたちにはおまえが必要なんだよ。おまえはだれよりもうまく登れるからな。おれの知っているだれよりもうまくな。これをうまくやれば、これからも仕事はある。これみたいに、楽しくてちょろい仕事がな。危険《きけん》もなければ、騒《さわ》がれることもない。おれたちといっしょにいれば、悪いようにはしないからさ。おまえ、おれたちの仲間になりたかったんだろ。ミセス・リトルをぎゃふんといわせてやりたかったんだろ。さあ、チャンスをやるよ。だから、行け。おれがいったこと、覚えてるだろうな。いったん中に入ったらうろうろするな。すぐに玄関《げんかん》を開けておれたちを入れるんだ。そうしたらあとはおれたちがやるから」

ルークは雨どいに手を這《は》わせた。ますますかかわるのがいやになってきていた。それでも、いまさらもうあともどりはできない。いやだといえばひどいことになる。スキンがどんなひどいことをやるかはみんなが知っていた。ルークは雨どいを登りはじめた。仲間を下に置いてひとりになれてほっとしたが、同時にそれまで感じたことがないほどの恐怖《きょうふ》を感じた。この気味の悪い古い家の中になにがいるのだろう？　ルークは二階《かい》の窓《まど》の高さまで来たところで、雨どいにしがみついたまま

しばらく動きを止めた。下からスイカズラの香《かお》りが漂《ただよ》ってくる。そして上からはまた例の泣き声が聞こえてきた。さっきよりいっそう必死で、せっぱつまっているような感じがした。

あの女の子はだれなんだろう？　どこにいるんだろう？　そしてどうして泣いているんだろう？　ルークは雨どいにしがみついたまま、考え、同時に以前からずっと感じていた疑《ぎ》問《もん》と闘《たたか》っていた。もしこの泣き声が自分の想《そう》像《ぞう》にすぎないとしたら？　自分の聴《ちょう》力《りょく》がたいていの人よりずっと敏《びん》感《かん》で、他の人よりずっと早く音を聞きつけるのは知っていた。それだけではなく、他の人にはまったく聞こえない音までが自分には聞こえるということも。いや、それは自分の想像でしかないのではないか、とさえ思った。この女の子の泣き声も自分の想像なのかもしれない。

真実がなんであれ、中に押《お》し入《い》らなければならないことはわかっていた。これで失敗したらスキンから受ける仕返しは、本物かどうかもわからない、この泣いている女の子からされることよりもずっとひどいことのはずだ。ルークを催《さい》促《そく》するように、下からスキンが叫《さけ》んだ。「行けよ、ルーク！　なにしてんだよ。スピードだとしてももう中に入っているぞ！」

ルークは窓《まど》のほうをちらりと見た。下で見て考えていたよりも雨どいから少し離《はな》れていたが、うまく移《い》動《どう》できるはずだ。左足をのばして窓台にかけ、それから窓わくを手でつかんで体を引き寄《よ》せ、窓台の上にしゃがみこんで窓に相《あい》対《たい》した。開いている窓から、書き物机《づくえ》と回転椅《い》子《す》のある小さな書《しょ》斎《さい》の様子が見えた。棚《たな》には気味の悪い小《しょう》立《りつ》像《ぞう》がいっぱい並《なら》んでいて、まるでのぞきこんでいるルークに向かって金切り声をあげているかのように感じられた。またスキンの声が聞こえてきた。いらだちがはっきりと声に表われている。

「早く行けったら！　時間が無駄《むだ》だろ！　下へ行っておれたちを入れろよ！」

ルークは部屋《へや》の中に入った。仲間から見えなくなったことはうれしかったが、ついに入ってしまったと思うと不安にもなった。例の泣き声はさらに大きくなった。どうやら上のほうから聞こえてくるようだ。ルークは忍《しの》び足でドアまで行き、顔を突《つ》き出してあたりの様子をうかがった。広い廊《ろう》下《か》が左右に広がっていた。左には閉《し》まったドアが三つあり、その先の端《はし》のドアは半《なか》ば開いていた。右側には玄関《げんかん》へと通じる階段《かいだん》があり、その階段より先の廊下の端、壁《かべ》から少し上がった位置に閉《と》じたままの小さなドアがあった。ルークはふたたび不思議《ふしぎ》な小立像《しょうりつぞう》で飾《かざ》りたててある棚《たな》を見た。踊《おど》っているもの、楽器を演奏《えんそう》しているもの、しかめっ面《つら》をしているもの。ルークは顔をしかめた。階段を駆《か》けおりて玄関を開け、ことを終わらせてしまうのがいちばんだ。スキンにあの箱をさがさせればいい。あの泣き声は――あんなもの存在《そんざい》しないんだ。存在するはずがない。他のだれも聞こえないというのだから、自分の想像《そうぞう》にすぎないんだ。何年も前から、とりわけ父さんが死んでから聞こえていた、というか聞こえると思っていた、他の音と同じように。

ルークは廊下を走り、急いで階段を下りはじめた。だが、大きな泣き声がどこか上のほうから聞こえてきて、その場に釘《くぎ》づけになってしまった。ルークはふるえながらその場に立ちつくし、耳を澄《す》ました。あれはほんとうの声じゃない、想像にすぎない、そうルークは自分に言い聞かせた。ミセス・リトルはひとり暮《ぐ》らしだ。そのことはだれもが知っている。ミセス・リトルは人間嫌《ぎら》いで、ここにはだれもいない。と、また上のほうで泣き声が聞こえた。今度はすごく大きくてほとんど叫《さけ》び声だった。ルークは声がするほうを見あげ、屋敷《やしき》の外観を思い浮《う》かべて、そこになにがあったかを思い出そうとした。

天窓《てんまど》が開いていたところだ。あそこにちがいない。〈お屋敷《やしき》〉には屋根裏部屋《やねうらべや》があったはずだ。ルークは廊下《ろうか》のむこうの端《はし》にある、一段《だん》上がった小さなドアに目をやり、じっと見つめた。そこに行って中をさぐらなくてもいい理由を見つけだそうとしながら。だが、行かなければならないことはわかっていた。荒《あら》い息をしながら、ルークは階段《かいだん》を上ってもどり、ドアの前まで行くと開けた。小さならせん階段が上につづいていた。それを見つめるルークの頭の中にはさまざまな声が入《い》り乱《みだ》れていた。もどれ、もどって仲間を中に入れ、とにかくここから逃《に》げだすんだ、と叫《さけ》ぶ声。それと、上に行って、この泣き声がどこから聞こえてくるのかをたしかめろ、とせっつくもうひとつの声。想像《そうぞう》ではないのかもしれない。本物の泣き声かもしれない。ここにだれかがいて、ぼくの助けを必要としているのかもしれない。こぶしをにぎりしめると、ルークはできるだけそっと階段を上りはじめた。

階段は長くはなく、ルークはすぐに上に着いた。上がりきったところは短い廊下になっていて、閉《し》まったドアがふたつあった。明かりはついておらず、あたりは薄暗《うすぐら》かった。泣き声は大きくなっていて、ふたつのうちのどちらかの部屋から聞こえているのはたしかだった。ルークはひとつ目のドアに近づき、足をふんばると、ドアノブを回して押《お》した。そこは小さなバスルームで、明らかにだれかが使っている形跡《けいせき》があった。タオル、歯ブラシ、歯みがき、シャンプーなどが見えた。でも、人はいなかった。ルークはもうひとつのドアのほうに向きなおり手をのばした。

その瞬間《しゅんかん》、泣き声がやんだ。

不気味な静けさが訪《おとず》れた。ルークはドアノブに手をふれたまま、じっとその場に立ちつくした。ルークの出した音が聞こえたにちがいない。できるだけそっと動いてきたが、女の子は聞きつけたのだろう。バスルームのドアを開けるときのかすかなカチッという音かもしれない。それ以外に女の子が静かになってしまった理由があるだろうか？　女の子はいまなにをしているのだろう？　ルークはなにか物音がしないかと耳を澄《す》ました。女の子は身じろぎもしていないようだった。それでも、ちょうどドアの反対側でルークの動きに聞き耳を立てているのが感じられた。ちょうどルーク自身と同じように。おそらく、女の子のほうはこちら以上にこわがっているのだろう。ルークは顔をドアに近づけた。「きみを傷《きず》つけたりしないから」とささやいた。「約束する。きみを傷つけたりしない」

まだ不気味な沈黙《ちんもく》がつづいていた。沈黙はどこまでも、どこまでもつづきそうだった。そして長引くにつれて、より深まり、おそろしさを増《ま》していった。スキンと仲間たちが外でいらいらしているはずだ、とルークは思った。いまごろぼくに腹《はら》を立てて、いったいなにをやってるんだ、と思っているはずだ。そう、ぼくはなにをやってるんだろう？　疑《うたが》いがよみがえってきて、理性《りせい》の声がふたたび頭の中で聞こえだした。ミセス・リトルはひとり暮《ぐ》らしだ。そのことはだれもが知っている。おまえは前にも想像《そうぞう》上の物音を聞いたことがある。今度もそれだよ。この部屋《へや》はからっぽだ、と。

それをたしかめるのは簡単《かんたん》なことだった。ほんの少しの勇気があればいいのだ。ルークはドアノブにかけた手を回した。鍵《かぎ》がかかっている。ルークは安堵《あんど》のため息をついた。これで解決《かいけつ》だ。鍵がないから、入りたいと思っても入れない。そもそもそんなわけなかったのだ。ミセス・リトルはたしかに醜《みにく》くて無愛想《ぶあいそう》だけれど、女の子を屋根裏部屋《やねうらべや》に閉《と》じこめておくような人ではないだろう。ルークはドアの裏《うら》から物音が聞こえてこないかと耳を澄《す》ましたが、聞こえるのは自分の落ち着かない息づかいだけだった。

ふと、ルークはひざをついて鍵穴《かぎあな》に目を当てた。部屋に明かりはついていなかったが、天窓《てんまど》からたそがれ時の薄明《うすあ》かりが入ってきていたのだろう。ベッドとヒーターの端《はし》っこ、ぱっとしない壁紙《かべがみ》、棚《たな》の一部、などが見えた。もっともこの棚には、書斎《しょさい》の棚とはちがって、なにも飾《かざ》られていなかった。突然《とつぜん》顔が現《あら》われ、ルークは息をのんだ。鍵穴からほんの数センチのところに小さな女の子がいて、自分のほうを見つめていた――ように見えた。九歳《さい》か十歳くらいだろうか、短い黒い髪《かみ》がつやつやしている。泣き腫《は》らした目をして、顔にはルークがいままでに見たこともないほどの恐怖《きょうふ》が宿《やど》っていた。

とたんにルークは転げるように階段《かいだん》までもどった。その場にとどまるべきだ――女の子に話しかけて、助けるとかなんとかしなければいけないとわかってはいた。が、できなかった。女の子の恐怖がルークにも乗り移《うつ》ったのだ。階段の上まで来たとき、また後ろから泣き声が聞こえてきた。その声に追いたてられるように、ルークはさらに大急ぎで屋根裏階段を駆《か》けおりた。二階まで来ると、廊下《ろうか》を一気に駆けぬけて玄関《げんかん》へと通じる階段を駆けおりた。泣き声がルークの頭の上で暗雲のようにどんどんふくれあがっていった。泣き声が大きくなればなるほど、ルークは遠くへ逃《のが》れようとした。やっと玄関にたどり着き、ルークはドアを押《お》し開けた。外には仲間が顔をしかめて立っていた。スキンがルークの頭を強くはたいた。

「いったいどうしたっていうんだよ？　ぐずぐずしやがって。おい！　待て！　ドアを閉《し》めるな！」

だがルークはそんなことにかまっていられなかった。仲間のだれかが止める間《ま》もなく、ルークはドアをばたんと閉め、門のほうに走った。門を飛びこえ、それから森へとつづく小道を全速力で走った。その間ずっと、例の泣き声もルークを追いかけてきた。

2

ルークはふりかえりもせずに、暗闇《くらやみ》をつっきって森の中を走った。仲間が追ってくるのはわかっていた。だが、女の子の顔に浮《う》かんでいた恐怖《きょうふ》のほうが、スキンの仕打ちよりもずっとこわかったのだ。いままで人間の顔にあんな恐怖を、あんな苦痛《くつう》を見たことはなかった。あの子はだれなんだ？　どうして閉《と》じこめられているのだろう？　なぜあんなにおびえているのだろうか？

ぼくのせいなのか？

そんなはずはない。なにか他のことのはずだ。ルークがあの家に入ってくる物音が女の子に聞こえるよりずっと前から、あの子の泣き声は聞こえていた。女の子の聴覚《ちょうかく》も、ルークみたいに敏感《びんかん》——というかへんなのだとしたら話は別だが、まずそんなことはありえないだろう。よろめきながら森の中を走っているいまでさえ、ルークには女の子の声が聞こえた。木々の葉のすきまから、地面から、夜気《やき》の中から、女の子の泣き声がささやきのように聞こえてきた。ずっと後ろのほうからどなり声も聞こえてきた。ほとんどは悪態《あくたい》をつき、わめきちらしているスキンの声だったが、ルークの名前を呼《よ》ぶスピードとダズの声も聞こえてきた。やがてその声がやんだ。

だが、スキンたちが追ってきていることはわかっていた。ただ息を整えているだけなのだ。走ったりよじのぼったりではルークにかなわないことをスキンたちは知っていた。だが、ルークの行き先は読まれているはずだ。ルークがいつも行くところ、父さんが大好きだったところだ。家まで走って帰ったほうがまちがいなく安全だった。だがわが家はもう、ここのようにルークをこころよく受け入れてくれる場所ではなくなっていた。それにスキンにはいずれにしてもつかまるだろう。そうだったらどこへ逃《に》げこもうと大差なかった。ルークは仲間たちを引き離《はな》そうと、走るスピードを上げた。やがて古いオークの木がある空き地に出た。

大きな木があいさつするように枝葉《えだは》をそよがせた。まるでルークを待っていてくれたかのようだ。ルークは屋根のように葉を茂《しげ》らせている大枝の下に作った、小さな木の家をちらりと見あげ、そこめざして登りはじめた。あそこまで行けば安全だ。少なくともしばらくのあいだは。だれも追いかけてくることはできない。スキンはあの木の家を仲間全員のものだと思っているかもしれないが、あれは自分だけのものだとルークにはわかっていた。あの木の家は、スキンたちとつるんで出歩くようになるずっと前に、ルークが作ったものだった。それに、あそこまで手助けなしに登っていけるのはスキンたちの中でもルークだけだ。いや、スキンたち以外にもだれもいない。木の皮がつるつるしているのと、手がかり足がかりとなるものがなにもないせいで、いちばん下の枝まで登りつくのがたいへんなのだ。だが父さんといっしょに——そして父さんの死後は自分ひとりで——何年もここに通ううちに、ルークは最初の枝まで這《は》い登るのに、手足をひっかけられる小さなこぶやくぼみを知りつくしていた。最初の枝《えだ》にたどり着いたら、あとは簡単《かんたん》だった。上から縄《なわ》ばしごを垂《た》らしてやらないかぎり、スキンたちは地面にはりついたままどうすることもできないはずだ。唯一困《ゆいいつこま》るのは、上に追い詰《つ》められて下りられなくなることだったが、スキンたちもしばらく悪態《あくたい》をついたら、そのうち飽《あ》きて家に帰ってしまうだろう。そう願うしかなかった。スキンの仕返しを避《さ》けることはできないだろうが、少なくとも先のばしにすることはできるかもしれない。

ルークは、自分しか知らない手がかり足がかりをさがしながら、木の幹《みき》を這《は》い登っていった。暗《くら》闇《やみ》の中でも容易《ようい》にさがしだすことができた。自分を抱《かか》えあげてレスリングをするけれど、けっして落としたりはしない大きくてやさしい兄にしがみついているような感じだった。手の下にある木の皮は温かく、だいじょうぶだといってくれているようだった。ルークは、はあはあいいながら登っていった。その間ずっと足音がしないかと耳を澄《す》ましていたが、あたりは静まりかえっていた。最初の枝に手がかかった。足をその枝にふりあげて、体を引きあげ、それからうっそうと枝葉が茂《しげ》る上のほうに這い登っていった。

ルークはちょうどいいタイミングで木の家にたどり着いた。床板《ゆかいた》に身を投げだしたとたんに、下のほうで足音がした。下は見なかった。スキンとダズだろう。スピードは、ついてこられたとしても、息を切らして遅《おく》れて来るはずだ。すぐにスキンが叫《さけ》んだ。「ルーク！　いるんだろ？」怒《おこ》っているような声ではなく、親しげな声だった。だがルークにはこれが罠《わな》だとわかっていた。スキンはかんかんに怒っている。そんなことはわかりきっていた。ルークはだまっていた。

「ルーク！　見えてんだぞ！」

それでもルークはだまっていた。スキンははったりでいっているのだ。地面からここが見えるはずがない。とくにこんなに暗くなってきては。スキンたちはルークがここにいると推測《すいそく》してきたのだ。そう思うのももっともだった。ルークはいつもここに来るのだから。スキンがまた叫《さけ》んだ。

「縄《なわ》ばしごを下ろせよ！」

ルークは縄ばしごをちらりと見た。すぐそばの床《ゆか》にぐるぐる巻《ま》いて置いてある。やっぱりなにも答えなかった。だが、今度は床板のすきまに目をやった。すきまから木の下に立っているスキンとダズの人影《ひとかげ》が見えた。上を見ないで小声でなにやら話している。スピードの姿《すがた》は見えない。おそらく家に帰ってしまったのだろう。しばらくしてスキンがもう一度上を向いた。今度はあからさまに悪意のこもった声でいった。

「そこに隠《かく》れて逃《に》げおおせると思うなよ。すぐにおれたちと顔を合わすことになるんだからな」

そう言い捨《す》てると、ふたりはきびすを返して森の中に姿を消し、村のほうに向かっていった。ルークはふたりがたしかに行ってしまうまでしばらく待ち、それからあおむけに寝転《ねころ》んで、ざわざわと音をたてている小枝《こえだ》ごしに空を見あげた。木々の葉と空の色が変わりつつあった。月と星に照らされて、木の葉は緑から灰色《はいいろ》へ、空は青から黒へと微妙《びみょう》に色を変えていた。森は眠《ねむ》たがっているようで、すべてが静まりかえっていた。そのとき、その沈黙《ちんもく》の中でまたあの泣き声が聞こえてきた。

ルークはふるえながら起きあがった。どうしてあの女の子の声がこんなところまでとどくのだろう？　あの恐怖《きょうふ》にひきつっていた女の子の顔を思い浮《う》かべると、ルークの心にうしろめたさがもどってきた。あの家にとどまるべきだったのだ。あの子に話しかけて、助ける努力をすべきだったのだ。そうしていたら、なにかいいことができたかもしれなかったのに。もうずいぶん長いあいだ、いいことをしていなかった。というか、そういう気がした。どうしてそうなってしまったのかはわからなかった。自分はもういい人ではないのかもしれない。とにかくミランダみたいな人間でないことはたしかだ。ミランダはだれにでも親切にできるみたいだ。ルークはこのごろでは人と話すのさえ苦痛《くつう》になっていた。

ルークは森の黒々とした地面をじっと見おろした。自分の人生はすべてが悪いほうに行っていた。学校では宿題もやらず、勉強もせず、態度《たいど》が悪いために教師《きょうし》からにらまれていた。母さんとは話すたびにけんかになった。スキンたちとつきあっているために村での評判《ひょうばん》も落ちる一方だ。そして今度はそのスキンたちとも仲たがいしてしまった。こんなことではピアノが弾《ひ》けてもなんにもならないだろう。

ルークは近くにあった枝《えだ》をなで、それからその枝をぎゅっとつかんだ。枝からルークの体へとエネルギーが流れこんでくるようだった。大きく息を吐《は》き出し、もう一度その枝をなでた。少なくともこの木は友だちだった。ルークはいま友だちがほしくてたまらなかった。母さんを失いかけているいまはとくに。もう一度地面の様子をチェックした。木の根もとのあたりはひときわ暗く、はっきりと見るのはむずかしかったが、スキンたちはほんとうに行ってしまったようだ。近くに身をひそめている気配《けはい》もない。そろそろ帰らないと、また今夜も母さんとけんかになる。ルークは顔をしかめた。どっちにしても、またもめることになるんだろうけど。

立ち去りがたくて、最後にもう一度あたりを見わたした。そばに生えているオークの木々の高枝はじっと動かなかったが、ルークの木の屋根のような枝々《えだえだ》は、まるで夜空にブラシをかけているかのようにわずかにそよいでいた。ルークは木を下りはじめた。木の皮が湿気《しけ》てきていた。真っ暗になっているので、さっき以上に注意したが、それでもじゅうぶんに自信はあった。いちばん下の枝に達すると、その上に乗り、両手でつかまって、木の幹《みき》にあるおなじみの小さなでっぱりをさぐりながら、右足をゆっくりと木の皮に沿《そ》ってのばしていった。あった。少しすべりやすくなっていたが、ルークはつま先をそこにひっかけ、もう一方の足で木の幹を巻《ま》きこむようにしながらさらに下っていった。次の小さなでっぱりは左寄《ひだりよ》りに数十センチ下がったところで、いまいるところからは見えなかった。だが、長年の経験《けいけん》からルークはそれをやすやすとさぐりあてることができた。頬《ほお》が木の皮にこすれた。ルークは片手《かたて》で頭上の枝をつかんだまま、もう片方の手で幹をしっかりとつかんでいた。ゆっくりと数回呼吸《こきゅう》をしてから、ルークは手を枝から離《はな》し、幹の反対側にできるだけしっかりとつかまった。そして少しずつ地面へと下りていった。

　飛びおりるにはまだ高すぎたが、あと一メートルも下れば飛びおりることができるだろう。右足で幹にある小さな割《わ》れ目をさぐりながら、ゆっくりと下りていった。あった。木そのものと同じようにたしかで信用できる割れ目だ。靴《くつ》のつま先をその割れ目に押《お》しこみ、そっちのほうの足に全体重をかけた。そのとき、なにかの手が背後《はいご》から自分を木の幹から引き離そうとしているような、かすかな圧力《あつりょく》を感じた。ここまで下りてくるといつもそう感じる。だが、木が自分を引きはがそうとしているわけではなく、落ちるのではないかという自分の恐怖心《きょうふしん》からそう感じるのだとわかっていた。その考えを頭からふりはらい、さらにそっと下へと移動《いどう》していくうちに、足の甲《こう》にざらざらする木の皮がさわった。いままでは暗闇《くらやみ》がルークをマントのように包みこんでいた。ルークは首をねじって真っ暗な森の中をじっと見た。空き地を取り囲むように生えている木々が、こちらを見張《みは》っているように見えた。ルークはすぐに目をそらした。早く地面に下りたくてたまらなかったのだ。下の地面の様子をたしかめてから、ルークは木から身を離《はな》し、空中で体をひねって村へとつづく小道のほうを向いて着地した。

夜気《やき》は甘《あま》く芳《かんば》しく、そして静かだった。あたりでは物音ひとつしなかった。あの泣き声さえどこかに消えてしまった。ルークは木のほうをふりかえり、幹《みき》を軽くたたいてささやいた。「おやすみ」

それから、空き地をつっきって、反対側にある木々のほうへ歩いていった。古いセイヨウトチノキのそばを通りすぎようとしたとき、一本の手がルークをつかんで地面に放り投げた。スキンのどなり声が聞こえてきて、ルークはぞっとした。

「この野郎《やろう》！」

ルークが動くより早く、スキンが馬乗りになってきて、髪《かみ》をつかむと後頭部を木の根にごつごつと打ちつけた。

「この弱虫野郎！」

「スキン――」

「この弱虫が！」

頬《ほお》にこぶしが飛んできて、顔が勢《いきお》いで横を向いた。その拍子《ひょうし》にダズがとなりの木にもたれてこっちを見ているのがちらりと見えた。こぶしがまた飛んできた。今度はあごだった。頭が激《はげ》しく地面にぶつかり、ルークはあえいだ。「スキン！」血だらけの口でつぶやいたが、こぶしがまたもや降《ふ》ってきた。それからスキンはルークの髪《かみ》をつかんで顔を上に向けた。

「この野郎《やろう》！　おまえは玄関《げんかん》のドアを開けておくだけでよかったのに。あんなことをしやがって。ばあさんが次に出かけるときまで、入れなくなったじゃないか。それがいつかわかりもしねえのに。またもう一度様子をうかがうところからやりなおさなきゃいけなくなったじゃねえか。おまえがからっぽの家に異常《いじょう》にびびったせいでよ」

「スキン、聞いてくれ――」ルークは息をしようとあえいでいた。「そのことをいおうと思ってたんだよ。家は……からっぽじゃなかったんだ」

「ばかいってんじゃねえ」スキンがルークの髪をぐいとひっぱったので、ルークは叫《さけ》び声をあげた。

「からっぽだったんだよ、ルーク。からっぽのがらんどうだったんだよ。中に入ってやりたいほうだいできたんだよ。警報装置《けいほうそうち》さえつけていかなかったんだから」

「だけどスキン……からっぽじゃなかったんだよ」

「じゃあ、だれがいたっていうんだよ？」

ルークの頭はずきずき痛《いた》み、心臓《しんぞう》は破裂《はれつ》しそうだった。視界《しかい》がぼやけていき、スキンの顔さえぼんやりしてきた。目の中の黒い炎《ほのお》だけがまだ見えていた。スキンが食《く》いしばった歯のすきまからもう一度いった。「中にだれがいたっていうんだ？」

ルークはなんとか考えようとした。とにかく思いつくましゃべったら、なんとかこぶしの雨をやめさせることはできた。さあ、これであとはスキンにあの女の子のことを話せばいいんだ……だが話せないことにルークは気づいた。

こぶしがまた顔に降《ふ》ってきた。頭がふらふらする。気がつくとむりやりひっぱって立たされ、セイヨウトチノキの幹《みき》に強く押《お》しつけられた。スキンの顔のぼやけた輪郭《りんかく》がふたたび現《あら》われた。「今度はちゃんと仕事をするんだぞ、ルーク・スタントン。まだ終わっちゃいねえんだからな。ぜんぜん終わっちゃいねえ。おれはまたあの家に押《お》し入《い》ってやる。おまえはつべこべいわずに手伝うんだ。明日の朝いちばんに来いよ。〈お屋敷《やしき》〉へ行く小道の坂の上だ。逃《に》げようなんて思っても無駄《むだ》だからな」

スキンはしばらくルークの顔をのぞきこんでから、せせら笑い、もう一度地面に突《つ》き倒《たお》してつばを吐《は》いた。つばが自分の頰《ほお》を流れていくのをルークは感じた。それを拭《ふ》く間《ま》もなく、ブーツの先が肋骨《ろっこつ》にめりこんだ。ルークは体をふたつ折りにして、うめき声をあげて転がった。後ろのほうでスキンとダズが足を踏《ふ》み鳴らして去っていく音がした。さらに遠い森の奥深《おくふか》くでフクロウが鳴いていた。だが、ルークにはそれらの音はほとんど聞こえていなかった。意識《いしき》が遠のいていった。

3

気がついたとき、ルークはボールのように体を丸めていた。まだスキンのこぶしになぐられているみたいに頭がずきずき痛《いた》んだが、その痛みは内側からのものだった。体じゅうが痛かった。木の根、落ち葉、小枝《こえだ》、苔《こけ》などからなるごつごつしたゆりかごに横たわっていた。苦労して体をのばすと、ルークはあおむきになり、自分の上にのしかかってきそうなセイヨウトチノキを見あげた。葉っぱが小さな幽霊《ゆうれい》のように動いている。それでも森はべつにおそろしくはなかった。森をおそろしいと思ったことは一度もない。ルークはよく夜にここに来ていた。こっそり家をぬけだして、あの古いオークの木に登り、屋根のような高枝にすわって森の音に耳を澄《す》ますのだ。父さんが生きていたころにもそうしていたが、亡《な》くなってからはさらに増《ふ》えていた。

ルークはむりやり立ちあがった。とたんに吐《は》き気《け》がこみあげてきて、足がよろけた。まわりで森がぐるぐる回った。しばらく木につかまって、またすわりこみそうになるのをこらえているうちに、吐き気はだんだんとおさまってきた。ルークは暗闇《くらやみ》ごしに空き地の反対側にあるあの古いオークの木を見つめた。

「おやすみ。これで二回目だね」とつぶやいた。

それから森の中を村に向かって歩きだした。頭はまだずきずきしたし、スキンのブーツで蹴《け》られた肋骨《ろっこつ》も痛《いた》かったが、少なくとも骨《ほね》はどこも折れていないようだった。ポケットからハンカチを出して、そっと顔に当てた。どれほど血が出たのかはわからなかったが、口と鼻のまわりにたくさんこびりついていることはたしかだった。左の頬《ほお》は痛くてさわれないほどで、ひどいあざになりそうだ。どうしたのかときかれるのはまちがいない。ルークはよろよろと歩いていった。ここまでぼろぼろになったのは久《ひさ》しぶりだったし、先のことがこれほど心配になったこともいままでなかった。

突然《とつぜん》、ルークは足を止めた。

まただ。女の子の泣き声が聞こえた。そよ風のようにかすかな音だったが、ルークの耳には自分の息づかいのようにはっきりと聞こえた。あの子はだれなんだ？　どうしてあんなにおびえているんだ？　ミセス・リトルがかかわっているのは明らかだ。あの子を閉《と》じこめているのではないにしても、なにかひどいことをしているにちがいない。警察《けいさつ》にとどけたほうがいいだろうか、という考えが浮《う》かんだが、すぐに取りさげた。そのためには、まず、どうしてあの女の子があの家にいるのがわかったかを説明しなければならない。二番目に、ミセス・リトルがなにか悪いことをやっている明確《めいかく》な証拠《しょうこ》をあげることはできない。そして三番目に、あの女の子がほんとうに自分の想像《そうぞう》ではなくて実在《じつざい》しているのか、また疑問《ぎもん》がわいてきたからだ。その疑問を裏《うら》づけるかのように、泣き声は徐々《じょじょ》に消えていき、森の静けさがもどってきた。

ルークは通い慣《な》れた森の中の空き地を通り、ようやく村へと通じる小道にたどり着いた。ここまで来ると少し気持ちが落ち着いてきた。頭はまだずきずきしていたが、歩いたせいで少し楽になってきたようだ。ルークは森のはずれで足を止め、小道のわきの空き地を埋めるように咲《さ》いている野生のヒヤシンスの香《かお》りを胸《むね》いっぱいに吸《す》いこんだ。南からそよ風が吹《ふ》いていて、夜気《やき》は暖《あたた》かかった。もうすぐ聖霊降臨祭《せいれいこうりんさい》(注)だなんて信じられなかった。ハーディング先生のコンサートも間《ま》もなくだ。今年も参加するなんていわなければよかった、とルークは思ったが、いまはそんなことを考えている場合ではなかった。とにかく家に帰って、ベッドにもぐりこみ、ふとんをかぶって眠《ねむ》りたい。それだけだった。質問《しつもん》されるのも、説明するのも、話すのもいやだった。ただ眠って忘《わす》れたかった。少なくとも明日まで。ルークは森をあとにしてナット・ブッシュ通りへとつづく小道をとぼとぼ歩き、村をめざした。疲労《ひろう》と痛《いた》みのために、そのへんの生垣《いけがき》の下で丸まって寝《ね》てしまいたいという誘《ゆう》惑《わく》と戦わなければならなかった。それでもなんとかがんばって歩き、運動場を通りすぎ、ロジャー・ギルモアの家へとつづく道に入った。

太鼓《たいこ》橋のたもとにその家はあった。ルークは遠くからその家をにらんだ。〈ストーニー・ヒル荘《そう》〉。庭にぼろぼろの作業所のある、散らかりほうだいの平屋《ひらや》だ。森で見つけてきた枝《えだ》からへんな彫刻《ちょうこく》を作り、来てほしくないときにかぎってあの古いオークの木のあたりに出没《しゅつぼつ》する、あの変人にふさわしい家だった。だが、そんなことはミスター・ギルモアの罪《つみ》の中では取るに足りないものだ。

ルークは児童公園のそばにある公営住宅《こうえいじゅうたく》まで来たところで、また体をふらふらさせて立ち止まっ

(注) 復活祭《ふっかつさい》後の第七日曜日。五月～六月ごろにあたる。

た。ダズの家にはカーテンが引かれ、明かりもついていない。ということは、おそらく親たちが〈トビー・ジャグ〉で飲んでいるあいだ、ダズはスキンの家に行っているのだろう。少し先にあるスピードの家からはテレビの音が聞こえてきた。ルークは正面の居間《いま》の窓《まど》を見つめた。カーテンが開いていたので、背中《せなか》を窓わくに向けて立っているでっぷりとしたミスター・スピードウェルの輪郭《りんかく》が見えた。スピード本人も、母親や姉の姿《すがた》も見えなかった。スピードの部屋《へや》の明かりがついているところからすれば、たぶん自分の部屋でコンピュータ・ゲームでもしているのだろう。

ルークはしばらく見ていて、ミスター・スピードウェルがこちらを向かないのをたしかめてから、低い柵《さく》を乗りこえて前庭に入り、家の横を回りこんで水道の蛇口《じゃぐち》のところに行った。さいわいなことにテレビではなにかやかましい音楽をやっているので、ルークの立てる物音は聞こえないはずだ。蛇口をほんの少しだけひねると、シューシューと音が出た。もう少しひねると音は消え、水があふれ出てきた。流れる水を両手で受け、ルークは顔を洗《あら》った。気持ちよかったが、血が出ているところはひどくしみた。できるだけ丹念《たんねん》に洗いながら、だれかが近づいてくる足音がしないか、テレビが消されないかと耳を澄《す》ましていたが、なんの邪魔《じゃま》も入らなかった。少し水を飲んでから蛇口を締《し》め、シャツのすそで顔を拭《ふ》くと、身を低くして道までもどった。見ると居間のカーテンは引かれていた。

村の広場のところまで急いで来ると、そこいらじゅうに車が停《と》まっていた。パブ〈トビー・ジャグ〉からは酔《よ》っ払《ぱら》いたちが調子っぱずれで歌う『オールド・マン・リバー』の歌声が流れてきていた。ミランダの両親の経営《けいえい》するこのパブは、今夜は大入り満員のようだ。広場をつっきり、小学校の前を通りながら、ルークは早くベッドにたどり着きたくてたまらなかった。だが、その前にスキンの家の前を通らなければならない。スキンの家の門に近づきながら、ルークは歩く速度をゆるめたが、車寄《くるまよ》せがからっぽなのを見て急に緊張《きんちょう》が解《と》けた。スキンの部屋《へや》の明かりはついていて、カーテンが引かれている。ダズもここにいるのだろうか、いるとしたらふたりでなにを話しているのだろうか、とルークは思った。それからミスター・スキナーはどんな状態《じょうたい》になってパブからもどってくるのだろうか、とも思った。

だがそれはスキンの問題で、ルークの問題ではなかった。ルークは立ち止まらずに道をずっと進み、左手にビル・フォーリーの農場、右手に自分の家が見えるところまで来た。もうわが家とも感じられない場所の名前が〈ヘイヴン〉(注)とは、なんとばかな名前をつけたものだろう、といつもながらに思いながら、その家を見つめた。そして家の外にはルークがそう感じざるをえない理由のひとつがあった。

ロジャー・ギルモアの車だ。

ルークはその車のところに歩いていき、トランクに手を置いて、もう一度わが家を見つめた。一階《かい》の明かりはついていて、カーテンが引かれていた。が、中からはなんの物音も聞こえない。やがて話し声が聞こえてきた。はっきり言葉は聞き取れず、ただくぐもった声だけだ。それから沈黙《ちんもく》が流れた。ルークは耳を澄《す》ました。声はどこか玄関《げんかん》に近いところから聞こえてくるようだが、ポーチの柱が邪魔《じゃま》になってルークからはだれの姿《すがた》も見えなかった。だが、それがだれで、なにをしている

(注) 安息の地という意味。

かは、見るまでもなかった。声がまた聞こえた。今度ははっきりと言葉が聞き取れた。

「ありがとう、ロジャー」母さんがいった。

「なにが？」

「わかってくれて」

「ああ、いいんだよ。じゃあ、もう行かなくちゃ」

「ええ」そういって母さんは言葉を切った。「気をつけてね」

「きみも、キアスティ」

長い沈黙《ちんもく》があった。その沈黙がなにを意味しているかわかって、ルークは両のこぶしをにぎりしめた。それから母さんがまたいった。

「おやすみなさい、ロジャー」

「おやすみ」また長い沈黙。それから玄関《げんかん》のドアが閉《し》まる音がして、小道に足音がした。ルークは家から顔をそむけた。しばらくして、門の開く音が聞こえ、大嫌《だいきら》いな声がした。「ルーク？　きみなのかい？」

「だれだと思ったんだよ？」顔をしかめながらルークはふりかえった。ミスター・ギルモアは、人の庭から果物《くだもの》を盗《ぬす》もうとしているところを見つかった少年のような、なんだかばつの悪そうな顔をしていた。が、なんとか笑顔《えがお》を作っているのが暗闇《くらやみ》の中でもルークにわかった。

「ごめんよ、ルーク。すぐにはわからなかったんだよ。だいじょうぶかい？」

「なんでそんなこときくんだよ？」

「ユースクラブ(注)からの帰りがすごく遅《おそ》かったからさ。お母さん、きみのこと心配してたぞ」

「ついさっきはそんなに心配しているような声は出してなかったみたいだけど」

ミスター・ギルモアは下を向いた。どうしていいのか、なにをいっていいのかわからないようだ。

ルークはしばらくミスター・ギルモアを見つめてから、肩《かた》をすくめ、門のほうに歩きだした。

「おやすみ、ルーク」とミスター・ギルモアはいった。

だがルークはだまったまま家のほうに歩きつづけ、ドアに鍵《かぎ》を差しこんで中に入った。

(注) 教会やコミュニティセンターが運営《うんえい》する若者《わかもの》のためのクラブ。

4

ルークが中に入ったとたんに、母さんが玄関《げんかん》に飛びだしてきた。「ルーク、遅《おそ》かったじゃない。いったいどこに――?」急に言葉を切って、母さんはルークに目をやった。「けんかしたのね!」

「そのことは話したくない」

「ルーク――」

「話したくないんだ」

母さんが一歩踏《ふ》みこんだ。ルークは一歩退《しりぞ》いた。まだルークの全身に目を走らせながら、母さんは足を止めた。「ルーク、なにがあったの?」

「また言いあいをしたくないんだ」

「わたしもよ」

「それはいいね」

「でも、なにがあったの?」

ルークは階段《かいだん》のほうを見た。早くベッドに入って眠《ねむ》りたい、すべて忘《わす》れたい、それだけだった。母さんと話すのはいやだ、いまはいやだ。あとでならいいかもしれないが、いまはいやだ。

「だれになぐられたの？」と母さんがきいた。それでもルークは答えなかった。母さんは近づいてきてルークの手を取った。「じゃあ、せめて顔をちょっと見せて」

ルークはおとなしく台所についていき、食卓《しょくたく》の椅子《いす》に腰《こし》かけた。母さんはアイスパックをふたつ持ってくると、それをふきんで包み、ルークにわたした。「両方の頬《ほお》に当てなさい。目の下のところに。もう腫《は》れてきてるわ」ルークはアイスパックを痛《いた》む場所に押《お》し当てた。ずっと熱を持って痛かったので、気持ちよかった。母さんはルークをながめ、顔をしかめながら、指で注意深く顔のけがの様子を調べていった。ルークはいらついて椅子の上でもぞもぞ体を動かした。

「どこも折れてないよ。大騒《おおさわ》ぎすることないってば」

「べつに大騒ぎなんかしてないわ。だいじょうぶかどうかたしかめているだけよ」母さんはさらに調べつづけた。「鼻と口のまわりに血がついてるわ。洗《あら》い落としましょう。それから左目のまわりがひどいあざになってる。頭がずきずきしない？」

「する」

「だったら鎮痛剤《ちんつうざい》をあげるわ」

「だいじょうぶだよ。薬なんかいらないから」

「なんとかしてあげたいだけよ」

「わかってるよ。でも薬はいらない」

「病院の救急外来《きゅうきゅうがいらい》に行く？」

「いい」

「連れてってあげるわよ」

「行きたくない。もうかまわないでくれよ。いっただろ、だいじょうぶだって」

「まあいいでしょう。そこまでいうのなら」母さんは薬を入れている戸棚《とだな》を開けて脱脂綿《だっしめん》を取り出すと、ボウルにお湯を入れ、脱脂綿を浸《ひた》した。それからそれで鼻のまわりの血を拭《ふ》き取りはじめた。

「で、だれなの、ルーク？」

「いっただろ――そのことは話したくないって」

「どうして話したくないの？」

「母さんがすぐにぎゃあぎゃあヒステリックになって、またけんかになっちゃうからさ」

「言いあいはしないって約束したら？」母さんは新しい脱脂綿をちぎり、お湯に浸して血を拭き取りつづけた。「どっちにしても言いあいはよくないわ。いくらこの二年間がつらかったからといって。助けあってやっていかなきゃね。それがイギリス人のやり方じゃないの」

「なんで母さんがそんなこと知ってるのさ？　ノルウェー人のくせに」

「ルーク！」母さんは後ろに下がってルークをにらみつけた。「わたしはただ――わたしは一生けんめいやってるのよ、なんとかうまくやっていこうって。あなたは歩み寄《よ》るってことができないの？」ルークは答えられなくて、下を向いた。母さんはふたたび脱脂綿で顔を拭きながら、舌打《したう》ちをした。「ひどいわね、ルーク。ずいぶんひどくなぐられたものね」

「そう見えるだけさ」

「あなた、鏡で顔を見た？」

ルークはちらりと鏡のほうを見て、そこに映《うつ》った自分の姿《すがた》に顔をしかめた。スキンはたしかにひどくやってくれた。とくに左の頰《ほお》がひどかった。朝にはあざが黒くなるだろう。母さんはまだ脱脂《だっし》綿《めん》で拭《ふ》きつづけていた。「じゃあ、ユースクラブではだれといっしょだったの？」

ルークは答えなかった。またあの女の子のことを──あの子の顔、声、あの子の苦しみなどを考えていた。それから〈お屋敷《やしき》〉でのまだ終わっていない仕事のことと、スキンのことを。

「ルーク？」母さんの声で、ルークはわれに返った。「ユースクラブではだれといっしょだったの？」さぐるようにルークの顔を見つめる母さんの目に疑《うたが》いの色が濃《こ》くなってきているのがわかった。

「ルーク、今夜はユースクラブに行ってたんでしょ？」

「うん」そう答えてから、母さんに調べられたらすぐにばれると思いなおして、つぶやくようにいった。「ううん」

「行かなかったの？」

「うん」

「じゃあどこに行ってたの？」

「べつに」

「森？」

「ちがう」

「ほんとうね。また木に登ってたんじゃないでしょうね？」

「ちがう」

「木にはもう登らないって約束したものね。とくにあのオークの木には。あれは危険《きけん》すぎるわ」

「森には行ってないよ」

「じゃあどこに行ってたの？」

「いっただろ——べつに、って」

「どこかには行ってたはずじゃないの」

ルークは腕《うで》を組んで押《お》しだまった。母さんは顔をしかめた。「どうしてどこに行ってたかをいえないのか、わからないわ。だれになぐられたかもいわないし」母さんはまた一歩下がって、ルークの顔を見た。「またジェイソン・スキナーといっしょだったんじゃないでしょうね」母さんはルークの顔をさぐるようにしばらく見てから、ため息をついた。「ジェイソン・スキナーといっしょだったのね」

「かもね」

「その返事はそうだってことね。他にだれがいたのかもわかったわ。ダレン・フィッシャーね？」

「かも」

「それと、ボビー・スピードウェル？」

「かも」

「ろくでなし三人組ね」母さんはルークに向かって顔をしかめた。「そのくらいわかってると思うけど。で、あの中のだれになぐられたの？」

「いいんだよ、もう」

「だれなの？」

「もう、いいかげんにしてよ、母さん！」ルークは母さんをにらみつけた。「スキンだよ、これでいい？」

「なんて呼《よ》び方をするの？」

「なんて呼ぼうが勝手だろ」ルークはかっとなって思わずどなった。「スキン、ダズ、スピード！　ただのあだ名じゃないか！　ノルウェーではあだ名もないの？」だがすぐに後悔《こうかい》し、声をやわらげようとした。「母さん、とにかくほっといてくれる？　おれはスキンとけんかをした――これでいい？　で、ちょっとなぐられた、でももう解決《かいけつ》したんだ。あいつやあいつの家族にとやかくいってほしくないんだ。とくにあいつの父親には。わかった？」

　母さんはだまったまま顔をそむけた。ルークは母さんと仲がよかったころのことを思い起こした。母さんの温かい人柄《ひとがら》や、聡明《そうめい》なところ、北欧風《ほくおうふう》の美しさ、母さんに惹《ひ》かれる男が大勢《おおぜい》いるのを誇《ほこ》らしく思っていたころのことを。だが、それはなんの心配もなかったころの話だ。父さんが死んで明るさが消えてしまう前のこと、ロジャー・ギルモアが村にやってきて母さんの人生に割《わ》りこんでくる前のこと、怒《いか》りと反抗《はんこう》と憎悪《ぞうお》が毒のようにルークにとりつく前のことだった。すっかり暗くなってしまったルークから昔の友人たちが離《はな》れていき、いまではこわくて離れることもできないでいる不良《ふりょう》たちのもとに居場所《いばしょ》を求める前のことだった。

「どうなってるの、ルーク？」と母さんがいった。

ルークはだまっていた。

「ルーク？」

「なんだよ？」

「あなた、どうなってるの？」

「どういう意味さ」

「毎晩《まいばん》出かけていって、いつもどってくるかわからないし。なにをしているかも、だれといっしょなのかもいってくれないし。こっちからきくと、どなりつけるか、だまってそこにすわっているかのどっちかだわ。わたしだけにそういう態度《たいど》をとるのなら、まだ許《ゆる》せる。つまり、いやだけど、でもまだなんとかがまんできる。でもね、あなた、村の人たちにも失礼だし、学校の先生たちにも失礼な態度をとっているわ。宿題はしないし、授業《じゅぎょう》もまじめに――」

「音楽はまじめにやってるよ」

「それは別よ」

「どうして？」

「あなたにもわかってるでしょ」

「いや、わからないね」ルークは嘘《うそ》をついた。

「あなたの場合、音楽は努力する必要はないからよ。もともと音楽には才能《さいのう》があるんだから。そういう血を受け継《つ》いでいるんだから。音楽ではなんでも思いどおりにできるじゃないの。ハーディング先生がそうおっしゃってたわ。パリー先生も。お父さんもそういってた。作曲家にだって、指揮《しき》者《しゃ》にだって、お父さんみたいな一流のピアニストにだってなれるわ。ハーディング先生が先週おっしゃってたけど、あなたは先生が知ってる中でいちばん才能《さいのう》のある音楽家だって。あの先生がいままでの人生で教えてきた生徒の数を考えたら、そういってもらえるなんてすごいことじゃないの。あなたにはほんとうにすごい才能があるのよ、ルーク。宝物《たからもの》よ。それを活用しなくっちゃ」母さんはルークの顔を見た。「音楽はあなたがお父さんからもらった最高の贈《おく》り物よ」

「父さんがおれにくれた最高の贈り物は父さん自身だよ」ルークは頭の中で父さんの顔を思い描《えが》きながら、床《ゆか》に目を落とした。母さんの手が腕《うで》にかかったのを感じた。

「つらいのはわかるわ、ルーク。ほんとうに。でもね、わたしがいったことはほんとうよ──あなたには音楽の才能があるわ。お父さんと同じ才能が、あなたにもあるのよ。それを無駄《むだ》にしちゃいけないわ」

「無駄になんかしてないよ」

「無駄にしてるわ。弾《ひ》くのをやめちゃったじゃない。ピアノの練習もほとんどしないし。どういうふうに音楽の道を進んでいくかを考えることさえいやがってる。お父さんがいたころにやっていたことを全部やめてしまって──」

「そのことは話したくない」ルークはもう一度母さんの顔を見あげた。「わかった？　それに音楽をやめたりなんかしていない。ピアノはまだ弾いてるよ」

「ときどきじゃない」

「パリー先生が授業《じゅぎょう》でやれということは全部やってるよ。あまりに簡単《かんたん》すぎてうんざりするようなことでもね。ハーディング先生のピアノのレッスンにもまだ行ってる。先生の引退《いんたい》コンサートで演奏《えんそう》するなんてばかな約束までしちゃったんだから」

「知ってるわ、ルーク。お母さん、うれしい。ほんとうにうれしいのよ」

「じゃあ、なにが問題なのさ？」

「なにが問題なのか、あなたにもわかってるはずよ」

「さあ、わかんないね」

だが、それも嘘《うそ》だった。母さんの顔つきから、母さんもそうわかっているのは明らかだった。

「ルーク、ときにはお父さんの話をしなきゃだめよ」

「したくない」

「でも、ルーク――」

「したくないっていってるだろ」ルークは母さんをにらみつけた。「おれがその気になるまで、無理にそのことは話さなくていいっていったじゃないか」

「でも、もう二年もたつのよ」

「だから？　それがどうしたっていうんだよ？」また抑《おさ》えきれずにどなってしまった。

ルークはそのことをまた後悔《こうかい》した。なにかいおうと考えたが、それより先に母さんが口を開いた。

小さな、おびえたような声だった。「あなたはわたしのことを最低だと思っているみたいね。でもね、わたしは……」母さんはゆっくりと息を吸《す》いこんだ。「わたしはふたりにとっていいと思うことをしようとしているだけなのよ。それから――ルーク、これだけはいわせて。お父さんの話をしなきゃだめ。ほんとうよ。あなたがいつまでも思いを胸《むね》に閉《と》じこめていては、わたしたち、いつまでたってもこれを乗りこえられないわ」

「わたしたち？」

「そうよ、わたしたちよ」今度は母さんの声に少し怒《いか》りがこもっていた。母さんは目を細めた。「あなた、お父さんの死で傷《きず》ついたのは自分だけだと本気で思っているの？」

「いや、そんなことは思ってないよ」とルークはしぶしぶいった。

「わたしだってずっとつらい思いをしてきたのよ」

「さっきポーチではそれほどつらそうには見えなかったけど」

母さんはしばらくルークを見ていたが、それから突然《とつぜん》背《せ》を向けると、窓《まど》のほうに歩いていってカーテンを開けた。ガラスごしに星が輝《かがや》く夜空が見えた。母さんは心をしずめようとしているかのようにゆっくりと息をしながら、しばらく外を見ていた。それから口を開いた。「今夜はあなたとまた言いあいにならないようにしよう、と自分に誓《ちか》ったの。今夜という今夜だけは」

「どういう意味だよ？」

「いいのよ」母さんは窓の外を見つづけていた。「夜空がすごくきれいだわ。小さかったころ――ノルウェーの北部に住んでいたころ、お気に入りの場所があったの。フィヨルドを見おろす丘《おか》でね、わたしのイギリス人のおばあさんがよくそこまで星を見に連れていってくれたわ。いまでもそういう夜のことをよく覚えている。それから星を指さしてわたしに教えてくれたときのおばあさんの顔も」母さんはしばらくだまって星を見つめていたが、それから言葉をつづけた。「わたしね、今日の夕方はほんとうに幸せだったのよ。遅《おそ》くなって、あなたのことが心配になるまではね。ずいぶん久《ひさ》しぶりに、小さな幸せを感じることができて、信じられなかった。ほんの短いあいだだったけれどね」

「あいつにプロポーズされたんだね？」

「それは質問《しつもん》？　それとも非難《ひなん》しているの？」

「どっちでも同じことだろ」ルークはなぜだかわからないが、母さんがふりかえって自分のほうを見てくれればいいのに、と思いながら母さんの背中《せなか》を見つめた。だが母さんはただ窓《まど》の外を見つづけていた。

「そうなんだね？」

「そうよ」

「で、なんて返事したの？」

「考えさせて、っていったわ」

まだルークは母さんのほうを見ていた。母さんもまだ窓の外を見ていた。母さんのむこう、窓の桟《さん》ごしには、闇夜《やみよ》に浮《う》かぶ影《かげ》がいくつも見えた。物置き、風車、庭の端《はし》に生えているシラカバの木。ルークは自分の木、自分の友だちであるあのオークの巨木《きょぼく》のことを思った。いまもあの木の上にいて、枝《えだ》に抱《だ》かれながら、森の夜の歌に耳を傾《かたむ》けていられたなら、と。だがそれ以上にベッドが呼《よ》んでいた。ルークはあくびをした。

「考えることなんかないじゃない。あいつと結婚《けっこん》したいってわかってるくせに」

「もしわたしがそうしたら、いや？」

「おれになんの関係があるんだよ？」

「もちろんあなたにも関係があるわよ」

「いや、ないね。どうだっていいよ」

母さんが突然《とつぜん》ふりかえり、ルークの顔を見た。「どうでもよくないわ、ルーク。こんな大事な話は、あなたの了承《りょうしょう》を得ずには進めないつもりよ。そんなことできない。わたしにはあなたしかいないんだから」

「そんなことないね。母さんにはギルモアさんがいるじゃないか」

「ロジャーよ。ちゃんと名前があるんだから。そんな他人行儀《たにんぎょうぎ》な呼《よ》び方をしなくてもいいでしょ」

ルークは突然体をこわばらせた。あの女の子の泣き声がまた沈黙《ちんもく》を破《やぶ》って聞こえてきたのだ。それがほんとうの声なのか、自分の想像《そうぞう》にすぎないのかまたわからなくなって、ルークは耳を澄《す》ました。

「どうしたの？　体を硬《かた》くして」と母さんがきいた。

「べつに」

「でも、ルーク――」

「なんでもないっていってるだろ」ルークは例の泣き声を頭の中から追いはらった。「ご心配なく。ロジャー・ギルモアと結婚しろよ。そうしたいんだったらさ」

母さんは歩いてきて、ルークの肩《かた》に手をのせた。「どうしてあの人のことが嫌《きら》いなの？　あの人がわたしをあなたから取りあげてしまうと思っているからなの？　それともあの人はお父さんじゃないから？」

「嫌いだなんてだれがいった？」

「嫌ってるじゃないの」

「そんなこと一度もいったことないよ」

「言葉ではね。でも、態度《たいど》ではっきりそういってるわ」

ルークは肩をすくめて母さんの手をふりはらい、立ち上がった。この部屋《へや》を出なければ。くたくたに疲《つか》れていて、腹《はら》が立ち、体が痛《いた》かった。このままだとまた切れてしまう。今度切れたら、母さんを泣かせてしまう。そして結局いつものように自己嫌悪《じこけんお》におちいるのだ。このごろでは母さんと話すたびに最後はこうなってしまう。

「もう寝《ね》るよ」とルークはいった。

「愛してるわ、ルーク」

「はいはい」

ルークは部屋から出るとドアを閉《し》め、壁《かべ》にもたれかかった。ああ、まただ。ドアのむこうで母さんがすすり泣く声が、すぐに聞こえてきた。ルークはふりかえってもう一度台所のドアを勢《いきお》いよく開けた。母さんはテーブルに向かってすわり、涙《なみだ》を流していた。

「ねえ、母さん……」ルークは足をそわそわと動かした。「いまのおれには結婚《けっこん》がどうとかいわれても、どうしていいかわからないんだよ。頭の中がいろんなことでいっぱいで」

「わかったわ、ルーク」母さんはハンカチを出して涙《なみだ》を拭《ふ》きはじめた。「わたしがお父さんを裏切《うらぎ》ったと思ってるんでしょ」

「父さんの話はしないっていったばっかりだろ」

「わかったわ」母さんの声は消え入《い》りそうだった。「わかったわ。ロジャーの話もしないしお父さんの話もしない。これでいいのね？」

「ああ」

「いいわ」母さんはまた涙を拭き、無理にほほえんでみせた。「正直《しょうじき》にいってくれてありがとう」

「うん、いや……」ルークは肩《かた》をすくめた。「おやすみ」

「おやすみなさい、ルーク」

ルークはドアを閉《し》め、今度は階段《かいだん》を上って自分の部屋《へや》に行った。階段を一歩上るたびに、泣き声が追いかけてきた。母さんの泣き声と、それからまたあの女の子の泣き声が。まるで涙の国だ。いっそいっしょに泣いたらどうだろう？　だがルークの涙はずっと前にかれていたし、いまでは心まで干《ひ》からびてしまったようだ。ルークの人生そのもののようにからからで不毛だった。自分の部屋にたどり着き、ドアを開けた。それからその場に立ち止まると目を閉《と》じて、壁《かべ》にもたれかかり、耳を澄《す》ました。沈黙《ちんもく》を破《やぶ》って新しい音が聞こえてきた。今度のは泣き声ではなかった。

下の音楽室から聞こえてくるピアノの音だった。目を閉じたまま、ルークは耳を澄ました。母さんがピアノを弾《ひ》くなんてすごく久《ひさ》しぶりだったが、ルークにはこの曲がすぐにわかった。この二年間は弾《ひ》いていないが、ルーク自身よく弾いた曲だったからだ。母さんが大好きな作曲家、グリーグの『森の静けさ』だ。この曲をもう一度聞けるのはうれしかった。出だしのふたつの和音は遠くで鳴る鐘《かね》の音《ね》を思わせた。それからやさしく歌うようなメロディになる。左手がゆっくりとリズミカルな低音を鳴らしながら鍵盤《けんばん》を左右に動く一方で、右手が旋律《せんりつ》を奏《かな》でていく。そして突然《とつぜん》すべてが鐘の音に、森の中で鳴り響《ひび》く鐘の音のようになっていく。母さんが弾いているのに合わせて、ルークの頭の中に次から次へと映像《えいぞう》が浮《う》かんできた。バックランドの森の映像、青々と葉が茂《しげ》った屋根のような枝《えだ》、露《つゆ》を滴《したた》らせている葉っぱ、木《こ》もれ日《び》などの映像が。そして驚《おどろ》いたことにあの女の子の顔や、日差しに輝《かがや》いている黒い髪《かみ》までが浮かんできた。女の子はこわがっていなかった。笑っていた。歌まで歌っていた。そしてルークも、森の中で音楽に浸《ひた》りながら女の子といっしょにいた。

曲が一瞬《いっしゅん》とぎれた。母さんが楽譜《がくふ》をめくったのだ。やがて出だしと同じふたつの和音が聞こえ、演奏《えんそう》がつづけられた。主旋律《しゅせんりつ》がもどってきて、また映像が浮かんだ。森の木々、日差しを受けた女の子の顔。ふと気づくと、ルークは風にそよぐあのオークの木とその上にある木の家を思い描《えが》いていた。曲はつづいていった。しばらくは楽しげに、それからやさしいタッチになって終盤《しゅうばん》へと向かった。女の子の顔はルークの頭から消えていったが、静かな最後の数小節のあいだも森の映像は残っていた。和音はどんどん静かになっていった。そして消え入《い》るように曲が終わり、沈黙《ちんもく》が流れた。

ルークはそっと部屋《へや》に入り、ドアを閉《し》めた。服をぬぎ、ベッドにもぐりこみ、明かりを消して横たわって天井《てんじょう》を見つめた。ビル・フォーリーの農場のほうでフクロウが鳴いていたが、やがて静かになった。階下《かいか》からはもうピアノの音は流れてこなかった。階段《かいだん》に足音が聞こえた。二階まで上っ

てくると、ルークの部屋《へや》に近づいてきて止まった。ルークは目を閉《と》じて、ドアが開くか、母さんが

外から声をかけるのを待った。だが、足音は廊下《ろうか》を歩いていき、しばらくしてから母さんの部屋の

ドアが開く音が聞こえた。それからまた静けさが広がった。あの古いオークの木の映像《えいぞう》を思い描《えが》き

ながら、ルークは眠《ねむ》りに落ちていった。

その夜、ルークはまた飛んでいる夢《ゆめ》を見た。父さんが死んでから何度か同じ経験《けいけん》をしていた。そのたびに夢だと思いながらも、ほんとうに夢なのかどうか確信《かくしん》が持てなかった。あまりにあざやかで、意識《いしき》もはっきりしているので、自分はたしかに目を覚ましている、と思うこともあったが、ほんとうだとしたらずいぶん不思議《ふしぎ》なことだった。それはいつもどおり、ルークがあのオークの木の根もとであおむけに横たわっているところから始まった。寝転《ねころ》がって屋根のような木々の梢《こずえ》ごしによく晴れた青空を見あげている。と、突然《とつぜん》体が軽くなったような気がした。あまりに軽《かろ》やかに感じるので両腕《りょううで》をのばすと、全身に軽いおののきが走り、体が宙《ちゅう》に浮《う》きあがった。

少なくともおののきは全身に感じた。だが、そのすぐあとに体の重い部分はもうそこにはないと気づくのだった。体は脱皮《だっぴ》したように下の地面に残されており、自分の軽い部分だけが──空気のようでありながら、信じられないくらい現実感《げんじつかん》のある部分が──木の根もとのほうに動いていって木の皮に手をのばしていた。すると突然、光がゆっくりとゆらめいたと思うと、幹《みき》の下のほうがぱっくりと開き、暖《あたた》かく暗い木のトンネルの中に引きこまれた。そして暗闇《くらやみ》の中を、木のてっぺんめざして上へ上へと飛んでいった。やがてそのトンネルから出て、てっぺんに茂《しげ》る木《こ》の葉《は》をかき分け、

さらに上っていった。森から離《はな》れ、地上から離れ、いままでのすべてのしがらみから離れて、自分を待っているとわかっている星を求めて。この不思議《ふしぎ》な、はっきりと目覚めているような夢《ゆめ》の中には、いつもこの星が出てきた。昼間の空なのに。いまもまたその星が見える。その星があまりに明るいので太陽までかすんでしまうほどだった。ルークはひとりではなかった。父さんがいっしょに飛んでいた。それから目には見えないが他の人たちもいるのが感じられた。だれかは思い出せないけれど、よく知っている人たちだ。みんないっしょになって高く、高く、その星をめざして飛んでいった。星がどんどん明るくなり、みんながその光の中に溶《と》けてしまいそうになるまで。

低くうなるような音が聞こえてきて、ルークは目を開けた。ルークはベッドにいて、あたりは闇《やみ》だった。呼吸《こきゅう》が荒《あら》く、体がふるえていた。肋骨《ろっこつ》と、顔のスキンになぐられたところがずきずきと痛《いた》んだ。しばらくじっと横たわって天井《てんじょう》を見つめていると、呼吸が落ち着き、痛みも多少ましになってきた。うなるような音はずっとルークのまわりで聞こえつづけていた。この音はいまに始まったものではなく、物心ついたときからずっと聞こえていたが、とくに父さんが死んでから、よく聞こえるようになっていた。ルークはその物音に耳を澄《す》まし、どこから聞こえてくるのかをさぐろうとした。が、いつものように、わからなかった。その音はすべてのところから聞こえてくるようでもあり、どこからでもないようにも思えた。そして音の感じも絶《た》えず変わるのだった。あるときはうなるような音、あるときはハミングのような音、またあるときは遠くの海鳴りを思わせるそっとつぶやくような音だった。しばらく耳を傾《かたむ》けていると、やがてその音も夜の闇の中に消えていき、静けさがもどってきた。

ルークは目の前にある一日のことを思った。ひとりきりになりたくてたまらなかった。考えなければならなかったし、なんとか自分を取りもどす必要があった。あれだけなぐられた直後にスキンに会うのは耐《た》えられなかった。朝食のテーブルでまた母さんに悲しい顔をされるのもいやだった。母さんより早く起きて、パンをポケットにつっこみ、二時間ほどひとりで出かけよう。〈お屋敷《やしき》〉から遠く離《はな》れたどこかに。ルークはそう心に決めた。十時にハーディング先生のところへピアノのレッスンに行くことになっていたが、早く家を出れば少しくらいはひとりですごす時間が取れるはずだった。フランク・メルドラムの製陶所《せいとうじょ》を通りすぎて、小川のそばの目立たない場所に行こう。あそこならスキンに見つからないはずだ。

5

だが見つかってしまった。ルークがロールパンをやっと食べおえ、朝の微妙《びみょう》な色あいや小川の上にきらめく日の光などをながめて楽しもうとしたとき、道路わきの柵《さく》をまたいで草地をこっちへぶらぶら歩いてくるスキンの姿《すがた》が見えた。いつものようにダズとスピードがすぐ後ろについている。太陽が三人の顔を照らしていた。ルークは内心の動揺《どうよう》を見せないようにしながら、すぐに立ちあがった。スキンは前置きもなにもなくいきなりルークのえりもとをつかんだ。「で、ここでなにやってんだよ、ルーク・スタントン？　〈お屋敷《やしき》〉のそばで会おうっていったはずだぞ」

「いまからそっちへ行こうと思ってたんだよ」

「嘘《うそ》つけ」

「ほんとだよ。いまから行くところだったんだ」

「だけど、もうあっちにいなきゃいけない時間じゃないか。わざわざさがしにきてやったんだぞ」

「何時に会うってはっきりいわなかったじゃないか」

「朝いちばんにといっただろ」

「それが何時なのかわからなかったんだよ」

「嘘《うそ》つけ」スキンはルークの顔を平手《ひらて》ではたいた。「クソ野郎《やろう》」ルークの顔をしげしげと見た。

「おれたちを避《さ》けてここに来たくせに」

「ちがうよ」

「それと、こわいからだろ。おまえはからっぽの家をこわがり、あのばあさんがいるからいまはもっとこわいんだ」

「そうじゃないってば」

「じゃあ、ここでなにしてたんだよ？」

「ただすわってただけだよ」またスキンの目の中に炎《ほのお》が見えた。黒い炎がのびてきてルークの首をしめようとするかのようだった。ルークはごくりとつばをのみこみ、スキンの目を見つめかえそうとした。「スキン、もういいだろ」

だがスキンは足をひっかけてルークを倒《たお》し、小川のそばまで引きずっていった。頭からほんの何センチかのところで小川がさらさらと流れている音が聞こえた。スキンは上からルークをにらみつけた。「おまえはおれたちを避けようとしてるな、ルーク」

「ちがうよ」

「ああ、そうかい。じゃあ、景色がいいからここに来たっていうんだな。きれいな草地にきれいな小川、ってわけだ」

「いっただろ、おれは――」

「ただすわってただけ」とダズがまねをしていった。「お花と小川をながめて、食べてただけ。おい、スピーディ！」ダズが地面を指さした。「パンくずだ。もうちょっと早く来てりゃ、朝めしを分けてもらえたのによ！　おまえ、腹《はら》が減《へ》ったような顔してるぞ」

「うるさい！」とスピードがいった。

「いいかげんにしろ、ダズ」目はルークに向けたまま、スキンがいった。ルークはおとなしく横たわっていた。土手は固く、草はぬれていた。もがいて自由の身になりたかった。だがそんなことをしても無駄《むだ》なことはわかっていた。逃《に》げられはしないのだ。スキンのほうがずっと強い。ここはおとなしくしておいて、スキンをたきつけないのがいちばんだ。

スキンの手が突然《とつぜん》ふりおろされ、またルークを平手《ひらて》ではたいた。「おれに嘘《うそ》をつくやつが、おれは大嫌《だいきら》いなんだ」とつぶやくようにいった。「おまえはこわいからここに来た。おれたちに会うのがいやだからここに来たんだ。見え見えだよ。それからもうひとつ」スキンはルークをひっぱりあげて立たせた。「おまえ、自分はおれたちとは格《かく》がちがうと思ってるだろ」

「思ってないよ」

「いや、思ってるね。おれたちとかかわりを持ちたくないんだ。おふくろさんからもいわれてるんだろ。おれたちに近づくなって」

ルークはだまっていた。

「そうなんだろ？」とスキンがいった。

「そんなことないよ」ルークはスキンたちのことで母さんとどれだけ言い争ったかを思った。だが、口にできたのはこれだけだった。「おれがだれとつきあおうが、母さんには関係ないよ」

「よし。じゃあ今夜な」とスキンがいった。

「なにが？」

「今夜会うんだよ。〈お屋敷《やしき》〉のすぐそばで。今朝集まることになってた場所だよ。もう一度あの家に忍《しの》びこむんだ。ただし今度はちゃんとやれよ」

「だけどミセス・リトルがいるじゃないか。今日は出かけないよ。それじゃまずいだろ。ミセス・リトルが買い物に行く金曜の夜にしようよ」とルークはいった。

「次の金曜まで待てないんだよ。ゆうべしくじったのはおまえなんだから、やりなおすのもおまえだ」

「だけどミセス・リトルが中にいたら、おれたち、入れないじゃないか。聞かれてしまうよ」

「おれたちは入らないよ」

「どういう意味だよ？」

「おまえだよ」

「なんだって？」

「おまえが入るんだ」

「きみとダズとスピードは？」

「おれたちは外にいる」

「応援部隊《おうえんぶたい》ってわけだ」ダズがくすくす笑いながらいった。

ルークはみんなの顔を順に見わたした。ダズはにやにやしていたが、スピードは多少気まずいのか地面を見つめていた。スキンはいつものように、すべてを支配《しはい》していた。自分も、仲間たちも、ルークも、なにもかも。スキンはじっとルークを見たまま、話をつづけた。「あのばあさんが家にいたら、おれたちみんなでは入れない。物音を聞かれちまうからな。きっとスピードがなにかにぶつかったり、ものをひっくりかえしたりしちまうだろうからな」

「そんなことないよ」とスピードが文句《もんく》をいった。

「だけどおまえならそっと忍《しの》びこめる」スキンはつづけたが、目は片時《かたとき》もルークの顔から離《はな》れなかった。「ばあさんがどこかの窓《まど》を開けておいてくれたらな。暑い夜にはたいてい開けてる」

「だけどなんでおれなんだよ？」

「わかってるだろ。おまえがいちばん登るのがうまいからだよ。それにフットワークも軽い」スキンはルークの胸《むな》もとをつっついた。「それから、おまえはおれに借りがあるからだよ、ルーク・スタントン」

「やりたくないな」

「おまえがやりたいかやりたくないかなんて、関係ないね。いっただろ。おまえはおれに借りがあるんだ。おまえが昨日《きのう》ちゃんとやってれば、あとは全部おれたちが引き受けたんだ。おまえは玄関《げんかん》のドアを開けて、おれたちを中に入れればそれでよかったんだ。そうしたらすぐに家に帰ってもよかったんだぜ。だけど、おまえはぶるっちまった。だれもいない家をこわがってよ」

「いや――」とルークはいいかけたが、口をつぐんだ。どういうわけか、ゆうべと同じく、あの女の子のことは他人にはいえないと思ったのだ。ひとつには、いっても信じてもらえないだろう――またあの家に押《お》し入《い》るのがいやで、話をでっちあげていると思われるだろう――ということがあった。だが、ルークがだまっていた主《おも》な理由はそれではなかった。あの女の子のこと、あの子の恐怖《きょうふ》や苦しみやもろさのことを思ったのだ。自分の目で見、耳で聞いたことが、なぜか自分だけに向けられたもののような気がした。女の子のことはスキンたちにはいえない。だが同時に、なんとかして今夜この仕事をせずにすむ方法を考えなくてはならなかった。

「ほんとうに危険《きけん》だよ。すぐにつかまってしまう」とルークはいった。

「だいじょうぶだよ」とスキンがいった。「ばあさんは年寄《としよ》りだ。耳もあまり聞こえないかもしれない。目もあまりよく見えないだろう。とくに暗いところではな。ちょろいよ。どこかの窓《まど》から入りこめばいいだけだ」

「窓は全部閉《し》まってるかもしれない」希望をたくすようにルークがいった。

「そうだったら明日の晩《ばん》出なおすさ。だめだったらその次の晩。また次の晩。窓が開いているときまで何度でも来る」

「それでも、気がすすまないな」とルークがいった。「もしつかまったら、起訴《きそ》されるよ」

「ばあさんはおまえに気づきもしないよ。真っ暗だし、おまえが家に入るころにはもう寝《ね》てるよ。仮《かり》になにか物音を聞いたとしても、こわがってなにもできないさ。頭からふとんをかぶってふるえながら横たわっているのがせいぜいさ」

「そんなことないよ。おれをさがしにくるよ。あの人はこわがったりしないんだから」

「もしばあさんが近づいてくる音がしたら、逃《に》げりゃあいいんだよ。得意だろ。なにしろ年寄《としよ》りなんだから、明かりのスイッチをさがしてるうちに、おまえなら玄関《げんかん》から出て逃げられるよ。危険《きけん》なんてないさ」スキンはちらりと仲間たちを見わたした。「そうだろ？」

「そうだよ」とダズがまたにやにやした。スピードはなにもいわずにうなずいた。ルークは顔をしかめた。逃《のが》れる道はないようだった。どんな危険があろうとも、スキンはルークに家に入らせるつもりなのだ。つかまるかもしれないから、なおのこと行かせたがっているという感じさえした。いまとなってはスキンが望んでいるのは例の箱よりも、ルークがつかまることなのかもしれなかった。

ルークはあの古い屋敷《やしき》と、あそこをおおっている謎《なぞ》のことを思った。少なくとも、またあの家に入れれば、もう一度あの女の子を見るチャンスがあるかもしれない。あの子に話しかけて、どうしたのかさぐることだってできるかもしれない。なんとかあの箱を持ち出すことができれば、スキンもこれから先は放っておいてくれるかもしれない。ここでいま拒否《きょひ》したら、なにをされるかわかったものではなかった。

「じゃあ、夜中の十二時にな」とスキンがいった。

「十二時？」ルークはスキンの顔を見かえした。「そんなに遅《おそ》く？」

「そうさ」

「家をぬけだせなかったら？」

「ぬけだすんだよ。なんの問題もないさ。だからこそ夜中にしたんだよ。おれたちみんな、ちゃんといい子にしてベッドで寝《ね》てると思われてる時間だからな。さっさと眠《ねむ》ったふりをして、それからぬけでりゃいいだけだ。村は静かなもんだ。だれにも見られたりしない。あのばあさんはいびきをかいてるだろうよ。簡単《かんたん》な仕事だ」スキンがまたぐっと身を乗りだしてきた。「おれはあの箱がほしいんだよ、ルーク。おまえが取ってくるんだ。他のものに気を取られるんじゃないぞ。こっそり入って、あの箱を見つければいいんだ。今回はおれたちが中に入って手伝うってわけにはいかないんだから。昨日《きのう》、家がからっぽのときに、おまえがちゃんとやって、おれたちを中に入れてれば、あっさり片《かた》づいてたのに。おまえがしくじったんだから、おまえひとりでやらなきゃなんないのさ」

「動きまわったら、ばあさんに聞かれちゃうよ。きっとそうなる」

「静かに動けばだいじょうぶだ。それに、さっきもいったように、ばあさんはぐっすり眠ってるよ。だから、とにかくあちこちさぐって箱を見つけだせ。それからそれを玄関《げんかん》まで持ってきておれたちに手わたすんだ。おまえがドアを開けてもばあさんが目を覚まさなかったら、おれが中に入っていろいろさがしてもいいんだ。だがおまえはとにかくまず自分の仕事をやれ」スキンは声を低めた。「もう一度おれと仲たがいなんかしたくないだろ?」スキンの目の中の炎《ほのお》が、より大きく、黒く、危険《きけん》になったように見えた。ルークはそれ以上見ていられなくて、目をそらした。「じゃあ、十二時にな。遅《おく》れるなよ」とスキンはいった。そして最後にもう一度ルークの顔をはたくと、仲間を引きつれて今度は草地の端《はし》の門のほうに去っていった。ルークはスキンたちが門を乗りこえ、見えなくなるまで待ってから、もう一度地面にどすんと腰《こし》を下ろし、小川のせせらぎに耳を傾《かたむ》けた。

せせらぎの音とともに、聞きたくない音も聞こえてきた。女の子の泣き声と、スキンの声だ。ささやくようにののしる声が頭の中で響《ひび》く。「弱虫」「弱虫」ルークは両手で耳をおさえたが、声はなおも聞こえてきた。「弱虫、弱虫野郎《やろう》」それから「もう一度おれと仲たがいなんかしたくないだろ？」という声も。

そう、たしかにそのとおりだ。弱い自分が情《なさ》けなかったが、それでももう一度スキンにそむくことなどできないのはわかっていた。また失敗すれば、罰《ばつ》は前よりひどいはずだ。スキンは重大な傷害《しょうがい》事件《じけん》を起こして警察沙汰《けいさつざた》になったことがすでにあった。ルークは両手を耳から下ろして、気をしずめようとした。徐々《じょじょ》にスキンの声が聞こえなくなっていったので、ほっとした。だが、女の子の声はまだ聞こえていた。まるでルークを取り巻く空気の一部であるかのように。ルークは不安な気持ちのままその声に耳を傾け、しばらくその場にすわって《ま》いた。やがて後ろから別の声が聞こえてきた——これもちっともうれしくない声だった。

「やあ、そこにいたのか！」

ふりむくとロジャー・ギルモアが、柵《さく》のむこう側の道路に立っていた。作業所から出てきたばかりなのか、着古したダンガリーシャツの両そでをまくりあげている。「だいじょうぶか、ルーク？」

ルークは立ちあがって、しぶしぶミスター・ギルモアのほうに歩いていった。

「なんでだいじょうぶじゃない、なんて思うんだよ？」

「理由はいろいろある。たぶんぼくのこともそのひとつなんじゃないかな。そうじゃなければありがたいけどね」

「どういう意味だよ？」

「ぼくとしては、最大の敵《てき》と思われるより友だちでいたい、という意味だよ」

ルークはだまっていた。ミスター・ギルモアはしばらくルークを見つめていたが、こうつづけた。

「とくにいまみたいに、きみに敵がいっぱいいるときにはね。気の毒に、顔にあざができてるじゃないか。お母さんから聞いたけど、ゆうべけんかしたんだって？」

「同情《どうじょう》なんかいらないね、それから助けも」

「もちろんそうだろうよ。だけど、その点に関しては安心してくれ。きみのお母さんに頼《たの》まれただけだから。お母さん、きみがどこへ行ったのかって心配してたぞ。十時にハーディング先生のところでピアノのレッスンがあるんだろ。で、じゃあぼくがそのへんを見てくるっていったんだよ」

ルークは腕《うで》時計に目をやった。九時半。ということは、こいつは今朝もう母さんと話をしたんだ。母さんのほうから〈ストーニー・ヒル荘《そう》〉に会いに行ったか、こいつのほうが〈ヘイヴン〉へ来たのか。ぼくが家を出てからずっといっしょだったのかもしれない。ミスター・ギルモアはそんなルークの心を読んだかのようにいった。

「いや、ルーク、お母さんには今朝は会ってないよ。ぼくは仕事をしていたんだ。三十分ほど前にお母さんが家から電話をくれてね、きみがなにもいわないで家をぬけだしたんで心配だっていってきたんだ。お母さんも外にきみをさがしに行ってる。ぼくはこっちのほうを見てみるっていったんだ。なんでこんなところに来たんだい？」

ルークは答えなかったが、ミスター・ギルモアもべつに答えを期待もしていなかったようで、さっさと携帯《けいたい》電話の番号を押《お》していた。しばらく待ってから口を開いた。「キアスティ？　ぼくだよ。見つけた……そうだ……小川のそばで……いや、元気だよ……服がちょっとぬれてるみたいだけど……わかった、きみがそういうなら。でも、たぶん彼《かれ》がいやがると思うよ……わかった……オーケー……じゃあ、あとで」ミスター・ギルモアは電話を切り、ポケットにしまった。

「たぶん彼がいやがると思うって、なんだよ？」柵《さく》をまたいで道路に移動《いどう》しながらルークがきいた。

「なんだって？」

「たぶん彼がいやがると思うよ、ってなんのことだよ？」

「お母さんが、きみを家まで連れてきてほしい、っていったんだよ。だから、それはきみがたぶんいやがるだろう、っていったんだ」

「なんでおれが自分の家へ帰るのをいやがるんだよ？」

「ぼくといっしょに帰るのを、だよ」

ルークはミスター・ギルモアをにらみつけたが、ミスター・ギルモアはそんな視線《しせん》をものともせずに見つめかえした。ルークは肩《かた》をすくめた。「おれは家に帰るよ。あんたは好きなようにすればいいさ」

「ぼくもいっしょに行くよ」

「ご自由に」

ふたりはいっしょに道路を歩きだした。ルークはだまっていたが、ミスター・ギルモアも話をしようとはしなかったのでほっとした。スキンのささやき声は完全に頭から消えていたが、女の子の泣き声はやまなかったし、それといっしょにゆうべの不思議《ふしぎ》なうなりのような音も聞こえてきた。この音はこのごろではしょっちゅう聞こえてくる。歩いていくうちにまた別の音が、どんどん大きく、はっきりと、しつこく聞こえてきた。ふたりの重く低い足音、カラスがカーカーと鳴く声、左手の畑から聞こえるトラクターの音、そして、ふたりがフランク・メルドラムの製陶所《せいとうじょ》に近づいたころには、道路のカーブのむこうからパッカパッカというひづめの音が聞こえてきた。しばらくして鹿毛《かげ》の馬に乗ったミランダの姿《すがた》が見えてきた。ふたりのほうに近づいてくる。ミランダはふたりを見ると手を振《ふ》った。

「ハーイ！」ミランダが声をかけた。

ルークは足を止め、ミランダを待った。ミスター・ギルモアが先にひとりで行ってくれないかなと思ったが、そううまくはいかなかった。〈ヘイヴン〉までずっとルークといっしょに行くつもりらしい。ミランダがふたりのそばまで来て、手綱《たづな》を引いて速度をゆるめた。「ハーイ、ルーク」笑《え》顔《がお》でいったが、その笑みがすぐに消え、口をあんぐり開けた。「けんかしたのね！」

「うん、いや――」

「だいじょうぶ？」ミランダは体をかがめて、ルークの顔をしげしげと見た。「だれにやられたの？」

「見た目ほどひどくないんだよ」

「ジェイソン、それともダレン？」

「そのへんかな」ルークは無関心をよそおった。「だけどもう片《かた》がついたからいいんだ。ね？　もうだいじょうぶだよ。そっちはどう？」

「元気よ、でも……ルーク……ほんとに……」

「ほんとにだいじょうぶだってば」

「ならいいけど」とミランダは納得《なっとく》しないような声でいった。それから鞍《くら》の上で体をねじり、ミスター・ギルモアにこぼれるような笑顔《えがお》を見せた。

「ハーイ、ロジャー」

「やあ、ミランダ」

「このあいだ作ってもらった彫刻《ちょうこく》に、お母さんは夢中《むちゅう》になってるのよ。もうたいへんな気に入りようなの。人をひっぱってきては見せてるわ。ほんと、恥《は》ずかしいくらい。そのうちお母さんからお礼状《れいじょう》がとどくと思うけど」

「そんな必要はないよ」

「そう、でもどっちにしてもとどくわよ」

「気に入ってもらえてうれしいよ」

「あの木はどこで見つけたの？　バックランドの森で？」

「ああ」

「どのへん？」

「ヒヤシンスが群生《ぐんせい》しているところのそばだよ」

「〈お屋敷《やしき》〉から少し行ったところの？　ハンノキの若木《わかぎ》が生えているあたり？」

「いや、森の反対側だ。ブランブルベリーへの道へ出る門のそばの広い土地だよ」

「ああ、あそこね。昨日《きのう》もお父さんと馬で行ったわ。きれいよね」

「ほんとうに。とにかく、あそこであの木を見つけたんだ。見たとたんに、きみのお母さんにぴったりだって思ったんだよ」

　ルークはきまりの悪い思いをしながら、いや、いらだちさえ感じながら聞いていた。他の人が森を利用するのを止めたりできないことはもちろんわかっていた。が、それでもあそこは自分のものという気持ちがしていたし、とりわけミスター・ギルモアが彫刻《ちょうこく》の素材《そざい》になる木を集めに森に行くのが気に入らなかった。ルークはミランダを見あげた。ミスター・ギルモアの仕事の話をしたいわけではなかったが、自分へ注意を引きつけたくてこういった。「なんの彫刻の話？」

「すばらしいのよ、ルーク。すごくすてきなの。ぜひ見にきてよ。うちのお母さんがお店に飾《かざ》るのに作ってってロジャーに頼《たの》んだ彫刻なの。森を思わせるもので、歌ったり踊《おど》ったりしてた子どものころを思い出させてくれるような作品にして、ってお願いしたの。そうしたらロジャーが森から木を取ってきて、かわいい女の子を彫《ほ》ってくれたのよ。妖精《ようせい》みたいで、両腕《りょううで》を大きく広げて、歌いながら踊っているの。でもちょっと悲しそうな、せつなげな顔をしているのよ。ひとりぼっちで途方《とほう》に暮《く》れているみたいに」

　小さな女の子。悲しそうで、せつなげで、途方に暮れている。これらの言葉が心に呼《よ》び起こした不思議《ふしぎ》な連想に、ルークは顔をしかめた。ミランダはミスター・ギルモアのほうに向きなおった。

「あれはすばらしいわ、ロジャー。あんなものが作れるなんてすごいわ」

「ぼくが作ったわけじゃない。自然が作ったんだ。ぼくはただ拾ってきただけだよ」

「だけど、拾ってきたままの姿《すがた》じゃないでしょ」

「そうかもしれないけど、ああいう木を見つけられてラッキーだったよ」

「木を切って取ってきたんじゃないだろうな？」ルークが非難《ひなん》するようにいった。

「なんでそんなことしなきゃいけないんだ？」とミスター・ギルモアはいった。その声も顔も落ち着いていた。「ほしいものは森の地面になんでもあるのに、木から盗《ぬす》む必要なんてないさ」それからミランダにほほえみかけた。「お母さんに気に入ってもらえてうれしいよ。教えてくれてありがとう。みんないつも感想を寄《よ》せてくれるとはかぎらないからね。ふつうはただ注文して、できあがった品物を受け取り、小切手を送ってくるだけだ。それも、こっちから催促《さいそく》しないとだめなことが多いんだ」

「あ、そうだ。そのこともあったわ。お母さんがあなたからまだ代金を請求《せいきゅう》されてないっていってた。お父さんに今朝そういっているのを聞いたの」

「あとで請求書を持っていくよ。いままで時間がなかったんだ。今朝は早くから外に出てたもんでね」ミスター・ギルモアはちらりとルークのほうを見てから、ミランダに視線《しせん》をもどした。「今日の昼食時にはご両親は〈トビー・ジャグ〉にいらっしゃるかな？」

「いないときなんてある？　あたしからいっておくわ」ミランダは落ち着かなくなっていた馬を軽くたたき、それからもう一度ルークのほうを向いた。ルークはびっくりした。「ルーク、電話しようと思ってたんだけど、あの……」ミランダはためらった。「ちょっとお願いがあるんだけど」

「いいけど――なに？」

「あたし、ハーディング先生にコンサートでフルートを演奏《えんそう》するっていっちゃったんだけど、助けてほしいのよ」

「フルートは吹《ふ》けないよ」

「ううん、ピアノのパートを弾《ひ》いてくれる人が必要なの」

「おれ、もうコンサートでピアノを弾くことになってるよ」

「知ってるわ、でも……その……ルークはピアノがすごくじょうずだから、で、もしかして――」

「サマンサにピアノのパートを頼《たの》めないの？　それとかメラニーとか？」

ミランダは馬の長くて茶色の首を手でなでた。「頼んでみようかな。あなたがそんなにやりたくないっていうのなら」とゆっくりといった。

ルークは目をそらして村のほうを見た。ミランダがこれだけ自分にピアノの伴奏《ばんそう》をしてほしがっているのに、断《こと》わるのはひどいという気がしたが、コンサートにはできるだけかかわりたくなかったのだ。自分のピアノの独奏《どくそう》もやるといわなければよかった、と思っていた。いまは人前でピアノを弾く気にはなれなかった。ルークの人生であまりに多くのことが起こっていた。なんとかしなければならない、やっかいなことが。得意そうにピアノなんか弾いているひまはない。馬がひづめを打ち鳴らす音が聞こえたので、ミランダのほうに視線《しせん》をもどした。

「なにを演奏するの？」

『精霊《せいれい》の踊《おど》り』よ、グルックの」

「いい曲だね」とミスター・ギルモアがいった。「家にその曲のレコードがあるよ」

「じゃあ、あたしの演奏《えんそう》なんて聞かないほうがいいわよ。あたしのフルート、ひどいの。だからルークに助けてもらえたらな、と思っていたの。ルークはピアノがすごくじょうずだから、あたしのフルートのまずいところをカバーしてもらえるんじゃないかって。でも、無理には――」

「いいよ」とルークがいった。

ミランダがふりかえった。「ルーク、あたし、無理には――」

「やるよ。わかった？　なんてことないよ。弾《ひ》くよ」

「ほんとに？」

「ああ」

ミランダはルークの気が変わるのではないかというように、しばらくルークを見つめていた。それでもルークがなにもいわないでいると、ミランダの顔がうれしそうに輝《かがや》いた。「ありがとう、ルーク。きっとだめだと思ってたのに。すっごくうれしいわ。今度のコンサートのことでずっと悩《なや》んでいたの。あたしいままで人前で演奏したことないし。練習の日にちを決めるために電話していい？」

「もちろん」

「ありがとう」ミランダはルークにほほえみかけた。「ほんとにありがとう。助かったわ。ハーディング先生に電話して、ルークが伴奏《ばんそう》してくれることになったっていっとく。プログラムに書かなきゃいけないから」

「いいよ、ぼくからいっとくから。十時にレッスンがあるんだ」

「わかったわ」ミランダはもう一度ほほえんだ。「ほんとうにありがとう、ルーク」

「いいんだよ」

「じゃあ、あとでね」

「うん」

「じゃあね、ロジャー」

「さよなら」

ミランダは笑顔《えがお》で去っていった。ミスター・ギルモアはしばらくミランダを見つめていたが、それからやはり笑みを浮《う》かべていった。「あの子はほんとうにいい子だね」

ルークはなにもいわずに向きを変え、〈ヘイヴン〉めざして歩きだした。かまわないでほしい、とそれまで以上に切望しながら。だがミスター・ギルモアは追いついてきて、同じ歩調で歩きだした。ルークは少し横を向いた。話しかけられたくないから、というだけではなく、また頭の中にあふれ出した音、とりわけあの不思議《ふしぎ》な女の子の声に集中するためだった。〈お屋敷《やしき》〉からこんなに離《はな》れているのにどうして聞こえるのか、ルークにも謎《なぞ》だったが、それでもルークの注意を引こうとするように声はたしかに聞こえてきた。前と同じく言葉はなく、ただ頭の深いところで絶《た》えず泣き声だけが響《ひび》いていた。それから今度は音楽も聞こえてきた。せつなげな、子どもらしい曲で、前にどこかで聞いたことはあったが、それがいつ、どこで聞いた曲で、だれが作曲したなんという曲だったかは思い出せなかった。ルークにわかっていることは、その曲が自分にとりつこうとしているということだけだった。うっとうしいことに、ミスター・ギルモアはよりによってこの瞬間《しゅんかん》にまた話しかけてきた。

「きみがミランダの曲を手助けしてあげることになってよかったよ」

「簡単《かんたん》に弾《ひ》ける曲だから」

「それが答えなのかい？」

「あんたへの答えとしてはそれだけだね」

ミスター・ギルモアは唇《くちびる》をぎゅっと引き結んだが、なにもいわなかった。ふたりで歩きつづけながら、ルークはこれ以上しゃべらずにすみますように、と祈《いの》っていた。だが〈ヘイヴン〉へとつづく道に出たとき、このいやな男はまた話しかけてきた。「ということは、もしむずかしい曲だったら、手伝ってあげないというつもりだったのかい？」

「そんなこと知るかよ」ルークは怒《おこ》ってちらりとミスター・ギルモアをにらんだ。「なんで次から次へとばかなことばっかりきくんだよ？」

「さあね。ピリピリしているからかな」

「なににピリピリしてるんだよ？」

「きみにだよ」

ふたりはしばらくにらみあっていたが、それから〈ヘイヴン〉までだまって歩いた。ルークが門を押《お》し開け、それからふりむいて顔をしかめた。

「あんたがどういう気持ちになろうが、おれにはどうすることもできないね」

「それはそうだ」

「だから、責《せ》められたって困《こま》るんだよ」

「まったくそのとおりだ、ルーク。責めてなんかいないよ」

顔がさらにこわばっていくのをルークは感じた。ミスター・ギルモアのおとなしい反応《はんのう》に、なぜか先ほどの質問《しつもん》以上にいらいらさせられた。だからといってどうすることもできなかった。ここでいつまでもぐずぐずしていてもしかたがない。ルークは肩《かた》をすくめ、門のほうにあごをしゃくった。

「あんたも来るの？」

「いや」ミスター・ギルモアは落ち着いてルークの顔を見て、それからあつかましくもほほえみかけた。「ぼくは帰るよ、ルーク。請求書《せいきゅうしょ》も作らなきゃいけないし。またあとでな」そういって広場のほうへとつづく道を去っていった。

憤慨《ふんがい》し、同時になぜかわずかにうしろめたさも感じながら、ルークはその場に立っていた。むりやりミスター・ギルモアのことは頭の片《かた》すみに押《お》しやり、もう一度家のほうを向いた。だが、そのとき、また女の子の泣き声と、前にも耳にしたあの単純《たんじゅん》な曲の調べと、それからすべての空間を飲みこんでしまいそうな、深く、遠いところからやってくるうなりが聞こえてきた。それだけではない。他にももっといろいろな——切迫《せっぱく》したような、落ち着かない、不気味な——音が押し寄《よ》せてきた。ルークの心をあこがれと不安でいっぱいにするような音が。

6

ハーディング先生はルークがシューベルトの曲を通して弾《ひ》くのを聞いてから、しばらくだまってすわっていた。年取った顔が、顔をしかめているためにいつもよりいっそういかめしく見えた。ルークは先生をしばらく見つめていたが、なにもしゃべらないので、横を向いて窓《まど》の外の庭をながめた。二匹《ひき》の猫《ねこ》が芝生《しばふ》の上のコマドリに忍《しの》び寄《よ》っていたが、コマドリが気づいて塀《へい》のむこうへ飛んでいってしまうと、こそこそとどこかへ行ってしまった。ルークはハーディング先生のほうをふりかえった。先生はまだピアノのそばの椅子《いす》にすわってだまりこくっていた。それから突然《とつぜん》、居眠《いねむ》りから覚めたかのように、体をびくりと動かした。

「ルーク」苦労して立ちあがりながら先生はいった。「ちょっとこっちに来てすわりなさい」

「ぼく、すわっていますけど」

「ピアノから離《はな》れてという意味だよ」

ルークはわけがわからないという顔をしたが、先生はルークの腕《うで》を軽くたたいて笑《え》みを浮《う》かべた。

「ルーク、いい子だからちょっということを聞いておくれ。このごろのきみはなんでも、だれにでも質問《しつもん》したいようだな。それに、自分の曲を弾《ひ》きたい、わたしみたいな退屈《たいくつ》な老人相手におしゃべりなんかせずにさっさと帰りたい、と思っているのだろう。だが、一度くらいはいうとおりにしてわたしを喜ばせておくれ」先生は突然《とつぜん》体を前かがみにして、ルークの顔にできたあざをしげしげと見た。「それに、そんなふうになぐられたあとなんだから、今日はあまりたくさん弾かんほうがいいだろう。ああ、ああ、わかっとるよ。そのことは話したくないんだろう。さあ、こっちへ来てすわりなさい」

そして答えも待たずに、足を引きずりながら大きな張《は》り出し窓《まど》のそばにあるひじかけ椅子《いす》のほうに歩いていくと、苦労してそこにすわった。まだ当惑《とうわく》したまま、ルークはピアノの前から立ちあがり、窓ぎわに歩いていった。ハーディング先生はなにをしたいんだろう、と思いながら先生の向かい側のひじかけ椅子にすわった。しかし、ハーディング先生はすぐになにかをしたいわけではないようで、ただ窓から庭をながめていた。これはいったいなんなんだ、と思いながら、ルークも外を見た。ハーディング先生はかなりの変人だったが、いままでレッスンを中断《ちゅうだん》するようなことは一度もなかった。しかも、レッスン時間はまだ四分の一も終わっていない。

先生は病気なのかもしれない。たしかに年を取ってきたし、このごろでは関節炎《かんせつえん》のためにあまり動きまわれなくなっていた。もう教えるのはやめたほうがいいのかもしれないし、今年も村のコンサートをしきるなど無理なのだ。だが、ハーディング先生は音楽を心から愛していて、先生が音楽活動をあきらめることなんて想像《そうぞう》できなかった。ルークは椅子の上でもぞもぞした。ハーディング先生のことは好きだけれど、レッスンもしないのに母さんからお金を取るなんてずるい。

ルークの心を読みとったように、ハーディング先生がいった。「今日のレッスンはただにするよ、ルーク。ただすわっているだけだからな」先生はまだ庭をながめていた。「あのフジを見てごらん」と先生は夢見心地《ゆめみごこち》でいった。「花が咲《さ》きはじめておる。きれいだろう？　森ではヒヤシンスが咲いているんだろうな」

「はい」

「さぞ美しいことだろう。残念ながらわたしはこの椅子《いす》にすわったままで想像《そうぞう》することしかできんが。このごろでは年を取りすぎて、とても森をぶらぶら散歩したりできなくなった。さみしいもんだ。木登りもなつかしいなあ。まったく。きみの年ごろには、じつによく木登りをしたものだった」ハーディング先生はまた口を閉《と》じた。目も半分閉じている。長い時間がたったような気がしたが、やがて先生は口を開いた。「きみにはなにが聞こえとるんだ、ルーク？」

「は？」

「わたしのいったことは聞こえとるわけだ」そういって先生は自分の冗談《じょうだん》にくすくす笑った。

ルークはなんといっていいのかわからなくて顔をしかめた。いま、この瞬間《しゅんかん》、まるで宇宙《うちゅう》のありとあらゆる音がなぜか自分めがけてやってこようとしているような気がした。どう考えたってそんなことあるわけがない、そうわかってはいたが、それにもかかわらず頭が音であふれそうだった。ツグミの鳴き声、となりの家の庭から聞こえる子どもたちの笑い声、道路でサッカーボールが跳《は》ねる音、その他もろもろの音。もっと小さな音も聞こえてきた。あまりに小さな音なので他のだれにも聞こえないのだろうが、ルークには太鼓《たいこ》をたたいているように大きく聞こえる。ハーディング先生の心臓《しんぞう》の鼓動《こどう》、先生がごくりとつばを飲む音、先生の筋肉《きんにく》がぎしぎしいう音、胸《むね》の内のつぶやき、他にもいろいろな音が聞こえる。あまりに微妙《びみょう》なので本物とは思えないけれど、あまりにあざやかなので否定《ひてい》することができないような音たちだ。庭の見えないところをうろついている猫《ねこ》たちの息づかい。猫の足が地面を踏《ふ》む、羽毛がふれたような軽《かろ》やかな音。猫の毛皮に花びらが軽くこすれる音。木の根や小枝《こえだ》の上をせかせかと移動《いどう》する虫たちの足音。雲のささやき、風のざわめき、宇宙《うちゅう》で回転している地球のかすかなうなり。すべてを支配《しはい》している海のうなり、そしてどうしても頭から消えず、光の糸のようにルークに巻《ま》きついてくるあの子どもらしい曲——などなど。

「島は物音に満ちている」ハーディング先生が先ほどと同じ夢見《ゆめみ》るような声でいった。先生はルークをちらりと見て、けだるい笑《え》みを浮《う》かべた。「引用だよ」

「なにからの、ですか？」

「どうでもいい。きっときみには興味《きょうみ》がないだろうからな」先生は頭を椅子《いす》の背《せ》にもたせかけ、今度は完全に目を閉《と》じた。「きみの世界はいつも音であふれておるんだろう。きみは音楽でできているんだよ、ルーク」と先生はいった。

「なんですって？」

「きみは音楽でできているんだ。だれでもそうだが、きみは特別だ」

「どんなふうに？」

「きみは音楽を体験《たいけん》しておる。そんな人間はめったにいないが、きみはそのひとりなんだよ。きみは音楽に心をうばわれている。だが、それには相当の代償《だいしょう》もともなう、そうじゃないかね？」

ルークは顔をそむけた。だんだんと落ち着かなくなってきた。ハーディング先生はいつも気まぐれではあったけれど、こんなふうな話をしたことは一度もなかった。たいていは、ルークの演奏《えんそう》にただ耳を傾《かたむ》け、感想や助言を二、三口にする。それだけだった。ルークがピアノを習いはじめた最初のころにはもう少し口を出したが、それでもあまりいろいろとはいわなかった。父さんが――リサイタルで家を離《はな》れているとき以外は――いつもそばにいてくれて手助けしてくれたからだ。父さんの助けこそほんとうの助けだった。だれもがほしいと思うような最高の、専門的《せんもんてき》な助けだった。ハーディング先生がどんなにがんばってもああはできなかっただろうが、そんな必要もなかった。

ルークは先生の視線《しせん》を感じてふりかえった。ハーディング先生はほほえんだ。「わたしがきみに教えられることはなにもないよ、ルーク。なにひとつない。少なくとも音楽に関してはな。いままでだってぜんぜんなかった。わたしにできたことといえば、横からきみをはげますことだけだった」

「でも、ぼくは弾《ひ》いていてまだまちがいますよ」

「技術《ぎじゅつ》のことをいっているのではない。音楽性《せい》のことをいっているんだよ。きみもわかっていると思ったが」長い沈黙《ちんもく》が流れた。先生のまなざしはまだルークに注《そそ》がれていた。やがて先生はまた口を開いた。「だが、深いところではわかっているはずだ。わたしにはわかるよ」

この会話がますますきまり悪くなってきて、ルークはふたたび顔をそむけた。マントルピースの上に見たことのない小さな木の彫刻《ちょうこく》を見つけて、ルークの目が光った。ピアノの前にすわっている男の彫刻《ちょうこく》だった。ピアノにおおいかぶさるようにしているためにピアノと一体化しているように見える。だれの作かはまちがいようがなかった。

「いいだろう？」というハーディング先生の声に、ルークがふりむくと、先生もその彫刻を見つめていた。「なにか作ってくれと、ロジャーに頼《たの》んだんだよ。そうしたら、このすばらしい作品を持ってきてくれた。金はけっして受け取ろうとしない。プレゼントだというんだよ」ハーディング先生は首を振《ふ》った。「いつも文《もん》なしなのも無理ないな。だが、あの男には美を見きわめる才能《さいのう》がある。そのことはまちがいない。この作品はじつによく本質《ほんしつ》をとらえておる。そうは思わんかね？　人間と楽器が同じものでできているんだよ」

「トネリコですか？」

「ああ、だがわたしがいったのは素材《そざい》のことじゃない」

「じゃあ、なんのことなんですか？」

「音楽ということだよ、ルーク。音楽そのものだ」

また長い沈黙《ちんもく》が流れた。ふたりともまだ彫刻を見つめていた。その彫刻を見れば見るほど、ますます不愉快《ふゆかい》になってきたが、ルークにはなぜだかはよくわからなかった。ハーディング先生がまた口を開いた。「きみにも美を見きわめる才能はあるよ、ルーク。だがきみ自身がちゃんとしていないと、それもあまり役に立たんよ」

「どういう意味ですか？」ルークはいぶかしんできいた。

ハーディング先生はしばらくのあいだ彫刻をながめてから、答えた。「きみの才能はおおいに他の人の助けになる。だが、きみ自身にとっても助けだと一度でも考えたことがあるかね？」

「ぼくは助けなんていりません」

「そうかな？」

「いりません」

「わかった」

ハーディング先生は窓《まど》のほうに視線《しせん》をもどし、また庭をながめた。さっきのありがたくもない助言に腹《はら》が立ってきて、ルークはむこうを向いている先生の頭に向かって顔をしかめた。「ぼくは助けなんかいりません」もう一度いった。

「さっき聞いたよ」

「じゃあ、どうしてぼくに助けが必要だなんて助言をなさるんですか？」

「それは、きみがいま闘《たたか》っているからだよ、ルーク」

「だれと？」

「みんなと。とりわけきみ自身と」

ルークは腹を立てて立ちあがった。「そんな話を聞くために来たんじゃありません」

「まさにそのとおり。だが、質問《しつもん》したのはきみだよ」

ルークはその場に立ったまま、まだ先生をにらみつけていたが、これからどうしていいのかわからなかった。一方では足音荒《あら》くこの部屋《へや》から出ていきたかったが、もう一方ではここに残って先生に自分の気持ちを聞いてもらいたい気もしていた。先生はルークをちらりと見てほほえんだ。まるで気まずいことなどなにもなかったかのように。それから、それまでと同じ静かな声でいった。

「今年のコンサートが終わったら村を離《はな》れるつもりなんだよ」

ルークはどすんと椅子《いす》にすわりなおした。「どうしてです？」

「いや、引退《いんたい》しようと思ってな。疲《つか》れてしまったし、正直《しょうじき》にいうとな、ルーク、健康《けんこう》にも不安があるんだよ。だからコンサートは今年で終わりだ。最後のコンサートをやったら、引《ひ》っ越《こ》すよ」

「どこへ？」

「ノリッジへ。姉といっしょに暮《く》らすよ。姉ももう八十五だから、面倒《めんどう》を見てやらんと」

「先生のほうこそ面倒を見てもらわなきゃいけないのに」

先生はルークに向かって顔をしかめてみせた。「その言葉は、わたしがぼけとるという意味ではなく、健康状態《じょうたい》を心配していってくれたんだと受け取らせてもらうよ。どっちしてもありがとうよ」先生は、昼寝《ひるね》でもするかのようにあごを胸《むね》にくっつけ、しばらくだまっていたが、やがてこういった。「なにか弾《ひ》いておくれ、ルーク」

「なにを弾けばいいですか？」

「ああ、なんでもいいよ。きみが好きなものを。きみの頭の中に聞こえているものでいい。いま、きみの頭の中でなにか曲が聞こえていることはわかってるよ」

ルークはずっと自分にとりついている曲のことを思った。子どもらしくて、もの言いたげで、なぜか〈お屋敷《やしき》〉にいた女の子のことを思い起こさせるあの曲だ。ルークは子どものことを思って作曲された曲を思い出そうとした。シューマンの『子どもの情景《じょうけい》』があったが、あの曲は入っていなかった。「ハーディング先生？」とルークはいった。

「なんだ、ルーク」

「『組曲　子どもの領分《りょうぶん》』の楽譜《がくふ》はありますか？」

「ドビュッシーは嫌《きら》いじゃなかったのかね？」

「どこかにあったはずだがな。問題なのは出てくるかどうかだ」ハーディング先生は椅子《いす》につかまって立ちあがり、足を引きずって棚《たな》のほうに行った。棚にはルークの家の音楽室と同じように楽譜がぎっしりと並《なら》んでいた。かなりさがしまわってから、先生はようやく束から楽譜をひとつぬきだして、ほこりをはらった。「そのうちこれをすべてきちんと整理しないとな」とつぶやいた。「引《いん》退《たい》後のちょっとした仕事というところかな。とにかく、あったよ」

ルークは勢《いきお》いよく立ちあがって先生のほうに歩いていった。先生はルークの肩《かた》につかまり、その楽譜をわたした。ルークが楽譜を開け、ふたりはいっしょに中身を見た。ハーディング先生は各曲のタイトルに指を走らせた。「美しい曲もいくつかあるよ、ルーク。『人形へのセレナーデ』がいちばん好きかな。それとも『小さな羊飼《ひつじか》い』か。両方ともすばらしい曲だ。ドビュッシーを見なしてやるべきだよ。で、どうして『子どもの領分』の楽譜がほしかったのかな？」

「ちょっと見てみたかったんです」ルークはぱらぱらとページを繰《く》り、それぞれの曲の最初の何小節かを見ながら、ずっと頭の中で流れている曲をさがした。だがその曲は見つからなかった。ここで見つかると思っていたわけではなかった。シューマン以上に、ドビュッシーはあのメロディからはほど遠かった。

「これを弾《ひ》いてみておくれ」先生はそういって、ずっとページを繰《く》っていった。『雪は踊《おど》る』だ。わたしはこの曲が昔から好きだったんだ。きみに特別弾きたいというのがなければ、の話だがね。ただし、『ゴリウォーグのケークウォーク』だけはやめてくれよ。この曲がとても人気があるのは知っておるが、わたしはこの曲にはがまんならん」

「先生こそドビュッシーを見なおしてやったらどうですか」

「これは一本取られたな」ハーディング先生はまゆを上げた。「わたしをからかっているのなら、少しは元気になってきたということかな。さあ」先生はよろよろとひじかけ椅子《いす》にもどってもう一度腰《こし》を下ろした。「なにか弾いておくれ。なんでもきみの好きなものでいいから。どうしてもというのなら『ゴリウォーグのケークウォーク』でもかまわんよ」

ルークは『雪は踊る』を弾きはじめた。この曲は知らないと思っていたが、弾きだしたとたんに、ああこの曲かとわかった。父さんが何度か弾いていた曲だった。ルークの頭の中で渦巻《うずま》いているあのもの言いたげな曲ではないが、美しい曲だ。弾いていくにつれて徐々《じょじょ》にこの曲の中に入りこんでいき、やがて目の前に雪が舞《ま》っているイメージが現《あら》われてきた。その一方でもうひとつの曲も、なぜかこの雪の曲に寄《よ》り添《そ》いつづけていた。

ハーディング先生は動かなかったが、ルークには先生が自分の後ろに、身じろぎもせずにすわっているのが感じられた。ルークは弾きつづけた。目の前に雪の一片《ぺん》一片がちらついていたが、依然《いぜん》もうひとつの曲もそこにしがみつき、ルークの頭の奥《おく》のほうで鳴りつづけていた。ドビュッシーの曲は終わりになったが、もうひとつの曲のほうはささやきのように聞こえつづけ、それからついに消えてしまった。すべての音がなくなってしまったようだった。ルークは沈黙《ちんもく》の中にすわり、じっとピアノを見つめていた。ハーディング先生がため息をついた。

「お父さんと同じタッチだな、ルーク。ありがとう。そして成功《せいこう》を祈《いの》るよ」

「成功を祈る、ですって?」ルークはピアノの椅子《いす》からくるりとふりかえって先生を見つめた。

「もうレッスンをしてくださらないんですか?」

「さっきもいっただろう。きみにはわたしは必要ないんだよ。きみには新しい先生が必要だ。わたしなんかよりもっとずっと力のある先生がな。きみがほんとうに尊敬《そんけい》できるような先生が」

「ぼくは先生のことを尊敬してます」

「ありがとうよ、ルーク。だが、それでも新しい先生が必要だ」

「だけど、コンサートはどうなるんです? ぼく、先生が弾《ひ》けとおっしゃったリストの練習をしないと」

「ああ、あの曲はやめておけ」先生は手でふりはらうしぐさをした。「リストはたしかに巨匠《きょしょう》だがな、きみの性《しょう》には合わん。なんであんな曲をきみにすすめたのか、自分でもわからんよ。おそらくきみの才能《さいのう》を見せつけて、いい気になりたかったんだろうな。この年になって恥《は》ずかしいことだ」

「つまり、ぼくにはあの曲はまだ無理ということですか?」

「もちろんきみは優秀《ゆうしゅう》だよ。練習すれば、すぐにどんな曲でも弾きこなせるようになるだろう。それくらいきみは優秀だということだ。だが、さっきもいったように、これは技術《ぎじゅつ》の問題じゃない。

音楽性《せい》についてのことだよ。きみの心の中でどんな歌が歌われているかということだ。きみはリストをとてもじょうずに弾《ひ》くが、リストはきみの心の中では歌われていない。あのリストの曲をもっとずっと前にやめさせておけばよかった。そうしなかったのは、単に老人の虚栄心《きょえいしん》からだったんだ。コンサートではなんでもきみが好きなものを弾けばいい。ああ、そうだ、ところでミランダの伴奏《ばんそう》をしてやってくれんかな？　あの子はとても神経質《しんけいしつ》になっておってな。ここ何週間も、きみに頼《たの》んでみるようにけしかけておるんだが、いまだにそうしてないようなんでな」

「いや、聞きましたよ。で、やることにしました」

「ああ、それはよかった」

「だけど、ぼくが独奏《どくそう》する曲をなににしたらいいのかわからないんです。それに、プログラムはどうします？　曲名を印刷《いんさつ》しなきゃいけないでしょ。それに——」

「ルーク、まあ落ち着かんか」ハーディング先生はルークにほほえみかけた。「今度のコンサートは、わたしの四十年間をしめくくる最後のコンサートだ。多少のわがままはさせてもらうさ」

「だけど、ぼくがなにを弾くか決めないとプログラムの印刷はできませんよ」

「心配するな。きみのところにはこう書いておく。〝ルーク・スタントン　自由曲〟とな。これでどうだ？」

「なんかへんですよ」

「いいんだよ。じゃあ、好きな曲を選んでおいで。きみがやりたいのなら、へんな曲でもいいぞ。で、当日の夜やってきて弾いてくれればいいんだ。前のときのように、きみには最後に弾いてもらうから。その夜のしめくくりにな」

「じゃあなにを弾《ひ》くかはいつお知らせすればいいですか？」

ハーディング先生は目をくるりと回して見せた。「ルーク、きみはほんとにことをややこしくするのが好きなんだな。わたしにはなにもいう必要はないんだ。わかったか？　ただ当日の夜来て、わたしたちを幸せにしてくれればそれでいいんだよ」

ルークがもう一度窓《まど》の外に目をやると、またさっきの猫《ねこ》が芝生《しばふ》を横切っていくのが見えた。間《ま》もなく猫たちの姿《すがた》は納屋《なや》の後ろに消えていった。うなるような音がまた聞こえてきた。その音はどんどん大きくなっていき、ついには宇宙《うちゅう》のすべての粒子《りゅうし》から飛び出してきてルークの体の内も外も駆《か》けめぐっているような感じがしてきた。そしてそのうなりの真ん中から、まるでその中で丸く縮《ちぢ》こまっていたように、またあの女の子の泣き声と例の不思議《ふしぎ》なもの悲しいメロディが聞こえてきた。

ハーディング先生はまた頭を椅子《いす》の背《せ》にあずけ、ゆっくりと目を閉《と》じた。

「島は物音に満ちている」と先生はいった。

7

ルークは母さんが車で買い物に出かけるまで待ってから、階段《かいだん》を駆《か》けのぼり、母さんの仕事部屋《べや》に入った。そしてコンピュータのスイッチを入れると、自分のパスワードをたたきこんだ。ひとりになれていい気分だった。ひとりになりたくてたまらなかったのだ。人といっしょはもううんざりだ。だが、いまでもルークの孤独《こどく》は完璧《かんぺき》とはいえなかった。ルークの思いのあいだを縫《ぬ》うように、またあの女の子の泣き声がするのだ。ルークはその声を無視《むし》して自分あてのEメールをチェックすることに集中しようとした。二通来ていた。一通はミランダからで、もう一通はルークの知らないアドレスからだった。だが、ひと目でだれからのものかわかった。たったひとことだけのメールで、スキンは署名《しょめい》さえ入れていなかった。

午前〇時

ルークは顔をしかめ、メッセージを削除《さくじょ》するとミランダのメールを開いた。


こんにちは、ルーク。

コンサートでわたしの伴奏《ばんそう》をするといってくれてありがとう。もしフルートがひどくても、ピアノはすばらしいとわかっているから、ずいぶん気持ちが楽になりました。ルークに恥《はじ》をかかせないように、一生けんめいがんばるから。メラニーにピアノを弾《ひ》いてもらってあの曲をやってはみたんだけど、メラニーも自信がなくって（わたしみたいに！）、何度も途中《とちゅう》で演奏《えんそう》を止めるし、弾きながらもじもじしたり鼻をぐすぐすいわせたりするので、気が散ってしようがないの。ルークが弾いてくれたら、そんな心配はぜんぜんないものね。近いうちに会って、練習できる？　ルークはすごくじょうずだから練習する必要なんかないのはわかっているけど、わたしには必要だから。もしいっしょに練習できたら、とてもありがたいんだけど。明日の朝十一時ごろ、時間ありますか？　〈トビー・ジャグ〉に来てくれるなら、うちのピアノでやってもいいし、わたしがルークの家に行ってもいいです。どっちでも。明日はかなりお店を手伝わなければならないので、わりといそがしいけど、十一時ごろなら時間があくから、そのときに練習してくれたらすごくうれしいです。それでいいかどうかと、どこで練習するかを知らせてね。もう一度ありがとう、ルーク。これってわたしにはすごいことなの。いままで人前で演奏したことなんて一度もないから、なんとかうまくやりたいと思っています。じゃあ、またね。

愛をこめて :-) ミランダ

ルークはすぐに返事を書いた。

明日でだいじょうぶ。十一時に〈トビー・ジャグ〉へ行くよ。じゃあそのときに。
ルーク

ルークは椅子《いす》の背《せ》にもたれて窓《まど》の外を見た。道路のむこうのビル・フォーリーの農場が遅《おそ》い午後の日差しを浴びて黄金色《こがねいろ》に輝《かがや》いている。ツバメが納屋《なや》のあたりをすばやく飛んでいるのが見えた。ルークはしばらくそれを見ていたが、やがてデスクのほうに向きなおると、母さんが翻訳《ほんやく》の仕事で使っているノルウェー語の辞書や事典などのほうに目を向けた。そばの壁《かべ》には父さんの写真が額《がく》に入れて飾《かざ》ってあった。化学療法《りょうほう》のために髪《かみ》の毛がぬけ落ちる前に、ロンドンのロイヤル・アルバート・ホールの外で撮《と》った写真だ。写真の下には母さんが父さんにこの写真をあげる前に走り書きした文字があった。

わたしのすばらしい夫《おっと》、マットへ。愛をこめて。キアスティ

それ以上見ていられなくなって、ルークは目を閉《と》じた。すると驚《おどろ》いたことに、暗いまぶたの裏《うら》に青い光が広がっていくのが見えた。まるで池にさざなみが広がっていくみたいなその様子に、なぜ

か心がなぐさめられるような気がして、ルークはしばらく見つめていた。あの聞き慣《な》れたうなりのような音が聞こえてきた。今回はうなりというよりはブーンという羽音《はおと》のようだった。それでもあいかわらず力強く、はっきりと聞こえてくる。ルークはデスクの角をにぎりしめ、耳を澄《す》ました。この音はなんだろう？　どこから聞こえてくるんだろう？　いまでは絶《た》えず鳴っているようだった。音が聞こえないときでも、まるでけっして止まらないエンジンのように体じゅうにその震動《しんどう》を感じることができた。他の音も聞こえてきた。小鳥のさえずり、飛行機の音、納屋《なや》のそばでだれかとしゃべっているビル・フォーリーのおかしな笑い声。だが例の羽音のような音は、すごくかすかな音なのに、どんな音よりも大きく聞こえた。青い光がどんどん濃《こ》くなっていき、ルークの内なる視野《しや》のはしっこのほうで金色のしぶきが見えた。

なにが起こっているのか不安になってきて、ルークはぱっと目を開けた。これらの光景や音はこわくはなかったが、落ち着かなかった。なにをしにここに来たかを思い出し、スクリーンを見つめかえした。だが、自分がしようとしていることがいやでしかたなかった。母さんあてのEメールを盗《ぬす》み見ると思うと嫌悪感《けんおかん》でいっぱいになった。うしろめたさももちろん感じていたが、それよりもこれから自分が見るかもしれないものをおそれる気持ちのほうが強かった。前に一度これをやったのは、学校のサール先生がクラスでのルークの態度《たいど》について母さんにEメールを送ったと思ったときだった。結局なにも見つけることはできなかったが、それでもじゅうぶんにいやな気分だった。だが、またメールをチェックしなくてはならなかった。母さんとロジャー・ギルモアのことをさぐらなければならない。もしふたりがメールのやりとりをしているのなら、おそらく結婚《けっこん》のことも話しあっているはずだ。ふたりがどういっているのか、たしかめなくては。
前に母さんのシステムに侵入《しんにゅう》したときからパスワードを変更《へんこう》していませんように、とルークは思った。簡単《かんたん》に思いつくパスワードだった。母さんはお気に入りの作曲家のフルネームを選んだだけだったのだ。息をとめて、ルークはそのパスワードをたたきこんだ。

edvardgrieg（エドヴァルド・グリーグ）

ややあってから、母さんのEメールの受信トレイが開いた。メッセージがいっぱい来ていたが、ほとんどはノルウェーの翻訳《ほんやく》の顧客《こきゃく》からのものだった。ルークは送信者名をひとつひとつチェックしていった。すると最後にさがしていた名前があった。

ロジャー・ギルモア

ルークは顔をしかめ、メールの送信日時をチェックした。自分がハーディング先生のところに行っていたあいだに送信されていた。一瞬《いっしゅん》ためらったが、ルークはそのメールをクリックし、メッセージをスクリーンに呼《よ》びだした。スキンのメールのように、これも短くて署名《しょめい》もなかった。

待てというのなら、いつまでも待つよ。

そしてその下には、その前に母さんが送ったメールが引用されていた。

ロジャー、お願いだからもう少し待って。もう少ししたらきっと返事をするから。キアスティ

ルークは自分のEメール・システムにもどった。母さんのEメール・システムから出てほっとしたが、気分は最悪だった。「待てというのなら、いつまでも待つよ」ルークは顔をしかめた。どうしてミスター・ギルモアが母さんのことを好きにならなきゃいけないんだ？　どうして他のだれかを好きになれないんだ？　美しい女の人なんてまわりにいくらでもいるだろうに。なにも母さんだけというわけじゃないのに。それにどうしてミスター・ギルモアがあんな人でなきゃいけないんだ？　ルークは両のこぶしをにぎりしめ、この怒《いか》りを忘《わす》れまいとした。だが、そんなことをしても無駄《むだ》だった。どんなにがんばっても、自分が下《くだ》したロジャー・ギルモアへの評価《ひょうか》を受け入れるのがどんどんむずかしくなってきていた。もしロジャー・ギルモアが傲慢《ごうまん》だったり、退屈《たいくつ》だったり、ばかな男だったりしたら、へんな話だがもっと簡単《かんたん》だっただろう。もっともそれでも好きにはなれなかっただろうが。だが、どれほど皮肉《ひにく》っぽく見ても、ロジャー・ギルモアがそんな人でないことはわかっていた。唯一《ゆいいつ》の欠点は、かつて父さんの妻《つま》だった女性《じょせい》を愛してしまったということだけなのだ。

父さんの妻。

その言葉が胸《むね》に突《つ》きささり、涙《なみだ》があふれてきた。ルークはこぶしをいっそう強くにぎりしめた。こんなことに屈《くっ》するもんか。闘《たたか》ってやる、なにか……なにかしてやる。ルークは画面をにらみつけ、衝動《しょうどう》にかられるように「メッセージの作成」をクリックした。目の前にボックスが現《あら》われ、受信者のアドレスの欄《らん》でカーソルが点滅《てんめつ》した。ルークはキーボードをたたきはじめた。

dad@heaven.com（父《ダッド》さん@天国《ヘヴン》ドット・コム）

それから手を止めた。いったいぼくはなにをやってるんだ？　こんなことをしたらよけいに心が乱《みだ》れるだけじゃないか。だが、いまさらあとには退《ひ》けなかった。ルークは想像《そうぞう》上のEメールアドレスをにらみつけていたが、やがてタイトルの欄をクリックしてキーボードを打った。

どうして？

ルークは抑《おさ》えきれずに泣きながら、メッセージ欄をクリックして、キーボードを打ちつづけた。

どうして答えてくれないの？

ルークはメッセージを送信し、コンピュータの電源《でんげん》を切り、両手で顔をおおった。ばかみたいなことをしてしまった。自分でもわかっていた。あのメッセージはアドレス不明としてサーバーからもどってくるはずだ。そうしたらメールを送ったときよりもいっそうみじめな気持ちで落ちこむだろう。いまよりみじめになることが可能《かのう》なら、だけれど。だが、いまはそんなことを考える余裕《よゆう》はなかった。両手で顔をおおったまま、ルークは泣きつづけ、父さんのことを考えつづけた。

落ち着くまでしばらくかかった。ルークは両手を顔から離《はな》して涙《なみだ》を拭《ふ》くと、椅子《いす》にもたれて窓《まど》の外を見た。空がくもってきて畑は鋼《はがね》のような灰色《はいいろ》だった。女の子の声と低いうなりも消えていて、聞こえるのは小鳥の鳴き声だけだった。と、そのとき、音楽が聞こえてきてルークはびっくりした。

あまりに小さいのでひとつひとつの音はほとんど聞き取れなかったが、階下《かいか》の音楽室にあるピアノの音のようだった。でも、そんなばかな。この家にはぼく以外だれもいないのに。どこか他から聞こえてきたにきまっている。ルークはもう一度耳を傾《かたむ》けた。いや、たしかに階下から聞こえてくる。だけど、なんの曲だろう？　いままで聞いたことのあるどの曲ともちがうが、その調べには奇《き》妙《みょう》な美しさがあった。いちばん不思議《ふしぎ》なのは、その調べが途中《とちゅう》でとぎれることだった。しばらく流れると、ある小節の真ん中で急に止まり、また初めからくりかえされるのだ。ルークは何回か聞いていたが、やがて消え入《い》るように音がやんだ。ルークはドアまで歩いていって、立ち止まった。しんと静まりかえっている。あの音楽は想像《そうぞう》にすぎないのかと考えはじめたそのとき、また聞こえてきた。小さな音だがはっきりと、まちがいなく階下の音楽室から聞こえてくる。これはいったいどういうことだろう、とおそろしくなりながら、ルークは階段《かいだん》を下りていった。

階段を下りるにつれてその音楽はかすかになっていったが、それでもまだ聞こえていた。やはり同じところで止まっては、また最初から始まる。まるでその何小節かを完璧《かんぺき》なものにしようと、くりかえし練習しているみたいだった。ルークは廊下《ろうか》に出て、音楽室のドアのところまで行くと、一瞬《いっしゅん》ためらってからドアを押《お》し開けた。そのとたんに、音は消えてしまった。家は静まりかえったが、それでもさっきの音楽の余韻《よいん》が残《のこ》り香《が》のように漂《ただよ》っていた。ルークの頭の中で、途中《とちゅう》まで奏《かな》でられた即興曲《そっきょうきょく》の断片《だんぺん》のように、その音が響《ひび》いていた。ピアノの前まで歩いていって椅子《いす》にすわった。するとまたあの曲が聞こえた。じっと鍵盤《けんばん》を見つめた。鍵盤は動いていなかったが、エネルギーに満ちて輝《かがや》いてるようだった。ルークは自分の中に流れこむように聞こえてくる旋律《せんりつ》に合わせて、指を音もなく鍵盤の上に走らせた。それから鍵盤を押してみた。ピアノの音に一瞬びっくりした。こんなふうに曲をなぞって弾《ひ》くなんて不思議《ふしぎ》な感じがした。が、ルークは弾きつづけた。最初は自分がいま聞いている音の流れを中断《ちゅうだん》しはしないかと心配だったが、やがてこの旋律がしっかりしたものだということがわかるにつれて自信が出てきた。そしてふと気がつくと、ルークは自分が楽しんでいることに気づいた。耳を傾《かたむ》けては演奏《えんそう》し、耳を傾けては演奏するうちに、ピアノ自体がしゃべりだしていた。そのとき、曲がとだえた。

ふたたび沈黙《ちんもく》が広がった。

導《みちび》いてくれるものがなくなって、ルークは鍵盤の上に手をのせたままじっとすわっていた。曲は小節の途中で、思いの途中で、いつもの場所で止まっていた。次はどうなるはずだったのだろうか？　ルークにはわからなかった。窓《まど》のほうを見ると、雲をつきぬけて一条《いちじょう》の日の光が差しこみ、父さんがずっと昔に感傷《かんしょう》にかられて買った古いハープを照らしだしていた。やがてまた雲が広がり、日差しは消えてしまい、空がビル・フォーリーの農場の上に暗く垂《た》れこめた。

ルークは自分を待ち受けているその夜の仕事のことを思い、顔をしかめた。スキンたちとはいっさいかかわりを持たなければよかった、といまさらながら思った。だが、すでに深くかかわりすぎてしまったこと、もしここで約束どおりにうまくやらなかったら、この前よりいっそう高い代償《だいしょう》をはらわなければならないこともわかっていた。あの不思議《ふしぎ》な少女に会えるかもしれないと思っても、気分は少しも楽にならなかった。ルークはピアノを見つめて、もう一度あの途中《とちゅう》で終わってしまう曲を聞こうとした。どういうわけかあの曲は父さんのことを思わせる。だが、父さんと同じように、あの曲も消えてしまった。

8

真夜中の〈お屋敷《やしき》〉は前よりもいっそうおそろしかった。ルークは塀《へい》ごしにその黒々とした輪郭《りんかく》を見つめ、それから少年たちのほうをふりかえった。少年たちはだまってルークを見つめていたが、なにを考えているかルークにはわかっていた。ルークがまた自分たちを裏切《うらぎ》るかどうか見てやろうと思っているのだ。きびしく低い声でスキンがいった。「すべてはおまえにかかってるんだ、ルーク。おれたちが思っているような弱虫じゃないと証明《しょうめい》してみろ」ダズが同感というふうにぼそぼそなにかいった。スキンはちらりと屋敷のほうを見てから、ルークに向きなおった。「今回は窓《まど》がいっぱい開いてるぞ。よかったじゃないか」

それはほんとうだった。二階《かい》の窓が三つ開いていた。ひとつはルークが昨日《きのう》入りこんだ書斎《しょさい》の窓、あとの二つはその左側にある窓だった。それに最上階にある天窓《てんまど》も開いていた。ルークは天窓を見あげて、また女の子のことを思ったが、スキンが腕《うで》をひっぱって自分のほうを向かせた。それから毛糸の目出し帽《ぼう》を出した。「これをかぶれ。ばあさんと鉢《はち》あわせになったときのために」

「いらないよ」ルークは目出し帽《ぼう》を押《お》しもどした。「ちゃんと聞こえなくなると困《こま》るから」

「勝手にしろ」スキンは毛糸の帽子を自分のポケットにつっこみ、体をぐっと近づけてきた。目の中にあの黒い炎《ほのお》がくすぶっていた。「忘《わす》れるな――今回は前とはちがうんだ。ばあさんは家にいる。だからすごく静かにしないといけない。中に入ったら、例の箱だけをさがすんだ。他のものに気を取られてふらふらするんじゃないぞ。どんなにおもしろそうなものがあってもな。もし盗《ぬす》むに値《あたい》するようなものがあったら、頭の中で覚えておけ。また次に来ればいいんだから。いまいるのはあの箱だけだ。これくらいの大きさのやつだ」とスキンは両手を広げて見せた。「で、その箱には――」

「どんな箱かはわかってるよ。前に聞いた」

「よし」スキンはもう一度ルークの全身を見た。「じゃあ行ってこい」

「もし箱がばあさんの寝室《しんしつ》にあったら？」

「だったら、最高に静かに動くしかないだろ？」

「小さなネズミみたいにな」とダズが口をはさんだ。「チュウチュウって」

「チュウチュウはだめだよ」とスピードがうれしそうにいった。「聞こえちまうよ」

ルークがふりむくとふたりがにやにや笑っていた。だがスキンは顔をぴくりとも動かさなかった。

「気をつければ、気づかれやしない。ただ、走ったりするなよ。箱を見つけるまでは、忍《しの》び足だ。それから箱を玄関《げんかん》まで運んで外に出るんだ。そこだけがちょっと危険《きけん》なところだ。ドアを開ける音をばあさんに聞かれるかもしれない。だからおれたちが塀《へい》の後ろから合図を送るまで、家から離《はな》れるな。ばあさんが外を見ていないか、二階《かい》の窓《まど》をチェックするから。だいじょうぶとなったら、箱を門のところまで運んで、おれたちに手わたしてくれれば、それで仕事は終わりだ」

「もしばあさんが窓から外を見ていたら？」

「そのときは、しばらく隠《かく》れていろと合図を送る」

「玄関《げんかん》のあたりでいつまでもうろうろしていられないよ。だれかいるとばれていたら」

「いや、だいじょうぶだ。どの窓からもおまえの姿《すがた》は見えない。ドアにぴったりくっついているかぎりはな。ばあさんが窓から離《はな》れて、一階に下りてくるとか、警察《けいさつ》に電話をするとかしようとしたら、その瞬間《しゅんかん》におれたちが合図するから走るんだ。ばあさんが玄関の近くまでやってくる前に、おれたちは消えてるってわけだ。簡単《かんたん》なことだよ」

ルークは少年たちの顔を順番にちらちらと見たが、この仕事から逃《に》げ出せないことは明らかだった。「じゃあ」そういって、ルークは少年たちを塀《へい》の後ろの隠れ場所に残し、小道を走って屋敷《やしき》の門まで急いだ。ルークの前に屋敷が暗闇《くらやみ》の中で高く、静かにそびえたっていた。右のほうでバックランドの森の木々が夜空を背景《はいけい》にそよいでいるのが見えた。ルークは門をよじのぼって越《こ》え、身を低くして砂利《じゃり》を横切って芝生《しばふ》へ向かい、それから家の後ろ側へと走りこんだ。前回と同じ窓を使おうと決めていた。家に入るにはこれがいちばん簡単なルートだった。あの部屋《へや》は寝室《しんしつ》ではなく書斎《しょさい》だから、ミセス・リトルと鉢《はち》あわせする可能性《かのうせい》も少ないはずだ。もっともミセス・リトルが物音を聞きつけて調べにこなければ、の話だが。

ルークは雨どいに手をのばしてよじのぼりはじめた。スイカズラの香《かお》りが立ちこめる中、ルークはまもなく二階《かい》の高さに達し、窓《まど》のほうに体をのばした。ここでもまた自分の力強い手に感謝《かんしゃ》した。父さんとふたりで湖水地方でロック・クライミングをしたあとで、父さんがルークの手を両手に包みこんでこういったことを思い出した。「立派《りっぱ》な手だ、ルーク。特別な手だよ。力強くて繊細《せんさい》だ。ロック・クライミングにも、ピアノを弾《ひ》くのにももってこいだ。こういう手を持っていたら、なんでもできる。だけど、悪いことにだけは使うなよ」と。

それなのにいまその手を、まさに悪いことに使っていた。ルークは唇《くちびる》を噛《か》んだ。それから反動をつけて書斎《しょさい》に入りこんだ。窓からは月の光も入りこんでいる。影《かげ》の中に移動《いどう》し、じっとして聞き耳を立てた。家の中からは物音も人間の声もなにもしなかった。あの女の子の泣き声さえ聞こえない。しばらくじっと耳を傾《かたむ》けてから、ルークは書斎のドアに忍《しの》び寄《よ》り、部屋《へや》の外の様子をうかがった。廊下《ろうか》は暗かったが、窓から月の光が差しこんでドア口にぬけ、棚《たな》に並《なら》んでいる小立像《しょうりつぞう》を照らしだしていた。小さな立像たちがミニチュアの怪物像《かいぶつ》のようにルークをにらみつけている気がした。左手の端《はし》のドアのすきまからも、月光が一条《いちじょう》差していた。ルークは顔をしかめた。もしあそこがミセス・リトルの寝室《しんしつ》で、ドアを開け放しているとしたら、物音を聞きつけられないようにいっそう静かにしなければならない。ミセス・リトルがあの箱をベッドの横に置いていたらどうしよう？

だがルークは反対側を向いた。箱はあとまわしだ。まずあの女の子を見つけなければ。こっちのほうが箱を盗《ぬす》むことよりもっと危険《きけん》かもしれないことはわかっていた。女の子がパニックになって、声もかけないうちに悲鳴をあげるかもしれない。それでもルークは女の子がだれで、どうなっているのかを調べてみなければならないと思っていた。女の子がこの家のどこかにいることはわかっている。今日にかぎってあの泣き声は聞こえてこなかったが、それでも女の子の存在《そんざい》を強く感じていた。ルークは廊下《ろうか》の端《はし》のちょっと高い位置にある小さなドアのほうへとにじり寄《よ》っていった。あの子はこの前は屋根裏部屋《やねうらべや》に、囚人《しゅうじん》のように閉《と》じこめられていた。だからそこをまず見るべきだろう。それでもあそこまで上っていって、またあの恐怖《きょうふ》におびえた顔を見るのかと思うと、こわくてたまらなかった。

ルークは小さなドアに手をのばし、できるだけそっと開けた。そしてそのままじっとして聞き耳を立てた。家の中では依然《いぜん》なんの物音も人の声もしない。ルークは屋根裏部屋へと通じる階段《かいだん》をじっと見つめた。心臓《しんぞう》がどきどきしている。やがてルークは階段を上りはじめた。あまりにしんとしているので、自分の足音が家じゅうにとどろきわたるような気がした。階段の上の廊下にたどり着いて、ルークは立ち止まった。バスルームのドアは開いていたが、中をのぞこうともしなかった。女の子がそこにいないことはわかっていた。ルークの目は寝室《しんしつ》のドアに釘《くぎ》づけになっていた。前と同じように閉《し》まっている。また鍵《かぎ》がかかっているのだろうか？　そっと忍《しの》び寄《よ》ると、ドアに耳を近づけ部屋の中の物音を聞き取ろうとした。なんの音もしなかった――少なくともルークが聞き取れるような音は。ドアノブをつかみ、ゆっくりと息を吸《す》ってから、回した。鍵《かぎ》はかかっていなかった。カチッと軽い音がした。ルークは身がまえた。中から悲鳴が聞こえると思ったのだ。だが、なにも聞こえてこなかった。もう一度ゆっくりと息を吸いこむと、部屋がのぞける程度《ていど》に細くドアを押《お》し開けた。

電灯《でんとう》は消えていたが、天窓《てんまど》から差しこむ月明かりで部屋の中にはだれもいないことがわかった。

それでも女の子がここで暮《く》らしていたのは――そしておそらくいまも暮らしているのは――明らかだった。ベッドに寝《ね》た形跡《けいせき》はなかったが、女の子の服が床《ゆか》に散らばっていた。ルークは落ち着かない思いであたりを見まわした。あの子はどこにいるんだ？　もう一度ベッドを見た。もしベッドの下に隠《かく》れているなら、ルークの顔が突然現《とつぜんあら》われたらいっそうおそれおののくはずだ。それでも調べないわけにはいかない。ルークはひざをつき、しばらくじっとしてからささやいた。「声をあげないで。お願いだから叫《さけ》ばないで。きみを傷《きず》つけないって約束するから。ぼくはきみの友だちだよ」

それからベッドの下をのぞきこんだ。

あったのは小さなスリッパだけだった。ふたたび立ちあがると、ドアのほうに向きなおった。ルーク自身の恐怖《きょうふ》が刻一刻《こくいっこく》と深まっていった。家は痛《いた》いほど静まりかえっていた。一段《だん》高くなったドアのところまで忍《しの》び足で階段《かいだん》を下り、廊下《ろうか》をながめた。廊下は不気味な静けさを漂《ただよ》わせて目の前にのびていた。書斎《しょさい》と端《はし》の部屋《へや》の、開いたドアのところだけがもれてくる月明かりで明るくなっている。ルークはそっちに向かって、ゆっくり、用心しながら歩きだした。静けさと、近くにいる女の子の存在《そんざい》を感じながら。そしてミセス・リトルはどうしているのだろうと考えながら。

ルークは書斎のドアのところで立ち止まり、窓《まど》のほうをちらりと見た。窓ごしに、庭の南の端に生えているシラカバの枝《えだ》と、星をちりばめた夜空が見えた。ルークは雨どいをつたいおりて暗闇《くらやみ》の中を走り、遠くへ逃《に》げてしまいたい衝動《しょうどう》にかられた。だが、こんなにすぐに空手《からて》で帰ったらスキンにどんな目にあわされるか、ルークにはわかっていた。箱が見つからなかったなどといってもなんの役にも立たない。この前よりもひどくぶちのめされ、もう一度来させられるにきまっている。

ルークは廊下《ろうか》の端《はし》の部屋《へや》のほうをじっと見つめた。あそこから始めるのが順当だろう。廊下ぞいの他の部屋はドアが閉《し》まっているので、開けるときにカチッという音や、ちょうつがいがきしる音などがするかもしれなかった。だがドアが開いて月の光が差しているあの部屋なら、その心配はなかった。半《なか》ば開いたドアのすきまから頭をつっこんで中の様子を見ればいいだけだ。ルークは忍《しの》び足でその部屋に向かっていった。あたりに目を配り、耳を澄《す》まし、ミセス・リトルと女の子がどこにいるのかを感じ取ろうとしながら。行く手に差しこむ月の光はますます明るく、はっきりしてきて、反対側の壁《かべ》にある棚《たな》の角に当たり、小さな彫刻《ちょうこく》のひとつを明るく照らしていた。それはフルートを手にして踊《おど》っている像《ぞう》だった。なぜかハーディング先生のところにあったロジャー・ギルモアの彫刻を思い出した。ドアはほんの一メートルほど先だ。ルークは息を止めて耳を澄ました。

まだ静まりかえっている。さらにドアに近づいた。手が汗《あせ》ばんできた。頬《ほお》も額《ひたい》もだ。この部屋にはだれがいるのだろう？　ミセス・リトルか、女の子か？　それともふたりいっしょだろうか？　あるいはふたりはこのおばけの出そうな家のどこか他の場所にいるのだろうか？　ルークはさらに一歩踏《ふ》み出し、そこでまた立ち止まった。半分開いたドアのすぐそばまで来ていた。開いたドアごしに、カーテンが雑《ざつ》に引かれた窓《まど》と、カーテンのすきまから差しこんで、床《ゆか》の上から廊下、さらにルークのほうまでのびている月明かりが見えた。窓の下には化粧台《けしょうだい》があり、その上に腕輪《うでわ》、カーラー、ヘアブラシ、針山《はりやま》、爪切《つめき》り、毛ぬきなどが置いてあった。そして、思わずルークをはっとさせたものも。

大きな箱があった。

ルークは箱をじっと見つめた。あの箱にちがいない。スキンがいっていたとおりだった。まわりが黒いビロード張《ば》りで、ふたには手のこんだ銀のビーズ飾《かざ》りがあり、正面にはおかしな房《ふさ》がついていた。ルークは両のこぶしをにぎりしめた。成功《せいこう》まであと一歩だ。女の子は見つからなかったが、少なくともこの箱があればスキンに苦しめられることはない。あとは中に忍《しの》びこんで箱を取るだけだった。ルークはドアに隠《かく》れたまま少し前ににじり寄《よ》った。ベッドが——ここは寝室《しんしつ》のようだった——どこか、奥《おく》の右手のほうにでもあるはずだ。ひょっとしたらミセス・リトルと女の子が眠《ねむ》っているかもしれない。寝息《ねいき》が聞こえないかと耳を澄《す》ましたが、自分の息づかいしか聞こえなかった。

覚悟《かくご》を決めて、ドアのすきまから中をのぞいた。

急に力がぬけた。部屋《へや》にはだれもいなかった。ドアの裏《うら》にたしかにベッドはあったが、だれも寝《ね》ていなかった。もっとも少し前までだれかが寝ていたのは明らかだった。シーツと羽根ぶとんが大きな山になって丸められていた。ルークは顔をしかめた。ミセス・リトルと女の子がどこにいるかわからないのは落ち着かなかったが、スキンとのあいだをすっきりさせるという点からは、好都合《こうつごう》に思えた。ルークは箱のほうに忍び寄《よ》っていった。と、そのとき、背後《はいご》で音がした。小さな、わざとらしいせきばらいだった。

パニックに襲《おそ》われてルークがくるりとふりかえると、ドアロにミセス・リトルが立っていた。

9

ミセス・リトルは片手《かたて》にコードレス電話、もう片方の手に杖《つえ》を持っていた。ルークは顔を見られないように顔をそむけた。暗闇《くらやみ》の中なので、だれなのかわかっていないかもしれない。ミセス・リトルが明かりのスイッチを入れる前にわきをすりぬければ、正体がばれずに逃《に》げられるかもしれない。ルークがそう思ったとたんに、まるで心を読んだように、ミセス・リトルは軽蔑《けいべつ》した様子で鼻を鳴らした。

「逃げようなんて考えないことだね。そんなことしたら、あんたの立場がますます悪くなるよ。あんたがだれかはちゃんとわかってるんだから。ルーク・スタントンだね。村のチンピラ連中とうろつきまわっているだろ。ジェイソン・スキナー、ダレン・フィッシャー、それからあの太った子――なんていったかね？」ミセス・リトルはルークにきくというよりも、自問しているようだった。

「そう、スピードウェルだ」とつづけた。「ボビー・スピードウェル。どいつもこいつもろくでなしばかり」ミセス・リトルはルークのほうを見た。「警察《けいさつ》に電話したから、あとは待つだけだよ」

ルークは恐怖《きょうふ》をなんとか隠《かく》そうとしながら、その場に立っていた。ミセス・リトルのいうとおりだった。ここで逃《に》げても意味がない。ミセス・リトルのわきを走りぬけるのは簡単《かんたん》だが、そんなことをしてなんになるというのだ？　ミセス・リトルはルークの名前を知っている。きっと住所もわかっているのだろう。そうでなくても、調べればすぐにわかる。ひょっとしたら侵入《しんにゅう》するところも見られていたのかもしれない。またミセス・リトルに心を読まれたようだ。「そう、あんたが門を乗りこえるのが見えたんだよ。他の子たちもいっしょなのかどうかは知らないけど」ルークにはこれが質問《しつもん》だということがわかったが、なにもいわなかった。ミセス・リトルは目をせばめた。「ゆうべ押《お》し入《い》ってきたのもあんただね」

これもまた質問だとわかったが、またしてもルークはだまっていた。できるだけふてぶてしい態度《たいど》でミセス・リトルをにらみかえしたが、なかなかうまくいかなかった。こわくてたまらなかったのだ。この顚末《てんまつ》がどうなるかもおそろしかったが、なによりもミセス・リトルその人がおそろしかった。年老《としお》いて弱そうだったが、ぞっとするようなところがあった。ミセス・リトルはしばらくだまってルークを見ていたが、それからまたばかにしたように鼻を鳴らした。

「あんたが答えるとは思ってないよ。だけどあれがあんただってことはわかってる。書斎《しょさい》の窓《まど》からだれかが入りこんだことははっきりしてるんだ。じゅうたんに土がついていたからね。もちろんあたしがつけたんじゃない。だけど、だれかが入ったってわかったのはそれだけじゃないんだよ。聞いたんだ」そして驚《おどろ》いたことに、ミセス・リトルはベッドのほうを向くと、不思議《ふしぎ》な声で話しだした。ルークに向かってしゃべる辛《しん》らつな口調《くちょう》とはうってかわった話し方だった。やさしく、ゆっくりとした、なだめるような話し方だ。「だいじょうぶだよ。もう出てきていいから。この子は傷《きず》つけたりしないから」

最初はなにも起こらなかった。それから突然《とつぜん》シーツや上掛《うわが》けの山が動きはじめ、ついに顔が現《あら》われた。ルークは目を見張《みは》った。屋根裏部屋《やねうらべや》で見たあの女の子だ。あの小ぢんまりした目鼻立ち、つやつやした黒髪《くろかみ》、まちがいようがなかった。女の子の目がなにかをさぐっているように妙《みょう》な動きをし、顔があちこちに向いた。それから小さな心配そうな声でしゃべった。「おばあちゃん、おばあちゃん……」

「ここだよ」そういいながらミセス・リトルはベッドのほうに足を引きずっていった。女の子は両《りょう》腕《うで》を広げていたが、暗くてミセス・リトルがよく見えないのか、目はまだきょろきょろしていた。ミセス・リトルはコードレス電話と杖《つえ》を置いてベッドに腰《こし》を下ろした。女の子はすぐにミセス・リトルに抱《だ》きついた。「おばあちゃん」女の子はつぶやいた。

「おばあちゃんだよ」ミセス・リトルも女の子を抱きしめ、髪と顔をなでた。ルークはどうしていいのかわからなかった。いまなら簡単《かんたん》に逃《に》げ出すことができた。だが、そんなことをしても意味がないように思われた。それに、こんなまずいことになっているというのに、ルークはこの光景にどういうわけか魅了《みりょう》されていた。気むずかしくおそろしげに見えた醜《みにく》い老女と、まるで自分の命がこの人にかかっているといわんばかりにその老女にしがみついている女の子。ミセス・リトルはルークのほうには目もくれずに、女の子の髪をなでつづけ、安心させるようにささやきつづけていた。それが功《こう》を奏《そう》したのか、女の子は目に見えて落ち着いてきた。しばらくしてから、ミセス・リトルは女の子の頭にキスをし、少し大きな声でいった。「あの子はあっちの壁《かべ》のそばにいるよ。こんばんは、っていわないの？」

女の子はなにもしゃべらず、ただ顔をミセス・リトルの首に押《お》しつけた。ルークはミセス・リトルの視線《しせん》を感じた。

「こんばんは」とルークはぎごちなくいった。

やはり女の子はなにもいわなかった。長い沈黙《ちんもく》が流れた。ルークはまだその場に立っており、女の子はまだミセス・リトルにしがみついていたが、前よりも落ち着いてきていた。そしてミセス・リトルは女の子をずっとなで、キスをし、抱《だ》きしめていた。ルークはわけのわからない魅力《みりょく》を感じてじっと見入《みい》っていた。突然《とつぜん》ミセス・リトルがルークのほうを見てまた口を開いた。「この子はあんたのことをこわがっているんだよ。ゆうべあたしが家を空けていたときにあんな目にあったんで、今日一日ずっとおびえていたんだ。だから今晩《こんばん》はあたしといっしょに寝《ね》させることにしたのさ」

「おれはこの子になにもしないよ」

「そうだろうよ」その言葉がルークには、信頼《しんらい》の表われというよりは脅《おど》しのように聞こえた。だが、ミセス・リトルがもう一度口を開いたとき、ルークは自分がまちがっていたことに気づいた。「あんたがこの子を傷《きず》つけたりしないことはわかってる。おろかにもあんな連中とつるんではいるけど、あの子たちとはちがうから」

ルークは顔をそむけて窓《まど》のほうを見た。外でスキンたちはいったいどうしたんだろうと思っているはずだ。いや、ちがうか。気にもしてないのかもしれない。そもそも今夜のことはすべて、ルークへの昨日《きのう》の罰《ばつ》として仕組んだことだったのかもしれなかった。いや、罠《わな》であるはずがない。ほんとうの計画だったはずだ。ルークは例の箱をほしがっているのだから。だが、いまとなってはこの箱を手に入れるのは無理のようだ。ゲームは終わった。警察《けいさつ》もからんで、たいへんなことになる。ルークは母さんのことを思った。それからこの事件《じけん》で母さんがどうなるか、と。やがてミセス・リトルがまた口を開いた。

「警察には電話してないよ」

「なんだって？」

「『なんだって？』じゃなくて、『もう一度いっていただけますか？』だろ」

「もう一度いっていただけますか？」ルークはふてくされていった。

「警察には電話をしてないんだよ。だからといってこれからもしないというわけじゃない。だけど話しあいの余地《よち》はあるんじゃないかね」

ルークはミセス・リトルの顔を見て、いったいどういうことかと考えようとした。ミセス・リトルはまだこわかったが、少し柔和《にゅうわ》になったように見えた。おびえた女の子にやさしく話しかけていたせいか、それともいまのせりふのせいなのかもしれなかった。どう答えるのがいちばんいいか考えようとしたが、ふたたびミセス・リトルが口を開いた。

「話は下でしよう」

ミセス・リトルは女の子からゆっくりと体を離《はな》そうとしたが、女の子はしがみついたまま、離れようとしなかった。「だいじょうぶだよ」ミセス・リトルはそう小声でいいながら、女の子の頰《ほお》を手でなでた。「だいじょうぶだから。おばあちゃんは、すぐにもどってくるからね」ゆっくりと女の子は体を離《はな》した。ミセス・リトルは女の子の上にかがみこみ、やさしく話しかけながら、羽根ぶとんやシーツを直してやった。「これでいい。あっちをもう少し折りこんでおこうかね。いい子だね。こっちも、そうするかい？　これでよし、と。これでよくなったかい？　よし。じゃあ横になって目をつむってごらん。なあに？」女の子がなにかささやいた。ミセス・リトルが体をかがめると、女の子はミセス・リトルの耳もとに話しかけた。ルークにはなにをいっているのか聞こえなかったが、ミセス・リトルには聞こえたようで、すぐに答えた。「いいえ、あの子はこわいことなんかしないよ。ほんとだから。あの子はこわいことなんかしない」ミセス・リトルはもう一度女の子の顔をなでた。「さあ、じゃあ、おやすみ。おばあちゃんはちょっとのあいだ下に行ってるけど、すぐにもどってくるからね。そうしたらいっしょに寝《ね》ようね。おやすみ」

女の子は答えなかったが、どうやら落ち着いたようだった。目を閉《と》じて羽根ぶとんの中にもぐりこみ、顔の上半分だけを出していた。ルークは、女の子をこわがらせてしまったことを気まずく感じながら、じっと見ていた。鍵穴《かぎあな》ごしにのぞいたときに女の子の顔に浮《う》かんでいた恐怖《きょうふ》は、自分のせいだったのか？　だが、女の子がルークの存在《そんざい》に気づくもっと前から、あの泣き声は聞こえてきていた。だから女の子の苦しみの原因《げんいん》はルークだけではない。他にもなにかあるはずだった。ミセス・リトルは立ちあがってルークのほうを向いた。

「いっしょに来なさい」とそっけなくいった。やさしさはどこかへ消えてしまっていた。きびしい声と、それと同時にきびしい表情《ひょうじょう》ももどってきていた。ミセス・リトルは足を引きずって廊下《ろうか》にのだろうと考え、外にいる少年たちのことをまた思っていた。ミセス・リトルはまだ明かりをひとつもつけていなかったが、つけたとたんに、まずいことになったとスキンたちにわかってしまうことに、スキンたちが見張《みは》っている側の部屋《へや》に連れていかれた場合には。だがそうはならなかった。ミセス・リトルはルークを家の反対側の端《はし》にある台所に連れていった。スキンたちが隠《かく》れている場所から移動《いどう》しなければ見えない場所だった。ミセス・リトルは明かりをつけ、テーブルに向かって腰《こし》をかけると向かいにある椅子《いす》にあごをしゃくった。ルークは躊躇《ちゅうちょ》したが、やがて腰を下ろし、ミセス・リトルが口を開くのを待った。ミセス・リトルはすぐにしゃべりだした。ルークが聞き慣《な》れているきびしく、するどい声で。「あの子は目が見えないんだよ。気づいていたかい？」

「目が見えない？」

「気づかなかったのかい」ミセス・リトルはばかにしたようにルークをじろじろ見た。「あんた、目も悪いなんていわないでおくれよ。ばかなだけじゃなく、目も悪いとはね」

「そんな話聞きたくないね」

「いや、聞いてもらう。なんだったら、いまここから逃《に》げてもいいんだよ。いくらあんただって、ばあさんから逃げることくらいできるだろう。だけど、逃げてどこに行くっていうんだい？　あんたがナット・ブッシュ通りに行きつくまでに、あたしは警察《けいさつ》に電話しているよ」

「なんの証拠《しょうこ》もないじゃないか」

「あたしはあんたをこの家の中で見たんだよ」

「だけど、そのことを他のだれにも証明《しょうめい》できないじゃないか。あんたの側の言い分でしかないんだから」

「じゃあ、あんたの言い分がみんなに信じてもらえるというのかい？」ミセス・リトルは陰気《いんき》にくすくすと笑った。「あたしがどれほどあんたのことを知ってるか、忘《わす》れてるね。この村であんたと仲間たちのことがなんていわれてるか、ちょっとでもわかっているのかい？」ルークはだまっていた。ミセス・リトルはしばらくルークを見つめていた。「あたしの家に押《お》し入《い》ってばかりいないで、そのうち村の店にでも忍《しの》びこんだらどうだい？　もちろん、なにかを盗《ぬす》みにじゃないよ。もっとも、あんたたちならあそこからもなにかくすねたことがないとは思わないけど――そうじゃなくて、戸《と》棚《だな》の中に隠《かく》れてミス・グラッブがお客たちとどんな話をしているかをちょっと聞いてごらん。おもしろいと思うよ」

ルークは肩《かた》をすくめて顔をそむけたが、ミセス・リトルは話しつづけた。

「みんなあんたのお仲間のことを話してるよ。ジェイソン・スキナーのこととか、あいつが最後はどこの刑務所《けいむしょ》に入れられるかってこととか。それからダレン・フィッシャーが小学校の低学年のころに、おばさんや小さい子たちからお金を盗んでいたことも、スキナーやフィッシャーとつきあう前はあのスピードウェルがどんなにいい子だったかもね。だけど、いちばんの話題の中心はあんただよ」

ルークはミセス・リトルのほうをふりむいた。「おれ？」

「そうさ、あんたさ」

ふたりのあいだに沈黙《ちんもく》が流れた。ルークはゆっくりと息を吸《す》いこんだ。「なんでおれが?」

ミセス・リトルは立ちあがり、つらそうに窓《まど》のほうに歩いていき、外を見た。「あの子たち、いま、外にいるんだろう? あんたの仲間が」

「なんでみんなおれのことを話してるんだよ?」

「あの子たちはどこに隠《かく》れているんだい? 森を囲んでいる小道のそばの塀《へい》の後ろかい?」

「なんでみんなおれのことを話してるんだよ?」

「それとも家のこっち側かい?」

ルークは答えなかった。ミセス・リトルは窓の外を見つづけていたが、やがてまた口を開いた。

「みんながあんたのことを話しているのは、あんたがあの子たちみたいじゃないからだよ。あんたはちがう。特別な子だ。そうみんないっているよ」ミセス・リトルは言葉を切った。「あたしはそうは思わないけどね。あんたはぜんぜん特別なんかじゃない。ばかだよ。仲間はあっちに隠れているのかい?」

「なんでみんなおれのこと、特別だなんていうんだ?」

「あの子たちはあそこにいるのかい?」

「なんでみんなおれのことを特別だなんていうんだよ?」

「そうなんだね?」

「そうだよ」

ミセス・リトルはまた言葉を切った。まるでルークに認《みと》めさせるためにたいへんな思いをしたかのように。次に口を開いたときには、ミセス・リトルの口調《くちょう》は多少おだやかになっていた。「なにかを持ってかないとあの子たちと困《こま》ったことになるのかい？　戦利品《せんりひん》かなにかを？」

「まあね」

ミセス・リトルは突然《とつぜん》ふりかえった。「みんながあんたは特別だっていってるのは、あんたの才《さい》能《のう》のせいだよ」ルークはだまっていた。ミセス・リトルはルークの顔をじっとながめていた。「あんた、マシュー・スタントンの息子《むすこ》なんだろ？」

「だったらなんなんだよ？」

「で、あんたはピアノを弾《ひ》く。お父さんのように」

「父さんが弾いていたように」吐《は》きだすようにいって、ルークはミセス・リトルをにらみつけた。

ミセス・リトルの顔が少しやわらいだように思えた。もっとも怒《いか》りも軽蔑《けいべつ》もまだぬけきってはいなかったが。

「お父さんがガンで亡《な》くなったってことは、なにかで読んだよ」

「それはどうも」

ミセス・リトルはずいぶん長いあいだだまってルークを見つめていたが、やがて目をそらした。

「あんたのお父さんはすばらしいピアニストだった。十年前の、フェスティヴァル・ホールでの演《えん》奏《そう》を聞いたよ。あんたのお父さんは――」

「そのことは話したくない」

「あんたのお父さんはすばらしかった。まるで神さまみたいな演奏だったよ」

「いっただろ――」ルークは立ちあがった。「そのことは話したくないって。わかった？　あんた、言葉はわかるんだろ？　そのことは話したくないんだ」ルークはミセス・リトルをにらみつけた。「帰るよ。警察《けいさつ》には好きにしてくれよ」

「で、上にいる女の子のことは？」

「あの子がなんだっていうんだよ？」ルークはきびしい表情《ひょうじょう》をしようとしたが、先ほど上で見たおびえた顔のことを思うと気持ちが弱くなるのを感じた。

「あの子がなんだっていうんだよ？」ルークはもう一度いった。それに答えるように、ミセス・リトルは引き出しを開けてなにかをくしゃくしゃとつかみとり、ルークのほうに近づいてきた。

「あの子を助けてやって」

「だって、あの子はおれのことをこわがっているじゃないか」

「こわがってはいない。心底《しんそこ》おびえているんだよ」

「だったら助けることなんかできないよ」

ミセス・リトルがあまりにじっと目をのぞきこむので、ルークはまるで心の中を見透《みす》かされているような気がした。「あんたはこのことから逃《に》げることはできないよ。あの子たちみたいに非情《ひじょう》になれると思っているんだろうが、あんたにはできない。あんたは非情じゃないから。ただそうなりたいと思っているだけさ。あんたは世の中に対してどなり散らしたいだけなんだ。お父さんをうばわれたからといってね。だけど、それよりもいいことをするチャンスがあるんだよ」ミセス・リトルはルークになにもいわせずに手を取ると、持っていたものをにぎらせた。ルークが見ると数枚《まい》の紙幣《しへい》だった。「仲間に見せるのにいるだろ。多くはないけれど、これで仲間を裏切《うらぎ》ったことにならなくてすむ。あんたが家をさぐりつづけていたら、どうせお金を見つけただろうしね」ミセス・リトルはルークの目をしっかりと見ていった。「来られるときにもどってきておくれ。それからこのことはだれにもいわないように。ひとこともだよ。どうやってあの子を助けるかは、この次にいうから。でも、ちゃんと来るんだよ。待っているから。孫《まご》も待っているから」

ルークは最後の言葉を聞いて顔をしかめた。女の子はたしかにミセス・リトルのことを「おばあちゃん」と呼《よ》んでいたが、このふたりが血縁《けつえん》関係にあるとはなぜか思いもしなかった。こんな人を寄《よ》せつけない老婆《ろうば》に、家族がいるなんて想像《そうぞう》もできなかったのだ。ルークは手の中にあるお金を見ると、それをミセス・リトルの手に押《お》しかえし、ドアのほうを向いた。「こんなことにかかわるわけにはいかない」そういって台所から出た。ミセス・リトルは追いかけるようにルークに呼びかけた。

「もどってきてくれるね」

「いや」

「あの子を助けてやってよ」

「できない。それにおれには関係ないことだし」

ルークは大股《おおまた》に廊下《ろうか》を歩いていった。ミセス・リトルは追ってこなかった。ルークは玄関《げんかん》にたどり着き、ドアを開けた。そこで立ち止まってふりかえった。ミセス・リトルは台所の入口まで出てきて、そこに立っていた。超然《ちょうぜん》として、誇《ほこ》り高い様子だったが、前ほどおそろしい感じはしなかった。上のほうから、いまではすっかりなじみになってしまったあの泣き声が聞こえてきた。ルークは上を見た。女の子が階段《かいだん》の上に姿《すがた》を見せ、手すりをさがしているかのように壁《かべ》をさぐっていた。顔は涙《なみだ》でぐしょぐしょだった。ミセス・リトルが急いで上がっていって、女の子が端《はし》まで来ないうちに抱《だ》きしめた。

「おばあちゃん」女の子はくぐもった声でいった。

ミセス・リトルはハンカチをひっぱりだし、女の子の顔をやさしく拭《ふ》いた。それから、まだ玄関《げんかん》のそばに立っていたルークを見て、「もどってくるんだよ。いいね?」といった。

ルークは同じ痛《いた》みを分かちあっているようにしっかりとくっつきあっているふたりの姿をながめていたが、やがて言葉もなくきびすを返し、家から出ていった。

10

ルークはスキンの合図を見もしないで門を乗りこえ、小道に出てナット・ブッシュ通りへ向かう曲がり角のところで止まった。待つまでもなく、まもなく闇《やみ》の中から三人の人影《ひとかげ》が現《あら》われた。三人は幽霊《ゆうれい》のようにルークに近づき、一メートルほどのところで立ち止まった。

「合図を待たなかったな」とスキンがいった。

「忘《わす》れてた」

「ばあさんがおまえが出ていく物音を聞いて窓《まど》から見るかもしれないから、玄関《げんかん》のところで待てといっただろ」

「ああ、ごめん」

「それに箱も持ってないじゃないか」

「見つからなかったんだ」

三人は顔が見えるくらいそばに近づいてきた。ルークは戦うか逃《に》げるかにそなえて足をふんばった。箱がないということは、三人から見ればルークがまた失敗したということだ。ここでまずい言動をとれば、スキンにたいへんな目にあわされるのは確実《かくじつ》だった。おそらくダズにも。ルークはちらりと小道のむこうにそびえる〈お屋敷《やしき》〉の、月の光に照らされた屋根を見た。それから急いでスキンに視線《しせん》をもどした。

「ここから離《はな》れようよ」できるだけなにげないふうにいった。「ここだとばあさんに聞かれるかもしれない」ルークはナット・ブッシュ通りのほうに向かおうとしたが、スキンに腕《うで》をつかまれた。

「ありえねえよ」

「ありえねえ、ってなにが？」

「聞かれるってことがさ」

「わからないよ」

ルークはまた歩こうとしたが、つかまれた腕に力が加わり、動きを止めた。スキンが顔を寄《よ》せてきた。「だからいっただろ」スキンは歯をむきだしていった。「聞こえるわけねえって」手はルークの腕をしっかりつかんだままだ。「だから、あの家の中でなにが起こったのか——というか、起こらなかったのか——話してもらおうか」

「腕が痛《いた》いじゃないか」

「それがどうした。なにがあったんだ？」

ルークは暗闇《くらやみ》の中でスキンをにらみかえした。「箱は見つからなかった」

「あることはわかってるんだ」

「だけどあちこちさがしたんだよ。盗《ぬす》む価値《かち》のあるようなものはなにもなかった」

ダズが鼻を鳴らして近づいてきた。「盗む価値のあるものがなにもない？　あの飾《かざ》り物はどうなんだよ？」

「全部ガラクタだよ」ルークはスキンから目を離《はな》さずにいった。「小さな立像《りつぞう》みたいなのばっかりで、安っぽくてダサいやつさ」

「飾り物なんてどうでもいい」スキンも見かえしながらいった。「箱はどうなったんだよ？」

「だから、いったたろ。見つからなかった、って」

「どこを見たんだよ？」

「家じゅう全部だよ」

「どの部屋《へや》もか？」

「ああ」

ダズがまたきいきい声でいった。「おまえ、ろくに見もしなかったんだろう」

「見たよ」

「どこか暗いすみっこに丸くなってたんだろ。ばあさんにつかまったらどうしようってこわくなって」

「じゃあ、どうやって玄関《げんかん》から出てこられたんだよ？」

「そんなの、たいしたことじゃねえよ。出てくるまでずーっと、なんにもしないでいたかもしれないじゃねえか」とダズがいった。

スピードがあくびをした。「箱を持ってこなかったんなら、家へ帰らない？　おれ、疲《つか》れたよ」

「帰らせねえ」とスキンがいった。「なにが起こったのかはっきりとわかるまではな」スキンはまたルークの顔を見すえた。「中に入った瞬間《しゅんかん》からおまえがやったことを全部いってみろ」

ルークは落ち着いてスキンを見かえそうと努めた。答えそのものだけではなく、答え方次第《しだい》で危険《きけん》におちいるとわかっていた。自信などなくても、自信たっぷりにふるまわなくてはならなかった。大きく息を吸《す》ってから口を開いた。「前回と同じ窓《まど》から入りこんだんだ。中は書斎《しょさい》みたいな部屋《へや》だった。たいしたものはなかったよ。小さな立像《りつぞう》とかそんなものばかりで。それから――」

「そんなことはどうでもいい。箱はさがしたのか？」

「ああ」

「どこを？」

「だから、その部屋だよ。机《つくえ》の下とか、棚《たな》の上とか、それから――」

「わかった、わかった、で、どうした？」

「廊下《ろうか》に出た」

「で？」

ルークは暗く、静かな空間を思い出した。開いたドアのすきまから月の光が差しこんでいた。

「そのへんをざっと見てから、上へ行ったんだ」

「上へ？」

「ああ、屋根裏部屋《やねうらべや》があるんだ。だからそこを調べた」

「で？」

「なにもなかった」

「で、どうした？」スキンの質問《しつもん》のテンポが速くなり、声が大きくなってきた。ルークの腕《うで》をつかんでいる力も強くなった。ルークはなんとか落ち着こうとした。

「また二階《かい》にもどって、寝室《しんしつ》を調べた」

「ばあさんはどうしてた？」

「姿《すがた》は見なかった」

「だけど、家じゅうをさがしたっていったじゃないか」

「ああ」

「だったらばあさんを見たはずだろう」

「うん、だけど……つまり……おれはばあさんを見たけど、むこうはおれを見なかった、ってことだよ。眠《ねむ》ってたんだ」

「どこがばあさんの部屋《へや》だ？」

「庭のほうから見て、いちばん左側の部屋だよ。二階の」

「窓《まど》がふたつ開いていたあの部屋か？」

「ああ」

スキンは顔をしかめた。「おれもあそこがばあさんの部屋だと思ってた。じゃあ、ばあさんは眠ってたんだな？」

「ああ」

「実際《じっさい》にベッドで寝《ね》てるところを見たんだな？」

「ああ」

スピードがくすくす笑った。「ばあさん、頭にカーラーをつけてた？　どんなふうだった？」

ルークは戸口に立っていたミセス・リトルの、怒《おこ》った顔のことを思った。それから女の子に話しかけるときに見せたまったくちがう顔のことを。そして、ルークにもどってきて助けてほしいという不思議《ふしぎ》な頼《たの》みのことも。いったいどうやったら助けることができるというのだろうか。ルークはスピードのほうをふりむいた。「カーラーなんかつけてなかったよ」

「だけど、みっともなかっただろ。ぞっとするような姿《すがた》だったんじゃねえか」

「まあな」とルークは肩《かた》をすくめた。「とにかく、箱は見つからなかったんだ」そういってスキンのほうをちらりと見た。「腕《うで》を放してくれないか。もう家に帰っていいかな？」

だがスキンは首を横に振《ふ》った。「話はまだ終わってない」

「もう話すことなんてないよ」

「ほんとか？」

「ああ」

スキンはしばらくルークを見ていた。手はまだルークの腕をきつくつかんだままだったが、やがて突然《とつぜん》その手を離《はな》した。が、それも一瞬《いっしゅん》で、たちまち今度はルークの両手をつかみ、手のひらを上にして自分の前にひっぱった。

「放せよ！」とルークはいった。

だがスキンはルークの両手を万力《まんりき》のようににぎった。「おれはただおまえの手を見たいだけだ。おまえのほうさえよかったらな」スキンの声は妙《みょう》にていねいでかえって不気味だった。ルークにはどうしようもないことがわかっていた。ダズもスピードもこっちを見ているのを目の端《はし》でとらえた。が、ルークが心配なのはスキンだった。スキンはしばらくルークの手をながめてから、ぞっとするほどさりげない声でこういった。「立派《りっぱ》な手だな、ルーク。すごくいい手だ。すごく、すごくいい手だ。よじのぼるのがうまいのも当然だよ」スキンは顔を上げてルークと目を合わせた。「それに、ピアノを弾《ひ》くのもな」

ルークの背《せ》すじに冷たいものが走った。父さんの言葉が不気味にここでくりかえされたからというよりも、スキンがなにを考えているかがわかったからだ。ルークの指をにぎっているスキンの手に力がこめられた。ルークは平気なふりをした。

「おれの手を気に入ってくれてうれしいよ。そろそろ返してもらっていいかな？」

「関節をぽきぽきいわせてやろうか？」とスキンがいった。

「手を放してくれないか？」

「スピーディがよくやってるだろ。やってみろよ、スピーディ。ぽきぽき鳴らせよ」

スピーディは自分のぽっちゃりした指の関節をぽきぽき鳴らしてみせた。スキンはその音を聞いてくすくす笑った。「あんなに大きな音を出せるやつって、他に知らないな」スキンはルークの手を持ちあげた。「おまえの指もあんな音が出せるかな？」

「さあね。ぽきぽきいわせるのは好きじゃないんだ」

「痛《いた》くないよ。さあ、おれがやってやるよ」

「やめろ」

だがスキンはもうルークの指をもてあそんでいた。指を一本ずつ、関節がぽきっという音を出すまでひっぱっていった。ルークは身をよじったが、それ以上抵抗《ていこう》はしなかった。そんなことをしても無駄《むだ》だとわかっていた。スキンは四本の指を鳴らしおわったが、まだルークの手をしっかりとにぎっていた。「親指も鳴るんだぜ」

「やめろよ！」とルークはいった。

「でも、気をつけないとな」そこまでいってスキンは言葉を切った。「親指の骨《ほね》はすぐ折れちまうからな」スキンはルークの指をさらにきつくにぎると、からかうようにルークの手のひらを親指でなでた。それから、同じようななにげない口調《くちょう》でつづけていった。「おれに嘘《うそ》はついてほしくねえんだよ、ルーク」

「嘘なんかついてないよ」

「おまえの身にいやなことなんか起こってほしくねえからな」親指がなおもルークの手をなでつづけた。「それに、おれたちだってめちゃくちゃにしたりしたくねえんだよ、おまえの……」とそこで少し考えてからこういった。「音楽のキャリアをな」

「嘘なんかついてないよ」

「おれに全部話したっていうのか？」

「ああ」

「ばあさんは眠《ねむ》ってたのか？」

「ああ」

「ずっと寝《ね》てたのか？」

「ああ」

「それからどうした？」

「一階《かい》の部屋《へや》も調べた」

「それで？」

「なにも見つからなかった」

「それでもばあさんは目を覚まさなかったのか？」

「そういっただろ」

「じゃあなんで台所の明かりがついたんだ？」

ルークは必死で考えようとしたが、スキンに矢継《やつ》ぎ早《ばや》に質問《しつもん》されて頭が混乱《こんらん》していた。運よくダズが口をはさんだ。「おれ、台所の明かりがつくのなんて見なかったけど」

「おれもだよ」とスピード。

「最初に隠《かく》れていたところからは見えないんだよ」とスキンがいった。「おまえたちふたりを置いて、あの家の反対側まで小道を歩いていっただろ。そのときに台所の明かりがつくのが見えたんだよ」

ルークはまだ必死になって考えていた。塀《へい》のところまで歩いてきたら、小道から台所の窓《まど》を見ることはできる。だがそっち側の窓にはカーテンがかかっていた。だからスキンに明かりがついていることはわかっても、中でルークとミセス・リトルが話しているのは見えなかったはずだ。カーテンにすきまが開いていなければ。もう一度、ルークは実際《じっさい》よりも自信たっぷりに見えるよう努めた。

「おれが明かりをつけたんだよ」まだ自分の手をもてあそんでいるスキンの親指を無視《むし》していった。

「ばあさんは二階《かい》で寝《ね》ていたから、ぜったい目を覚まさないと思ったんだ。それで台所に行ったときに明かりをつけたんだよ。そのほうがよく見えるからね」

「じゃあ他の部屋《へや》ではなんで明かりをつけなかったんだよ？」

「それはまずいと思ったんだよ。台所はばあさんの部屋からいちばん離《はな》れてる。だからだいじょうぶだと思ったんだ」ルークはいったん言葉を切った。「手を放してもらえないかな？」

「なんであんなに長いこと台所にいたんだ？」

「手を放してもらえないか？」

「おれがその気になったらな。なんであんなに長いこと台所にいたんだ？」

「引き出しを全部見たりしてよく調べたかったんだよ」

「あの箱を台所に置いてるとは思えないけどな」

「ああ、わかってるよ」ルークはそれらしい答えを思いつかなくて、落ち着きなく足を踏《ふ》みかえた。

スキンはなおもルークをじっと見ていたが、それからゆっくりと手を放した。ルークは両手を体の横に垂《た》らし、少し指を動かして緊張《きんちょう》を解《と》いた。スキンはまだルークの顔をにらんでいたが、やがて他のふたりのほうを向いた。

「さあ、ベッドにもどれ。だれも起こさないように気をつけろよ。明日の午後に会おう。いつもの時間、いつもの場所だ。なにか問題はあるか？」

ダズとスピードが首を横に振《ふ》った。

「ルークは？」スキンがルークの顔を見た。「なにか問題あるのか？」

ルークはミセス・リトル、女の子、母さん、ロジャー・ギルモア、父さん、学校、コンサート、聞こえてくる不思議《ふしぎ》な音のこと――それから今回のことを思った。問題があるどころじゃない。まさに山積《さんせき》していた。だがルークは首を横に振った。「いや、なにもないよ」

「よし」

スピードはポケットからリンゴを取り出してかぶりついた。「じゃあ〈お屋敷《やしき》〉はあきらめるわけ？」

「あきらめるだと？」スキンがスピードのほうをふりむいていった。「〈お屋敷〉のことはまだ始まってもいないんだぞ、スピーディ」

「だけどルークはなにも見つけられなかったじゃないか」スピードはむしゃむしゃと食べながらいった。

スキンの目がちらりとルークのほうに向いた。「ルークの仕事はまだ終わっちゃいねえ」

「ふうん」スピードはもうひと口かぶりついた。「で、次はどうするんだ？」

「それは明日いう」とスキンがいった。

四人はナット・ブッシュ通りを歩いていった。だれもしゃべらなかった。あたりは静かで、物音といえば四人の足音とスピードがリンゴを食べる音くらいのものだった。空は暗さを増《ま》し、月も雲に隠《かく》れてしまった。霧《きり》のような雨が降《ふ》りはじめた。四人はだまって歩きつづけ、ついに村の中心近くにまでやってきた。スピードとダズがそれぞれの家のほうに曲がり、スキンとルークは広場をつっきって、自分たちの家めざして歩きつづけた。スキンはだまってきびしい顔をしながら一歩先を歩いていた。が、突然《とつぜん》、自分の家の門のところで立ち止まってふりかえった。ルークは通りすぎようとしたが、スキンが横へ動いて道をふさいだ。暗闇《くらやみ》の中でふたりは向きあった。

「おまえはさっきおれに嘘《うそ》をついた」とスキンは静かにいった。「なにを隠しているかは知らないが、嘘をついていた。顔を見ればわかる」

「嘘なんかついてない。おれは——」

ルークがいいおわらないうちに、スキンが踏《ふ》みこんできてルークの胸《むな》ぐらをつかみ、門に押《お》しつけた。そしてルークの耳もとまで顔を突《つ》き出すと、低い声でいった。言葉が砕《くだ》けたガラス片《へん》のように耳に流れこんできた。「覚えとけよ、ルーク・スタントン——おまえがまだ無事でいられるのは、いまはそうじゃないと困《こま》るからだ。おまえもそのままでいたいんだったら、おれのいうとおりにするんだ」うなるようにそういうと、スキンはルークをわきへ突き飛ばし、自分の家の門を乗りこえて闇の中に姿《すがた》を消した。

ルークはよろけるようにして自宅《じたく》のほうに歩いていった。スキンの言葉にまだふるえていた。小ぬか雨になぜか心なぐさめられるような気がした。まもなく左側に見慣《みな》れたビル・フォーリーの農場、そして右側に〈ヘイヴン〉が見えてきた。家の明かりはすっかり消えており、静まりかえっていた。どうやら母さんは起きていないようだ。だが、それも家に入った瞬間《しゅんかん》にはっきりするだろう。ルークは裏口《うらぐち》に回り、鍵《かぎ》を差しこんで回した。かすかなカチッという音しかしなかった。ルークはほっとため息をついた。こっちのドアを使ってよかった。裏口のほうが玄関《げんかん》よりずっと音が静かなのだ。ルークはそっとドアを閉《し》め、耳を澄《す》ました。

家じゅうが静まりかえっていた。家事室はルークが家を出たときのままだったし、台所もそうだった。ルークは廊下《ろうか》を忍《しの》び足で歩いていき、階段《かいだん》の下で立ち止まった。やはり母さんが起き出す音もルークを呼《よ》ぶ声も聞こえない。もしルークがいないのに気がついていたら、起きて待っているはずだった。ルークはそっと階段を上り、二階まで来ると足を止めてもう一度耳を澄ました。それから自分の部屋《へや》まで行った。やはりルークを呼ぶ声はない。ドアを開け、中にすべりこんでそっとドアを閉めると、ベッドの端《はし》に腰《こし》を下ろした。

ルークはふるえていた。スキンが最後にいった言葉がまだ頭の中で鳴り響《ひび》いていた。どうしようもないトラブルに巻《ま》きこまれてしまった。例の箱を盗《ぬす》むという件《けん》はぜんぜん終わっていないし、〈お屋敷《やしき》〉とかかわりができてしまったことが事態《じたい》をいっそう複雑《ふくざつ》にしていた。ルークは盲目《もうもく》の女の子とあの子の恐怖《きょうふ》のこと、ミセス・リトルが祖母《そぼ》らしく女の子のことを心配していたこと、そして化粧台《けしょうだい》の上で自分を待っているあの箱のことを思った。それから自分自身のこと——自分の体、手、音楽のことを思った。もし三度目も盗みに失敗したら、スキンはどれほど怒《いか》り狂《くる》うだろうか？顔にあざができ、わき腹《ばら》がうずく程度《ていど》ではすまないだろう。もっとずっとひどい目にあわされるにきまっている。拷問《ごうもん》、ひょっとしたら死が待ちうけているかもしれない。スキンなら平気でやるだろう。

ルークはベッドにあおむけに寝転《ねころ》がると、父さんのことを考えて気持ちをしずめようとした。すると驚《おどろ》いたことに、前に聞こえたあの不思議《ふしぎ》な未完《みかん》のメロディがまた頭に流れこんできた。すごく美しいメロディだったが、今度はそれに新しい和音がついていた。だが曲は同じだったし、やはり小節の真ん中で終わっていた。ルークは服をぬぎ、床《ゆか》の上に放り投げた。それからパジャマに着替《きが》えてまた横になった。例の音楽がまだ頭の中で聞こえていた。曲はまた最初から始まり、メロディも変わらなかったが、和音がまた前とはちがっていた。まるで即興曲《そっきょうきょく》のようだ。

目を閉《と》じるとまたまぶたの下で深い青が見えてきた。それから金色のしぶきが見えた。今度は前よりずっとはっきりとしていて、ふたつの半月のように右と左に分かれており、それが徐々《じょじょ》に動いて近づいてきて、ついには円を形作った。青い湖を縁取《ふちど》る金色の輪のようだった。音楽が徐々に消えていき、新しい音が聞こえてきた。小さな鐘《かね》が鳴る音だ。風鈴《ふうりん》の音のようにそっと、だが星の数ほどもたくさん。やがてその音も消えていき、聞き慣《な》れたあのうなりのような音がそれに代わった。最初は低かったのが、だんだん高くなってブーンという音になり、さらに浜辺《はまべ》に打ち寄《よ》せる波のようなとどろきになった。始まりも終わりもない音の波動がつづいていた。その音に包みこまれながらルークは眠《ねむ》りに落ちていった。

11

そのうなりのような音は、ルークが目覚めたときもまだ聞こえていた。ビル・フォーリーの農場にいるガチョウの鳴き声や、いまではルークが父さんの曲と呼《よ》んでいるあの不思議《ふしぎ》な未完《みかん》のメロディの断片《だんぺん》といっしょに。やがてまた別の音が聞こえてきた。声だ。「ルーク？　起きてるの？」

母さんだった。ルークが目を開けると、母さんが紅茶《こうちゃ》のマグカップを手にしてベッドのそばに立っていた。「もう九時よ。そろそろ起きたほうがいいんじゃないかと思って」と母さんはいった。

ルークは目をこすって母さんを見つめた。自分のまわりと頭の中で聞こえるさまざまな音に混乱《こんらん》したまま。ときどき、それらがどこで鳴っているのかわからなくなることがあった。疲《つか》れていてへとへとで不安だった。ミセス・リトルと女の子のことや、スキンたちの脅威《きょうい》だけはなく、母さんのこともあった。母さんは突《つ》っ立ったたまま、ルークにどう接《せっ》していいのかわからないようだった。ルークは体を起こし、紅茶のマグカップを受け取った。

「ありがとう」

「またやったのね」母さんはそういいながら、ゆうべ床《ゆか》にぬぎ散らかした服をあごで示《しめ》した。「またこんなにお店を広げて」ルークはまずい、と思った。もし母さんが服を拾いあげて、服がまだゆうべの雨でぬれていたら、外に出たことがばれてしまう。だが母さんはもう一度ルークの顔を見てほほえんだ。「いいのよ。あなたにうるさくいうつもりじゃなかったの。もうがみがみいうのはやめたわ。でも、自分でちゃんとやっておいてね。それならいいでしょ」

ルークは紅茶《こうちゃ》をすすった。

「どう？」と母さんがいった。

「どう、ってなにが？」

「紅茶よ」

「ああ、おいしいよ」ルークは母さんがじっと見ているのに気づいて、付け足した。「ありがとう」

母さんはまた笑《え》みを浮《う》かべた。「べつにそれを待っていたわけじゃないのよ」

「それって？」

「あなたがありがとうっていうのを。あなたが小さいとき、ありがとうというのを忘《わす》れると、お父さんとふたりでよくそうしたわね。覚えてる？　あなたになにかをあげたときに、そう、お菓子《かし》とかね、それで受け取ってからありがとうというのを忘れていたら、お母さんたち、よくそのままじっとあなたを見ていたわよね。そうしたら、あなたは気がついて、ありがとうっていうの。でも、そんなことあまりやらなくてもよかったわ。あなたはいつもすごくいい子だったから」

ルークは母さんをしげしげと見た。そんな昔のことをあれこれいいだして、母さんはいったいどういうつもりなんだ？　ルークもそのことはよく覚えていたが、思い出したくなかった。父さんのことを考えてしまうし、そうするといつもみじめな気持ちになるからだった。「べつにおれになにかいってほしくて待ってるなんて思ってなかったよ。ありがとうっていったのは、ただそういいたかったからさ。べつに母さんがそこにすわっておれのこと見ていたからじゃなくて」とルークはいった。

「わかったわ」母さんは無理にまたほほえんだ。「まあ、とにかく、起きてね。下にいるから」母さんは前かがみになってルークにキスをすると、部屋《へや》から出ていった。

ますますわけがわからなくなって、ルークは母さんの後ろ姿《すがた》を見つめた。母さんは最近ルークの前でぎくしゃくしている。たぶん例の結婚《けっこん》話のせいなのだろう。ロジャー・ギルモアにイエスと返事をしたことを、勇気を出してルークにいおうとしているのか。朝食のときにいうつもりなのかもしれない。こっちは聞きたいわけではないけれど。とても楽しみに待つようなニュースではなかった。ルークはベッドから這《は》い出ると、シャワーを浴びにいった。体に水を浴びるのは気持ちよかったが、心の重荷《おもに》までは洗《あら》い流してくれなかった。ミセス・リトルはぼくになにをさせる気なのだろう？　どうしてぼくに孫娘《まごむすめ》を助けることができると考えたのだろう？　スキンの次の手はなんだろう？　母さんはどうしてあんなにぼくに対してぴりぴりしているのだろうか？　ルークは体を拭《ふ》き、タオルを体に巻《ま》くと、Eメールをチェックするために母さんの仕事部屋に行った。画面に文字が出た。

メッセージ受信中。1／2

ルークは顔をしかめた。メールが来るあてはなかったが、おそらくミランダが今朝の練習の確認《かくにん》に送ってきたものか、あるいはスキンがさらにプレッシャーをかけようと送ってきたものだろう。だが送信者の欄《らん》に現《あら》われた名前は母さんだった。ルークはまた顔をしかめた。いったいなんの件《けん》でEメールなんか送ってきたんだろう。

メッセージ受信中。2／2

ふたつ目のメッセージの受信中だった。だれからだろうと、ルークはふたたび画面を見つめた。スキンでないかぎり、だれからでもよかった。もしスキンからのメッセージだったら、読まないで削除《さくじょ》するつもりだった。ようやく送信者の名前が現われた。

Heaven《ヘヴン》（天国）

ルークは口をぽかんと開けた。昨日《きのう》頭がどうかしていたときに、dad@heaven.com あてにメールを送ったことを、完全に忘《わす》れていた。あのメールはサーバーから宛先《あてさき》不明でもどってくるはずだった。が、これは明らかに突《つ》きかえされたものではなく、なんらかの返事だった。ルークはそのメッセージをクリックして開いた。一瞬《いっしゅん》、頭の中に押《お》し寄《よ》せたばかげた期待はたちまち消えてしまった。最初のところにルークが書いたメッセージが引用されていた。「どうして答えてくれないの?」と。そしてその下に返事があった。

お問い合わせまことにありがとうございました。お返事が遅《おく》れてしまい、ほんとうに申し訳《わけ》ございませんでした。わたしどものもとにはじつに多数のお問い合わせをいただいておりますが、そのすべてに責任《せきにん》をもって迅速《じんそく》にお返事をさせていただいております。しかし、今回は不《ふ》具合《ぐあい》が発生したようでございます。じつを申しますと、最初にいただいたお問い合わせが見つからないのです。ですからわたしどもといたしましては、再度《さいど》おわび申し上げるとともに、お手数ではございますが、もう一度お問い合わせの内容《ないよう》を送っていただくようお願い申し上げるほかございません。ご迷惑《めいわく》をおかけしてほんとうに申し訳ございません。ですが、弊社《へいしゃ》がこの夏売り出しますすばらしい新製品《しんせいひん》について少しでもお耳に入れていただけましたなら、かならずやおゆるしいただけるものと確信《かくしん》しております。

天国からの香《かお》りをお届《とど》けするヘヴン・セント・ナチュラル・パーフューム・サプライ・ドット・コムでは、ご自宅《じたく》にいながら自然派《しぜんは》香水《こうすい》をご自由にお選びいただけるようになっております。弊社の製品をオンラインでご注文いただきますと、……

ルークはそれ以上読むのをやめた。冷やかしにしても残酷《ざんこく》すぎる。ルークはメールアドレスをにらみつけた。heaven.com。そのアドレスが自分をあざ笑っているように思えた。「ちくしょう！」ルークはつぶやいた。「ちくしょう！」それからその文字に向かってつばを吐《は》いた。画面につばが少し垂《た》れた。ルークはタオルの端《はし》でそれを拭《ふ》き取り、またにらみつけた。天国は歓《よろこ》びの場所ではなく冷やかしの場所だったのだ。だけど、父さんあてにメールを送ったはずなのに。アドレスに父さんと書いた。じゃあだれがこの返事をよこしたのだろう？　ルークはテキストのいちばん下までスクロールした。送信者の名前があった。

Daniel Adams-Day（ダニエル・アダムズ＝デイ）

ルークはこぶしをにぎりしめた。D・A・D。冗談《じょうだん》にもほどがある。ミスター・アダムズ＝デイには、名前の頭文字《かしらもじ》がこうなっていることでどれほど憎《にく》まれているかなど、けっしてわからないだろう。ルークはメッセージを削除《さくじょ》し、壁《かべ》をにらみつけた。目の前には母さんの辞書と事典が棚《たな》にきちんと並《なら》んでいた。母さんは本棚を整理したようで、いままでは言語と主題別に並べてあった。机《つくえ》の上に散らばっていた書類《しょるい》もきちんと片《かた》づけ、翌週《よくしゅう》に翻訳《ほんやく》することになっているものをきちんとトレイの中に整理して置いていた。ルークはあたりを見まわした。すべてがきちんとしていて、順調で、すばらしい、というわけだ。母さんには居心地《いごこち》よく、整とんされた仕事場と、たくさんの仕事があり、人生に新たな男性《だんせい》も登場した。これ以上なにが望めるというのだ？　ルークは父さんの写真をちらりと見た。少なくともこの写真はまだ片《かた》づけていない——だが、次にはそうするつもりなのかもしれない。あと何日かしたらロジャーの写真が取って代わるのかもしれない。ルークは腹《はら》を立てながら母さんからのメッセージをクリックして開いた。たったふた言しかなかったが、その言葉が画面からルークめざしてとびこんできた。

愛してるわ、ルーク

ルークはとたんに恥《は》ずかしくなり、それから疑《うたが》いを持った。このメッセージは本物だろうか、それともこれも冷やかしなのか？　母さんは父さんを愛していた。すごく愛していた。父さんが母さんをすごく愛していたように。あの愛はどこへ行ってしまったんだろう？　それをいうなら、ルーク自身の愛はどこへ行ってしまったのか？

母さんが階段《かいだん》の下から呼《よ》んでいる声が聞こえた。「ルーク！　もうすぐ朝食よ！」

ルークはメッセージを削除《さくじょ》し、コンピュータの電源《でんげん》を切ると、急いで自分の部屋《へや》にもどった。床《ゆか》に散らかっていた服はぜんぜんぬれていなかった。服を着てからカーテンを開け、外を見た。空はくっきりと晴れていて、暑くなりそうだった。台所へ行くと母さんがパンを切り分けていた。

「メール、ありがとう」とルークはいった。テーブルについてボウルにシリアルを入れ、それから顔を上げると、母さんがルークを見つめていた。

「本気でそう思っているのよ」と母さんはいった。

「ありがと」ルークはごくりとつばをのみこむと、また下を向いた。いったいどうしたんだろう？　心が石になってしまったのか？　昔なら母さんにこんなふうに心を閉《と》ざしてしまうことなどけっしてなかったのに。だが、いまのルークには、もう一度「ありがと」といい、牛乳《ぎゅうにゅう》を注いで食べはじめることしかできなかった。

母さんが口を開いた。「卵《たまご》はいくつ？」

「ふたつお願い」ルークは顔を上げなかった。上げることができなかったのだ。なぜかはわからなかった。すがるような思いで、ルークは音楽が聞こえないかと耳を澄《す》ました。どんな音楽でもよかった。あの女の子のことを思わせるもの言いたげな曲でも、父さんの未完《みかん》の曲でも。だがルークの頭の中は静まりかえっていた。ついにちらりと目を上げると、母さんはとっくにむこうを向いていた。ルークに背中《せなか》を向けてコンロの前に立ち、ポーチドエッグを作っていた。母さんが父さんのためにこうしている姿《すがた》をどれだけ見たことだろう。数えきれないくらいだ。父さんが家にいるときには、いつもポーチドエッグでなくてはならなかった。他のものではだめだった。「きみほどじょうずにポーチドエッグを作れる人はいないよ」と父さんはいっていた。そして母さんが卵を料理しているあいだ、母さんの腰《こし》に腕《うで》を回してそばに立っていたっけ。

見られているのを感じたのか、母さんが突然《とつぜん》ふりかえった。「なあに？」

「べつに」ルークはシリアルの皿に目をもどし、食べつづけた。母さんがグリル・パンを引き出してトーストをひっくりかえす音が聞こえた。それからルークの心を読んだかのように、また口を開いた。

「お父さんのことはいまでもずっと愛しているわ、ルーク。愛するのをやめるなんてできないのよ。あなたを愛するのをやめるのができないのと同じで」

「やめてよ」目をそらしたままルークはいった。

「ルーク――」

「やめて。それ以上いわないで。いいね？　母さんにそういうふうにいわれると、おれ、めちゃくちゃになっちゃうから」

母さんの足音が近づいてきて、ルークの肩《かた》に腕《うで》が回された。ルークは片手《かたて》をのばして母さんを引き寄《よ》せ、それからその手を下ろした。母さんもルークを自分のほうに引き寄せたが、ルークはされるがままになっていた。涙《なみだ》があふれそうになってきたが、ルークの内にある自尊心《じそんしん》か頑《かたくな》さかなにかが、それをなんとか抑《おさ》えこんだ。やっとの思いで口を開いた。「どうやって……どうやって父さんと……ロジャーの両方を愛するなんてことができるの？」

母さんはルークの頬《ほお》をなでた。「初めてロジャーって名前で呼《よ》んだわね」母さんはルークの頭にキスをし、ささやいた。「そのままでいて」そしてコンロのところにもどると、トーストと卵《たまご》の具《ぐ》合《あい》を調べた。「ちょっと待ってね、ルーク。これを台なしにしてしまいたくないから」母さんはもう数秒待ってから、トーストを取り出してバターを塗《ぬ》り、その上にポーチドエッグをのせてテーブルにもどってきた。「はい」そういってルークの前に皿を置くと、自分もすわり、またルークの肩に腕を回した。「食べて」

ルークはシリアルを食べおえ、そのボウルをわきに押《お》しやるとポーチドエッグに取りかかった。

母さんはまだルークの肩《かた》に腕《うで》をかけたまま、静かに見守っていた。こんなふうにすわっているのは不思議《ふしぎ》な気がした。不思議だが不愉快《ふゆかい》ではなかった。「卵《たまご》はどう？　うまくできてる？」と母さんがいった。

「すごくうまくできてるよ。いつもそうだけど。母さんみたいにじょうずにポーチドエッグを作れる人はいないよ」

「お父さんもいつもそういってくれてたわ」

「うん」

「すごく簡単《かんたん》なのよ。わたしが特別にじょうずだなんて思わないけど」母さんはまだしばらくルークが食べるのを見ていたが、それから下を向いた。「愛って不思議なものね、ルーク。失ったと思っていると、またそっと忍《しの》び寄《よ》ってくるのよ。お父さんが亡《な》くなったとき、わたしは二度と人を愛することはないと思ったわ。恋愛《れんあい》関係のことをいっているのよ。あなたのことじゃなく。あなたのことはいつも愛しているもの。そうじゃなくて……別の男の人をってこと。そんなことありえないと思っていたわ。いまでもロジャーのことをどう思っているのかよくわからないのよ」

「母さんはあの人のこと、好きだろ」

「それって聞いているの、それとも事実をいってるの？」

「事実をいってるのさ」

「ええ、もちろん好きよ。好きじゃなかったら会ったりしないわ」

「そうじゃなくて、おれがいいたいのは、母さんはあの人のことをすごく好きだってことだよ。あの人を見ると顔が輝《かがや》くもの」

「ほんと？　そんなこと気づかなかったわ」

「それにあの人と電話で話しているときって、声がちがうもの」

「どういうこと？」

「なんていうか……よくわからないけど……」

「いってよ」

「うまくいえないよ。いってみれば……母さんはミランダぐらいの女の子みたいで、あの人が村の男の子で、デートに誘《さそ》われて行きたいんだけど、安っぽい女だと思われたら困《こま》ると思ってあまりうれしそうな声も出したくないっていうか」

「本気でいってるの？」母さんはルークをまじまじと見た。「わたし、ほんとにそんなふう？」

「うん、まあね。わかんないけど。いつもってわけじゃないけどさ。ときどきだよ。そんな声を出してるように聞こえる」

「あなたにはいろんなことが聞こえるものね。お父さんがそうだったみたいに」

これ以上父さんのことを話題にしないでほしい、とルークは思った。だけどおそらく自分のせいなのだ。愛のことを聞いたのはルークのほうなのだから。母さんが話題を変えてくれますようにと願いながら、ルークはポーチドエッグを食べつづけた。だが母さんはまた口を開いた。

「恋《こい》に夢中《むちゅう》の女の子みたいにはなりたくないわ。自分ではそんなふるまいをしているという気はないんだけど。ロジャーにはそんな気持ちは持ってないつもりよ。わたしはただ……わけがわからないのよ。それにうしろめたさもあるし。あなたを傷《きず》つけてることと、それからお父さんのことでね。もっともお父さんは、もしわたしを愛してくれる男の人がいて、わたしを幸せにしてくれるのなら、その愛を受け入れてほしいときっと思っているでしょうけど」

「で、母さんは幸せなの？」

「ええ、少しね。でも心から幸せというわけじゃないわ。完全に幸せではない。あなたも同じように幸せでいてくれないと、わたしは完全に幸せにはなれないもの」母さんは手をルークの首に這《は》わせた。「最近……最近わかってきたんだけど、心にはたくさんの愛が育つ余地《よち》があるんじゃないかしら。ね？　だから、愛する人が逝《い》ってしまったあとで他の人に愛をあたえたからといって、裏切《うらぎ》ることにはならないって。相手が愛に値《あたい》する人であるかぎりね」

「で、あの人はそうなの？　ロジャーは？」

「ええ、あの人は愛に値する人よ。ほんとうはすべての人が愛に値するんだろうけど。でも自分の愛をそれほど広げるわけにはいかないでしょ」

「心にはたくさんの愛が育つ余地があるっていったんじゃなかったっけ」

「ええ、でも深く愛せる人の数には限界《げんかい》があるわ」母さんは顔をしかめた。「あなたのお父さんのことはいつまでも愛しつづけるわ、ルーク。永遠にね。でも……なんといえばいいのか、わからないけど……お父さんが望んでいるような生き方をしようって思っているの。お父さんはわたしに、残りの人生をずっとふさぎこんで悲しみに暮《く》れて、喪服《もふく》ですごしてほしいとは思っていないはずよ。それにもしわたしのことを魅力的《みりょくてき》だと思ってくれる男の人がいるとしたら……」

「いるとしたら?」ルークは食べるのをやめた。「冗談《じょうだん》だろ? いるとしたら、だって?」

「どういう意味よ」

「この村の男の半分は母さんに夢中《むちゅう》じゃないか」

「ばかなこといわないで」

「ばかなことじゃないよ。明らかにそうじゃない。まず、スキンの父さんだろ――」

「やめてよ、気持ち悪い」

「それにビル・フォーリーもそうだ。それからネトルさん。ロビンソンさん。それからこのあいだ玄関《げんかん》のところに来た配達の人。それに先週ビルの工事現場《こうじげんば》にいた人たちも母さんに口笛を吹《ふ》いていたじゃない。忘《わす》れたの? それから修理《しゅうり》に来た配管工《はいかんこう》もそうだし――」

「わかった、わかったわ」母さんは笑いだした。「わたしをうぬぼれさせないで」

「男は母さんに向かって特別の話し方をするよ。見ていてわかったんだ。へんになれなれしくするか、恥《は》ずかしがっているみたいにそわそわするかだ」

この話題がきまり悪いのか、母さんの態度《たいど》がまたぎこちなくなった。しばらくして母さんがいった。「ロジャーはどう? 彼《かれ》のふるまいはどうかしら? どっちのタイプ?」

ルークは顔をそむけた。

「彼のふるまいはどうかしら?」と母さんはもう一度きいた。

ルークが母さんのほうに視線《しせん》をもどすと、おたがいにすでにわかっていることをいってほしがっていることがわかった。

「あの人はちがうよ。あの人は他のやつらとはちがう」とルークはいった。

「どうちがうの？」

「わかってるくせに」

「いいからいってみて」

ルークは皿をわきによけて、テーブルにひじをついて前かがみになった。「あの人は単に母さんにほれてるってだけじゃない。ほんとうに愛しているんだよ」

「で、それがそれほどひどいことなの？」

「たぶんちがうだろうな」

「たぶんちがう、って？」

ルークは母さんのほうを見た。「たぶんちがうよ」

母さんはしばらくルークを見つめていた。さぐっているような目だった。「ルーク？」

「なに？」

「だいじょうぶよ」

「だいじょうぶ、ってなにが？」

「すべて」母さんはルークにほほえみかけた。「すべてだいじょうぶよ」まだルークの顔を見つめながら、母さんは言葉を切った。「あなたが心についての意見を教えてくれたから、わたしのほうからもひとつ教えるわね。さっき、わたしのファンがいるっていったでしょ。あなたにもいるわよ」

「だれ？」

「今朝会うことになっている人よ」

「ミランダ？」

母さんはうなずいた。それから手をのばしてルークの腕《うで》をさわった。「あの子の気持ちを傷《きず》つけないでね、ルーク」

「そんなことしないよ。するわけないだろ」

「あの子はいい子よ」

「わかってるよ」

「それにすごくかわいいわ」

「わかってる」

「でも、繊細《せんさい》な子よ。だからあの子をつらい目にあわさないであげて」

「そんなことしないって。そういっただろ。だけど、ミランダはおれのことそんなふうには思ってないよ」

「そんなことないわよ」

「思ってないって」

母さんはルークの空《から》になった皿を下げて、体を傾《かたむ》けるとルークにキスした。「そう思いたいのならそれでもいいわ。でもあの子の気持ちを傷つけるようなことだけはしないでね」

12

しかし、家を出たとたんに、ミランダの気持ちを傷《きず》つけることになるとわかった。まだ〈トビー・ジャグ〉には行けなかった。またいろいろな音が頭の中に押《お》し寄《よ》せてきたのだ。ルークはわが家の外の道に立ち、音に耳を傾《かたむ》けながらふるえていた。音はルークに襲《おそ》いかかり、つらぬき、まわりで渦巻《うずま》いた。あるときは大きく、あるときはそっと、そしてあるときは音というよりもたんなる気《け》配《はい》のように。父さんの未完《みかん》の曲や、ずっととりついて離《はな》れないあのもの悲しい子どもらしい旋律《せんりつ》、その他に知っている曲も知らない曲も、いろんな曲が聞こえてきた。それらのメロディがまるで自分で弾《ひ》いているときのようにはっきりと、ルークに話しかけてきた。曲だけでなく音もいろいろ聞こえてきた。野原や丘《おか》や生垣《いけがき》の音、遠く離れたところで人が話しているようなくぐもった音、それからとりわけ時がたつにつれて大きくなってくるあの声。

「おばあちゃん、おばあちゃん」言葉があまりにはっきりと聞き取れるので、まるであの女の子がすぐそばにいるように思えた。けれども、たしかに自分の家の前の道にひとりで立っている。〈お屋敷《やしき》〉の近くになんかいなかった。

「おばあちゃん、おばあちゃん」いまにも泣きだしそうな声だった。この子はなんで苦しんでいるのだろうか、そしてミセス・リトルはどうしてぼくがこの子を助けられると思っているのだろうか。想像《そうぞう》しようとしたが、すべては謎《なぞ》だった。ルークはぶらぶらと教会の庭のほうに歩いていくと、父さんのお墓《はか》のそばの地面にどさりとすわりこみ、耳を澄《す》ました。音が聞こえなくなり、〈トビー・ジャグ〉に行けるという気持ちになったときには、ゆうに一時間がすぎていた。

パブの開け放された窓《まど》から笑い声やおしゃべりの声が聞こえてきた。ルークは外に立っていた。女の子の声の記憶《きおく》がまだ頭の中でささやきつづけていたが、なんとか中に入る決心をした。こんなに遅《おく》れて姿《すがた》を現《あら》わすなんてミランダに失礼だとわかっていたが、それでも会わなければならなかった。ほっとできる友だちの顔を見たかった。説教をしたりしないだれかの顔を。だれか……

ルークは顔をしかめた。

とにかく、だれかに会わなければ。

だが、たぶんミランダはいまひまではないだろう。今日は親を手伝わなくてはならないといっていた。それににぎやかな音からも、デイヴィス夫妻《ふさい》がランチタイムでいそがしいのは明らかだった。このいそがしさは最近の〈トビー・ジャグ〉にとってはふつうのことだった。この古いパブは、あちこちがたがきているにもかかわらず、というかその古さゆえにかもしれないが、夏の観光客を惹《ひ》きつける有名店になっていた。店内に入るとバイクや自転車でツーリングをしている人、ハイキング中の人など、たくさんの客で混《こ》みあっていた。それに加えていつも日曜のランチを食べに来る村の常連客《じょうれんきゃく》がいた。ミスター・デイヴィスがいるバーのところにも大勢《おおぜい》客が集まり、それぞれ飲み物をくれと叫《さけ》んでいた。ミセス・デイヴィスと娘《むすめ》のソフィ、ヴェリティは料理をのせたトレイを持っていそがしそうにテーブルのまわりを動きまわっている。ルークは人波をかき分けて前に進み、バーのほうに歩いていった。そこにはがっちりした体格《たいかく》のビル・フォーリーがいた。そのとなりのスツールにすわりこんでいるのは、凶暴《きょうぼう》な目つきをしたミスター・スキナーだ。ルークが近づいてくるのを見るとビル・フォーリーはすぐに大声でわめいた。

「ルーク・スタントン！　こんなとこに来ちゃいかんじゃないか！　未成年は入れないぞ！」

「飲みに来たんじゃないよ」

「冗談《じょうだん》だよ、ばかだな。おまえにはユーモアのセンスってものがないのか？」

「広場に落っことしてきたよ。悪いね」ルークはミスター・スキナーのほうをちらりと見た。ミスター・スキナーの目はすでにどんよりしていて、じっと自分のグラスをにらみつけていた。まだ危険《きけん》とは思えなかったが、あと何杯《ばい》も飲まないうちにビル・フォーリーたちに外へ放り出されることになるだろう。ミスター・デイヴィスは近くで生ビールを注いでいたが、ルークに気づくとどなりつけた。

「いったいどこに行ってたんだ？　もう十二時半だぞ！」

「すみません」

「あの子はおまえに愛想《あいそ》をつかしたみたいだぞ。無理もないな。おまえが約束どおりに現《あら》われるなんて思ったのがばかだったんだ、といってやったさ」

「ちょっといろいろあって」

「電話もかけられなかったのか？」

「いいえ。つまりその……はい。すみません。彼女《かのじょ》、まだいます？」

「〈鷹《たか》ノ巣《す》〉にいるよ。行きたいんならご自由に。だがひどく当たられても知らんからな」

「すっぽかしたのか？」とビル・フォーリーがいって、ルークの胸《むな》もとをつっついた。「ミランダみたいないい子にそんなことしちゃだめじゃないか」

「はい、はい、わかりました」とルークはいった。ビル・フォーリーから離《はな》れ、また人ごみをかき分けてもどっていったところで、厨房《ちゅうぼう》にもどる途中《とちゅう》のミセス・デイヴィスと鉢《はち》あわせになった。ミセス・デイヴィスは上から下までルークをじろじろと見た。

「いまごろになってなんでわざわざ来たのか、わからないわね」

「すみません」

「なにか理由があったの？」

「いろいろあって」

「いろいろってなんなの？」

「あの……」ルークは頭の中で答えをさがしながら、目をそらした。「ええと……」

「もういいわよ、いそがしいんだから」ミセス・デイヴィスは鼻を鳴らした。「あの子は上よ」そういうと、あとはなにもいわずにルークのそばを通りすぎていった。さらにうしろめたい気持ちになりながら、ルークは裏口《うらぐち》をぬけてドアを閉《し》めた。店内に響《ひび》きわたっていた喧騒《けんそう》が魔法《まほう》のようにくぐもった物音に変わった。何回か深呼吸《しんこきゅう》をして気持ちを落ち着けてから、ルークはパブの奥《おく》にあるラウンジのほうに歩いていった。へたったソファと古い暖炉《だんろ》、それからすみっこにがたのきた古いピアノがあるこの部屋《へや》がルークは好きだった。このピアノはしみだらけの木製《もくせい》で、鍵盤《けんばん》は退色《たいしょく》していたし、デイヴィス夫妻《ふさい》が連弾《れんだん》するときにしょっちゅう手荒《てあら》い扱《あつか》いを受けているにもかかわらず、驚《おどろ》くほどちゃんとした音を出すのだった。

ルークは窓《まど》のほうに歩いていくと、さらにゆっくりと呼吸をした。頭の中はまだあの女の子の声と、先ほど聞こえたさまざまな不思議《ふしぎ》な音のことでいっぱいだった。こんな状態《じょうたい》ではとてもミランダに会いに上に行くことはできなかった。ルークはパブの裏《うら》にあるデイヴィス家の庭をじっと見つめた。庭の奥にある低い塀《へい》のむこうに、平和で静かな教会の敷地《しきち》が見えていた。父さんのお墓《はか》がちらりとでも見えないかと、ルークは目をこらしていたが、教会の側面に隠《かく》れていて見えなかった。ルークはごくりとつばをのんだ。あっちを見てなんになるというんだ？　たったいままでお墓に行ってたというのに。それにまたすぐにあそこにもどるつもりだというのに。ピアノのほうを向くと、ミランダのフルートが楽譜《がくふ》とともに上に置いてあった。ルークはちらりと曲名を見た。『精霊《せいれい》の踊《おど》り』グルック作曲、ピアノとフルートのための編曲《へんきょく》――。ルークは気持ちを引きしめると、階段《かいだん》に向かって廊下《ろうか》を歩いていった。

これだけはたしかだった。〈トビー・ジャグ〉は不思議な場所だ。ルークはここに対してずっと複雑《ふくざつ》な気持ちを抱《いだ》いてきた。建物の一部が十四世紀にまでさかのぼり、見かけはさらに古いということだけではなかった。すごく雑然《ざつぜん》とした、不便な建物だった。じゅうたんはなく、固い石の床《ゆか》がむきだしになっている。廊下《ろうか》はせまくて天井《てんじょう》が低く、客室へとつづく階段《かいだん》は城砦《じょうさい》にあるようならせん階段だった。窓《まど》はすごく小さく照明も貧弱《ひんじゃく》なので、いつも薄暗《うすぐら》かった。しかも客室にはトイレも洗面台《せんめんだい》も風呂《ふろ》もシャワーもなく、一階《かい》に下りてこなければならない。夜中にこの陰気《いんき》な石のらせん階段を下りるなんて、客はうんざりするだろうな、とルークは思った。それでも、この建物の最上階に部屋《へや》を持つミランダは、他の場所なんかには住みたくないのだろう。

ルークはいつものように石段の数を数えながら階段を上りはじめた。「いち、に、さん……」そうして二階、三階と上りつづけた。小窓が現《あら》われると、かならずちらりと窓の外を見た。眼下《がんか》の庭や教会の庭を見るためというよりは、まだ日の光があることを確認《かくにん》するために。「五十九、六十、六十一……」息が切れてきたが、てっぺんはもう見えていた。客室のある最後の階を通りすぎ、あともう一階分だけだった。やっと着いた。デイヴィス夫妻《ふさい》の部屋が左手にあり、真ん中がソフィの部屋、右手がヴェリティの部屋、そしてさらに何段か階段を上ったところの、このパブの最上階にぽつんとあるのがミランダの部屋だった。ドアには〈鷹《たか》ノ巣《す》〉と見慣《みな》れた名札《なふだ》がかかっていた。

中からはなんの物音もしなかった。ルークは一瞬《いっしゅん》ためらったあとにノックした。中からくぐもった声が聞こえたが、なにをいっているのかわからなかった。ノブを回して、ドアを押《お》し開けた。ミランダはルークに背中《せなか》を向けて窓のそばに立っていた。広場のむこうに見える遠くのバックランドの森のほうをながめている。ミランダはちらりとふりかえり、ルークがそこにいるのを見ると顔をしかめた。

「ごめん」とルークはいった。

ミランダはなにもいわなかった。

「ミランダ？　悪かったよ。じつはちょっと――」

「こんなことしなくてもいいのよ、ルーク」まだ窓《まど》の外をながめながら、ミランダがいった。

「こんなこと、って？」

「あやまること。なにか大事なことができたんだなって思っていたもの。たいしたことじゃないわ。ルークがいそがしいのはわかってるし」

「ねえ――」

「それに、コンサートのことも気にしないでいいのよ。これもたいしたことじゃないんだから。どっちにしても、ばかげてるわよね。ルークがあたしの伴奏《ばんそう》をするなんて。つまり、あたしはフルートがすごくへたで、ルークはこんなにすばらしいのに――」

「ミランダ――」

「だけどね、ルーク……」そういってミランダは体の向きを変え、初めてルークと向きあった。「来るっていっておきながらすっぽかすなんて、ずるいと思うわ。今日はお父さんとお母さんを手伝わなきゃいけなくて、練習の時間が少ししかないって、いってあったでしょ。ほんとはいまも、こうやって自分の部屋《へや》にひっこんでる場合じゃないのよ。下で手伝っていなきゃいけないの。だけどあたしがコンサートのことやなんやかんやで心配しているのを気づかって、お父さんがちょっと休んでおいでといってくれたのよ」

「ミランダ――」

「もういいの。わかった？　ほんとにもういいの。ルークがやりたくないってことはよくわかったから。あたしのフルートの伴奏《ばんそう》をしなきゃいけないなんて、ルークにとってはほんとに退屈《たいくつ》なことよね。やりたくないんだったら、それでかまわないわ。あたしはだいじょうぶだから。ただね……やりたくもないくせに、助けてくれるなんていわないで」

「手伝いたいんだよ」

「そんなことないわ。もういいのよ。いったでしょ。もういいんだってば」

「ミランダ、聞いてくれよ。おれ、ほんとうに手伝いたいんだよ。ただ、ちょっと……」ルークはベッドの端《はし》に腰《こし》を下ろした。「おれ、自分がどうなっちゃったのか……よくわからないんだよ」ルークは顔をしかめた。「どんどんわけがわからなくなっていく。傷《きず》つけて悪かったよ。おれがまちがっていた。ミランダだけは傷つけたくないと思っているのに。お願いだから怒《おこ》らないでくれよ。いろんなことがうまくいかなくなってるんだ。母さんともうまくいってない。母さんはいつもロジャー・ギルモアといっしょにいて、おれはそのことが気になってしかたなくて。それに……」ルークは例の女の子とミセス・リトル、スキンとその仲間、そして聞こえてくる不思議《ふしぎ》な音のことなどを思った。「他にも……いろいろあるんだ。いまここではいえないんだけど」ルークはまた顔をしかめた。「ごめん」

ルークは床《ゆか》を見つめていたが、目の端でミランダが近寄《ちかよ》ってきて、ベッドに並《なら》んで腰を下ろすのが見えた。ミランダが腕《うで》をつかむのを感じた。「もういいのよ」とミランダはいった。

ルークはミランダのほうをふりかえってほほえんだ。ミランダもほほえみかえしたが、恥《は》ずかしそうなその笑《え》みはすぐに消えた。ルークは自分の腕《うで》に置いたままになっていたミランダの手を取り、ぎゅっとにぎりしめた。「さあ、練習しよう。もし時間があれば、だけど」

「時間は、少しならあるけど――でも、ほんとにまだやりたいと思ってるの？　つまり、ルークの生活がめちゃくちゃになっているというのに――」

「めちゃくちゃになっているとはいわなかったよ」

「ルークの生活がめちゃくちゃになっているんだったら」とミランダはつづけていい、くすくす笑いだした。「ピアノを弾《ひ》く前に、それをきっちり整理したほうがいいと思わない？　だって、ルークがコンサートでミスばかりしてあたしの演奏《えんそう》が台なしになったらいやだもの」

「うるさい」そういいながら、ルークも笑っていた。立ちあがって、ミランダの手を引いて立たせた。「生活がめちゃくちゃになっているぐらいで、おれのピアノ演奏が乱《みだ》れるとでも思っているの？」そういいながら、自分がまだミランダの手を取ったままでいるのに気づいて驚《おどろ》き、多少きまり悪さを感じながら手を離《はな》した。「さあ、練習しよう」

ふたりはラウンジまで下りていき、ルークはピアノに向かった。「おれがこの前弾いたときから、このピアノを調律《ちょうりつ》してくれてればいいんだけど」そういいながら、ルークは鍵盤《けんばん》に指を走らせ、うなずいた。「ずっとよくなってる。このピアノがちゃんとした音を出すのがまだ信じられないよ。お父さんとお母さんからあんな手ひどい扱《あつか》いを受けてるのにさ」ルークはわざとおどけていった。だが、それが自分の気分をよくするためなのか、ミランダのためなのかはわからなかった。指慣《ゆびな》らしにさらに何回か鍵盤に指を走らせてから、ルークはこれから練習する曲を思い出し、記憶《きおく》を頼《たよ》りに弾《ひ》きながら、ミランダが譜面台《ふめんだい》を用意するのを待った。だが、何小節か弾いたところで、ミランダがぜんぜん動く気配《けはい》がないことに気づいた。弾くのをやめてふりかえると、ミランダが自分を見つめていた。

「どうしてそんなことができるの？　楽譜もまだ広げていないのに」とミランダがいった。

「覚えてるって感じかな」

「じゃあ、前に習ったことがあるの？　ハーディング先生のところで？」

「いや、二、三回聞いただけだよ。父さんがこれのピアノ版《ばん》を何年も前に弾いていたから。いい曲だよね。まるでまちがって弾いているのかもしれないけど」

ミランダはピアノ用の楽譜を持ってきてルークの目の前に置いた。ルークはそれをちらりと見た。

「やっぱりね。出だしのキーがまちがっていたよ」ルークは初見《しょけん》で弾きながら、またミランダの準《じゅん》備《び》ができるのを待った。だがミランダはやはりじっとルークを見るばかりだった。ルークはまた弾くのをやめてミランダをふりかえった。

「なに？」

「すごい才能《さいのう》ね、ルーク」ミランダは首を横に振《ふ》った。「そんなふうにピアノが弾けるかぎり、人生で困《こま》ったことなんて起きないわ」

「いろいろ困ったことはあるんだけど、そのことについてはもういいよ。さあ、練習しよう」

ミランダは自分の楽譜を広げて譜面台に立て、フルートを手にした。「ねえ、ルーク、ほんとうにあたしの演奏《えんそう》にがまんしてつきあえる？」

「もちろんさ」

「あたしがいいたいのは、さっきは冗談《じょうだん》でルークがまちがったらあたしの演奏《えんそう》が台なしになるなんていったけど、あたし、ほんとにフルートがへたなの。たぶん途中《とちゅう》で何度もつっかえるわ」

「そんなこと心配しなくていいから。とにかくやろうよ」

「わかった」

ふたりは演奏しはじめた。ゆっくりとはじめたが、ミランダはさっそくつっかえてしまった。

「ごめんなさい、ルーク」

「気にしないで。止まったところからやってみよう」

「最初からやってもいい？　助走みたいに最初からやらないとうまくいかない」

「いいよ」

ふたりはもう一度はじめた。今度は少し先まで進めたが、また何小節か行くと止まってしまった。

ミランダは顔を赤らめた。

「情《なさ》けないわね。なんでこうなるのかしら」

「いいからできるだけやってみなよ」

「ひとりだとうまく吹《ふ》けるのよ。ほんとに。たいしてじょうずではないけど、全曲通して吹けるのに。速く演奏しないかぎりはね」

「どっちにしても、これはそんなに速く演奏する曲じゃないよ」

「わかってる、でも……とにかく……ひとりなら吹けるの。ルークといっしょだと、緊張《きんちょう》しちゃうのね」

「緊張《きんちょう》することないよ」ルークはしばらく考えていた。「ねえ、自分ひとりで吹《ふ》いてるつもりでやってみたら？　おれなんかここにいないと思うんだよ。この建物にもいないと。好きなところで止めて、好きなところから始めていいよ。おれのほうで適当《てきとう》に合わせていくから。ミランダが好きな速さで演奏《えんそう》して」

「ゆっくりになるわよ」

「いいよ」

「ほんとにゆっくりよ。退屈《たいくつ》しちゃうくらい」

「そんなことないってば。さあ、やって。ゆっくりでいいから。そうしたかったら、超《ちょう》特別ゆっくりでいいから」

ふたりは最初から演奏しなおした。ミランダの演奏はゆっくりではなかった。どちらかといえば速いくらいだった。まるでできるだけ早く終わらせてしまいたいと思っているかのように。しかし曲はスムーズに流れだしていた。ピアノを弾《ひ》きながらルークはひそかにミランダをちらちらと見ていた。注目されていると気づかせないようにしながら。ミランダは顔をしかめ、目は楽譜《がくふ》をしっかりと見ている。体も少し緊張していたが、徐々《じょじょ》に自信が出てくるのがルークにも感じられた。ルーク自身も少し肩《かた》の力をぬき、その曲を楽しみはじめた。この曲をまた聞けてよかった。これがどんなに楽しい曲かをルークは忘《わす》れていた。ストロベリー・ヒルに住んでいたころ、父さんがこの曲を弾き、母さんがソファにすわって聞きながら旋律《せんりつ》をハミングしていたのを思い出した。ルークは父さんの顔を思い浮《う》かべながら、幸せな気持ちで弾《ひ》きつづけた——が、突然演奏《とつぜんえんそう》をやめた。ミランダのフルートの音も急に止まった。

「どうしたの？」とミランダがきいた。

ルークはだまっていた。自分の注意を引いたものに耳を傾《かたむ》けることしかできなかった。沈黙《ちんもく》を破《やぶ》って別のフルートの音が聞こえてきたのだ。あまりにかすかで、親しげな音なので、まるで自分の声が体から漏《も》れているかのように思えた。とりつかれたようになって耳を傾けていると、他の音も聞こえてくることに気づいた。自分の内部の奥深《おくふか》くからわきでてくるのかと思われるような不思議《ふしぎ》な音だった。ブーンとうなるような音、ハープの音、鐘《かね》の音、それから頭の中であふれるように流れる水の音も聞こえる。そしてそれらの音のあいだを縫《ぬ》って、例のフルートの調べが川のように流れてきた。

「ルーク？」とミランダがいった。「どうしたの？」

さまざまな音が消え、静けさがもどってきた。聞こえなくなってしまったことがルークには痛《いた》いほど惜《お》しかった。ルークはミランダのほうをふりむいていった。「聞こえた？」

「聞こえたって、なにが？『精霊《せいれい》の踊《おど》り』のこと？」

ミランダはわけがわからないという顔をし、一抹《いちまつ》の恐怖《きょうふ》さえ感じているようだった。ミランダを安心させたくて、ルークはすぐに笑《え》みを浮かべた。だがミランダの表情《ひょうじょう》はくもったままだった。

「なにが聞こえたの？」

ルークは答えたくなくて顔をそむけた。

「ルーク、お願い、なにかいって」

ルークはふたたびミランダのほうを見た。「おれには聞こえたんだ……」ミランダの顔にまだ恐《きょう》怖《ふ》が残っているのを見て、ルークはもう一度無理にほほえんだ。「いや、なんでもない。ほんとは、なにも聞こえなかった。きっと気のせいだよ」そういってピアノのほうに向きなおった。「さあ、曲にもどろう」

13

スキンたちは〈お屋敷《やしき》〉から少し行ったところにある若《わか》いハンノキのそばで待っていた。ダズはハンノキに登り、木の葉の中に半分姿《すがた》を隠《かく》して〈お屋敷〉のほうをじっと見つめている。遅《おく》れてきたルークは注意深くあたりを見まわした。ミセス・リトルの気配《けはい》は感じられなかったので、ほっとした。いまここでミセス・リトルの姿を見たくもなければ、見られたくもなかった。それでもまたあの女の子の泣き声が聞こえてきた。ルークの頭の中で響《ひび》く一方通行の会話のようなその声は、たちまち他のすべての音を消し去ってしまった。とくに今回の泣き声はいままでになく強く、せっぱつまっていた。

スキンがルークのほうを見た。「三十分遅刻《ちこく》だぞ。来ねえのかと思ったよ」ルークも来たくはなかったけれど、そんなことをしたらどうなるかわかっていた。ルークはだまっていた。スキンはしばらくじっとルークを見てから、ダズをちらりと見あげた。「ばあさん、いそうか？」

「いや、一度も見てない」とダズがいった。

「たぶんむこうからは見えてるよ」とスピードが目を細めて上を見ながらいった。「おまえ、頭を出したりひっこめたりしてたし、枝《えだ》なんかも動いてたからさあ」

「少なくともおれは木に登れるぜ」とダズがいいかえした。「おまえにはまねできねえだろ、このデブ」

「おれだってその木くらい登れるよ」

「助けてもらえば、だろ」

「おまえだってあのオークの木に登るには助けがいるくせに」

「おまえもそうじゃないか。スキンだってそうだ。だれでもそうだよ。ピアニスト以外はな」

「いいかげんにしろ、おまえら！」とスキンがいった。「けんかはやめろ。まるで猫《ねこ》のけんかじゃねえか。オークの木に登れなくたって心配いらねえだろ」そういってスキンは横目でルークのほうを見た。「おれたちには木登りの専門家《せんもんか》がついてるんだからさ」スキンはしばらくルークを見ていたが、それからまたダズに声をかけた。「下りてこい。本部に行くぞ」

ダズはハンノキから下り、みんなで森へ向かった。ルークはほっとした。スキンたちにあの古いオークの木にある木の家を使われるのはいやだったが、とにかく〈お屋敷《やしき》〉から離《はな》れたくてたまらなかったのだ。〈お屋敷〉を見るだけでやたらと良心がうずいた。歩いていると、またスキンがばかにした口調《くちょう》で話してきた。

「てっきりまたびびったのかと思ったよ」

「びびる、ってなにをだよ？」できるだけぶっきらぼうに聞こえるようにルークはいった。

「おれたちに会うことを、さ。なにしろ、おまえはふた晩《ばん》連続してびびってたからな」

「ゆうべはびびってなんかいないよ。中へ入ったじゃないか。家じゅう見てまわったし。ただ箱が見つからなかっただけだよ」

「まあ、気にすんな」スキンはしばらくルークの顔を見ていた。「おまえには今晩またチャンスがあるんだからよ」そういってルークにウィンクした。「おまえ、ついてるよな」ルークがなにかいう前に、スキンは立ち止まって他のふたりに口笛で合図した。「おい！　喫煙《きつえん》タイムだ」

四人はセイヨウトチノキの下に集まり、ダズが煙草《たばこ》の箱を出した。

「これしかねえのかよ？」とスキンがいった。

「ああ」

「上等じゃねえか。ほんと、上等だよ。これでハイになれれっていうんだからな」

「悪かったたな。時間がなくてこれしか手に入らなかったんだよ」

「まあいいよ」スキンは煙草を一本ぬいて口にくわえた。「これでがまんしよう」

ダズは煙草の箱を回した。ルークも他の連中のように一本取り、ダズがマッチをすった。全員が前かがみになり、煙草に火をつけた。

「絆《きずな》だ」とスキンがいった。スキンは火のついた煙草を口にくわえ、両腕《りょううで》をのばすと仲間を近くに引き寄《よ》せた。「ほんとうの絆だ」スキンは自分のまわりに集まってきた仲間の顔を順番に見ていった。みんなの口先で煙草の端《はし》が赤く照り輝《かがや》き、みんなの輪の中心から煙の柱が立ち昇《のぼ》った。

「ひとりはみんなのために。みんなはひとりのために。そういうことだ。さあ——握手《あくしゅ》だ」みんなは手をのばして固く握手《あくしゅ》しあった。「手をにぎりあう。これが肝心《かんじん》だ。一致団結《いっちだんけつ》。そうだろ？一致団結だ。おれたちは固い絆《きずな》で結ばれてるんだ。たがいに助けあうんだ」ルークはスキンが自分のほうをちらりと見たのに気づいて、目をそらした。スピードがせきこみはじめた。

スキンが大笑いし、みんなは手を離《はな》した。スピードはまだ煙《けむり》にむせている。スキンがスピードの背中《せなか》をたたいてやった。「オーケー、デブ。もういいよ。行っていいぞ」

「ああ、さっさと行くさ」森の中をどたどたと歩きながら、スピードがいった。

「さっさと？」とダズが大声を出した。「あれでさっさとかよ？　どたどたって感じじゃないの？」

スキンはもう一度笑った。「あいつのすばやい動きなんて見たことがねえな」

「じゃあ、やつがハンバーガーを食《く》ってるとこ、見たことないんだ」とダズがいった。

ふたりはしゃべりながら、スピードのあとを歩いていった。そのあとを落ち着かない気持ちでルークがついていく。なんでぼくはここにいるんだ？　もうこれ以上こいつらとかかわりを持ちたくない。だけどどうやったら自由になれるというんだ？　ダズとスピードだけだったら、なんの問題もなかった。だがスキンはそうはいかない。ルークはスキンがこわかった。そしてスキンもそのことを知っていた。ルークは足どりも重く森を歩いていった。ときどき煙草《たばこ》を吸《す》いこんではみたが、たいしておいしいわけでもなかった。ついに古いオークの木のところに着いた。他の三人は先に来ていた。みんながルークを見ている。

「よし」とスキンはいうと、吸いさしの煙草を木の根もとに投げ捨《す》てた。「スペシャリストのお手なみ拝見《はいけん》といくか」

「スパイダーマンだ」とダズ。

ルークはスキンたちを見まわした。スキンが木の根もとに煙草《たばこ》を投げたのがいやでたまらなかった。自分の煙草はさっきしっかり消してから、やわらかい土の中に埋《う》めた。ダズもスピードも、ルークをじろじろ見ながら煙草をそのまま捨《す》てた。ルークは顔をしかめ、木に登りはじめた。あとで吸殻《すいがら》をきれいに片《かた》づけよう、そのためだけにもどってきてもいいから、とルークは思った。だが少なくともまたこの木に登り、温かい樹皮《じゅひ》にふれると気持ちがよかった。この昔からの友だちに会いたくてたまらなかったのだ。だが、今日は仲間がいっしょなので、いつものようには楽しめないこともわかっていた。だれかがこの古いオークの木に登るとどれほどいやな気分になるか、はっきりわかってきた。

ルークは最初の枝《えだ》まで登ってしばらく休み、下を見た。いつものように、平静ではいられなかった。とりわけスキンたちがこの木をなでまわすと思うと、スキンたちがくやしがりながらも賞賛《しょうさん》するような目で見あげていた。どうして他の人はここまで登ってこられないのか、ルークにはわからなかった。そんなにむずかしいことではないと思うのに。だがいまはそんなことを考えている場合ではなかった。スキンは上まで登れとあごをしゃくっている。ルークは勝手のわかった枝々のあいだを登っていき、ついに木の家にたどり着いた。ここに帰ってこられて、いい気分だった。ルークは床板《ゆかいた》に這《は》い登り、体を横たえてそのひとときを味わった。だがルークの楽しみは下からのスキンのどなり声ですぐに中断《ちゅうだん》された。

「おい、ルーク！　そこでなにやってんだよ？　ひとりで楽しんでるのか？」

他のふたりがばかみたいに笑うのが聞こえた。いやいやながらルークは縄《なわ》ばしごを端《はし》のほうに引き寄《よ》せ、先が地面につくまで手でたぐりながら下に垂《た》らした。スキンが下でそれをつかんだ。

「しっかり固定されてるだろうな？」とスキンが叫《さけ》んだ。

「ああ！」

スキンが登りはじめた。筋肉質《きんにくしつ》のがっちりした体格《たいかく》ではあったが、スキンは体重が重く、縄ばしごを登るのはへただった。スキンにも少なくともひとつは苦手なものがあると思うと、ルークはいつも気分がよくなるのだった。下の枝《えだ》にたどり着くまでにかなりの時間がかかった。だが、いったんそこまで行くと、スキンの自信がもどってきた。スキンは縄ばしごを他のふたりにゆずって、木を登りはじめた。次に縄ばしごに乗ったダズは、身軽に反動を利用しながらずっと速く登ってきた。最初の枝にたどり着くと、縄ばしごを手放したが、スキンとはちがってさらに登ってこようとはしなかった。そしてひとり取り残された形で立っているスピードを見てにやにやした。

「あんまり縄ばしごを揺《ゆ》らすなよ、スピーディ。木が根こそぎひっくりかえっちまうかもしれないからな」

「うるさい！」とスピードがいった。

ダズはスキンを見あげた。「もっと太いロープを使うべきだったかな？　この縄ばしご、あいつがこの前使ったときに切れそうだったんだぜ」

「どんな太いロープでも無理かもな」とスキンがいった。

「鎖《くさり》を持ってくればよかったかもな」とダズ。

「だまれ！」とスピードがいった。

ダズとスキンは笑いくずれた。

「だまれ。じゃないと、おれ、行かないから！」とスピードがどなった。

「来いよ、スピーディ！　おれたち、ほんとにおまえのこと愛してるんだからさあ！」とスキンがいった。

スピードは縄《なわ》ばしごに手をのばし、ぎごちなく登りはじめた。ロープがぐっとひっぱられるとスキンとダズがヒューヒューはやしたてた。

「スピーディ！」ダズが叫《さけ》んだ。

「ひょろひょろスピーディ！　身軽なデブ！」スキンがからかった。

スピードは、集中しようと顔にしわをよせて、必死になって縄ばしごをよじのぼっている。スキンとダズがさらにはやしたてたが、スピードはそれを無視《むし》して登りつづけた。ルークはしばらくだまって見ていたが、それから目をそらし床《ゆか》に寝転《ねころ》がると、屋根のように広がる枝葉《えだは》を見つめた。すると、驚《おどろ》いたことにあの白昼夢《はくちゅうむ》がよみがえってきた。木々のあいだを縫《ぬ》って空へと飛んでいき、父さんといっしょにやさしく輝《かがや》く星をめざしていくあの夢《ゆめ》だ。ルークは目を閉《と》じて、すぐ前を行く父さんのあとを追いかけながら、その星めざして飛んでいる自分の姿《すがた》を思い描《えが》いた。そのとき声が聞こえた。

「まったくもう！　めんどうだよな」

ルークが夢を中断《ちゅうだん》されて目を開けると、スキンの顔が木の家の端《はし》からこっちをのぞいていた。

「なんでこの木のこんな高いところに家を作ったんだよ?」とぶつぶついった。そして反動をつけて床《ゆか》に飛び乗ると、腰《こし》を下ろした。息をはあはあいわせながら、ずっとルークを見ている。

「けど」としばらくしてからスキンはいった。「いったん上まで登っちまうといいけどな」そしてかついできた小さなリュックサックを肩《かた》から下ろすと、床板の上にどさりと置いた。「軽く一杯《ぱい》どうだ」そういってから、ふりかえって木の下のほうをのぞきこみ、くすくす笑った。「スピーディのやつはいつになったら上がってくるんだ。おれたち、あいつが上がってくるころには下りちまってるぜ」

そのスピードもついに木の家にたどり着いた。少年たちは床に車座《くるまざ》になったが、ルーク以外はみんな息を切らしていた。スキンがリュックサックを開けて大きなびんを取り出した。

「今日はなんだ?」とダズがいった。

「ウィスキーさ」とスキン。「おやじの棚《たな》から持ってきたんだ」

「気づかれないか?」とダズ。

「あの棚にどれだけ酒があるか見たことないのか? 気づかれたとしても、べつにどうってことねえよ。おやじがまんすりゃいいだけさ」スキンはボトルからひと口飲んだ。「おやじが気に入らないっていうんなら、面倒《めんどう》なことになるな。だけど、いまならなにをやられたって平気さ」スキンはボトルをスピードにわたした。「おまえ、飲んだほうがいいんじゃねえか」

「いけ、スピーディ!」とダズがけしかけた。

スピードはボトルを受け取った。

「全部は飲むな。少しはおれたちに残しておいてくれよ」とダズがいった。

「開けたばかりなんだな」とスピード。

「そうだよ」

スピードはダズをにらみつけると、ふた口ほど飲んだ。それからボトルをルークに回した。ルークはほんのひと口飲んだだけだったが、もっとたくさん飲んだようなふりをした。ウィスキーは苦手だった。前にこの連中と木の家に来たときにもウィスキーを飲まされたが、気分が悪くなって頭がふらふらし、木から下りるときにあやうく落ちそうになった。ぼくはこんなところでなにをやってるんだ？　とルークはまたしても思った。ルークはこの連中の仲間ではない。この連中のようにここで生まれたわけでもない。他の三人はこの村で育ち、幼稚園《ようちえん》のころからずっとつるんでいた。ルークがこの仲間に入ったのは二年前に父さんが死んでからのことだ。ここにいれば強くなれると思ったのだ。そしてたしかに強くはなった。

まちがった強さではあったけれど。

ダズはボトルを取って、また煙草《たばこ》を回した。四人がすわって煙草を吸《す》い、ウィスキーを飲んでいるうちに、太陽がゆっくりと西に傾《かたむ》いていった。

「じゃあ」とスキンがいって、みんなの顔を見まわした。「また夜中の十二時に会おう。今度はしくじるなよ」スキンがまた自分を見ているのに気づいて、ルークはうつむいた。

「おれ、そのころへろへろだよ」とスピードがいった。「昨日《きのう》帰ってからほとんど眠《ねむ》れなかったんだよ。ふた晩《ばん》も連続で起きてられるかな。とくにこんなもんを飲んだあとにさ。それに明日は月曜だぜ。朝ちゃんと起きて学校に行かなきゃならないし」

「おまえが寝坊《ねぼう》してたら母ちゃんが起こしてくれるさ」とスキンがいった。「だいじょうぶだよ。みんな、だいじょうぶだ」声がとぎれたのでルークが顔を上げると、みんなが自分を見ていた。

「なんだよ？」とルークはいった。

「どうなんだろう、って思ってたんだ」とスキンがいった。

「どうなんだろう、ってなにが？」

「おまえが今晩現《こんばんあら》われるかどうか、ってさ」

「なんでおれが来ないなんて思うんだよ？」

「さあな。おまえのほうが知ってんだろ」

ルークは木々のむこうを見た。森の奥深《おくふか》くからモリバトの鳴き声が聞こえてきた。ルークはミセス・リトルと女の子のことを思い、なんとしてもあのふたりを、とりわけ女の子を守らなければならないと思った。だがスキンに逆《さか》らうということは自分に危険《きけん》が降《ふ》りかかることを意味する。それにいまここで立ち向かうことはできなかった。とくにこの木の上では。あとで考えなければ。ルークはスキンたちの顔を見た。

「行くよ」

「だといいけどな」とスキンがいった。「おまえのためにな。おまえはまだ役目をはたしてないんだから」

「ゆうべやったじゃないか。〈お屋敷《やしき》〉に入りこんで。その前の夜も」

「でも、まだあの箱を手にしちゃいねえよ」

「ゆうべは見つからなかったんだよ。そういっただろ」

「箱なんてないといってるのか？　おれが想像《そうぞう》でっちあげたとでも思ってるのか？」スキンはしばらくルークを見ていたが、それから低くきびしい声でつづけた。「前と同じようにやるんだ。あの窓《まど》から忍《しの》びこむ。だが今晩《こんばん》はちょっとちがうぞ。今回はおれたちも入る」

「なんだって？」とルーク。

「おれたちも入るんだよ。というか、おれとダズは入る。スピーディはだめだ」

「なんでおれはだめなんだよ？」とスピードががっかりしたような声でいったが、それに反して顔にはほっとしたような表《ひょう》　情《じょう》が浮《う》かんでいた。

「ばあさんが目を覚ましたら、走って逃《に》げなきゃいけないからだよ」とスキンがいった。「走るって、おまえ得意じゃないだろ。それにおまえがまじってると、おれたち全員ばれちまうだろうからな。おまえはちょっと目立つから」

「それって、デブってことか？」とダズがいった。

だがスキンは答えず、ぞっとするほど真剣《しんけん》な顔になっていた。「今夜十二時に会う。これは強盗《ごうとう》だ。最初にスパイダーマンを送りこんで、玄関《げんかん》のドアを開けさせる。それからおれとダズが入って、例の箱をさがすんだ。静かにしてれば、ばあさんは目も覚まさないよ」

「もし二階《かい》の窓が開いていなかったら？」とダズがいった。

「そのときは、窓が開くまで毎晩通うまでだ。だけどたぶんいっぱい開いてるさ。今晩も暑くなりそうだから。なんの問題もないだろうよ」

スピードが鼻をすすり、Tシャツのえりもとで拭《ふ》いた。「警報器《けいほうき》がついてたら？　ばあさん、寝《ね》ているあいだは他の部屋《へや》の窓《まど》の警報器をつけてるかもしれないぜ」

「ゆうべは鳴らなかった」とスキンがいった。「それにルークは全部の部屋を回ったんだろ」スキンはちらりとまたルークを見た。「こいつがほんとうのことをいってるんなら、の話だがな。おれにはほんとかどうかわからねえけど」

「回ったよ」とルークがいった。

「たとえ回らなかったとしても」とスキンが冷たい声でいった。「今夜もう一度行ってもらうさ。おまえは忍《しの》びこんで、それからそっと玄関《げんかん》まで下りてきておれとダズを入れる。そうしたらおまえが箱のことで真実をいっていたのかどうか、おれたちにもわかるってわけだ」

ルークはスキンとダズがあの家を歩きまわっているところを想像《そうぞう》した。そしてミセス・リトルのことを思い、恐怖《きょうふ》に身を縮《ちぢ》ませている盲目《もうもく》の女の子のことを思った。「箱はあそこにはない」とルークはいった。「時間の無駄《むだ》だよ。どの部屋も全部見たんだから。見つからないよ」

スキンはだまってルークの顔を見つめていたが、やがて冷酷《れいこく》な笑《え》みを浮《う》かべた。そして「十二時だ。ぜったい来いよ。おまえのためにな」といった。

14

「飲んでたのね」と母さんがいった。「それに煙草《たばこ》も。息が煙草くさいわ」

母さんはルークの前のテーブルに夕食を並《なら》べると、背《せ》すじをしゃんとのばした。ルークは顔をそむけた。

「ルーク？」

「なんだよ」

「べつに叱《しか》ってるんじゃないのよ」

「そういうふうに聞こえるけど」

「叱ってません。前にもいったでしょ――がみがみいうのはやめた、って」

「へえ、完全に？　たとえおれがどんなひどいばかなことをやっても？」

「そうね、例外はあるだろうけど」

母さんが愛想《あいそ》よくほほえみかけているのがわかったが、ルークも愛想よくするなど考えることもできなかった。今夜のことが心配でたまらなかったのだ。こんなところにすわって話なんかしている気分ではなかった。ひとりになって考えたかった。両手をポケットにつっこむと、他のメンバーに見られずになんとか木の根っこのあたりから拾った煙草《たばこ》の吸殻《すいがら》が指にさわった。ここに吸殻を入れていたことをすっかり忘《わす》れていた。

「食べないの？」と母さんがいった。

ルークはポケットから両手を出すと、ナイフとフォークを取ってベイクド・ポテトを切りはじめた。

「バターは？」と母さんがいった。

「ああ」といってから「ください」と付け足した。

母さんはルークにバターをわたした。ルークはポテトを皿の上に置くと、バターを少しのせ、まずそれから食べはじめた。

「サラダは？」と母さんがサラダのボウルを手に取った。

ルークはもごもごとありがとうというようなことをつぶやいて、ボウルを受け取った。いまのルークにはそれが精《せい》いっぱいだった。それでも料理はおいしかった。そのときまで自分がどれほどおなかがすいているか気づいていなかった。そしてどれほど疲《つか》れているかも。昨晩《さくばん》ほとんど寝《ね》てないので、いまはとにかく眠《ねむ》りたかった。けれど、こんな状態《じょうたい》にあっても、自分の行く手に立ちはだかっているもののことを考えると胸《むね》が苦しくなった。どうすればいいのか、まったくわからなかった。〈お屋敷《やしき》〉に行ってスキンとダズを家の中に入れたら、ミセス・リトルと女の子がひどい目にあう。

行かなかったら、自分がひどい目にあう。スキンは味方としてもじゅうぶん危険《きけん》だけれど、敵《てき》に回したら命取りになりかねなかった。

母さんがまた口を開いた。「なにを飲んでたの？」

「え？」

「聞こえてると思うけど。でももう一度いうわね――なにを飲んでいたの？」

「けんかはしたくないんだよ」

「わたしだってしたくないわ。意見が一致《いっち》したわね。で、なにを飲んでいたの？　ウィスキーみたいなにおいがするけど」

「そうだよ」

「で、どこから手に入れたの？　まさか――スキナーさんからじゃないでしょうね」

「あの人は気づいてないさ」

「そうでしょうとも。飲みすぎでなにがあっても気づかないわ。どれくらい飲んだの？」

「ほんのちょっとだよ。ほんとに。ひと口だけ。ウィスキーは好きじゃないんだ」

母さんが身を乗り出してきたので、ルークはお説教を覚悟《かくご》した。が、母さんは「ルーク、今日の午後わたしに電話した？」といっただけだった。

「いいや」

「あなたの友だちは？」

「なんでおれが知ってるのさ？」

「つまり……ふざけて、いたずら電話とかしなかった？」

「なにがあったの？」

「ああ、あの……」母さんは肩《かた》をすくめた。「たいしたことじゃないのよ。ちょっと無言《むごん》電話があったもんだから」

「無言電話？」

「ええ。ほら、電話が鳴って、こちらが出るとただだまっているの。どなたですかってきいても、返事がないのよ」

「で、それから？」

「それからむこうが切るのよ」

「それが今日の午後あったの？」

「そう。あなたが……どこかに出かけてたあいだに二度ね」

「何時ごろ？」

「最初のは四時半くらいで、二回目はその十五分後くらいだったわ」

「どれくらい無言でいた？」

「あら、ほんの数秒よ。相手をこわがらせようとしてじっとだまっている、いやがらせの電話って感じではなかったわ。だれかがあなたと話したくてかけてきたんだけど、わたしが出たからすぐに切ったのかしら。でもちょっとへんだわね。友だちならあなたを出してくれっていうはずなのに。あの不良《ふりょう》たちじゃなければね。ほら、あの子たちはわたしがよく思ってないのを知ってるから」

ルークはだまって食べながら考えようとした。スキンもダズも携帯《けいたい》電話を持っているが、電話があったという時間ルークはふたりといっしょにいた。だからふたりのはずがない。ルークは無頓着《むとんちゃく》なふうをよそおった。「だれだかわかんないな」そういってから、ある考えが頭に浮《う》かんだ。「ギルモアさんじゃないの」

母さんは傷《きず》ついたような顔をした。「またギルモアさんになっちゃったの？　この前はロジャーっていってくれたのに。やっと心をゆるしてくれたのかと思っていたところだったのに」

ルークはだまっていた。母さんはしばらくルークを見ていたが、やがて言葉をつづけた。

「ロジャーのはずがないわ。なんで彼《かれ》が電話をしてきて、押《お》しだまっていなきゃいけないの？」

「たぶん、あの人、ほんとうは変質者《へんしつしゃ》で、母さんをこわがらせようとしたんじゃないの？」

「ばかなこといわないで」と母さんがいった。

そのとき電話が鳴りだしたので、ふたりは顔を見あわせた。

「たぶんあの人だよ、今度は」とルークがいった。

母さんは立ちあがって電話のところに歩いていくと、受話器を取りあげた。「もしもし？」どこかぴりぴりした声だったが、すぐさまルークに背中《せなか》を向けると、最近しょっちゅう聞いているやさしい声でいった。「あら、どうしてたの？」

ルークは顔をしかめた。うわさをすれば影《かげ》だ。ルークが見ていると母さんは電話を手にしたまま居間《いま》に行き、ドアを閉《し》めてしまった。ロジャー・ギルモアのやつめ。ルークはふたたび食事に取りかかったが、食欲《しょくよく》がなくなってしまっていた。居間から母さんの声がかすかに聞こえるが、なにをいっているかはわからなかった。そのほうがいい、とルークは思った。どうせ、いちゃいちゃと愚《ぐ》にもつかないことをいってるんだろうから。きっと同じようなおしゃべりを、ぼくがいないときに寝室《しんしつ》でいちゃいちゃしながらやっているにきまってる。

ルークは食べかけの皿をわきに押《お》しやり、暖炉《だんろ》の上にある父さんの写真を見つめた。韓国《かんこく》でのコンサートのときの、ピアノの横に立ち、聴衆《ちょうしゅう》の拍手《はくしゅ》にこたえている写真だ。写真の父さんは若《わか》く見えた――いや、実際《じっさい》若かった。たった四十二歳《さい》だったのだ。あのときの父さんにあとたった十一カ月しか残されていなかったなど、とても想像《そうぞう》できなかった。夕陽が部屋《へや》に差しこんできて、写真入れの銀のフレームを輝《かがや》かせた。ルークは立ちあがると暖炉まで行き、父さんの顔をなおもじっと見た。それからふと窓《まど》のほうを向いて、体をこわばらせた。

道にミセス・リトルが立って、じっとこちらを見ていたのだ。目が合ったとき、ルークは思わず身ぶるいした。こんなところでなにをしているのだ？　あの人はめったに〈お屋敷《やしき》〉を離《はな》れないし、村のこのあたりで姿《すがた》を見かけたことなど一度もないというのに、こんなところに来てじっとぼくを見つめているなんて。

ミセス・リトルの頭が動くのが見えた。ほんのわずかな動きだったが、ルークに道のところまで出てこいと合図を送っていることはじゅうぶんわかった。ルークはふたたび身ぶるいした。なにをするつもりなんだろう？　ぼくが押し入《い》ったことを母さんにしゃべると脅《おど》すつもりなのだろうか？　ルークはちらりと居間《いま》のドアを見た。ドアは閉《し》まっていて母さんはまだしゃべっている。くぐもった母さんの話し声が聞こえていた。ルークは勝手口に急いで、できるだけ音を立てずに外に出ると家を回りこみ、前庭をつっきって塀《へい》のところまで行った。ミセス・リトルは道の反対側まで足をひきずってくると、すぐにしゃべりはじめた。

「うちに来てくれないと。孫娘《まごむすめ》があんたを必要としているんだよ」

「おれにはあの子を助けることなんてできないよ。それに行くなんて約束してないし」ルークは家のほうをふりかえった。居間《いま》の窓《まど》から母さんに見られていないかと気が気ではなかったのだ。ミセス・リトルがまた口を開いた。

「見てないよ」

「なんだって？」ルークはミセス・リトルをふりかえっていった。

「あんたのお母さんだよ。あたしたちのほうは見てない。お母さんは居間にいてコードレス電話で話している。ここから窓ごしに姿《すがた》が見えるよ。スツールに腰《こし》をかけて、裏庭《うらにわ》のほうを向いている。もしこっちを向いたとしても、あたしは歩いて離《はな》れるから、あんたとしゃべっていたことはぜったいにわからないよ」ミセス・リトルは身を乗り出してきて、突然《とつぜん》せっぱつまったような声で話をつづけた。「今日の午後二度電話をしたんだよ。電話帳《でんわちょう》で番号をさがしてね。あんたが出てくれればと思ったんだけど、お母さんが出たんで切ってしまった」ミセス・リトルは目をせばめて食《く》い入《い》るようにルークを見つめた。ナイフを二本ねじこまれるような気がした。「来てくれないと困《こま》るよ。来てくれないと。あの子はあんたを必要としてるんだよ。あんたなら助けられる。ほんとに助けられるんだよ。ただ、だれにもいっちゃだめだ。秘密《ひみつ》にしておかないと。だからあんたのお母さんにはいえなかったんだよ」ミセス・リトルはさらに身を乗り出した。「あたしのためにはできないっていうんなら、孫娘《まごむすめ》のために来てやっておくれ」

「でも――」

「お願いだよ。あの子をがっかりさせないで」ミセス・リトルは広場の方向をちらりと見た。「もうもどらないと。あんな状態《じょうたい》であの子を置いてくるなんて、すごい危険《きけん》を冒《おか》しているんだよ」

「でも――」

「これ以上はいられない。あたしがいなくなるとあの子がどれほどこわがるか、知らないだろ。部屋《へや》に鍵《かぎ》をかけてあの子を閉《と》じこめなければならないんだよ。ふらふら出て階段《かいだん》から落ちたり、なにかおそろしい事故《じこ》にあったりしないようにね。だけど、閉じこめられるとあの子はものすごくこわがるんだよ。そのあとなだめるのに何時間もかかるんだから。お願いだから来ておくれ。できるだけ早く」

「ちょっと、おれは……」ルークは両手をにぎりしめた。「そんなことといわれたって。どういうことかわからないけど、あの子を助けてくれる人がだれかいるはずだよ。つまり、もし病気やなんかだったら、だれかいるはずだよ……たとえば……行政《ぎょうせい》のほうとかで。そういう子どもを扱《あつか》う専門家《せんもんか》がいるよ。おれにはなにもできない。だってさ……あの……おれはまだ十四歳《さい》だし、いまいろんな人と、その、あんたも含《ふく》めてだけど、問題を抱《かか》えているし」ルークはスキンたちのこと、それから今夜の計画のことを考えた。「だめだよ。おれにはできないよ」

ミセス・リトルの目から希望が消えていくのがわかった。いましばらくルークを見つめてから、ミセス・リトルは言葉もなく背《せ》を向けると、広場のほうに足をひきずりながら去っていった。

「悪いね」ミセス・リトルの背中《せなか》にルークは声をかけた。ミセス・リトルは答えもせず、ふりかえりもしなかった。ミセス・リトルのくしゃくしゃの髪《かみ》と曲がった背中に夕陽が当たっていた。後ろから見てもミセス・リトルはじゅうぶん醜《みにく》かった。が、もう以前ほどおそろしくは見えなかった。ただ悲しげで年老《としお》いて弱々しく見えるだけだった。ルークはもう一度声をかけた。「ごめん。ほんとに悪いと思ってるよ」

ミセス・リトルはよろよろと足をひきずって角を曲がり、視界《しかい》から消えていった。いなくなったあとを凝視《ぎょうし》しながら、ルークはうしろめたさと、こんな気持ちにさせたミセス・リトルへの怒《いか》りでいっぱいになっていた。いったいなにさまのつもりなんだ？　どうやってあの子を助けてほしいのかもいわないくせに、こんなところまでやってきて〈お屋敷《やしき》〉へ来いと迫《せま》るなんて。少なくとも明日は月曜だから、学校に行かなくてはという口実《こうじつ》はあった。だがそれより前に今夜どうするかを決めなければならなかった。ルークは家のほうを向くと、ふたたびわきをまわりこんで台所に入った。居間《いま》のドアはまだ閉《し》まっていて、まるでなにごともなかったかのように母さんのくぐもった声が聞こえていた。

夜の十一時半にルークの枕《まくら》の下で目覚まし時計のベルが鳴った。時計を手でさがしあてて、スイッチを切り、それからまた横になって耳を澄《す》ました。母さんの部屋《へや》からはなんの物音も聞こえてこなかった。ベッドからぬけだしてドアをできるだけそっと開け、静かに廊下《ろうか》に出た。母さんの部屋のドアは少し開いていて、そのすきまから母さんがぐっすり眠《ねむ》っているのが見えた。今夜家をぬけだしたとしても母さんにはなにも聞こえないのはたしかだ。

だが、こっそりと自分の部屋《へや》にもどってきたとき、ルークは出かけないと決めた。出かけてもしかたがない。スキンとダズを〈お屋敷《やしき》〉に入れるわけにはいかなかった。もしあの女の子かミセス・リトルの身になにかひどいことが起こったら、ぜったいに自分をゆるすことはできない。自分が明日どうするつもりなのか、スキンたちとどう顔を合わすつもりなのか、ルークにはわからなかった。わかっているのは今夜以降《いこう》自分が危険《きけん》な立場になることだけだった。

ルークは自室のドアを閉《し》め、ベッドに腰《こし》を下ろした。明かりはつけたくなかった。枕《まくら》もとの台の上に置いた電気時計が十二時まであと二十五分と告げていた。いまごろ仲間たちは家を出ているころだろう。暗闇《くらやみ》の中を歩いて、十二時十分前にはぼくを待っているはずだ。十二時になるころには、ぼくのことを疑《うたが》いだす。十二時十分すぎには、悪態《あくたい》をつく。そして十二時半にはぼくはやつらの敵《てき》というわけだ。

ルークはベッドに寝《ね》そべり、天井《てんじょう》をにらみつけた。暗闇も天井を完全にはおおい隠《かく》していなかった。カーテンのすきまから月の光が入ってきて、天井の表面に澄《す》んだ光を投げかけていた。ルークが目を閉《と》じると、まぶたの下で前に現《あら》われたあの深い青が見えた。それを背景《はいけい》にして金色のしぶきがゆっくりと円を形作っていくところも。そして今度はその中央に新しいものが見えてきた。小さな白い点だ。前に聞こえた音がまたあふれだしてきた。鐘《かね》の音、フルートの音、ハープの音、ブーンとうなるような音、そして水が勢《いきお》いよく流れる音、それらすべてがいっしょになって、奇妙《きみょう》な、この世のものとは思えないシンフォニーを奏《かな》でた。それからどういうわけか、ルークが耳を澄ましているうちに、それぞれちがった音が入《い》り混《ま》じってひとつになり、深い海鳴りのような音があたり一面に満ちてきた。金色の円の中央にある白い点を見つめているうちに、とうとうそれがなんであるかがわかった。

頂点《ちょうてん》が五つある星形だ。

ルークは体がふるえるのを感じた。それから体の内側がかきたてられるような気がした。何度も見たあの白昼夢《はくちゅうむ》の中でのように。次の瞬間《しゅんかん》、その体の内側が額《ひたい》のところから星のほうにひっぱられていくような感じがした。星はいまではどんどん大きくなっていって、ルークの目の前に開かれていた。海鳴りのようなうなりもどんどん大きくなっていき、ついにこの音に飲みこまれてしまう、と思った。パニックになってルークが目を開けると、前と同じようにベッドにあおむけに横たわっていた。部屋《へや》は静かで音も映像《えいぞう》も消えていた。だがルークはまだふるえていた。父さんのことを考えて心をしずめようとした。するとあの未完《みかん》の不思議《ふしぎ》な曲がまた聞こえてきた。ルークがその曲をハミングしていると、その曲と合わせようとするかのように頭の中に和音が聞こえてきた。こうしてハミングをしているうちに、いつしかルークは眠《ねむ》りこんでしまった。

目が覚めたとき、ルークはベッドの上で寝返《ねがえ》りを打ち、体を丸くして羽根ぶとんの端《はし》っこを胸《むね》にしっかりと抱《だ》いているのに気づいた。起きあがって目をこすり、一瞬《いっしゅん》ぼうっとしてからぎょっとした。時計は一時半を示《しめ》していた。カーテンのすきまからまだ月の光が差しこんでいる。ルークはカーテンをぴったり閉《し》めようと立ちあがった。と、そのとき、月の光といっしょに別の光が入りこんできているのに気づいてぞっとした。自然の光ではなかった。懐中電灯《かいちゅうでんとう》の光で、だれが持っているのかもすぐにわかった。ルークはカーテンの陰《かげ》に隠《かく》れるように注意しながら、窓《まど》にじりじりと近づいていき、すきまから外を見ようとした。が、そこで動きを止めた。そんなことをしたのが虚勢《きょせい》からだったのか、たんにおかしくなっていたからなのかはわからない。ルークはすきまからのぞくのをやめて、大きく息を吸《す》ったかと思うと、ぱっとカーテンを両側に開け、身をさらした。道の、夕方ミセス・リトルが立っていたあたりから、懐中電灯《かいちゅうでんとう》の光がルークを射《い》ぬき、それから消えた。月明かりの中にスキンが立っているのが見えた。それからダズとスピードが、だまってさげすみの目を向けているのも。

15

目覚まし時計の音でルークは六時半に起きた。手をのばしてスイッチを切り、目覚ましとともにやってきた今日という日も消してしまえればいいのに、と思った。へとへとでやる気が出ず、行く手にあるもののことを思うとおそろしかった。そして、自分が決めたことをするために必要だとわかってはいても、こんなに朝早く起きなければならないことに腹《はら》が立った。また、シャワーを浴び、髪《かみ》も洗《あら》いたくてたまらなかった。ルークはベッドから下りると、下の道をチェックするためにカーテンを開けた。だれもいなかったし、上から見るかぎり、ゆうベスキンが荒《あ》らしていった形跡《けいせき》もなにもなかった。ビル・フォーリーの畑の上に雪のように白い霧《きり》が立ちこめていたが、すでに日の光が射《さ》しこみ、また今日も暑い一日になりそうだった。

最初にやるべきことをやってしまおう。決心したんだから、それにしたがって動かなければ、とルークは自分に言い聞かせた。

ドアのところまで急いでいって、耳を澄《す》ました。母さんはあと三十分は起きてこないだろうから、必要なことをやる時間はじゅうぶんあるはずだ。ルークはそっと廊下《ろうか》に出て母さんの仕事部屋《べや》に急いだ。だが、驚《おどろ》いたことに、母さんはすでに仕事部屋にいてガウン姿《すがた》のままコンピュータに向かってすわっていた。ルークのほうをふりかえり、母さんは笑《え》みを浮《う》かべた。「おはよう、ルーク」

「おはよう」

ルークはどうしていいかわからず、母さんをじっと見た。母さんはコンピュータのほうに向きなおり、キーをいくつかたたいた。「ちょっとこれをやってしまわなきゃならないの」

「なんなの？」

「ベリットからのメールよ。翻訳《ほんやく》のことでの」

「ああ」

「ちょっとした問い合わせなんだけど、すぐに返事をほしがってるの。すぐに終わるわ」

「いま送ってきたの？」

「ええ。そうね……」母さんは画面に受信したメールを出して調べた。「今朝の三時半に送ってるわね。ノルウェー時間の。この人はいったいいつ眠《ねむ》っているのかしら、と思うことがあるわ」母さんはキーを打ちつづけていた。ルークはなにもいわなかったが、母さんが早くメールを書きおえて、早く送ってくれればいいのに、といらいらしていた。

「これでよし」しばらくしてから母さんがいった。「できたわ。送るあいだ、ちょっと待ってね」

ふたりはメールが送信されるのを見ていた。それから母さんは椅子《いす》にもたれ、ルークのほうを見た。「早く起きたのね」

「母さんこそ」

「考えごとがいっぱいあるのよ。心がいろいろ乱《みだ》れてね。わたしもベリットと同じであまり眠《ねむ》れないの。お茶、飲む？」

「うん、お願い」

母さんはルークにキスをすると、ゆっくりと階段《かいだん》を下りていった。ルークは母さんが台所を動きまわる音が聞こえるまで待ち、それからコンピュータの前にすわると、自分用のメールプログラムを立ちあげた。自分のメールアドレスが名字《みょうじ》と数字だけで、イニシャルが入っていなくてよかった、といまさらながら思った。去年自分でメールアドレスを決めたときに、いつかこのようなことが起こるのを予見していたにちがいない。さらに信憑性《しんぴょうせい》を高めるために母さんのメールアドレスでメッセージを送りたい、という誘惑《ゆうわく》にもかられたが、母さんが返信を受け取る大きな危険《きけん》があった。自分のアドレスを使うのがいちばんいい。ルークはメッセージ作成の欄《らん》をクリックし、それから母さんの机《つくえ》のいちばん下の引き出しから、三カ月前にサール先生から母さんあてに来た手紙をさがしあてた。それはフォルダーの中に他の手紙といっしょに入っていた。ルークは最初の行に目を走らせた。

スタントン様
こんなお知らせをしなければならないのは残念ですが、ルークがまた校内でもめごとを起こし、教師《きょうし》に対してひじょうに失礼な態度《たいど》を取りました。今回はドーソン先生に向かって……

ったく、くだらない……と思いながら、ルークは最後の行まで目を通していった。敬具《けいぐ》、ミセス・サール。学年主任《しゅにん》。そのあとにルークがさがしていたものがあった。先生のメールアドレスだ。ルークは画面上の受信者の欄《らん》にそのアドレスを打ちこみはじめたが、そこで手を止めた。これじゃだめだ。メールは学年主任ではなく事務《じむ》の人に送るべきだ。サール先生はとても勘《かん》がするどいから、あやしいと感じるかもしれないけれど、事務のミセス・ジェイならだいじょうぶだ。ミセス・ジェイはぼんやりしているし、いつも疲《つか》れきっていてものごとを深く追及《ついきゅう》したりはしない。ルークは手紙のレターヘッドに目を走らせ、学校の事務室のメールアドレスを見つけると、代わりにそれを打ちこんだ。それから手紙をフォルダーにもどして引き出しを閉《し》めた。画面上の件名《けんめい》の欄がルークを待っていた。ルークはしばらく考えてから、打ちこんだ。「**ルーク・スタントン――欠席届《とどけ》**」

次は本文だ。ここがむずかしいところだった。長く書く必要はないが、正しく、文字もまちがえずに書かなければならなかった。ルークは一生けんめい考えながら画面を見つめ、同時に階下《かいか》で母さんが立てる物音にも注意をはらっていた。いつここに上がってくるかわからない。ルークはキーを打ちはじめた。

ジェイ様

ルークがひどい風邪《かぜ》をひいたようなので、今日は休ませます。

ルークは一瞬《いっしゅん》手を止めた。敬具《けいぐ》かかしこ、どちらがいいだろう？　どっちがいいのか思い出せなかった。サール先生は母さんあての手紙でなんと書いていたっけ？　ルークはかがみこんでもう一度引き出しを開けようとしたが、手を止めた。階段《かいだん》の下で足音が響《ひび》いたのだ。ルークはあわてて画面に目をもどした。敬具、かしこ……どうしよう。

足音が階段を上ってきた。ルークは大急ぎでキーボードをたたいた。

草々《そうそう》
キアスティ・スタントン

それから送信ボタンをクリックした。メッセージが送信ボックスに消えたとき、ちょうど母さんが部屋《へや》に入ってきた。

「メールをチェックしてたの？」

「うん」

「はい、お茶」

「ありがとう」ルークは母さんからマグカップを受け取り、机《つくえ》の上に置いた。

「ちょっとシャワーを浴びて、髪《かみ》を洗《あら》ってくるわ」と母さんがいった。

「お湯、使いすぎないでね。おれも使うから」

「心配しなくてだいじょうぶよ。お湯はたっぷりあるから」

母さんはまた出ていった。ルークはシャワーの音が聞こえてくるまで待って回線をつなぎ、メールを送信してから受信メールがあるかどうか待った。ひとつあった。夜中の二時に送られている。署名《しょめい》の必要もなかった。

おまえはもうおしまいだ。

全身におののきが走った。このようなものが来ると予想はしていたが、こうして目の前で見るとやはり体がふるえた。危険《きけん》が待ちかまえていることはまちがいなかった。できるかぎりスキンたちを避《さ》けるつもりではいたが、遅《おそ》かれ早かれ学校か村のあたりで見つかってしまうことはわかっていた。そのときもしルークがひとりだったら、なにをされるかわかったものではなかった。ルークは母さん、そしてサール先生のことを思った。そして打ち明けようか、と思った。

だが、できないことはわかっていた。これは自分の戦いなのだ。それに他の人になにができるというのだ？　ルークはずっとスキンたちとつるんできた。いまさら仲たがいしたからといって、だれが同情《どうじょう》してくれる？　それに、スキンたちはまだルークになにもしていないのだ。脅《おど》しのメール一通で学校がなにか行動を起こせるものではないだろう。サール先生ならそう考えるにきまっている。母さんのほうは……

ルークはシャワーの音に耳を傾《かたむ》けた。すると、驚《おどろ》いたことにハミングが聞こえてきた。ルークは喜ぶべきか怒《おこ》るべきかわからなくなって顔をしかめた。父さんが亡《な》くなってから、母さんがハミングをするのなんて聞いたことがなかった。だが気になるのは、その曲がグリーグの『きみを愛す』だということだった。父さんが母さんのためによく弾《ひ》いていた曲だ。母さんは大きな声で歌うのではなく、自分にだけ聞こえるように静かに口ずさんでいた。まるでルークには聞かれたくないみたいに。おそらくこのハミングがルークに聞こえているとは気づいていないのだろう。ロジャー・ギルモアが母さんの生活に入りこんできたいま、母さんはいったいだれに向かってこの『きみを愛す』を口ずさんでいるのだろうか？

ルークは顔をしかめて紅茶《こうちゃ》を飲み、それから自分の部屋《へや》にもどると制服《せいふく》に着替《きが》えて一階《かい》に下りていった。母さんはもうシャワーを終えたらしく、二階で動きまわる物音が聞こえた。ルークは音楽室に入り、棚《たな》の中からよく覚えているほこりっぽい緑色の表紙の楽譜《がくふ》をさがした。あった。それを引きぬくとタイトルに目を走らせた。

『きみを愛す』グリーグ（一八四三―一九〇七）

ルークはピアノの前にすわると、楽譜を譜面台に広げて演奏《えんそう》しはじめた。じきに階段《かいだん》で足音がし、母さんが戸口に姿《すがた》を現《あら》わした。ガウンを着て、頭にはタオルを巻《ま》きつけていた。美しく幸せそうに見えた。とても本人がいっていたように心が千々《ちぢ》に乱《みだ》れて眠《ねむ》れなかった人には見えない。ルークは演奏をやめた。

「やめないで」と母さんはいった。「お願い、ルーク。もう少し弾いて」

ルークは弾《ひ》きつづけた。

「まちがったキーでハミングしていたわね」と母さんはいった。「とにかく、これとはちがうキーだったわ」

ルークは母さんがハミングしていたキーに合わせて移調《いちょう》した。目の端《はし》で、母さんが頭を振《ふ》るのが見えた。

「すごい才能《さいのう》ね、ルーク。そんなことができる人、めったにいないわよ。ちょっと楽譜《がくふ》を見ただけで、それをちがうキーで演奏《えんそう》できるなんて」

「父さんはできたよ」

「そうね」

父さんへの思いがまたこみあげてきて、ルークは演奏をやめた。母さんが口を開いた。

「あなたはとってもすばらしいわ、ルーク」

「自分ではそれほどすばらしいという気はしないけど」

「いいえ、そうなのよ。信じて」母さんはルークの頭にキスをした。

「制服《せいふく》に着替《きが》えるとは思わなかったわ。あなたもシャワーを浴びて、髪《かみ》を洗《あら》いたいっていわなかった？」

「夕方にすることにした」

「浴びたかったらまだ時間はあるわよ。お湯もまだたっぷりあるし」

「ううん、いいんだ」ルークは下を向いた。「どうしても、ってわけじゃないから」

「わかったわ」それからやや間《ま》をおいて母さんがいった。「ルーク？」

ルークは顔を上げてもう一度母さんを見た。「うん？」

「今日の夕方までにはうまくいくようになるわ」

「どういう意味？」

「そうなるから。いい？　約束するわ」母さんは笑《え》みを浮《う》かべ、もう一度ルークにキスをした。

「朝食の用意をしてくるわ」


通りにスキンたちの気配《けはい》はなかったが、だからといってなんの意味もなかった。おそらくスクールバスの中でルークを待つつもりなのだろう。そこで仕返しをはじめるつもりなのだ。まわりには他の生徒がいるので、まずは言葉でだ。いや、言葉もないかもしれない。ただだまってにらむだけかもしれない。もっときつい仕打ちが運動場か校門の外で始まるだろう。だが、今日はそんなチャンスはあたえない。

ルークは教会の敷地《しきち》へ入ったところの地面にすわって、古い石塀《いしべい》に身を隠《かく》して待っていた。この場所にいるとなぜか安心できた。むこうの角に父さんのお墓《はか》が見えるからなおさらだった。広場のほうからスクールバスがエンジンをふかして待機《たいき》している音が聞こえてきた。ルークは腕《うで》時計に目をやった。八時十分。バスはもう出発していなければならないはずだ。運転手はルークが来ないことに気づいているのだろう。スキンたちはルークが来るのを待っていたが、今日は自分たちを避《さ》けているんだと気づいて、目配《めくば》せしあっているにちがいない。ミランダもぼくのことをさがしているだろうか、とルークは思った。

ついにエンジンの調子が変わったのが聞こえてきた。バスがやっと出発したのだ。バスが広場をつっきり、店の前を通り、町のほうへと遠ざかっていく音にルークは耳を傾《かたむ》けた。それからあたりを見まわした。これからがほんとうにむずかしい部分だ。目的地までだれにも見られずに行かなければならない。村の広場を通るのは避《さ》けよう。幼稚園《ようちえん》へ向かう子どもとお母さんたちがいっぱいいるし、ミス・グラッブがいつも店のドアのすきまから疑《うたが》わしそうな目でのぞいているからだ。ルークは教会内の墓地《ぼち》をつっきり、ちょっと父さんのお墓《はか》の前で立ち止まってから、むこうの端《はし》にある門から外に出た。それから公民館のわきを通っている小道を行き、野原をつっきってロジャー・ギルモアの家のある通りへ出た。途中《とちゅう》でだれにも会わなかったのでルークはほっとした。まもなく〈ストーニー・ヒル荘《そう》〉のそばの柵《さく》のところに出た。ルークは柵のむこうに目をやった。ロジャーの家のカーテンは閉《と》じられていたが、作業所のドアは開いている。中から木にのみを当てているような音が聞こえてきた。

ルークは柵を乗りこえてこっそり忍《しの》びよった。その間ずっと開いているドアのほうを見ていたが、だれも顔を出さず、木にのみを当てる音もやまなかった。しばらくしてからその場を通りすぎ、ナット・ブッシュ通りとの交差点まで坂道を駆《か》け上った。坂の上で立ち止まって息を整え、運動場のむこうに広がるバックランドの森のあざやかな緑に目をやった。だが、いまのルークの目的地は森ではなかった。あそこに行ければどんなにいいか。ナット・ブッシュ通りのほうに折れると、ルークは走りつづけ、〈お屋敷《やしき》〉に着くまで足を止めなかった。

16

ミセス・リトルはルークを見てもうれしそうな顔もしなければ、感謝《かんしゃ》もしていないようだった。ルークが自分の家の玄関《げんかん》に立っているのがまるで侮辱《ぶじょく》であるかのように、目をせばめてじっと見ているだけで、中に入れというそぶりも見せなかった。

「来ないつもりだと思っていたよ」ミセス・リトルはやっと口を開いた。その声は冷ややかでよそよそしかった。そして返事も待たずに、まったく同じ口調《くちょう》でつづけた。「いまごろはスクールバスに乗っていなきゃいけないんじゃないのかね？」

「そうだよ」

ふたりはだまったままにらみあった。静かな森のほうから、キジが鳴くケーンケーンという声が聞こえてきた。ミセス・リトルは顔をしかめた。「で、あんたがここにいることを知っているのはだれだい？」

「だれも知らないよ」

「あの、あんたの仲間たちは？」スキンたちの姿《すがた》をさがすように、ミセス・リトルの目が一瞬《いっしゅん》ちらりと動いた。「あの子たちもずる休みしたのかい？」

「あいつらはこのことはなにも知らない」

「あんたのお母さんは？」

「学校に行ってると思ってる」

「じゃあ、あんたが学校に現《あら》われなかったらどうなる？」

「そのことはちゃんと手を打ってある。あんたが心配しなくてもいいよ。おれがここにいることはだれも知らないから。だれにも知られやしない」

「そうだといいけど。だれかが来て、いろいろきかれたりするのはごめんだからね。もしそんなことになっても、あんたなんか見たこともないというから」

ルークは肩《かた》をすくめてどうでもいいという顔をした。だが、このように冷たくむかえられて、ここに来る決心をしたことを後悔《こうかい》しはじめていた。そのとき、驚《おどろ》いたことに、ミセス・リトルの顔の硬《かた》さが——ほんの一瞬ではあるが——ゆるんで、彼女《かのじょ》なりのせいいっぱいの笑顔《えがお》と思われるものが見えた。ちょっと口がゆがんだだけだったし、あっという間《ま》にきびしさがもどってきたが、ミセス・リトルがほほえみを見せたのははじめてだったので、なにか意味があるはずだと思った。

「来てくれてうれしいよ」とミセス・リトルは言った。「さあ、入って」声も多少やわらいでいた。だが、それもほほえみと同じく長くはつづかなかった。ルークを居間《いま》へと案内しながらミセス・リトルがふたたび口を開いたときには、声にも堅苦《かたくる》しさがもどっていて、ふたりのあいだにはふたたび距離《きょり》ができていた。「おたがい了解《りょうかい》しておくべきことが二、三あるんだよ」とミセス・リトルはいった。

居間《いま》に着くと、ミセス・リトルはドアを開けてルークを中に通し、いちばん近くにあるひじかけ椅子《いす》にすわるようあごで示《しめ》してからドアを閉《し》めた。ルークは椅子に腰《こし》を下ろして、あの女の子はどこにいるんだろう、と思った。姿《すがた》も見えなければ、声も聞こえなかった。ルークの目の前の壁《かべ》には、大きな色とりどりの星の絵がかかっていた。その下には棚《たな》が数段《だん》あり、異《い》国風《こくふう》の不気味な小立像《しょうりつぞう》がいくつも飾《かざ》ってあった。ミセス・リトルはこれらがお気に入りのようだ。星の絵は太陽の光を受けて輝《かがや》いていて、息をのむほど美しく、その下にある少しグロテスクな置き物とは対照的だった。ミセス・リトルはルークの視線《しせん》をたどった。

「この小立像はインドから持ってきたんだよ」とミセス・リトルはいった。「ほとんどがヒンドゥー教の神さまと聖者《せいじゃ》でね。こうしていっぱい並《なら》べておくのが好きなんだよ。なんだか安心できるからね。さてと、あんたの好奇心《こうきしん》が満足したのなら、始めたいんだけど。いいかい？」

「なんだって？」

「『なんだって』というのはやめなさい！」とミセス・リトルはするどい声でいった。

ルークがあわててふりかえると、ミセス・リトルが軽蔑《けいべつ》したような目で見ていた。

「あたしに口をきくときは、ていねいにしゃべりなさい」とミセス・リトルはいった。ルークはミセス・リトルに向かって顔をしかめた。母さんからも口のきき方が悪いと叱《しか》られてはいるが、この人はいったいなにさまのつもりなんだ？　ミセス・リトルはルークのほうをしばらく冷たく見ていたが、やがて同じようにえらそうな声でつづけた。「あたしとつきあうときには、敬意《けいい》のこもったしゃべり方をしてもらわないとね」

「つきあうなんてだれがいった？」

「だってあんたはここに来てるじゃないか」

「だからといって、また来るということにはならない。ほとんど接点《せってん》がないのに」

「あんたはあたしに会いに来るわけじゃない。あたしがあんたに会いたがってるとでも思っているのかい？」ミセス・リトルは露骨《ろこつ》にばかにしたような顔をしてルークを見つめた。「あたしはあんたになんか会いたくない。だれにも会いたくない。あたしに会いたいと思う人もだれもいないと思うけどね」

ルークは自分の前にある醜《みにく》い顔をながめた。いじけたような表《ひょう》情《じょう》をするかと思ったが、そんなのことは少しもなかった。顔つきはきびしく、誇《ほこ》り高かった。それでもこの女性《じょせい》には孫《まご》がいて、しがみつき、この女性を必要としているのだ。孫がいるからには、その孫の母親と父親がいるに――あるいはいたに――ちがいない。それから夫《おっと》のミスター・リトルも。いつの時代かに、だれかがこの女性を愛し、そしておそらくいまも愛しているのだ。こんな人間になってしまっても。

「いや」とミセス・リトルはあいかわらず尊大《そんだい》で頑《かたくな》な声で話をつづけた。「あたしはあんたになんか会いたくない。あんたがあたしになんか会いたくないと思っているようにね。あたしはあんたのことをたいして好きでもないし、信頼《しんらい》だってしてしていない」

「おたがいさまさ」

「それでも……」といいながらミセス・リトルはルークの顔をじっと見つめた。「あんたのその失礼な態度《たいど》の裏《うら》に、まったくちがう人間がいるのを感じるんだよ。うわべほど強情《ごうじょう》じゃない人間がね。だから、あたしはあんたに賭《か》けようと思ってるんだ。あんたのほうでもあたしに借りがあるわけだし。覚えてるだろ、あんたはあたしの家に押《お》し入《い》ったんだから。これだけはいっておくよ。いつでも警察《けいさつ》に連絡《れんらく》するし、あんたのお母さんにも村じゅうの人にもあたしが見たことを話すって。もしあんたがあたしの孫《まご》を助けられなかったらね」

ルークは目をそらした。この女性《じょせい》が自分より優位《ゆうい》に立っているのはまちがいない。ミセス・リトルはルークが〈お屋敷《やしき》〉に押し入ったことを証明《しょうめい》することはできない。あくまでミセス・リトルの言い分だからだ。だが、前に台所で話したときに指摘《してき》されたように、ルークの言葉などこの村ではもはや信用されていなかった。二年前なら事情《じじょう》はちがっていただろう。二年前ならみんなルークのいうことを疑《うたが》いもしなかったはずだ。そもそもルークの言葉に信憑性《しんぴょうせい》のあったあのころなら、その言葉が正しいと証明する必要もなかっただろう。スキンたちともつきあっていなかっただろうし、〈お屋敷〉に押し入ることもなかっただろうし、このおそろしげな老女とかかわりを持つこともなかっただろうから。ルークは顔をしかめた。突然《とつぜん》、この十四年間にふたつのちがう人生があったように思えてきたのだ。父さんといっしょの人生と、それから父さんのいないいまの人生と。父さんのいない人生は、死んだような人生だった。

「じゃあ、単刀直入《たんとうちょくにゅう》に話そうかね」とミセス・リトルはいった。「あんたはあたしと仲良くするために来たんじゃないし、あたしだって仲良くしたいわけじゃない。あんたはナタリーを助けるためにここにいるんだ」

ナタリー。そうか、それがあの女の子の名前なんだ。ずっとなんという名前なんだろうと考えていたのだ。ルークは頭の中であの女の子の顔を一瞬《いっしゅん》思い描《えが》き、この古い家の中に女の子が出す物音がしないかともう一度耳を澄《す》ました。だが、前と同じくやはりなんの音も聞こえなかった。

「あの子をどうやって助けたらいいのか、まだなにも聞いてないけど」とルークはいった。

「そのうち話すから」とミセス・リトルはいった。「それより、まずあの子のことで話しておかなければならないことが二、三あるんだよ。それからあたしたちのあいだで基本原則《きほんげんそく》も決めないとね」ミセス・リトルはピアノのほうに歩いていき、片手《かたて》をピアノの上に置くと、きびしい目でルークを見た。「ここに来ることはどんなときにも秘密《ひみつ》にすること。あたしもだれにもいわないし、あんたのほうでもだれにもいわない。これはぜったいに守ってもらう。いいね？」

「オーケー」

「答えは〝はい〟か〝いいえ〟かでいいなさい」

「はい」

「もしだれかからきかれても、あたしはあんたになんか会ったこともないというから」

「そのことはもう聞いたよ。たいしたことじゃないさ。ねえ、そんなに大問題なんだったら、なかったことにしようよ。そうだろ？　おれはなにもここに来なくてもいいんだから。あんたのためにわざわざトラブルに巻《ま》きこまれるのはごめんだよ」

「あたしのために？」

「いや、あの子のためにかな、あのナタリーって子」

「わかった。おたがいわかっていればいいんだよ」ミセス・リトルはむかいのひじかけ椅子《いす》に腰《こし》を下ろした。「ナタリーは十歳《さい》だけど、知能《ちのう》は四歳児程度《ていど》なんだよ。生まれつき知的障害《しょうがい》があったところに、さらに不幸が重なって二年ほど前に交通事故《じこ》にあった。それで父親も母親も死んでしまったんだよ。ナタリーは生き残ったけど事故のせいで目が見えなくなってしまった。もちろん、それはトラウマのごく一部でしかない。事故の前からあの子は障害を抱《かか》えていたんだけど、いまは——とくに目が見えなくなったせいで——すごく混乱《こんらん》して、こわがっているんだよ。なにもかもわけがわからなくてね。自分がだれなのか、親はだれだったのか、あたしがだれなのか、ってね」

「あんたのことはおばあちゃんって呼《よ》んでるじゃないか」

「それはあたしがこの二年間ずっとそういうように教えてきたからだよ。あの子はいまはあたしのことをおばあちゃんと思っているけど、昔からおばあちゃんだったんだと覚えているのかどうか、よくわからないんだよ。あの子は自分の気持ちをうまく表現《ひょうげん》することができないから、なにがわかっているか、なにを覚えているか、あまりわからなくてね。まるで、あたしを愛する方法を一から覚えなおしているみたいだった。さいわい、あの子は人なつっこい子でね、そういうことではそれほど苦労しなかったんだよ」

「で、あの子はあんたがここに移《うつ》ってきてからずっといっしょに暮《く》らしているの？」

「ほとんどね」

「だけど、村であの子の姿《すがた》を見かけたことなんかないよ」

「あの子の姿《すがた》を村で見かけた人はだれもいないよ。村には出さないからね。あの子はけっしてこの家から出ない。あの子がここにいることを知っている人はだれもいないんだ。あんた以外にはね」ミセス・リトルはしばらく言葉を切ってから、ふたたび話しはじめた。「なんであの子を外へ出さないのか、って思っているんだろ。理由はふたつある。まず、あの子が外に出るのをすごくこわがっていること。それどころか、一階《かい》に下りてくることさえすごくこわがっているんだよ」

ルークは顔をそむけて窓《まど》の外を見た。不安な気持ちが高まってきた。状況《じょうきょう》がどんどん自分にコントロールできないものになってきているのを感じた。庭の塀《へい》のむこうにある森をながめた。あの森の深いところにオークの木がある。ぼくのオークの木、ぼくの友だち。その木がぼくを待っていてくれて、呼《よ》びかけてくる。いまいるべき場所はあそこなんだ。こんなところにこんなへんなばあさんと閉《と》じこもっているんじゃなくて。だが、ミセス・リトルの話を聞いてもう一度口を開かざるをえなかった。「ナタリーを外に連れ出さないふたつ目の理由は？」

「それは、あたしがあの子といてはいけないことになっているからだよ」ミセス・リトルの目が暗くなった。「ナタリーの母親はあたしの娘《むすめ》でね。娘夫婦《ふうふ》が事故《じこ》で亡《な》くなったとき、あたしはインドからもどってくる準備《じゅんび》をしていた。あたしは成人してからほとんどずっとあっちで暮《く》らしていたんだけれど、晩年《ばんねん》は故国《ここく》で娘夫婦といっしょに暮らして、ナタリーの成長をこの目で見たいと思って、この家を買ってたんだよ。両親を別にすればあたしはあの子にとって唯一《ゆいいつ》の身内だったんだ。海外にいたから会ったことは数回しかなかったけどね。家具や身のまわりの品はこっちに送っておいたんだけど、まだインドに残っていろいろあと片《かた》づけをしていたときに事故のことを聞いたんだよ。

あたしは取るものもとりあえず大急ぎで飛んできた。でも、イギリスに着いたときには葬式《そうしき》はもう終わっていて、ナタリーは施設《しせつ》に入れられていた。目が見えなくて、ひどい状態《じょうたい》で。おびえていて、ショック状態でわけがわからなくなっていたから、施設の人もあの子をどう扱《あつか》っていいのかわからなかった。あたしが見たかぎりだと、あの子はふさわしい医療《いりょう》をまるで受けていなかったね。あたしのほうがよっぽど心得《こころえ》てる。なにしろインドで四十年以上も看護婦《かんごふ》をやっていたんだから。交通事故《じこ》の被害者《ひがいしゃ》を扱ったこともあるから、激《はげ》しいトラウマを受けた人間がどんなふうになるか、よくわかってるんだよ。だからあたしはだれも見ていないすきに、あの子を連れ去ったんだよ」

「えっ……？」ルークは一瞬《いっしゅん》自分が聞きまちがえたのかと思って、ミセス・リトルの顔をじっと見つめた。

「ああ、あの子を連れ去ったんだよ。盗《ぬす》んできたんだ。簡単《かんたん》なことだったよ。施設にいたのは素人《しろうと》ばかりだからね。だれにも見られなかったし、あたしのことをあやしんでもいなかったと思うよ。あたしが施設に行ったのは一度だけだし、そのときもうろくしたよぼよぼのおばあさんのふりをしたからね。あたしはひそかにナタリーをこの家に連れ帰り、あの子の世話をしたんだ。もちろん捜査《そうさ》はあったよ。だけどなにも見つからなかったし、だれもあたしのことをあやしんだりしなかった。あたしがナタリーの祖母《そぼ》で唯一《ゆいいつ》の身内だとわかってから、警察《けいさつ》が型《かた》どおりに一度訪問《ほうもん》してきたよ。だけどなにも見つけられなかった」

「どうして？」

ミセス・リトルは鼻を鳴らした。「簡単なことだよ。ナタリーはすぐにあたしに慣《な》れたから、もしこの家にだれかが来たら、じっと静かにしていないとだめだ、さもないとその人たちに連れていかれるよ、といったんだ。警察《けいさつ》がやってきたとき、あの子はベッドの下に隠《かく》れて物音ひとつ立てなかった。だけど警察はわざわざ家の中を調べようともしなかったよ。警官たちが見たあたしは、よぼよぼのもうろくしたばあさんだからね。すぐに帰っていって、それ以来訪《たず》ねてくる者はいなかった」ミセス・リトルはルークの顔を見た。「あんたが現《あら》われるまではね」

ルークはミセス・リトルの顔を必死で見かえした。「ということは、ナタリーが施設《しせつ》に連れもどされるかもしれないから、あの子がいることを秘密《ひみつ》にしているんだね」

「かもしれないじゃなくて——そうにきまってるからだよ。あの子はまちがいなく施設にもどされる。なにがなんでもそんなことはさせないつもりだよ」

「だけどあんたはあの子のおばあさんなんだろ。あの子の唯一《ゆいいつ》の身内だっていったじゃないか。だったら自動的にあの子はあんたが引き取るってことになるんじゃないの」

「そういうふうにはいかないんだよ。あの子は目が見えなくて、事故《じこ》の後遺症《こういしょう》もある、しかも知的障害《しょうがい》もあるわけだから、特殊介護《とくしゅかいご》が必要ってことになるんだよ。何十年も家族から離《はな》れてインドに住んでいた、あたしのようなばあさんにできることじゃない、っていうわけさ。だけどそれはまちがってる。あたしは他のだれよりもじょうずにあの子の世話をしてきたんだ。あたしたちはふたりきりですごし、ナタリーはだんだんよくなってきた。ただ、最近になってあまりうまくいかなくなってきたんだよ。というより、たいへんなことになってきた。あの子はまだとてもデリケートで、困《こま》ったことがいろいろ出てきたんだよ」

まったく信じられないような話で、ルークはまだどう判断《はんだん》していいのやらわからなかった。トラウマを負《お》った盲目《もうもく》の少女をこんなにも長いあいだ、ルーク以外だれにも発見されることもなく家に置いておくなんて、簡単《かんたん》にできることではない。これでミセス・リトルの行動も説明がついた。

「だからあんたはめったに外出しないんだ」とルークはいった。「ナタリーから目を離《はな》せないし、見つかると困《こま》るからあの子を連れていくこともできない」

「どうしても必要なものを買うときにだけ外に出るんだよ」とミセス・リトルはいった。「できるだけ宅配《たくはい》してもらうし、あたりまえだけど客を呼《よ》ぶこともしない」

「おれは、あんたがひどい人間嫌《ぎら》いだからだとばかり思っていたよ」

「人間はたいして好きじゃないけどね」とミセス・リトルはそっけなく答えた。「だけど、あたしが外出もせず、人づきあいもしない主《おも》な理由はナタリーのことだよ。こうして秘密《ひみつ》を知ったからには、あたしたちのことを裏切《うらぎ》らないでおくれ。あたしのためじゃなくて、ナタリーのために。このことをだれにもいわないでおいてくれるなら、あたしもあんたがうちに押《お》し入《い》ったことはだまっているから」

「だけど、どうやっておれにナタリーを助けることができるのか、まだわからないんだけど」とルークはいった。「つまり、おれ、そういうことの専門家《せんもんか》でもなんでもないし。おれになにができるっていうんだ？」

ミセス・リトルは椅子《いす》の背《せ》にもたれた。「あんた、ピアノが弾《ひ》けるだろ」

「なんだって？」ルークはミセス・リトルが目をむいたのを見て、すぐにいいなおした。「その、もう一度いってもらえますか？」

「あんたはピアノが弾《ひ》ける」とミセス・リトルは話をつづけた。「あたしは弾けない。もし弾けたら、あんたなんかに頼《たの》まないよ。だけどあんたはあたしに借りがあるし、才能《さいのう》もある。だからその才能をナタリーのために使ってほしいんだよ。それほど面倒《めんどう》な仕事でもないはずだし。あんたにとっても楽しいことかもしれないよ」ミセス・リトルはちらりとピアノのほうを見た。「こんな美しいグランドピアノを弾いてみたくないかい？　ちゃんと調律《ちょうりつ》もしてあるよ」

「この家には人を入れないといったと思ったけど」

「来てもらった調律師《ちょうりつし》は目が見えなかった」ミセス・リトルはルークに顔をしかめてみせた。「皮《ひ》肉《にく》な話だけど、とても都合《つごう》がよかった。その人にはナタリーが見えないし、ナタリーにもその人が見えないんだからね。どっちにしてもあの子は一階《かい》には下りてこなかった。だれかがこの家で鍵盤《けんばん》をたたいてピアノを調律している音に、おびえてしまってね。だけど調律が終わってから、その人はピアノを弾いたんだよ。ピアノの調子を見るために二、三曲弾いてみたんだね。そうしたら突然《とつぜん》あの子の様子が変わったんだよ。あの子になにかが起きたんだ。あたしもいっしょに上のあの子の部屋《へや》ですわってたんだけど、あの子がうっとりしているのがわかった。ハミングさえしているんだよ。ところが、音楽が終わったときのあの子の様子があまりにみじめだったものだから、こんなことならピアノを弾かないでくれればよかったと思ったほどだったよ。で、あんたが現《あら》われたとき、思ったんだよ……」ミセス・リトルはここで息をついだ。「ひょっとしたら、あんたならあの子のためにピアノを弾けるんじゃないか、ってね。あの子をもう一度喜ばせてやれるんじゃないか、って」

「ラジオを聞かせるとかできないの？　とかCDをかけるとか？　音楽なんて、いくらでも聞かせてやれるじゃないか」

「そういうのではだめなんだよ。なぜだかわからないけど。ラジオなんかの音楽にも耳を傾《かたむ》けるし、好きみたいなんだけど、あのときのように夢中《むちゅう》にはならないんだよ。調律師《ちょうりつし》が来たときの、生のピアノの音がよかったみたいなんだ。ひょっとしたら――あんたでもだめかもしれない。あの調律師が弾《ひ》いたときにしか起こっていないんだからね。だけど、あんたに試してもらいたいんだ。それにさっきもいったように、あんたも楽しめると思うよ。すばらしい楽器だから」

ルークはもう一度ピアノのほうをちらりと見た。「自分で弾けないのにどうしてピアノを買ったの？」

「あんたには関係ないだろ」とミセス・リトルはするどくいった。

「それに、だれも使わないのに、どうして調律するのさ？」

「それもあんたの知ったこっちゃないね」ミセス・リトルの声がますますけわしくなってきた。

「あんたはここに質問《しつもん》をしにきたんじゃない。ピアノを弾きにきたんだよ」

「それって命令？」

「いや、そうじゃないけど――」

「命令みたいに聞こえたけどね」怒《いか》りがこみあげてくるのをルークは感じた。「おれはあんたから命令なんかされない。いいね？」

「命令じゃない。ただ……」ミセス・リトルはしぶしぶ声をやわらげた。「頼《たの》んでるんだよ。その……孫娘《まごむすめ》のためにピアノを弾《ひ》いてもらえないだろうか、って」

ルークはミセス・リトルに向かって顔をしかめた。こんなことに巻《ま》きこまれてしまっていいのだろうか、とまた考えていた。

「わかった」とついにルークはいった。「今回だけってことでやるよ。どれくらい弾いてほしいの？　それとどんな曲がいいの？　クラシック？　ジャズ？　ロック？」

「そんなにうまいのかい？　なんでも弾けるんだ」ミセス・リトルの声には、不思議《ふしぎ》なことにからかいと尊敬《そんけい》が入《い》り混《ま》じっていた。ルークが答えないでいると、ミセス・リトルはつづけていった。

「なんでもあんたが好きなものを弾いておくれ。時間も、弾きたいだけ弾いてくれればいい。こっちから頼むことはそれだけだよ」

　そんなわけでルークはピアノを弾いた。ミセス・リトルはルークを残して二階《かい》に上がっていったので、ルークは大きなグランドピアノの前にすわり、弾きはじめた。ミセス・リトルがいったとおりだった。ほこりをかぶってはいるが、音が豊《ゆた》かでよく響《ひび》く立派《りっぱ》なピアノだった。ルークは思いつくままにいろんな曲を弾いた。ショパン、シューベルト、ビートルズ、ビージーズ、サイモン&ガーファンクル、ファッツ・ウォーラー、ビリー・メイヤール、スコット・ジョプリン、バッハ、スカルラッティ、ハイドンを弾き、何年も前に習った初級の練習曲も弾いた。えんえんと弾いた。半分は即興《そっきょう》で演奏《えんそう》していたし、まちがった音をたたくこともあったが、そんなことはどうでもよかった。広い部屋《へや》にひとりっきりでピアノに向かい、二階《かい》にいるミセス・リトルとこわがっている女の子のことを考えながら、ただひたすら弾《ひ》いていた。なぜか父さんのことも頭に浮《う》かんだ。不思議《ふしぎ》な、落ち着かない感じがしたかと思うと、肩《かた》のあたりになにかがいる気配《けはい》を感じた。

弾くのをやめたのはもう正午近くになってからだった。手首が痛《いた》み、くたびれていた。だれも居《い》間《ま》には下りてこなかった。太陽は高く上り、音楽がやんだあとの静けさの中で、小鳥のさえずりが間近《まぢか》に聞こえた。肩のあたりに感じられた気配もいつのまにか消えていた。だが、ルークは突然《とつぜん》自分がひとりではないことに気づいた。

戸口に小さな人影《ひとかげ》があったのだ。

17

女の子はじっとこちらに目を向けていた。まるでピアノの前にすわっているルークの姿《すがた》が見えているかのようだが、もちろんそうではない。女の子は目を大きく見開き、口もぽかんと開けていた。そしてその場に釘《くぎ》づけになったように身じろぎもしなかった。なにもしゃべらなかったし、頭を動かしもしなかった。まばたきひとつしないようだった。ひとりで戸口にただ突《つ》っ立っていた。ルークはできるだけやさしく声をかけた。「こんにちは、ナタリー」

ルークの言葉の効果《こうか》はてきめんだった。女の子はびっくりしてくるりと後ろを向くと、視界《しかい》から消えてしまった。ルークはがっかりしたが、そのとき部屋《へや》の外から声が聞こえてきた。ミセス・リトルだ。あの、ナタリーにしか使わないやさしい声で話している。「だいじょうぶだよ、ナタリー。お友だちなんだから。とってもいいお友だちなんだから。あの人の弾《ひ》くピアノを聞いただろ？　行って、もっと弾いてくれるかどうかきいてみよう」

部屋の外から鼻をすする音や、動きまわる小さな足音が聞こえてきた。遠ざかっていくのではなく、そのあたりをうろうろと歩きまわっているようだ。まだ女の子はなにもしゃべっていなかったが、その必要もなかった。家の中に知らないだれかがいるということをこわがっているのが容易《ようい》に感じられた。ルークはただ、親しみをこめてふた言を発しただけなのに。ルークはなにかこの埋《う》めあわせができないか、と考えた。答えは明らかだった。ルークはまたピアノを弾《ひ》きはじめた。今度はラヴェルの『亡《な》き王女のためのパヴァーヌ』。この曲はナタリーぐらい小さかったころ以来弾いたことがなかったが、よく覚えていた。どこか悲しげな曲で、死んだ子どもへの思いをこめて書かれたこの曲を、この場で弾いていいものかどうかわからなかったが、なぜかこの曲はいまのルークの気持ちとぴったり重なっていた。弾きながら、ルークは交通事故《じこ》で死んでしまったナタリーの一部に思いをはせ、その失われた部分がふたたび命を取りもどすことはあるのだろうか、と思った。出だしの数小節から静かな魔法《まほう》のような二番目の部分へと、ルークは弾きつづけた。この広い部屋《へや》にはまだルークひとりきりだった。と、突然《とつぜん》、目の端《はし》のほうでまた戸口でなにかが動いたのが見えた。

演奏《えんそう》をつづけながらちらりとそちらを見ると、女の子がさっきのように立っていた。今度はそのすぐ後ろにミセス・リトルもいる。ミセス・リトルはルークの視線《しせん》に気づいて、人さし指を唇《くちびる》に当てた。ルークはうなずいたが、そんな警告《けいこく》はそもそも必要なかった。しゃべることだけはするまい、と思っていたからだ。とにかくいまはまだしゃべるまい、と。ルークは弾きつづけた。曲を思い出してくるにつれ、楽しくなってきた。ふたたび肩《かた》のあたりになにかの気配《けはい》を感じたが、今回はあまり不安な気持ちにはならなかった。むしろはげまされるような気がした。まるで父さんがそこに立って、ルークが弾《ひ》くのを見守ってくれているような感じだった。人生が楽しかった昔、よく父さんがやってくれたように。

最後の小節があっという間《ま》に来たような気がした。最後の和音をゆっくりと弾き、それから両手を鍵盤《けんばん》から離《はな》すと、あたりは静寂《せいじゃく》に包まれた。戸口のところにいるふたりは、なにもいわなかった。ルークはその場にすわったまま、待っていた。すると女の子が体を動かした。ルークがなにもいわずただ見守っていると、女の子はゆっくり、ためらいがちに、手さぐりしながら近づいてきた。ミセス・リトルがやはりすぐあとにつきそい、片手《かたて》を女の子の肩《かた》に置いていた。ミセス・リトルはもう一度ルークと目を合わせると、ピアノのほうをあごでしゃくった。

ルークはまた弾きはじめた。今度はグリーグの『ノクターン』をすごく静かに弾いた。女の子はルークから一メートルも離れていないところまで来た。何度も途中《とちゅう》で立ち止まりながら近づいてきていたが、いまでは手をのばせばとどくくらいのところにいた。演奏《えんそう》しながらルークは女の子のほうをちらちらと見た。あまりに近くにいるのでなんだかそわそわし、また女の子をおびえさせないかと心配でもあった。この曲の生き生きとした部分を、わざとすごくゆっくりと弾き、クレッシェンドも使わなかった。音や動きがにぎやかすぎると、きっとまた女の子を失ってしまう、と思ったからだ。いまでは女の子は立ち止まって、大きく見開いた目をじっとルークに向けていた。まるでこちらから見えているのと同様に、女の子のほうにもルークの姿《すがた》がはっきりと見えているかのように。ミセス・リトルはいまも女の子の後ろに立ち、手をあいかわらず女の子の肩にのせていた。主題のくりかえしから曲のクライマックスへとルークは弾きつづけたが、女の子を驚《おどろ》かせまいとやはり全体のトーンを低めに抑《おさ》えていた。やがてメロディはなだらかに最終部へと進んでいった。音が静かに消えていったとき、女の子がルークのほうに近づいてきた。

ミセス・リトルは手を離《はな》して、あとは追わなかった。ナタリーはさらに一歩近づいた。ルークから何センチかしか離れていない。ルークは体も動かさず、声も出さなかった。ただ女の子を見守り、どうするつもりなのかと待っていた。そばでミセス・リトルも見守っていた。最初ナタリーはただ立ってその見えない目でルークをじっと見つめていただけだったが、やがてピアノのほうに手をのばした。女の子の指が鍵盤《けんばん》を見つけ、なぞっていって黒鍵をさわったりした。それから手の動きを止めた。手はまだ鍵盤の上に置いたまま、女の子はルークの顔のほうをふりかえった。ルークにふれはしなかったが、それでもすぐそばにいるのはわかっていたはずだ。突然《とつぜん》女の子は鍵盤を押《お》した。真ん中のドの音だった。女の子はその音をもう一度押した。それから手をピアノから離すと、ルークのほうにのばした。

ルークは身動きもせずに見ていた。女の子の手がルークの腕《うで》にさわり、指でぎゅっとつかんだ。細くて繊細《せんさい》な指だったが、驚《おどろ》くほど力強かった。この見知らぬ人がどんな顔をしているのか少しでも垣間《かいま》見《み》られたら、というように女の子の目がきょろきょろと動いた。それから手がまた動きだした。ルークの腕から肩《かた》へ、そして顔へと這《は》っていき、頬《ほお》をなではじめた。これは愛情表現《あいじょうひょうげん》ではなく、好奇心《こうきしん》からだということはわかっていたが、それでも女の子の指は軽《かろ》やかな感触《かんしょく》で肌《はだ》に心地《ここち》よかった。指はルークの口に移《うつ》り、そこをぐるっとなぞると次には鼻、それから眉間《みけん》を通って額《ひたい》へと移っていった。そして左の耳にさわったとたん、女の子はくすくす笑いだした。わけがわからなくてルークは女の子をじっと見つめた。女の子がどうして笑いだしたのかその理由を感じ取ろうとしたが、突然《とつぜん》のことだったのでどう反応《はんのう》していいのかわからなかった。女の子の手はルークのもう一方の耳に移《うつ》り、そこでもまたくすくす笑った。ルークはミセス・リトルのほうをちらりと見たが、ミセス・リトルの顔つきを見てもどうしたらいいのかの鍵《かぎ》は得られなかった。ルークは危険《きけん》を冒《おか》してもう一度話しかけてみることにした。

「おかしな耳かな？」とやさしい声でいった。

ナタリーはなにもいわなかったが、逃《に》げもしなかった。それどころかもう一度耳にさわって、くすくす笑った。

「ぼくの耳のどこがおかしいの？」ルークはやさしく、おどけた声でいった。「なかなかいい耳だと思ってるんだけどな」

女の子は、片方《かたほう》、そしてもう片方とまだルークの耳をいじくっていた。ルークはためらっていたが、やがて手をのばして、ごくそっと女の子の耳にふれた。女の子はぱっと体を引き、顔をそむけた。顔が恐怖《きょうふ》でくもっている。ルークはむりやりくすくす笑って、すぐにできるだけ愛想《あいそ》のいい声でしゃべった。「きみの耳だっておかしいと思うよ、ナタリー」

女の子は半分背《せ》を向けたまま身じろぎもしなかったが、離《はな》れようともしなかった。ルークは声を低めた。「よし、ナタリー。次はなにを弾《ひ》こうか？」

女の子はだまっていた。口を固く結んだまま、その場にただ立ちつくしていた。

「わかった。これなんか好きなんじゃないかな」

ルークはマクダウェルの『野バラに寄《よ》せて』を選んだ。シンプルないい曲で、いまのナタリーに弾《ひ》いてやるにはぴったりだと思われた。ルークはナタリーを見つめた。ナタリーはルークのほうに向きなおり、目を部屋《へや》のあちこちにすばやく動かしていた。まるで音のひとつひとつが閃光《せんこう》で、それをとらえようとしているかのようだった。弾きつづけていると、女の子がまたルークに近づいてきた。しばらくすると女の子の手が腕《うで》にふれるのを感じた。ルークはもう一度女の子のほうを見た。今度は指をルークの顔にまで這《は》わせるつもりはないらしく、ただルークが演奏《えんそう》しているあいだ手をそこに置いておきたいようだった。多少気が散ったが、とにかくルークは弾きつづけた。ルークの腕が鍵盤《けんばん》の上を動くにつれて、女の子の手もぽんぽんと動いた。曲が終わって、静けさの中でルークが椅子《いす》にもたれているときも、ふと見ると女の子の手はまだそこにあった。思わずルークは腕を女の子の肩《かた》に回した。驚《おどろ》いたことに女の子はまっすぐにルークのほうに体を傾《かたむ》けてきた。体を引くか、逃《に》げるかと思っていたのに、女の子はさらに近づき、ルークにすり寄ってきたのだ。

ミセス・リトルが口を開いた。「疑《うたが》うことを知らない子なんだよ」

ルークはその声の中に脅《おど》しを感じ取り、すぐに答えた。「この子を傷《きず》つけたりなんかしないよ。心配しないで」

このおばあさんはなにを考えているんだろう、とルークは思った。ナタリーがこうなってくれればいいと思っていたのか、そうではないのか。ミセス・リトルの表情《ひょうじょう》からはよくわからなかった。

ミセス・リトルはしばらくルークを見ていたが、やがて手をのばしてナタリーの髪《かみ》をなでた。

「さっきのが気に入ったのかい、ナタリー？　好きだったのかい？」

女の子から返事はなかった。ただルークにさらに身を寄《よ》せただけだった。ルークは女の子を見おろして口を開いた。「まだぼくの名前もいってなかったね、ナタリー。教えようか？」

するとナタリーはルークのほうを見あげて、初めて口をきいた。

「おかしな耳」

18

ルークは木の家の床《ゆか》に寝《ね》そべり、おおいかぶさる枝々《えだえだ》のすきまから空を見あげていた。濃《こ》い青色の空に浮《う》かんだ雲は動きそうもなかった。だがルークの思いはいそがしく動きまわっていた。おかしな耳――あの子はルークの耳がおかしいといった。それともそれがルークの名前だといったのかもしれない。もしそうだったとしたら、おかしなものばかり聞いている少年の名前としては悪くない。おかしいかどうかはともかく、不思議《ふしぎ》な物音を。だが、いまこの瞬間《しゅんかん》、ルークの上にのしかかってきているのは、物音ではなくて、さっき肩《かた》のあたりに感じた不思議な気配《けはい》だった。それがまだ感じられた。一カ所にとどまるというのではなく、いつもどこか近くにいる感じだった。父さんだ、とルークは自分に言い聞かせようとした。へんだと思われてもかまわなかった。父さんがここにいると想像《そうぞう》するだけで気分がよかった。たとえ父さんは遠くに行ってしまって、ルークのことなど考えることもできないのだとわかってはいても。ルークは頭を右に、それから左にと動かしてみたが、やはりなにも見えなかった。

「どうして父さんの姿《すがた》が見えないの？」とルークはつぶやいた。「ねえ。どうして見えないの？」ルークは、木の家で自分の横に寝転《ねころ》がっている父さんの姿を思い描《えが》いた。「ぼくのこと、こわくなんかないでしょ？」

唯一《ゆいいつ》の答えは木々の葉《は》ずれの音だった。

「だけど、そこにいるのは父さんじゃないかもしれない」とルークはなにもない空間に向かっていった。「だれか他の人かもしれない。それともだれでもないか。ただぼくが想像《そうぞう》しているだけなんだ」ルークは顔をしかめた。「たぶん、ただ空気に向かって話しかけているだけなんだ」

だが、そういいながらも、そうじゃないとルークは感じていた。

少なくともこの、なにかがいるという気配《けはい》は——それがなんであっても、だれであったとしても——おそろしいとは感じなかった。ルークは腕《うで》時計に目をやった。三時。〈お屋敷《やしき》〉を出てから二時間もここに寝転がっていたことになる。そろそろ動きださなければ。曲を練習するために放課後すぐにミランダのところに行くことになっているのだ。ミランダがスクールバスで帰ってくるまでに、〈トビー・ジャグ〉へ行って待っていなければならない。そうでないとどうして今日学校を休んだのかと、ミランダが家に電話をするかもしれないからだ。そうすると母さんにずる休みしたことがばれてしまう。ルークは木から下りて森をぬけていったが、例のだれかがいるという不思議《ふしぎ》な感じはずっと消えなかった。〈お屋敷〉の前を通ったが、ナタリーやミセス・リトルがいる気配は感じられなかった。

小道の突《つ》き当たりまでたどり着き、ルークはナッット・ブッシュ通りを村の方向に歩いていった。

三時半。すべてタイミングの問題だ、とルークは思った。村の広場に早く着きすぎると、自分が今日学校に行かなかったことがミス・グラッブのようなおせっかい焼きの連中にばれてしまう。もしスクールバスと同時に広場に着くと、スキンたちと鉢《はち》あわせになってしまう。そして遅《おそ》すぎると、ミランダが家に電話するだろう。広場にはほんの少し早めに行き、バスが着いてスキンたちが行ってしまうまで、見られないように教会の敷地《しきち》内でぶらぶらしているしかない。それからできるだけ早く〈トビー・ジャグ〉にすべりこむのだ。ルークは今朝来たときと同じく、〈ストーニー・ヒル荘《そう》〉の前を通りすぎて村へもどることにした。あの小道ではだれにも会いそうになかったが、唯一《ゆいいつ》むずかしい点はロジャー・ギルモアに気づかれずに家の前を通れるかどうかだった。だが〈ストーニー・ヒル荘〉の前まで来てみると、それよりもっと大きな問題がルークを待ち受けていた。

家の前に母さんの車があった。ルークは顔をしかめた。ここに来るのに十分歩くのももどかしかったというわけか。あの男にそれほど急いで会いたくて車で来たんだ。どれくらいここにいるんだろう、とルークは思った。何時間も、いや一日じゅうかもしれない。ルークが強い嫌悪《けんお》感《かん》を覚えながらその家をにらんでいると、台所でなにか動いているのが見えた。窓《まど》のすぐ内側に、だれかが立っている。いや、ふたりだ。すごく近くに、ぴったりと寄《よ》り添《そ》って。おののきが走り、頭の中でナット・ブッシュ通りのほうにもどれ、あっちから村へ行け、この場所には近づくな、という声がした。だがすでにルークは家に近づきはじめていた。肩《かた》のあたりにいたなにかがさらに近寄ってきたのを感じ、また頭の中で声が聞こえた。もどれ、とその声はいった。もどれ、もどるんだ、と。それでもルークは家のほうに近づいていった。叫《さけ》びたい、飛びこんでいきたい、石でもなんでもいいから窓《まど》に投げつけたい。そうしたくてたまらなかった。柵《さく》のところで立ち止まると、荒《あら》い息をしたまま、ふたりが自分のほうをふりむくのを待った。

が、ふたりはこちらを見なかった。


父さんのお墓《はか》のそばの塀《へい》にもたれて腰《こし》を下ろしているルークを、ミランダが見つけた。

「ルーク？」ミランダもルークの横に腰を下ろした。「だいじょうぶ？」

ルークはなにもいわなかった。ミランダが来たことにもほとんど気づいていなかった。ルークに見えていたのは、忘《わす》れたくてたまらない頭の中の映像《えいぞう》だけだった。

「ルーク？」ミランダは腕《うで》をルークの肩《かた》に回した。「病気なの？　今日学校に来なかったけど」

「病気じゃない」

「それに、〈トビー・ジャグ〉にも来なかったじゃない。だからひょっとしたら――」

「またすっぽかしたと思った」

「この前はべつにすっぽかしたわけじゃないわ」とミランダはいった。「来てくれたもの。結局は」ミランダはだまってしばらくルークを見つめていた。「そうじゃなくて、なにかあったのかもしれないと思って、さがしにきたの。電話をしようと思ったけど、ルークが困《こま》ったことになるかもしれないと考えなおしたの。つまり……もし……その、ひょっとしたらお母さんはルークが今日学校を休んだことを知らないんじゃないかって。あの、あたしべつになにも……」

ルークは泣きだしてしまった。そのためにいっそうひどい気持ちになった。ミランダの前で泣いてしまうなんて。弱い人間だと思われてしまう。だれもがぼくのことを弱いと思うだろう。そう、たしかにぼくは弱い人間だ。情《なさ》けないほど弱い人間なんだ。ミランダは気配りのきく子で、親切で、ぼくが母さんともめたりしないように気を使ってくれている。それなのにぼくにできることといえば声を出して泣くことだけだなんて。ミランダに見放されるだろう。そうなっても文句《もんく》はいえない。

だが、驚《おどろ》いたことに、ミランダはルークをさらに引き寄《よ》せ、抱《だ》きしめた。ルークが泣きやむと、ミランダは肩《かた》に回していた腕《うで》を離《はな》した。

「ジェイソン・スキナーたちなの？　あいつらになにかやられたの？」

「まだだよ」

「まだ、ってどういう意味？」

「いいんだよ。どっちにしてもやつらじゃない。これは」

「じゃあ、なんなの？」

ルークは涙《なみだ》でぼやけた目でミランダのほうを見た。「失いそうなんだよ」

「なにを？」

「母さんを。母さんを失いそうなんだよ——あいつのせいで。すでに父さんを失ったというのに、今度は母さんまで失ってしまう」

「なにがあったの？」

「見たんだ。見ちゃいけなかったのに。見ちゃいけないってわかっていたのに。おれ、今日学校に行かなかったんだ。なんでかはいまはいえない、でも、このことはだれにもいわないでくれよ」ミランダがそんなことはできないという顔をするのではと思って待っていたが、ミランダはただじっとこちらを見つめて耳を傾《かたむ》けていた。「見たんだ」とルークは話をつづけた。「〈ストーニー・ヒル荘《そう》〉の外から、台所の窓《まど》ごしに見たんだ。ふたりはキスしていた。それも、ちょっとした軽いキスじゃないんだ。わかるだろ……」

頭にまたあの映像《えいぞう》がよみがえってきて、ルークは顔をそむけた。ミランダはまた腕《うで》をルークの肩《かた》に回した。「むこうもあなたを見たの？」

「いや、他のことなんて眼中《がんちゅう》にないさ」

「どれくらいそこにいたの？　つまり、どれくらい見ていたの？」

「かなり長いあいだだよ」ルークは首を横に振《ふ》った。「ずっとキスをしっぱなしだったよ。それからふたりで台所を離《はな》れた」ルークは顔をしかめた。「あのあと、ふたりがどこへ行ったかは、わかってるよ。カーテンを引くのも見たし」

「で、それからルークはどうしたの？」

「走って離れたさ」また涙《なみだ》があふれそうになってきた。「ばかみたいに聞こえるのはわかってるんだ。でも、あのふたりがキスするところなんか見たことなかったから。あんなふうなキスは。つまり……あのふたりがそういうことをしているだろうとは思っていたけど、でも実際《じっさい》には……おれの前では。というか、おれが近づいていったら、やめるとか、おれのほうから目をそらせるとかしていたし。でも、今回は、おれがいることを知らなかったから……」

ルークはだまりこんだ。ミランダはルークの腕に手をかけた。

「それがそんなにひどいこと？」とミランダはきいた。

「いいや」ルークは顔を両手でおおった。「そこが問題なんだよ。わからないかな？　ちっともひどいことじゃないんだよ。あいつは……あいつは母さんにやさしかった。あいつは……どうしようもないほど……やさしかった」ルークはごくりとつばを飲みこんだ。「それを見ていられなかったんだよ」

ミランダはルークをさらに引き寄《よ》せた。「ルーク？」

「なに？」

「ロジャーはいい人よ」

「父さんもいい人だったよ」

「そうよね」

ルークは顔から両手を離《はな》して、父さんの墓石《はかいし》のほうを見た。ミランダがまた口を開いた。「もしルークのお父さんがいま、ここに立っていたら、もしルークが顔を上げて、お母さんがロジャーといっしょにてもいいと思う、ってきけるとしたら、お父さんはなんとおっしゃるかしら？」

ルークは思わず顔を上げた。だが、木の家のときと同じく、なにも見えなかった。しかも今回は例の気配《けはい》もなくなっていた。

「父さんはここにはいないよ」とルークはそっけなくいった。「だから、そんなことをきいたってしょうがないだろ」

「ええ、でも、ちょっと想像《そうぞう》してみたら――」

「父さんはここにはいないんだ！」ルークは吐《は》き捨《す》てるようにいった。「わかった？　父さんはここにはいない。どこにもいないんだ。行ってしまったんだ。死んだらそうなるんだ。消えてしまうんだよ。永遠《えいえん》にさよならなんだ」ミランダが悲しそうな顔をしているのを見て、ルークはあわてて声をやわらげた。「ごめん」

「いいのよ」

「べつにミランダに食《く》ってかかるつもりはなかったんだ」

「いいのよ、ほんとうに」

「よくないよ。ひどいことをいって」ルークは教会の敷地《しきち》のほうに目をそらしてから、もう一度ミランダに視線《しせん》をもどした。「ごめん」

「そんなにあやまらないで。あたしはだいじょうぶだから」

ルークは大きく息を吸《す》いこみ、気持ちをしずめようとした。「〈トビー・ジャグ〉にもどって、練習する？」

「ほんとに練習したいの？　家に帰らなくていいの？」

「家に帰る？」ルークは立ちあがって、脚《あし》についた草をはらった。それから手をのばしてミランダを立ちあがらせた。「おれがあの家に帰りたいわけないだろ」

19

〈トビー・ジャグ〉から帰ってきたルークは、母さんが居間《いま》にいるのに気づいた。母さんは父さんの古いひじかけ椅子《いす》にすわっていた。テレビはついていたが、音声は消されている。母さんはむこうの壁《かべ》をじっと見つめていたが、ルークが近づいていくとふりかえった。「もう六時半よ、ルーク」

「ミランダのところに行ってたんだよ。練習してたんだ」ルークはソファの端《はし》に腰《こし》かけた。「スクールバスを降《お》りたらそのまま〈トビー・ジャグ〉に行くっていっただろ」

「ええ、わかってるわ」母さんはこの件《けん》についてはこれ以上話したくないとでもいうように、また目をそらした。だまって母さんを見ているうちに、わけがわからなくなってきた。〈ストーニー・ヒル荘《そう》〉でうしろめたい思いをしながら見てしまったあの人物と、ここにすわっている人物がとても同じとは思えなかった。そう感じるのは、ルークが混乱《こんらん》しているせいだけではないようだった。母さんの様子もどこかおかしかった。目がうつろで、心ここにあらずというふうに見えた。「電話があったわよ」と母さんはいった。

ルークはすぐに学校とサール先生のことを思ったが、そうではなかった。「三回あったの。全部午後の五時と六時のあいだよ。前と同じ。鳴って、わたしが出てもしもしというと、一瞬《いっしゅん》、間《ま》があって、それから切れるの」と母さんがいった。

ルークはほっとしたこと、それから新たな心配が出てきたことを隠《かく》そうとした。

「相手の電話番号を調べた？」

「ええ、でもだめだった。番号は表示《ひょうじ》されなかったわ」

「たぶん他にすることもないひまなばか者だよ」

「ジェイソン・スキナーとかそういう連中かもしれないわね」

ルークは無関心をよそおっていたが、頭の中ではめまぐるしく〈お屋敷《やしき》〉のことを考えていた。なにがあったんだろう？　電話をしてきたのはミセス・リトルにきまっている。ということは、ナタリーになにかあったのだ。母さんがまた口を開いた。が、その声は目つきと同じく気乗りのしないものだった。

「いったいどうなってるの、ルーク？」

「どうもなってないよ」

「わたしに嘘《うそ》はつかないで。お願いだから、嘘はつかないで。わたしだってばかじゃないんだから」

「嘘なんかついてないよ。なにもないってば」

「へんな電話ばかりかかってくるじゃないの」

「おれには関係ないよ」

「ほんとに？」

「ああ」

母さんは顔をしかめた。「いつも出かけてるじゃないの。どこに行くかぜったいにいわないし」

「ええ」と母さんはため息をついた。「そうね、たしかにミランダのことはいった。でもふだんはなにもいわないじゃない。いつもあなたがどこにいるのか、いつ帰ってくるのかぜんぜんわからないのよ。そもそも帰ってくるのかしら、と思うことだってあるわ」

ルークは窓《まど》のほうに近づいていって、しばらく外を見ていたが、やがて母さんをふりむいた。この会話はどこかへんだった。いつもの口げんかとはちがう。なにかがおかしいが、今日にかぎってはルークのせいだけではなかった。ルークはちらちらしているテレビの画面を見た。「なんで音を消してるの？」

「ニュースを見ようと思ってつけたんだけど、見る気がしなくなったの」

「じゃあどうして消さないの？」

母さんはむっとした顔でルークを見、それからリモコンに手をのばしてボタンを押《お》した。「これでいい？」その声にはなにかがあった。不満以外のなにかが。悲しみのようなものだったが、先ほどルークが見たことと考えあわせるとすじが通らなかった。

母さんはまた口を開いた。「ロジャーと別れたわ」

ルークはぎょっとした。「なんだって？」

「ロジャーと別れたの」

「いつ？」

「今日。今日の午後よ。あなたが学校に行ってるときに」母さんはルークに弱々しくほほえんだ。

「だから、もう終わったのよ。わかった？　すべて終わったの」

ルークはびっくりしてなにもいえないまま、ただ母さんを見つめていた。まさか。ぜんぜんすじが通らない。ぼくがあの家から逃《に》げ出したあとになにかひどいことが起こったのでないかぎりは。

母さんはしばらくルークを見ていたが、それからあくびをした。「散歩、する？」

「べつに」

「そう、わたしはしてくるわ」そういって立ちあがった。「もどってきたら夕食を作るから。そんなに遅《おそ》くにはならないわ。そのあいだにおなかがすいたら、パンでも食べていてちょうだい」

「母さん――」なにをいいたいのかわからないまま、ルークは母さんを見あげた。ふりかえった母さんの顔は暗くて悲しげだった。ルークは今朝母さんがシャワーを浴びながらグリーグの曲を口ずさんでいたのを思い出した。あのときはあんなに幸せそうだったのに。「母さん、まさか、あいつ……あの、その……あいつ、母さんになにかひどいことをしたんじゃないだろうね？　母さんをなぐったとか？」

母さんは疲《つか》れたような笑い声を立てた。「いいえ、わたしをなぐったりしないし、なにもひどいことはしていないわ。ひどいこともいってないし、ひどい態度《たいど》もしていない。それどころか……」そこまでいって母さんは唇《くちびる》を嚙《か》んだ。「正直《しょうじき》いって、あの人はなにも悪いことはしていないわ」

「じゃあ、どうして？　なにがあったんだよ？」

「なにもないわよ、ルーク」母さんは手をのばしてルークの頰《ほお》にふれた。「あなたが心配するようなことはなにもないわ。それにあなたがロジャーに対して怒《おこ》るようなことも、断《だん》じてないの。彼《かれ》はとてもすてきな人よ。わかった？　もうあの人のこと憎《にく》まなくていいのよ」母さんは前かがみになって、ルークにキスをした。「すぐに帰ってくるから」

「おれも行くよ」

「行きたくなかったんじゃないの」

「気が変わったんだよ」

ふたりは村のはずれに向かって道を下っていった。母さんが村の広場の方角に曲がらなかったのでルークはほっとした。そっちだとスキンの家の前を通らなければならなかったからだ。母さんは散歩に出かけるとき、たいていこの道を選んだ。父さんが生きていたころ、家族でよく散歩をした道だ。夕方の空気はやわらかくおだやかで、ビル・フォーリーの農場の上にまだ熱い残照が輝《かがや》いていた。頭上にノスリが舞《ま》い、それが行きすぎたとき太陽の光がきらきらと砕《くだ》け散った。母さんはぶらぶらと歩いていて、とりたてて話がしたいわけでもなさそうだった。ルークはナタリーとミセス・リトルのことを思った。それからスキンのこと、父さんのこと、そしてロジャー・ギルモアと母さんのことも。どっちを向いても問題だらけだった。この混乱《こんらん》に追い討《う》ちをかけるように、またあのうなるような音が聞こえてきた。家を出た瞬間《しゅんかん》に低いぶーんという音が聞こえはじめた。それからあの聞き慣《な》れたうなりのような音になり、徐々《じょじょ》に大きくなっていまではルークの頭の中で音の大波のようにうねっていた。

母さんがいぶかしそうにちらりとこちらを見た。

「なに？」とルークはきいた。

「おかしいわね」

「なにがおかしいのさ」

「お父さんもよくそうしていたわ」

「そうしていた、ってなにを？」

「なにかふつうじゃないものが聞こえてくると、そうやって目を細めていたわ」

ルークはだまっていた。頭はまだこの不思議《ふしぎ》な渦巻《うずま》くような音でいっぱいだった。いつものように、この音はルークの中にも外にもあらゆるところにあふれているように思えた。母さんがルークの腕《うで》に手をからめてきた。「あなたはほんとにお父さんとそっくり。同じ音まで聞こえてるのね」

「なんで母さんにわかるんだよ？」

「ただわかるの。わたしにはその音は聞こえないわ。わたしの耳はそんなに繊細《せんさい》じゃないから。でも、あなたがその音を聞いているってことはわかるの。だってあなたはお父さんそっくりだもの。それに、お父さんもそういってたのよ」

「おれ、父さんに話したことないよ」

「話さなくても、お父さんには自然にわかったの」ふたりは道の突《つ》き当たりの丁字路《ていじろ》のところに出た。「右、それとも左？」と母さんがいった。

「どっちでもない」ルークは目の前に広がる牧草地の門をあごで示《しめ》した。

「いいわ」母さんはほほえんだ。

ふたりはまっすぐ歩いていき、門にもたれて牧草地を見わたした。むこうのほうでゆったりと草を食《は》んでいた牛たちが、こちらをふりむいてしばらくルークたちを見ていたが、やがてまた草を食べはじめた。

「どうしてこの場所が好きか、知ってるわ」と母さんはいった。

「父さんだよ」

「ええ」母さんはくすくす笑った。「お父さん、この門にもたれるのが好きだったわね」母さんは腕《うで》をのばしてルークの肩《かた》を抱《だ》いた。「あなたはほんとうにお父さんそっくり。お父さんにはいつも不思議《ふしぎ》な音が聞こえていたわ。夜中にふと目が覚めると、お父さんが横たわって目を閉《と》じ、体をこわばらせるようにじっとしてることがあったわ。それで、なにかが聞こえているんだってわかったの。お父さんの体に腕を巻《ま》きつけて、なにを聞いているの、ってたずねたものよ」

「で、父さんはなんていったの？」

「いろいろ。ものすごくいろんなものが聞こえていたから。鐘《かね》やゴングのような音が聞こえるといったこともあるし、管楽器《かんがっき》だったり、ハープみたいに弦《げん》をかき鳴らす音だったり、ぶんぶんいうような音だったり、水がほとばしるような音のこともあったわ。ほんとうの音楽が聞こえることもあ

ったの。メロディと和音が聞こえるんだって。お父さんの知ってる曲のこともあるし、聞いたことのない曲のこともあるの。いろんな音が聞こえていたのね。でも、いちばん多いのは、深いところから響《ひび》いてくるうなりのような音だったみたいよ。他の音すべてが結合したもので、いちばん力強い音だっていってたわ。お父さんはその音をエンジンって呼《よ》んでた」

「エンジン？」そうたずねたルークの耳には、母さんの話だけでなく、例の音も聞こえていた。

とお父さんはエンジンの音に似《に》ていたせいもあるんじゃないかしらね。どういうわけか、その音を聞いているとお父さんはエンジンを思い出したらしいのよ。でも、別のこともいっていたわ。ちょっとへんなことも」そういって母さんはルークの顔を見た。「あの音は創造力《そうぞうりょく》を作動させ、動かしつづけるエンジンなんだって。それはいつも存在《そんざい》していて、たとえ聞こえていないときでも、けっして鳴りやまないものなんだ、って。へんに聞こえるでしょうけど、でもお父さんはそういったの。それが正しいのかどうか、わたしにはわからないわ。わたしにはそういう音はぜんぜん聞こえないんだもの。でもお父さんには聞こえたの。それからあなたにも聞こえているわよね」

例のうなりはあいかわらず聞こえていて、そういわれてみればたしかにエンジンの音のようだった。ルークも前にそう考えたことがあった。父さんも同じ言葉を使っていたことを知って、なんだかなぐさめられるような気がした。

「でもね、お父さんは自分に聞こえる音のことを話すのはあまり好きじゃなかったの。わたしとハーディング先生にしか話さなかったわ」

「ハーディング先生に？」

「ええ、そうよ。あのふたりはよくおしゃべりしていたわ。あなたが思っているよりずっと仲のいい友だちだったのよ。でもお父さんは音のことはわたしたちにさえあまりしゃべらなかった。聖《せい》なる音だと感じていたのね。しゃべりすぎると、音が去っていってしまうとおそれていたみたい。それで、このことをしゃべろとせっつかないでくれってわたしにいったわ。それと、あなたのこともせっつかないようにって。あなたにも同じ音が聞こえているってわかってからのことだけど」

ルークは父さんの顔を思い描《えが》いた。まるで父さんがいま、ここで自分の横に立っていて、いっしょに門にもたれかかっているような気がした。「おれも、この音のことはあまりしゃべりたくないな」とルークはいった。「でも、父さんと同じ理由でじゃない。人からおかしいんじゃないかと思われたくないからだよ」

母さんは声を出して笑った。「お父さんにもその心配はあったと思うわよ。でたらめをいっていると思われるから、他の人にこの音の話はしたくない、っていっていたもの。でも、わたしには深いところでわかるの。ほんとうの理由はあの音がものすごくお父さんにとって特別なもので、さっきもいったようにものすごく神聖《しんせい》なものだったからだって。だから話そうとしなかったのね。でも……」母さんはしばらく言葉を切った。「お父さんがいったあることをあなたに話してあげるわ。あなたにもかかわりのあることだから、覚えているの。ちょっとしたかかわりだけれどね」母さんはここでもう一度言葉を切った。まるで先をつづけていいものかどうか迷《まよ》っているかのように。

「いってよ」とルークはいった。

母さんは顔をしかめた。「ストロベリー・ヒルに住んでいたころのことよ。あなたは一歳《さい》半くらいだった。あるとき夜中に目が覚めたら、お父さんがいないの。で、わたしは起きあがってお父さんをさがしにいった。お父さんは一階《かい》にいたわ。ガウン姿《すがた》で台所のテーブルに向かってすわり、なにも書いてない紙と何色かのクレヨンを前に置いていていたわ。左のひじのところにあなたをひっかけるように抱《だ》いて、右手で絵を描《か》いていていたの」

「覚えてないな」

「そりゃそうよ。まだ赤ちゃんだったんだもの。それに、すやすや眠《ねむ》っていたしね。あなたを抱きたくなったから、抱きあげてきたんだってお父さんはいってた。でも、わたしがいちばん覚えているのはそのことじゃないの」母さんは視線《しせん》をもう一度牧草地に向けた。「いちばん覚えているのは、お父さんが泣いてたってこと」

「泣いてた？」

「そう。目から涙《なみだ》をぽろぽろこぼしていたの。わたしはお父さんの肩《かた》を抱いて、どうしたのってきいたわ。なんでもない、ってお父さんはいった。いままでにないほど幸せだよって。それからわたしのほうを見あげて、なんていったと思う？　あのときのお父さんの言葉をはっきりと覚えているわ。こういったのよ。『天空が歌っている……』って」

「てんくう？　なに、それ？」ルークは母さんをじっと見つめた。

母さんは上のほうを指さした。「あなたの上に見えるものよ。どこまでも広がる空とその中にあるものすべて。太陽も月も星もね。天体すべてのことをいうの。でもこれはこの言葉の意味のひとつでしかないわ。他の意味もあるの」

「他の意味って？」

「天国よ」

ルークは空を見あげた。またノスリが円を描《えが》いて飛んでいた。「もし天国がこの上の——なんていったっけ——天空にあるのなら、歌なんか歌われているはずがないよ。あそこは不幸な場所だもの。だってあそこにいるのは、父さんみたいに、愛する人から引き離《はな》された人ばかりなんだから」

「そうかもしれないわね」母さんはルークを近くに引き寄《よ》せた。「でも、お父さんは天空をそんなふうには見ていなかったんだと思うわ。美しい場所だと考えていたんだと思うの。それから、天空はわたしたちの上だけでなく、わたしたちの心の中にもあるんだってよくいっていたわ。それぞれに自分だけの天空があるんだって。天空は具体的なものでもあり、抽象的《ちゅうしょうてき》なものでもあるの。聞こえてくる音の中には——あなたが聞いている音の中には——あまりに繊細《せんさい》すぎて計ったり、記録したりできないものがあるってお父さんはいっていたわ。それらを聞き取ることができるほど繊細なものは人間の魂《たましい》だけだって」そういって、母さんはルークの髪《かみ》をくしゃくしゃとなでた。「なんだかむずかしい話になってきたわね。さあ、行きましょう」

ふたりはフランク・メルドラムの製陶所《せいとうじょ》のほうへ歩いていった。ルークの頭の中はいまや不思議《ふしぎ》な新しい考えでいっぱいだった。いつのまにか怒《いか》りは消えてなくなっていた。それから、母さんのものうげな様子もなくなっていた。そして、あのうなりのような音も。すっかり消えてしまっていた。だが、あの音はまだすぐそこにあり、表面に出てこないだけだということもわかっていた。聞こえなくなっても、そこにあることが感じられた。おそらく父さんのいうとおりなのだ。これはいつもここにあるのかもしれない。だが、これが創造《そうぞう》をもたらしているエンジンなのだろうか？　ルークは母さんの話が途中《とちゅう》だったことを思い出し、ふりかえった。「父さんが描《か》いていたのって、どんな絵だったの？　父さんが天空が歌ってるっていったときの絵だよ」

「自分に聞こえてくるものの絵だっていっていたわ。お父さんは、はっきりと聞こえるものは絵に描くことができるって、よくいっていたの。音には色と形があるからって。でも、あなたにもそのことはわかってるんじゃないのかしら」ルークはなにもいわなかった。「とにかく、お父さんは聞こえてくるもののことと同じように、見えてくるもののこともあまり多くは話さなかったわ。お父さんにとってはすべて神聖《しんせい》なものだったのよ。いずれにしても、お父さんは科学者じゃなかったし。分析《ぶんせき》することには興味《きょうみ》がなかったのよ。経験《けいけん》するので手いっぱいだったから」

「で、なんの絵を描いてたの？」

「五芒星形《ごぼうせいけい》よ」

「なんだって？」

「五芒星形。五つ頂点《ちょうてん》のあるひと筆がきの星の形よ。わたしが台所で見ていたら、お父さんはその絵に色もつけていたわ。紙がテーブルの上ですべらないように、わたしが押《お》さえていてあげたの。お父さんはもう片方《かたほう》の手であなたを抱《だ》いたままだったから。美しい絵だったわ。金色で縁《ふち》どった青い背景《はいけい》だったけど、星そのものは――」

「白」とルークがいった。

「そうよ」母さんはルークをじっと見つめた。「なんでわかったの？」

ルークは肩《かた》をすくめた。自分の目の中で見えたイメージのことを考えながら顔をそむけ、これ以上母さんがあれこれ聞いてこなければいいが、と思った。父さんのようにこのことをあまり話したくない気持ちがした。母さんはルークの腕《うで》にそっとふれた。「心配しないで。あなたがこのことをこれ以上話したくないと思っていることはわかってるから。やっぱりお父さんの子ね」

「その絵はどうなったの？」とルークはきいた。

「さあ。なくなってしまったんじゃないかしら」

ふたりは道をどんどん歩いていき、製陶所《せいとうじょ》を通りすぎ、小川のほうに向かった。野原はまだ明るかったが、空気は多少すずしくなりはじめていた。やがて牧草地を囲む低い柵《さく》のところに来た。この前ルークがスキンから隠《かく》れようとして見つかってしまったところだ。そこでふたりはもう一度立ち止まった。「お父さん、この場所も好きだったわね」母さんがむこうに流れる小川をながめながらいった。

「うん」

「ここと、あなたのお気に入りのオークの木と」母さんはわざとまじめな顔をしてルークをちらりと見た。「あなたが登ってはいけないといわれているあの木よ」ルークは答えなかったが、母さんのほうでも返事は期待していなかったようだ。母さんは道のほうを指で示《しめ》した。「ここで一度雄《お》ジカを見たことがあるわ。話したことあったっけ？」

「ううん」

「わたしたちがアッパー・ディントンに越《こ》してきた年のことよ。ここでの初めての秋だった。あなたが朝スクールバスに乗ってすぐに、お父さんとわたしは散歩に出たの。すごく霧《きり》が出ていてね。とにかく、わたしたちはここの柵《さく》のところまで来て、それをまたいでむこうの小川のところまで行こうとしたときに、あそこの道のところで大きな雄《お》ジカを見たの。雄ジカは歩道のところに立っていたから、ここから横向きの姿《すがた》を見ることができたわ。すっくと頭をのばしていて、すごく誇《ほこ》り高く、荒々《あらあら》しく見えた。あの姿はけっして忘《わす》れないわ」

「で、どうしたの？」

「雄ジカはただわたしたちのほうをちらりと見て、それからあの門をぬけて野原に向かって駆《か》けだし、霧の中に消えてしまったわ。シカが駆けていくときに、そのシカの歌が聞こえたってお父さんはいってたわ」

「シカの歌？」

「ええ」

「どういう意味なの？」

「あなたには深いところでわかっていると思うけど。でも、そんなことをいままでに考えたことはたぶんないでしょうね」母さんはしばらくだまっていたが、やがて話をつづけた。「それはね、お父さんがすごく強く信じていたことなの。よくいってたわ。すべての創造物《そうぞうぶつ》は――人間も、動物も、花も、木も、草の葉っぱも、砂《すな》のひとつぶひとつぶも――他のどんな歌ともちがう、それぞれ固有の歌を持っているんだって。注意して耳を傾《かたむ》ければ、そういう歌を聞くことができるんだって」母さんは顔をしかめた。「それがほんとうかどうか、わたしにはわからないわ。人や雄ジカや木なんかを見ても、そういう特別な歌は聞こえないから。でもお父さんには聞こえたのよ。あなたにも聞こえているでしょう。そうなるだろうってお父さんがいってたから」

「この話、もうやめようよ」とルークはいって、下を向いた。「なんだか気分が——」

「いいのよ。わかったわ」

「ありがとう」ルークはためらったがつづけていった。「母さん、ロジャーとのことは……」

「終わったわ」

ふたりの目が合った。ルークがさっきの話題をつづけたくなかったのと同じように、母さんもこのことを話したくないと思っていることがわかった。ルークはロジャーの家で見たことをまた思った。

「完全に終わったの?」とルークはきいた。

「ええ」母さんはルークにキスをした。「完全に終わったわ。あなたとわたしだけで暮《く》らしていくのよ、ルーク。あなたとわたしだけ、他にはだれもいないわ」

それと父さんと、とルークは思った。

20

その夜、あの目を覚ましていても見える夢《ゆめ》をまた見たとき、父さんがすぐそばにいるような気がした。その夢はいつもと同じように不思議《ふしぎ》な始まり方をした。ベッドに横になって天井《てんじょう》を見ていたかと思うと、次の瞬間《しゅんかん》、ルークは森にいて、空中を漂《ただよ》いながら飛んでおり、あの古いオークの木のほうに強く引き寄《よ》せられていった。木の根がまるでルークを包みこむかのように大きく開いた。ルークはその洞《ほら》に飛びこみ、そこから木のトンネルをつたって上へ、さらには木から出て空へと飛んでいった。父さんがどんどん近づいてくるように感じた。姿《すがた》が見えるわけでも、声が聞こえるわけでも、体がふれるわけでもない。ただ、ごく近くに慣《な》れ親しんだ父さんがいるという気配《けはい》がするだけだった。やがて、それとは別の気配もしはじめた。やはりすぐそばで、慣れ親しんだ感じだが、それがだれなのかはわからなかった。みんないっしょになって、あのきらきらと光る星に向かって飛んでいった。そのとき、コツン、という音で夢が中断《ちゅうだん》された。

ルークは自分がベッドの上に横たわっていることに気づいて、驚《おどろ》いた。家は静まりかえり、ルークはすっかり目を覚ましていた。そしておびえていた。

コツン！

ルークはぎょっとした。物音は窓《まど》のほうからした。なにかが窓にぶつかったのだ。音からすると石のようだ。ルークはベッドからぬけでて、カーテンの端《はし》からのぞいてみた。前庭の塀《へい》のむこうに、路上を動く人影《ひとかげ》が見えた。だれであるかはまちがいようがなかった。ダズもそこにいるのだろうかと目でさがすと、右のほうで塀の後ろにしゃがんでいるのが見えた。スピードの姿《すがた》は見えなかった。スキンの腕《うで》が空《くう》を切るのが見えた。

コツン！

また石が窓に当たった。ルークは家の反対側で眠《ねむ》っている母さんのことを思った。この音が聞こえなければいいのだが。これは自分の戦いであって、母さんのではない。ルークは時計に目をやった。夜中の十二時半。自分が窓のところに姿を現《あら》わさなかったら、スキンたちもすぐに飽《あ》きてしまって、家に帰ってくれるんじゃないか。いくらやつらでもこんなことをひと晩《ばん》じゅうつづけていられるはずがない。

コツン！

スキンがまた石を投げた。やがてふたりの少年は庭を囲む塀をよじのぼりはじめた。ルークはこぶしをにぎりしめた。いままでとはちがう。もっと事態《じたい》は深刻《しんこく》だった。ただ石を投げているのとはわけがちがう。スキンたちは塀のこっち側に入りこんできて、そこにじっと立ち、まるでルークがここで見ているのを知っているかのように、この部屋《へや》の窓を見あげていた。ルークは見られないようにわきに寄《よ》ったままでいた。それから、自分が昨夜《さくや》取った行動を思い出した。そして衝動的《しょうどうてき》にカーテンを開けた。スキンたちはルークの姿《すがた》を見て体をこわばらせ、ルークと目を合わせた。ルークは受けて立つといわんばかりににらみかえしたが、決意はもはや弱まってきていた。この安全な場所にいても、スキンのおどしがこわくてたまらなかった。この場から逃《に》げ出して、母さんを呼《よ》び、警察《けいさつ》に電話をしたかった。ここに立ってこの事態《じたい》に立ち向かわずにすむなら、なんでもする。どうしてあいつらのことを友だちだなんて思えたんだろう。

スキンたちは家に近づいてきた。目は片時《かたとき》もルークから離《はな》れない。そしてついに窓《まど》の真下まで来ると、上をにらんだ。スキンの顔は憎《にく》しみに燃《も》え立っていた。ふたりとも最初は動かなかった。ただ歯をむきだして見あげているだけだった。やがてスキンが、かがみこんで花壇《かだん》から土くれを取り、窓に向かって投げた。土は鈍《にぶ》い音を立てて窓に当たり、それから小道の上にばらばらと落ちた。スキンは落ちた土を見もしなかった。ただ窓をにらみつづけ、こぶしを振《ふ》りかざして見せてから、背《せ》中《なか》を向けて芝生《しばふ》を横切り引きかえしていった。ダズが忠実《ちゅうじつ》な犬のようにちょこちょこと追いかけていく。やがて、ふたりの少年はいなくなった。

ルークは荒《あら》い息をしながら、カーテンを閉《し》めてベッドに腰《こし》を下ろした。恐怖《きょうふ》と、この先どうなるのだろうという不安でいっぱいだった。父さんの気配《けはい》をなんとか呼びもどそうとしたが、なにもやってこなかった。恐怖と不安が増《ま》すばかりだった。ルークは、ひとりきりで苦しい世界に閉《と》じこめられているナタリーのことを思った。するとなぜか、ナタリーのことを思うときにしょっちゅう浮《う》かんでくる、あのもの悲しいメロディが口をついて出た。ハミングしていると気分がましになった。

なぜかこの曲が恐怖《きょうふ》をいくらか取りはらってくれるような気がした。ルークはこのメロディについてじっくり考えてみた。すごく子どもらしくて、無邪気《むじゃき》で、どこかナタリー自身に似《に》ていた。だからこの曲がナタリーのことを思い出させるのかもしれない。だけどなんという曲だったっけ？　どうしてこんなに聞き慣《な》れた気がするのだろう？　前にどこかで聞いたことがある。それはたしかだった。だがどこでだったっけ？　これでは永遠《えいえん》にわからないかもしれない。

だが、こうしてベッドに腰《こし》をかけて、恐怖をはらいのけるためにこの曲を口ずさんでいるうちに、答えが浮《う》かんできた。まるでこの曲自体が答えを運んできたかのように。ルークの頭の中に、ストロベリー・ヒルのかつての家の情景《じょうけい》が浮かんできた。暑い夏の日のことで、窓《まど》はすべて開け放たれていた。ルークは四歳《さい》。廊下《ろうか》に立って、音楽室にいる父さんがピアノで生み出す音に耳を傾《かたむ》けている。父さんは練習をしているのでも、人に聞かせているのでもなく、ただ楽しみで演奏《えんそう》していた。母さんとルークは買い物に行ってしまい、家には自分ひとりだと思いこんでいるようだ。実際《じっさい》はそうではなかったのだが。ふたりはもう店からもどってきて、母さんは家の外で近所の人と話しこんでいたが、ルークは父さんに会いたくて先に走ってきた。だが途中《とちゅう》で、ピアノから流れてくる曲に魅了《みりょう》されて立ち止まってしまったのだ。

ルークはゆっくりと廊下を歩いていき、音楽室の戸口まで来た。だが、そこで立ち止まり、中には入りたくなくて、半《なか》ば開いたドアのところで耳を澄《す》ましていた。そのときの気持ちをルークはいまでもはっきりと覚えていた。中に入りたくなかったのだ。もし入っていけば、父さんは自分を見てほほえみ、両手を広げて抱《だ》きあげてくれるだろう。もちろんそれはうれしいのだが、そうすれば音楽は止まってしまう。あんなに幼《おさな》かったのに、ルークにはどういうわけかそれがわかっていた。ルークには音楽が止まってしまうことが耐《た》えられなかった。ずっと弾《ひ》いていてほしかった。だから、あの場に立ったまま耳を傾《かたむ》けたのだ。ちょうどいま、ベッドに腰《こし》をかけて、あのときと同じ曲を口ずさみながら耳を傾けているように。ルークは記憶《きおく》の淵《ふち》に飛びこみ、あのときの情景《じょうけい》をふたたび描《えが》き出した。立ちつくしたまま音楽が自然に終わるのを待ち、それから部屋《へや》に駆《か》けこんでいった自分の姿《すがた》がよみがえってきた。父さんがルークを見て、抱《だ》きあげてくれ、話しかけてきた。

「いまの曲が好きなのかい、ルーク?」

ルークはうなずいた。父さんは笑《え》みを浮《う》かべた。

「じゃあ、これはおまえの曲だ」

そしていま、その曲がふたたびルークのもとをおとずれていた。ルークは幼い日にもどり、音楽室の戸口に立って、父さんが奏《かな》でる夢《ゆめ》の曲に耳を傾けていた。

目覚まし時計が鳴って、ルークは六時に目が覚めた。こんなに早く起きたいわけではなかったが、昨日《きのう》あんなことがあったあとでは、安全策《さく》を取るしかなかった。ベッドからぬけ出ると、ルークはガウンを羽織《はお》り、母さんの仕事部屋《べや》に急いだ。だが、心配するまでもなかった。今度は母さんはそこにいなかった。コンピュータの電源《でんげん》を入れ、起動するのを待つあいだ、母さんの部屋から物音がしないか耳をそばだてた。だがすべては静まりかえっていた。今日は母さんはぐっすり眠《ねむ》っているのだろう。ロジャー・ギルモアが母さんの人生から出ていって、いろいろなことが変わっていくのかもしれない。そうはいっても、昨日《きのう》ロジャーの家で見た光景を思い出すとまだいやな気分がしたし、母さんがなにかを隠《かく》していることもわかっていた。母さんがどんなに否定《ひてい》しても、あんなふうにしていた直後に関係を断《た》ち切ってしまうことなどできるわけがない。あの男が母さんによっぽどひどいことをしたのでないかぎり。

母さんのEメールをのぞき見するときはいつも自己嫌悪《じこけんお》を感じてしまうが、またやらざるをえなかった。コンピュータが起動した。ルークは母さんのパスワードを打ちこみ、受信ボックスに目を走らせた。やはり、ロジャー・ギルモアからメールが来ていた。ルークはそれを開けると中身を見た。たった二行しかなく、一行は母さんからのメールの引用で、もう一行がロジャーの返事だった。両方とも昨日の夜に送信されたものだ。母さんはこう書いていた。

ルークのことをわかってくれてありがとう。

それに対するロジャーの返事はこうだ。

お別れの贈《おく》り物をありがとう。

ルークは画面を見つめながら、わき起こってくるさまざまな感情と格闘《かくとう》していた。母さんがまた自由の身になったことで多少なりとも感じていた満足感は消えてしまって、それに代わって罪《つみ》の意《い》識《しき》を感じはじめた。昨日《きのう》ほんとうはなにがあったのか、ようやくわかりかけてきたからだ。「ルークのことをわかってくれてありがとう」ルークは顔をしかめた。ぼくのなにをわかったっていうんだ？　だがその答えはすでにわかっていた。わからないふりをしても無駄《むだ》だった。「お別れの贈《おく》り物をありがとう」この贈り物がなにかも、ルークにはわかっていた。それから自分のためにふたりが別れたことも。

ルークは両手でキーボードの端《はし》をにぎりしめた。ほんとにぼくがすべての原因《げんいん》なのだろうか？　ルークは母さんに自由の身になってほしかったが、幸せを犠牲《ぎせい》にしてまでというつもりではなかった。それにルークは母さんがつい昨日は幸せだったのを、ほんとうに幸せだったのを見ていた。いまやその幸せも去ってしまった。その責任《せきにん》は自分にあるのだ。ルークは父さんが死んでからの自分の言動に思いをめぐらした。そして突然《とつぜん》気づいた。自分がこの二年間やろうとしていたのは、屈折《くっせつ》したやり方で父さんを愛することだったのに、実際《じっさい》にできたことといえば、自己嫌悪《じこけんお》だけだったのだ。

ルークは深く息を吸《す》いこみ画面を見た。母さんは無理でも、だれかの助けになれることがひとつあった。ルークは自分のEメール用の画面を出して、新しいメッセージを書きはじめた。

ジェイ様

申し訳《わけ》ありませんが、ルークの具合《ぐあい》がまだよくありませんので、もう一日休ませます。

草々《そうそう》

キアスティ・スタントン

21

目の前の砂利道《じゃりみち》に立っているルークに向かって、ミセス・リトルは顔をしかめた。「ということは、また学校をずる休みしたんだね」

ルークもしかめっ面《つら》を返した。「そんないい方しなくてもいいじゃないか。昨日《きのう》の午後三回も電話をかけてきて、あんたに会いにここへ来いと伝えてきたのはそっちのほうなのに」

「ナタリーに会いにだよ、あたしじゃなく」ミセス・リトルはルークを横柄《おうへい》な態度《たいど》で見た。「前にもいっただろう。あたし自身はあんたに会いたいなんてまったく思ってないって。それに、あの子があんたに会いたがったのは昨日なんだよ」

「昨日もここに来たじゃないか」

「昨日の午後って意味だよ。夜でもよかったんだけど。あんたが帰ってから二時間ほどは、あの子も調子がよかったんだよ。幸せそうに見えたほどだ。なのにまた泣きだしたんだよ。ピアノの鍵盤《けんばん》をがんがんたたきながらね。まるであんたがやったみたいな音を出そうとでもするかのように。ますます機嫌《きげん》が悪くなっていって、自分の部屋《へや》へもどるといいだして、それからずっとこもったままなんだよ。下へ連れてくることもできない。この前と同じだよ。いや、それより悪いくらいだ」

「で、昨日《きのう》来てほしかったけれど、今日はいらないってことなんだね」ルークは冷たくいった。だが、ミセス・リトルが口にする前から答えはわかっていた。

「今日も来てほしかったんだよ。ナタリーは来てもらいたがってる」ミセス・リトルは戸口のわきに寄《よ》った。「中に入って、あの子のためにまたピアノを弾《ひ》いておくれ。きっとあの子は下りてくるから」

ルークはミセス・リトルの横を通りすぎて家の中に入り、居間《いま》のほうに進んでいった。大きなグランドピアノは、表面がほこりだらけではあったけれど、朝日を浴びて暖《あたた》かそうに輝《かがや》いていた。ルークは階上で音がしないかと耳を澄《す》ましたが、なにも聞こえなかった。あの聞き慣《な》れた泣き声さえしなかった。

「あの子、すごく静かだね」とルークはいった。「まるでこの家にはおれたちしかいないみたいだ」

「あの子はいるよ」とミセス・リトルはいった。「ただ、ときどき深い沈黙《ちんもく》と苦しみの中に引きこもってしまうんだよ。あの子はすごくこわがっていて、混乱《こんらん》している。でも、なんとかしてやれないかやってみよう」

ナタリーのことを話せば話すほど、ミセス・リトルの辛《しん》らつな態度《たいど》がやわらいでくるのは、不思《ふし》議《ぎ》だった。どの曲から始めようか、とルークは考えをめぐらした。『精霊《せいれい》の踊《おど》り』がいいかもしれない。ミランダと練習していることでもあるし。ルークはミランダがフルートで吹《ふ》くメロディを右手で奏《かな》でながら、この曲を弾《ひ》きはじめた。ミセス・リトルは離《はな》れていった。ナタリーは気持ちが乱《みだ》れすぎていて、今日は下りてこられないのだろうか、と思いながらルークは弾きつづけた。

だが、そんな心配はいらなかった。最初の小節を弾いたとたんに、階上《かいじょう》で足音が聞こえ、「おばあちゃん！　おばあちゃん！」と呼《よ》ぶ声がした。ルークは弾きつづけた。旋律《せんりつ》が流れはじめた。ルークはミランダがここにいてこの曲をいっしょに演奏《えんそう》してくればいいのに、と思った。ナタリーはきっとフルートの音色《ねいろ》も気に入るだろう。階段《かいだん》に足音がし、なにやら低い声が聞こえた。そしてざわざわとした興奮《こうふん》の気配《けはい》が感じられ、やがてナタリーが戸口に姿《すがた》を現《あら》わした。ミセス・リトルに手を引かれ、見えない目でピアノのほうをじっと見ている。

「やあ、ナタリー」ルークは弾きつづけながらいった。

ナタリーは答えず、ただだまってミセス・リトルをピアノのほうにひっぱっていこうとした。ミセス・リトルは引かれるままについてきた。ナタリーは空いているほうの手で家具をさわりながら近づいてきた。まもなくナタリーはピアノのそばまで来た。ミセス・リトルの手を離し、両手でピアノの表面、鍵盤《けんばん》、それからルークの体、そして顔の横へと指を這《は》わせていった。

「わかってるよ。おかしな耳っていいたいんだろ」とルークはいった。

ナタリーはルークの耳たぶを二、三回はじき、それから指をルークの左腕《ひだりうで》から指のほうへと這わせていった。

「そんなふうにぼくをおもちゃにしていたら、ピアノが弾けないよ」ルークは冗談《じょうだん》だと伝わるだろうか、と思いながらやさしくいった。だが、ナタリーはいまではルークのことをまったくこわがっていなかった。ルークの顔を見あげてにっこりとほほえんだ。あまりにも信頼《しんらい》しきった笑顔《えがお》だったので、ルークは少しあわててしまい、一瞬《いっしゅん》、弾《ひ》きまちがえたほどだった。ナタリーの指はまだルークの手をなでていたが、なんとか弾きつづけた。

「おかしな動き方だろ」とルークがいった。「そうだろ、ナタリー？　あっちこっちへ手が動きまわってて、おかしいだろ」ルークは突然《とつぜん》弾くのをやめて、ナタリーの手に自分の手を重ねた。「ほら、ちょっとなにか弾いてみようよ」

ナタリーはルークを見あげた。

「いいんだよ。ぜったいおもしろいから。さあ、いくよ。『きらきら星』を弾こう」そういうと、ルークはナタリーの人さし指をのばして、その指で軽く鍵盤《けんばん》を押《お》していった。ナタリーは手をひっこめようともせず、ルークが指を持って鍵盤をたたいていくとくすくす笑った。

「『きらきらひかる』」とルークは歌った。「『おそらのほしよ』この歌知ってる、ナタリー？　いっしょに歌おうか？」

だが、ナタリーはただ見えない目でルークの顔を見つめかえすばかりだった。ルークは考えこんだ。「ナタリー？　星ってなんだか知ってる？」ナタリーの顔はぼんやりしたままだ。ルークは壁《かべ》にかかっているミセス・リトルの色とりどりの星の絵をちらりと見た。「ナタリー、指で星の絵が描《か》ける？　よかったらピアノの上に描いてくれないかな」

ナタリーは動きもしゃべりもしなかったので、ルークがいったことをわかったのか、はっきりしなかった。ルークはミセス・リトルをちらりと見たが、その表情《ひょうじょう》からはなにも読み取れなかった。突然《とつぜん》、なんの前ぶれもなく、ナタリーは手をのばすと、さっきまでピアノを弾《ひ》いていた指でピアノの上に絵を描《か》きはじめた。ひどくゆがんではいたが、なにを描いているかは明らかだった。ほこりの中に浮《う》かんできたのは五芒星《ごぼうせい》だった。

「すごいね、ナタリー」ルークはその絵をまじまじと見つめながらいった。「すごくすてきな星だね」ルークはもう一度ミセス・リトルのほうをちらりと見て、声を落としていった。「ということは、この子はいまは見ることができないけど、昔見たものは覚えているんだ」

「そういうものもある」とミセス・リトルはいった。「でも、どれくらいいろんなものを覚えているのかはわからないけど。わかりようがないからね」

「おれのことは？　おれの名前は知ってるの？」

「教えはしたけど、ちゃんと覚えたとは思えないね。とにかく、いまのところは」

「ナタリー？」ルークはナタリーの腕《うで》をなでた。「ナタリー、ぼくの名前はなあに？」

ナタリーはまたルークの腕に指を這《は》わせた。

「ぼくの名前は？　知ってる？」

指がルークの耳にとどき、またもてあそびはじめた。ルークは笑い声をあげた。「おかしな耳、っていいたいんだろ。ぼくの名前は、ナタリー？」

「おかしな耳」

「おかしな耳？　それがぼくの名前？　それともただぼくの耳がおかしいといってるだけなのかい

？」

「おかしな耳」

ナタリーはピアノのほうに向きなおってしまった。顔をしかめ、わずかにいらいらしているようだった。もっと音楽を聞きたがっているのだ。なにを弾《ひ》こうか、とちょっと考えてから、ルークは『森の静けさ』を思いついた。もう何年も弾いてなかったが、すぐに指が楽譜《がくふ》を思い出した。遠くから聞こえる鐘《かね》の音のような出だしのふたつの和音を奏《かな》でた。とたんに曲が流れる水のようにルークの体からあふれ出てきて、音符《おんぷ》を通して森の歌が流れてきた。ナタリーがさらに近くに寄《よ》ってきた。体をルークの体にぴったりとくっつけ、演奏《えんそう》がしにくいほどだった。だがルークはなんとか演奏をつづけた。しばらくしてから、ナタリーは小さな、夢見《ゆめみ》るような声でいった。

「木」

ルークはナタリーの顔を見たが、ピアノはやめなかった。「木？」

「木」

「この音楽の中に木が見えるの？」

まさか。ルークはナタリーに曲の名前をいっていなかったし、ナタリーがこの曲を知っているはずなどないのに。

「大きな、緑の木」とナタリーはいった。

「葉っぱは？」と演奏をつづけながらルークがいった。「葉っぱも見える？」

「葉っぱがいっぱい」

「葉っぱがいっぱい？」

「いっぱい、いっぱい」

「他には？」ルークは日の光を思い浮《う》かべた。

「お日さまの光」とナタリーはいった。

そのとき、窓《まど》から日の光が差しこんできて、ルークの手にまだらの光がゆらめいた。また鐘《かね》のような和音が出てくるところまで弾《ひ》くと、この先はどうだったっけとルークは思い出そうとした。だが、指がちゃんと覚えていた。だが、ルークはなんとか鍵盤《けんばん》から手を離《はな》さないようにして曲を弾きつづけた。ナタリーがさらにすり寄《よ》ってきて、またルークの左腕《ひだりうで》をとんとんとたたきだした。ナタリーがすぐそばにいることや、ミセス・リトルがそばで体をこわばらせて立ち、ふたりを見ていること、それから森のことや、いまや終盤《しゅうばん》に向かっているこの曲のことなどを意識《いしき》しながら。鐘《かね》のような音がまた出てきた。いままでよりもやさしく、ゆっくりとした最後の和音が花びらが開くように奏《かな》でられた。葉《は》ずれの音や、梢《こずえ》の動き、隠《かく》れがのような森の空き地の静けさをルークは感じた。やがて静寂《せいじゃく》が訪《おとず》れた。森が眠《ねむ》りについたのだ。ナタリーがまたすり寄ってきた。

ルークはナタリーを見た。ナタリーは目を閉《と》じ、頭を傾《かたむ》けてルークの肩《かた》のくぼみのところに当てている。ルークは左手をピアノから離して、その腕をナタリーの体に巻《ま》いて引き寄せた。それを見つめているミセス・リトルの小さな目は暗く、よそよそしかった。嫉妬《しっと》しているのか、怒《おこ》っているのか、悲しんでいるのか、喜んでいるのか、それともなにか別の感情《かんじょう》を抱《いだ》いているのか、わからなかった。ミセス・リトルは突然《とつぜん》ドアのほうを向いた。そして「お茶を入れてくる」とつぶやいた。

どうしていいのかわからないまま、ルークはミセス・リトルが部屋《へや》を出ていくのを見ていた。これは自分を信頼《しんらい》してくれて、ナタリーとふたりだけにしてもだいじょうぶだと思った証《あかし》なのだろうが、ミセス・リトルの気持ちを推《お》し量《はか》るのは容易《ようい》ではなかった。あまりにも不可解《ふかかい》で、孤独《こどく》を好み、矛盾《むじゅん》だらけの人だったから。辛《しん》らつで無作法《ぶさほう》で尊大《そんだい》で、ルークも含《ふく》めて人間が嫌《きら》いだといってはばからないかと思えば、ナタリーの世話はきちんとしていたし、ナタリーは明らかにミセス・リトルのことを愛しているようだった。自分が以前この老婆《ろうば》のことをおそれていたと思うとなんだか不思《ふし》議《ぎ》だった。ルークはナタリーを見た。いまにも消えてしまうのではないかと思っているように、ルークにしがみついていた。

「ナタリー？」ルークはやさしい声でいった。

ナタリーはだまっていた。

「ナタリー？」ルークは頭を下げてナタリーの顔をのぞきこんだ。「まだ木が見える？」

沈黙《ちんもく》。ルークは考えをめぐらした。

「ナタリー？　昔住んでいたところのことを覚えてる？」

沈黙。

「名字《みょうじ》はなんていうの？　ナタリー・なに？」

沈黙。

「この村の名前を知ってる？」

沈黙。

「きょうだいはいるの？」

やはりなんの返事もなく、首を振《ふ》ることもなかった。ルークはまたピアノを弾《ひ》こうと思って、腕《うで》をナタリーの体から離《はな》そうとした。するとナタリーは心配そうに小さな叫《さけ》び声をあげて、ますますしっかりとルークにしがみついてきた。

「だいじょうぶだよ」ルークはそういって、またナタリーを引き寄《よ》せた。「ひとりにはさせないから」ナタリーの顔を見て、ルークは顔をしかめた。「木は覚えていたね。葉っぱも覚えていた。星も覚えていた」左腕をナタリーの背中《せなか》に回したまま、ルークは右手をのばして『森の静けさ』の出だしの旋律《せんりつ》を弾きはじめた。驚《おどろ》いたことに、ナタリーがハミングしだした。ルークは弾くのをやめて、もう一度ナタリーの顔を見たが、ナタリーはハミングをしつづけていた。不思議《ふしぎ》な音だった。ばらばらで、調子はずれだったが、『森の静けさ』でないことはたしかだった。なにか他の曲だ。めちゃくちゃなメロディがつづいていくうちに、ルークはそれがなにかわかってはっとした。
ド、レ、ミ、ミ、ラ、ラ、と音符《おんぷ》はつづいていた。ナタリーはハミングをやめ、その先を思い出そうとしているかのように顔をしかめた。ルークは緊張《きんちょう》して耳を澄《す》ました。これは父さんが昔よく弾いていたもの悲しい曲の出だしの音だった。ルークがナタリーのことを思うと浮《う》かんできたあの曲だ。だけど、どうしてナタリーがこの曲を知っているんだろう？　ルークは次のフレーズを待った。頭の中ではすでに聞こえてきていた。が、ナタリーはもとにもどって、さっき歌ったフレーズをくりかえした。ド、レ、ミ、ミ、ラ、ラ。それからナタリーはさらに同じフレーズを数回ハミングした。まるでこれでいいのかどうかたしかめているかのように。一回ごとに旋律がしっかりしてきた。偶然《ぐうぜん》にちがいない――それほど変わった旋律《せんりつ》ではないし、ナタリーはすべての音を四分音符《しぶんおんぷ》のようにハミングしているが、父さんが弾《ひ》いていた曲はそうではなかったもの。やがてナタリーはさらに口ずさんだ。レ、ミ、ファ、ファ、シ、シ。ルークは背《せ》すじがぞっとした。ナタリーは同じ曲のつづきをハミングしたのだ。もうまちがいなかった。だけど、どうしてそんなことがあるのだろうか？　ルークはできるだけやさしい声で話しかけた。

「すてきな曲だね、ナタリー。なんて曲なの？」

答えはなかった。この曲のつづきをピアノで弾いてみようか、とルークは思った。どんなだったかは覚えているから、弾けばナタリーがもっと先までハミングするかもしれない。そうしたら、どうしてこの曲を知っているのかナタリーが話す気になるかもしれない。だが、ナタリーは泣きだしてしまった。ルークは手をのばしてナタリーの頭をなでた。「すてきな曲だね」ルークは静かにいった。「この曲を聞いていても、なにかが見える？　さっきの曲みたいに」

「大麦《バーリー》」とナタリーはいった。

「大麦？」

ナタリーは顔をルークの胸《むね》にうずめた。ルークはまたナタリーの頭をなでた。「そうだね」とルークは嘘《うそ》をついた。「ぼくにも見えるよ。きれいな麦畑が、風にそよいでる。小麦もあるのかもしれないな。それからトウモロコシやトウキビや、背の高い草も。きみにも草が見える？」

「バーリー」ナタリーはつぶやくと、泣きつづけた。泣いているあいだじゅう、例の曲のメロディが、まるでナタリーがまだハミングしているかのように、ルークの全身を駆《か》けめぐっていた。

22

ハーディング先生は玄関《げんかん》のドアを開けると、いぶかしそうに片方《かたほう》のまゆを上げた。「やあ、ルーク。一日じゅう木登りでもしていたみたいな様子じゃないか。だが、きみは学校をさぼってまでそんなことをする子じゃないしな。いま、何時だ？」

「四時十五分です」

「今日はレッスンの日じゃないだろ？」

「ええ、ちがいます」

「そうだと思った。わたしももうろくしてきておるが、今日はだれのレッスンかを覚えてられんほどにはぼけてないはずだ。まあ、そうなるのも時間の問題だがな」

「だれか来ているんですか？」

「いや、昼寝《ひるね》をしておった。五時半にミランダが来ることになっているが、それだけだ」ハーディング先生は頭をかいた。「そういえば、きみがここにレッスンを受けに来るはずがないな。たしかきみにはもうレッスンには来なくていい、きみに教えられることはもうわたしにはないから、といったような気がする」

「そんなことありませんよ」

ふたりはしばらくだまって顔を見あっていたが、やがてハーディング先生はわきにどいていった。

「まあ入りなさい、ルーク」先生は先に立って音楽室へ向かい、窓《まど》のそばのひじかけ椅子《いす》にすわると、ルークにももうひとつの椅子にすわるように身ぶりで示《しめ》した。「どうしたんだ？」と先生はいった。

ルークは深く息を吸《す》いこみ、どう話を切り出そうかと考えていた。こうしてここにすわって、考えを言葉にしようとしているいまも、またあの音がルークを飲みこもうとしていた。音はルークがミセス・リトルの家を出たとたんに聞こえはじめ、スクールバスをやりすごしてここに来るため、木の上の家で時間つぶしをしているあいだもずっと聞こえていた。例のうなるような音、フルートの音、ハープの音、鐘《かね》の音。体の内でも外でもあの深い海鳴りのような音が渦巻《うずま》き、頭の中ではナタリーの声も響《ひび》いていた。あの不思議《ふしぎ》なメロディをハミングする声だ。そしてこれらすべての音に対抗《たいこう》するように、外界からの雑音《ざつおん》、自分に聞こえてくるはずのない雑音までが聞こえてきた。

「音が」とルークはいった。「あらゆるところから聞こえるんです。外からも、内からも」

「だろうな」

「先生にも聞こえるんですか？」

「いや」とハーディング先生はいった。「わたしには静けさしか感じられん。村は静かだし、この家も静か、わたしの頭も静かだ。これはなかなか快適《かいてき》だな。いつも村ではいろいろやかましいことが起こっているからな」

「じゃあどうして音のことを知ってらっしゃるんですか？」

「それは、わたしがきみのことを知っているからだよ。それにきみのお父さんのことも知っていたし。それからそういう音が聞こえる人を知ってたり、本で読んだりしたからだよ。そういう音が存在《ざい》《そん》することは知っておる。わたし自身は経験《けいけん》したことはないがね」

「べつに不愉快《ふゆかい》なことではないんです。ただ——」

「不安になる」

「そうなんです」ルークは顔をしかめた。「いつもいつも聞こえるというわけではないんです。ときには完全に静かだと感じられることもあるんです。いまの先生のように。でも、次の瞬間《しゅんかん》、突然《とつぜん》音に取り囲まれて、音だらけになってしまうんです。実際《じっさい》の曲が聞こえることもあるし、ただいろんな楽器がいっせいに鳴りだしたみたいなときもあります。いまはうなるような音とフルートの音とハープの音と鐘《かね》の音が聞こえていますが、ときどきほとばしる水の音も聞こえてきます。だけどいちばん多いのは、その……なんていうか……」

「深いうなりのような音」とハーディング先生がいった。

「そうです」ルークは、びっくりしたと同時にほっとして、先生の顔を見た。

「深いところから響《ひび》いてくるようなうなりだろう」と先生はいった。「低いブーンという音のこともあれば、ごろごろという音のこともある、またあるときは海鳴りのような音のこともある。ああ、わかっておる。きみにはおかしいところなどないよ、ルーク。大昔から多くの人が経験《けいけん》してきたことだ。きみはただひじょうに繊細《せんさい》で、神経《しんけい》が張《は》りつめた、才能豊《さいのうゆた》かな少年だというだけだよ。お父さんもまさにそうだった。こうしていると、まるできみではなく、お父さんと話しているような気になってくるよ」

ルークは散歩に行ったときに母さんと交わした会話を思い出した。「母から、父にもこういう音が聞こえていたと聞きました。それから父が先生とその話をしていたことも」とルークはいった。

「そうだったな。お父さんはあのうなるような音は原初《げんしょ》の音で、創造《そうぞう》を始動させ、いまも永続《えいぞく》させているものだとよくいっていたよ」

「永続？」

「ずっとつづけさせるということだよ。だからお父さんはあの音のことをエンジンと呼《よ》んでいたんだ。あの音は、宇宙《うちゅう》やすべての生きとし生けるものを動かす原動力だと考えていたんだ」

「だけどあの音にどうやってそんなことができるんですか？」

「振動《しんどう》を通じてだよ。わたしが正しく理解《りかい》しているならの話だが、すべてのものは絶《た》えず振動しているらしい。このことについての記事をついこのあいだ読んだんだがね。それによると、個々《ここ》の原《げん》子《し》、個々の分子《ぶんし》は、それぞれ独特《どくとく》の明らかな特徴《とくちょう》を持って振動しているそうだ。きみのお父さんが聞いたらきっとこの説に賛同《さんどう》したことだろう。すべてのものには——木切れでも、石でも、雲でも、動物でも、人間でもなんでも——それ特有の歌がある、とよくいっていたからね。創造とはこれらひとつずつちがう振動のエネルギーがうなりをあげていることなんだ、と。お父さんにはそういうものが出す音が聞こえたそうだ。だが、それだけじゃない。考えにも振動《しんどう》があり、気持ちにも振動があり、欲望《よくぼう》にも振動があるといっていた。愛も怒《いか》りもおそれも聞くことができる、と。さらに、この物理的な世界の下に微妙《びみょう》な王国があり、われわれの物理的な肉体の下に微妙な体があり、それらすべてに振動があって、だから音を持っている、といっていた。もしお父さんがいまここにすわっていたら、きみが聞いている原初《げんしょ》の音こそ、これらすべての起源《きげん》だということだろう。それがすべての音の、すべての振動の、すべてのもののもとなのだ、とね」

「よくわかりませんが」とルークはいった。

「そうだな、わたしもこの道の専門家《せんもんか》じゃないし」とハーディング先生はいった。

「それに、先生がいまいわれたことも、信じられない気がするんです。じゃあ、どうしてぼくにはこういう音が聞こえているんでしょう？」

「そういう音が聞こえるからって、なにかを信じなければならないってことはないさ。きみのように、ひじょうに繊細《せんさい》な人に聞こえるというだけのことだよ。ごく一部の人間だけが、そういう振動と同調することができるんだ。きみがそうだよ。きみのお父さんもそうだった。わたしにはできないがね。だから、わたしは理論《りろんてき》的な観点《かんてん》からとらえるしかないんだ。だが、ほんとうに理解《りかい》するにはそれだけではじゅうぶんじゃない。経験《けいけん》せずに、理論だけを勉強したのではここまでしか進めない。科学者は外的な音を計測《けいそく》することはできる。だがきみに聞こえている音の多くはあまりにも微妙なものだ。きみのお父さんがかつていっていたが、そういう音は精気《せいき》よりも微妙で、言葉にならない思いよりも微妙なものだそうだ。だから、そういうものが聞こえず、計測することもできないわたしには、その存在《そんざい》を信じることはじつにむずかしい」

「でも、先生は信じてらっしゃるんですね」

「ああ、信じている。というのも、きみのお父さんと知りあって、お父さんがそういうことを話すのを聞いているうちに、わたしの知的好奇心《こうきしん》が、信念といってもいいものへと変わっていったからなんだよ」ハーディング先生はしばらくだまっていたが、やがて言葉をつづけた。「きみのお父さんはすばらしい人だった。わたしの知っている中でももっとも驚《おどろ》くべき人のひとりだ。そのお父さんが聞いたというものの中にはすごいものもあった。つまり、ただ微妙《びみょう》な内なる振動《しんどう》だけではなかったのだよ。外のものも聞こえたんだが、それがまた信じられないようなものだった」

「たとえば？」

「ふつうの聴力《ちょうりょく》の範囲《はんい》では聞こえるはずのない音とかね」ハーディング先生は窓《まど》ごしに庭を見ながらいった。「お父さんからいつか聞いたことがあるんだが、きみがまだよちよち歩きのころの話だ。お父さんはハマースミスへ向かう地下鉄に乗っていて、きみはそこから何キロも離《はな》れたストロベリー・ヒルにいたのに、お父さんにはきみの泣き声が聞こえたというんだ。お父さんが家に帰ると、お母さんが今日きみが転んで大泣きしたと話した。お父さんが泣き声を聞いたまさにその時間にね。お父さんにはきみの声が聞こえたんだよ、ルーク。ほんとうに物理的に聞こえたそうだ。これをどう説明できるかね？」

「できません」

「わたしにもできないし、お父さんにも説明できなかった。おそらくだれにもできないだろう」

ルークはナタリーの泣き声のことを思った。そしてその声が自分には遠くから聞こえることも。「お父さんにはほかにもまだ、すごいものが聞こえたんだ」とハーディング先生はつづけた。「いつもというわけではない、といっていたがね。ときどき、だそうだ。意識《いしき》の拡大《かくだい》とでもいうようなものを経験《けいけん》したときに、だれにも聞こえないようなものが聞こえたらしい。昆虫《こんちゅう》が地面を這《は》う音とか、何キロも離《はな》れたところにいる人の足音や話し声なんかだ。惑星《わくせい》が宇宙《うちゅう》を動いていく音まで聞いたことがあるといっていたよ。宇宙と調和する音というものがあって、じゅうぶん注意して耳を傾《かたむ》ければ、それが聞こえるんだそうだ」

ハーディング先生はふりかえってもう一度ルークの顔を見た。「お父さんは嘘《うそ》をいっていたか、思いちがいをしていたか、それとも真実をいっていたかだ。どう思おうときみ次第《しだい》ってわけだ」ハーディング先生は突然《とつぜん》笑《え》みを浮《う》かべた。「いいんだよ、ルーク。なにもきみがどれかを選ばなくてはいけないということじゃないし、わたしにしてもそうだ。きみにはきみの体験があるし、わたしにはきみのお父さんから聞いた言葉があるんだから」

ふたりはだまりこんだ。ルークにはまだあの物音が聞こえていたが、いまではだんだん小さくなってざわめきのようなものになっていた。「こういう音は、ぼくにはやっぱり不安なんです」としばらくしてからルークはいった。

「わかるよ」と先生はいって体を乗りだした。「だが、大事なことは、そういう音はきみを傷《きず》つけはしないということだよ、ルーク。お父さんもきっとそういったと思うよ。そういう音をおそれることはない、とな。いつの日か、そういう音になぐさめを感じるようにさえなるかもしれん。お父さんはそう感じていたんだ」

「父はよくこの話をしていたんですか？」

「よくではない。わたしたちはいろんなことをよく話しあった。とりわけ音楽のことをね。だが、このことはあまり話さなかった。お父さんはこのことを話すのには慎重《しんちょう》だったし、わたしもその気持ちを尊重《そんちょう》していたからね。だが、ときどき、お父さんからこの話を始めることがあった。そういうときには、わたしはうれしくて得意な気持ちになったもんだよ。ちょうどきみの話を聞いているときのようにね。お父さんもきみと同じだったよ、ルーク。同じくらい繊細《せんさい》で、同じくらい傷《きず》つきやすく、同じくらい音楽の才能《さいのう》があって……」

「音楽の才能はぼくよりありましたよ」

「いや、ルーク、きみよりすぐれていたということはない。もしお父さんがここにすわっていたら、いちばんにわたしのこの意見に賛成《さんせい》してくれるはずだ。なぜか、お父さんがここにいるような気がしてしかたがないのだがね」

　ルークは体をこわばらせた。先生のこの最後のコメントが奇妙《きみょう》だったせいもあったが、ルーク自身父さんの気配《けはい》をすぐそばで感じていたからでもあった。まるで父さんがすぐそばにいるような気がした。だが実際《じっさい》に見えるのは、半《なか》ば閉《と》じた目で自分を見ているハーディング先生の姿《すがた》だけだった。

「そうだよ、ルーク。お父さんはほんとうにきみにそっくりだった。ただしきみのように悩《なや》んではいなかったがな。もっともお父さんはきみとちがって、父親をなくしたばかりではなかったからな」

ルークはまだ父さんのことばかり考えながら、顔をそむけた。父さんはこのあたりにいる。ルークにはそれが感じられた。どうして見えないのだろう？　ルークはハーディング先生にもうひとつききたかったことがあったのを思い出し、無理に先生のほうに顔をもどした。「ハーディング先生？」

「なんだい、ルーク」

「あの……気になっているのはあの音だけではないのです」

「わかっておる。目にも見えるんだろ。色や形やなんかが」

ルークは先生をまじまじと見た。「どうしてなんです？　なんでわかるんですか？　先生にはぼくの頭の中が見えるんですか？」

「ありがたいことにそうじゃない。そうだったらたいへんだ。音楽的なインスピレーションはあたえてくれるだろうが、自分の手に負《お》えなくなってしまうだろうね。だが、天才というものはいつもぎりぎりのところで暮《く》らしているものだよ」

「ぼくは天才じゃありません」とルークはいった。「父はそうだったけど、ぼくはちがう」

「またそういうことをいう。お父さんとくらべて自分はたいしたことないみたいに。いや、くだらぬことで口論《こうろん》するのはやめよう」先生はルークにほほえみかけた。「音楽を聞いたときに、色や形が見えるんだね。きみはお父さんそっくりだからな。お父さんにもそういうものが見えたんだよ。他にもそういう人がいたようだが」

ルークは昨日《きのう》母さんがいっていたことをふたたび思い出した。ストロベリー・ヒルの家の台所でのことだ。テーブルの上の五芒星《ごぼうせい》。眠《ねむ》っている赤《あか》ん坊《ぼう》の自分を抱《かか》えている父さんの腕《うで》。驚《おどろ》いたことに、ハーディング先生が口を開けて突然《とつぜん》ある音を出した。かすかにふるえたような声だった。その音は笑い声に変わっていった。「ああ、ルーク、わかっておる」そういって先生はうれしそうに笑った。「近ごろでは歌うよりおならのほうがまだちゃんとした音が出る。だが、年を取るとこうなるんだよ。とにかく、わたしはいまどの音を出そうとしていたんだっけ？」

「レと、ミのフラットのあいだの音です。どちらかというとレに近い」

「ふーむ」ハーディング先生は唇《くちびる》に笑《え》みを浮《う》かべたまましばらくルークを見ていた。「で、この音を聞いてきみには何色が見える？」

「緑です」

「なんの躊躇《ちゅうちょ》もなくいったね」

「この音というと、すぐに緑色が見えるんです」

「なるほど。今度はきみがなにか音を出してくれ」

「どの音がいいですか？」

「シの音を頼《たの》む」

ルークはその高さの声を出した。ハーディング先生は立ちあがってよろよろとピアノのほうに進み、シの鍵盤《けんばん》をたたいた。「ぴったりだ。そうだろうとは思ったがね」先生はふりかえってルークを見た。「で、シの音は何色だね？」

「ふつうは明るい赤です。でもシのフラットになると複数《ふくすう》の色が見えるんです。ふつうは青と黄色が少しずつかな」

「すばらしい」ハーディング先生はひじかけ椅子《いす》にもどり、腰《こし》を下ろした。「お父さんと同じだ」

「父にも同じ色が見えたんですか？」

「きみと同じ色だったかどうかは知らん。だがとにかく色が見えたんだ。どの音でも色が見えるのかね？」

「いつもというわけではありません。ときには形で見えることもあります。それとか映像《えいぞう》で」ルークは『森の静けさ』の曲を思い浮《う》かべた。すると木々や木《こ》の葉《は》、日の光などのイメージが押《お》し寄《よ》せてきた。ルークは、体をぎゅっと押しつけて、この曲の中に自分と同じものを見ていたナタリーのことを思った。ハーディング先生はあごをなでた。

「不思議《ふしぎ》だな。色や形を持った音楽だなんて。だがきみにとってはそれほど不思議なことではないんだろう。金属盤《きんぞくばん》の上に砂《すな》をまいてさまざまな音を奏《かな》でると、砂が音に応《おう》じてちがう形を作るというのを知ってたかね？　そういう実験をしたんだよ」

「だれが？」

「さあ、わたしにはわからんがね。そういうことがわかっているかしこい人たちがだよ。科学者かな。粉や液体《えきたい》ややすりくずを持ってきて、音楽を奏で、高さが変わると形が変わって幾何学的《きかがくてき》な模《も》様《よう》を形作ることを発見したんだ。完全な円や、中心を共有する三角形や四角形ができるってことをね。わたしも写真で見たことがある。すごく美しかったよ。コンピュータ上で音を映像に変える特別な装置《そうち》まであるそうだよ。すごいと思わんかね？　ヘンデルの『メサイア』の最後の和音は五つ頂点《ちょうてん》のある星の形になるそうだ」

ルークはまた父さんが描《か》いたという五芒星形《ごぼうせいけい》のことを思った。ナタリーがピアノの上に描いた図や、ミセス・リトルの居間《いま》にある絵のことを思った。そしてときどきまぶたの中に現《あら》われ、白昼夢《はくちゅうむ》で自分がそれめざして飛んでいく、光り輝《かがや》く星のことを思った。それからいまハーディング先生から聞いたすべてのことを。ルークはますますわけがわからなくなって、うつむいた。「ぼく……ぼく、自分がどうなっているのか、わからないんです。あの音や形や色のことが」となりのタイソンさんの家のガレージからハンマーの音が聞こえてきた。「どうしてぼくにはあのハンマーの音がソの音に聞こえるんでしょう？　どうしてみんなにはそう聞こえないんでしょう？」

「わたしたちには無理なんだよ、ルーク」

「わたしたち？」

「わたしには、ジム・タイソンのハンマーの音がソの音だとはわからない。わたしにはきみのような絶対音感《ぜったいおんかん》はないからね」

「ほんとうはソの音ではないんです。わずかにソからずれています。四分の一音くらい」

ハーディング先生はくすくす笑ったがなにもいわなかった。

「でも、どうしてなんです？　ぼくにはわかりません」

「ただそういうふうになっておるんだよ、ルーク。きみが強いわけでもないし、そういうことを経《けい》験《けん》できない人たちが弱いわけでもない。そういうふうに生まれついただけだよ。お父さんが生まれつきそうだったようにね。お父さんには他の人には聞こえない音が聞こえた。さっきもいったように、お父さんは人や動物や木などに固有の歌まで聞くことができたんだ。きみも同じ経験《けいけん》をしているんじゃないのかね」

ルークはナタリーのこと、母さんのこと、ロジャー・ギルモアのこと、スキンのこと、ハーディング先生のこと、ミランダのこと、そして父さんのことを思った。ほんとうだった。これらのひとりひとりにいってみれば独自《どくじ》の歌があった。ちょうど指紋《しもん》のようなものだ。ハーディング先生がいったように、それらはあまりに微妙《びみょう》なので、じっと耳を傾《かたむ》けないと気づかないようなものだが、ルークは意識《いしき》せずに聞いていたのだ。おそらく、もしあの日ルークが雄《お》ジカを見ていたら、父さんと同じようにその歌が聞こえただろう。

「で、わたしの歌はどんな歌かな、ルーク？」と突然《とつぜん》ハーディング先生がきいた。

「すてきな歌ですよ」

「嘘《うそ》つけ」ハーディング先生はルークをこづいた。「お世辞《せじ》はいらんから教えておくれ」

ふたりはしばらくだまってすわっていた。ルークは熱心に耳を傾けていたが、やがて首を横に振《ふ》った。「なにも聞こえません。父のようにはできないみたいですよ」

ハーディング先生はしばらくルークを見つめていたが、やがて笑《え》みを浮《う》かべた。「もしわたしの歌がわたしの気持ちと同じものなのなら、聞かなくてもどんな歌だかわかるよ。だが、きみには聞こえたんだね。わたしにはわかる。ただそれをわたしにいいたくないだけだ。いいんだよ、ルーク。きみの気持ちはわかるから。わたしがどんなにさびしい人間か聞かされたら、わたしが悲しくなると思っているんだろう」

「ぼくは――」

「いいんだよ、ルーク。もうこの話はいいだろう」先生はちらりと時計を見た。「もうミランダのレッスンの準備《じゅんび》をしなくては」

「ああ、そうですね」ルークは立ちあがったが、そのとき突然《とつぜん》、そもそもなんで自分がここへ来たかを思い出した。「ハーディング先生?」とルークは急いでいった。

「なんだね、ルーク」

「あるピアノの曲のことなんですが。その曲が頭について離《はな》れないんですよ。昔にだれかが弾《ひ》いたのを聞いたことがあるんです。じつは、父なんですけど。とにかく、先生がその曲を知ってらっしゃるかなと思って」

「そのメロディを弾いてみてくれ」

ルークは急いでピアノのところに行き、ナタリーが口ずさもうとした音を弾いた。ド、レ、ミ、ミ、ラ、ラ、それからレ、ミ、ファ、ファ、シ、シ、とつづけた。ただし、今度は正しいリズムで弾いた。ルークが先をつづけようとしたとき、ハーディング先生が手でそれを止めた。『夢想《むそう》曲《きょく》』だよ」と先生はいった。「チャイコフスキーの。それにまちがいない。もう何小節か弾いてみてくれ」ルークが弾きつづけると、ハーディング先生はうなずいた。「そうだ。『子どものためのアルバム』に入っているやつだ。ちょっと待っておくれ」

先生はまた苦労して立ちあがると、棚《たな》のほうにゆっくり歩いていき、しばらくして薄《うす》い緑色の楽《がく》譜集《ふしゅう》をひっぱりだした。その本をしばらくいとおしそうにながめていたが、それからピアノのところに持ってきた。「みんなかわいい曲だ。きみがこれを知らなかったとは驚《おどろ》きだな。きみがいま弾《ひ》いたのは、『夢想曲《むそうきょく》』、いやチャイコフスキーの呼《よ》び名にしたがうと『甘《あま》い夢《ゆめ》』だよ。さてと、ここに入っているはずだが」ハーディング先生は本をぱらぱらと繰《く》っていって曲を見つけると、譜面《ふめん》台《だい》の上に置き、ページを平らにのばした。「さあ、弾いておくれ」

ルークは弾いた。音符《おんぷ》が動いていくにつれて、まだすぐそばに感じていた父さんの気配《けはい》も動いていくようだった。ルークの指を通して、音楽を通して、ルークの気持ちを通して。ルークは平静でいようと努めながら、弾きつづけた。だが、この曲の持つせつなさや、父さんがずっと昔にこの曲を弾いていたという思いで胸《むね》がいっぱいになってきて、ルークは曲の途中《とちゅう》で止まってしまった。目の前の譜面では、印刷《いんさつ》された音符が弾いてもらうのを待っていた。だが、ルークには弾くことができなかった。ハーディング先生の手が肩にかけられるのを感じた。

「立ちなさい、ルーク。わたしが弾いてみよう」

ルークが立ちあがると、ハーディング先生が代わりにピアノの椅子《いす》にすわった。年老《としお》いた手をのばして、先生はルークがやめたところから弾きはじめた。ルークが目を閉《と》じると、メロディが体に流れこんできた。しばらくすると、弾きながらもの思いにふけっているようなハーディング先生の声が聞こえてきた。「そう、いい曲だろう。夢想曲というよりは、子守唄《こもりうた》みたいだな。子どもを寝《ね》かしつけるときに弾く人がいても不思議《ふしぎ》じゃない」

ルークは目を閉じたままでいた。するとまた父さんの気配がし、それと同時に目の見えない女の子の気配も感じた。関節炎《かんせつえん》のためにふしくれだった先生のか弱い指みたいにか弱い声で、父さんがずっと昔に弾《ひ》いていた曲を口ずさもうとした女の子の気配《けはい》が。曲は終わり、ルークは静けさに浸《ひた》っていた。ハーディング先生はその沈黙《ちんもく》を破《やぶ》ろうとはせず、じっと待っていた。ルークが目を開けると、先生が自分を見つめていた。「で、今度はどんな色が見えたのかな、ルーク？」と先生は静かにきいた。

「青です。海のように深い青です」

「それから？」

「金色。青を取り囲むように」

「なにか他には？」

「真ん中に小さな白い点が見えました。それがなにかはわかりませんが」

だが、ほんとうはちゃんとわかっていた。わからないのは、どうしてそのことをハーディング先生には隠《かく》さなければと感じたかだった。だがハーディング先生にそんな嘘《うそ》は通用しなかった。

「星だったんだろ、ルーク」

「どうしてわかるんですか？」

「じゃあ、きみにもわかっていたんだな」

「ええ、でも……どうしてわかったんですか？」

「直感だよ」

「それだけじゃないでしょう。先生にはわかっていたんだ」

「たぶんな」

ルークは先生をまじまじと見た。この先生には頭の中を見すかされているようで気味が悪かった。ルークは自分の頭の中にむりやり入ってくるイメージのことを思った。「しょっちゅうこれが見えるんですよ。この……この星が」

「きみのお父さんもそうだったよ」

「このごろでは……自分でもさがしているんですよ」

「さがしてるって、その星をかね？」

「ええ」

「だが、そんな必要はないだろう」

「どういう意味ですか？」

「きみがその星をさがす必要なんかないだろうということだよ。星のほうがきみをさがしているんじゃないかな。星はたいした苦労もなくきみをさがしだしそうだよ」

「なんだか気味が悪いな」

「わたしもそう思うよ」

「でも、いったいなんなんですか、この星は？」

ハーディング先生は笑《え》みを浮《う》かべた。「わたしもきみのお父さんにかつて同じ質問《しつもん》をしたよ」

「で、父はなんといったんですか？」

「原初《げんしょ》の音のシンボルだといった」ここまでいって先生は言葉を切った。「そして、もうひとつの世界への入口だとも」

ふたりのあいだに長い沈黙《ちんもく》が流れた。やがてルークが目をそらしていった。「ぼくにはまだなにがなんだかわかりません」

「そうだな、わたしにもよくわからんよ。だが、幸せな人生を送るためには、自分の身に起こっていることをかならずしもすべて理解《りかい》する必要はないんじゃないかな。金属盤《きんぞくばん》の上の砂《すな》のようなものだよ。われわれがその原理を信じようが信じまいが、音が砂の形を創《つく》るんだよ。どれだけ理解しているかなどたいした問題じゃないのかもしれない。そういう音や色や映像《えいぞう》はきみを傷《きず》つけるものじゃないということがわかっていれば、それでいいんじゃないかね」

「じゃあ、ぼくはこういう音やなんかをどうすればいいんでしょう？」

「仲良くすることだよ、ルーク。お父さんがそうしていたようにな。やつらを信頼《しんらい》するんだ。きみを傷つけるつもりはないんだから。さっきもいったように、いつの日かそういう音などになぐさめを見いだすこともあるかもしれんのだから」

ルークは顔をしかめた。「どうしてぼくなんです？　どうしてぼくにはそういう音が聞こえたり、そういうものが見えたりするんですか？」

ハーディング先生は最初答えなかった。だまってピアノの前から立ちあがると、楽譜《がくふ》を手に取り、ルークにわたした。「さあ。これを持っていきなさい。プレゼントだ。きみに持っていてもらいたいんだよ」

「そんなことできません」とルークはいった。「つまり、楽譜だったら手に入りますから。いずれにしてもうちにもあると思います。ぼくが前に見たことがないというだけで」

「持っていきなさい」とハーディング先生はいった。「わたしがそうしてほしいんだ。あ、ちょっと待って」先生はペンを手に取って、表紙の内側になにか書いた。

わたしのよき友人、ルークへ
きみの安全で幸せな旅を願いつつ
グレアム・ハーディング

「旅？」先生の手もとを見守っていたルークがいった。「なんの旅なんですか？」

「ああ、いつかきみにもわかるときがくるはずだ。もしわからなければ、それはそれでいい。わたしがなにをいってるかなど、きかないでおくれ。半分は自分でもわけがわかっていないのだから」ハーディング先生はルークに楽譜《がくふ》を手わたし、肩《かた》に腕《うで》を回した。「ルーク、悪いがそろそろ追い出させてもらうよ。ミランダがやってくるまでにちょっとやっておきたいことがあるんだ。それにあの子はいつも早めに来るからな。あの子はわたしがおしゃべりをどれだけ楽しみにしているかを知ってるし、ああいういい子だから、いつも早めに来て、わたしを喜ばせてくれるんだよ。すばらしい人がいっぱいまわりにいてくれて、わたしはほんとうに幸せ者だよ」

ハーディング先生は突然《とつぜん》顔をしかめた。

「どうしてああいう音が聞こえたり、ああいうものが見えたりするのかときいておったな。わたしにはわからんよ、ルーク。どうしてきみやきみのお父さんなど、限《かぎ》られた人たちがそのような経験《けいけん》をして、残りのわたしたちは経験《けいけん》しないのか、わたしにはわからん。だがこれだけはいえる。ひとつの音叉《おんさ》をたたいたら、音の届《とど》く範囲内《はんいない》にある他の音叉を同じ振動数《しんどうすう》で振動させることができるということはわかっている」

ルークは先生が先をつづけるのを待ったが、先生はだまったままだった。まるでこの謎《なぞ》の発言でいいたいことはいいつくした、というふうに。

「おっしゃっていることがよくわからないんですが」とルークはついにいった。

ハーディング先生はルークといっしょに玄関《げんかん》まで歩いてきて、立ち止まった。「そうだな、ルーク、われわれはみんな音叉みたいなもので、中には他よりも繊細《せんさい》な音叉があるっていうことなのかもしれん。きみやきみのお父さんのように繊細なものは、他の人や、他の生き物が精気《せいき》の中で口ずさんでいる振動を拾いあげることができるのかもしれん。あるいは、創造《そうぞう》そのものの振動さえも」

「天空が歌ってる」とルークは母さんの言葉を思い出しながらいった。

「そう」とハーディング先生は静かにいった。「きみのお父さんならそういうだろう。天空が歌っている、上と下で、とな」

「上と下で?」といいながら、ルークはすでに母さんのもうひとつの話を思い出していた。

「ああ。天空が空の中だけにあるなんてだまされてはだめだぞ。だが、この話はここまでにしよう。哲学的《てつがくてき》なことばかり考えているとものごとが複雑《ふくざつ》になりすぎる」先生はドアを開けた。「ものごとというのは、ほんとうはもっとずっと単純なものなのかもしれんしな」先生はルークがわきの下にはさんでいる楽譜《がくふ》をあごで示《しめ》した。「最後の日が来たら、われわれの人生など曲のようなものなのかもしれんよ。チャイコフスキーの夢想曲《むそうきょく》のように短い曲だ。で、目が覚めて、いままでのはすべて夢《ゆめ》だったんだと気づくのかも」

ルークは外の小道に出て、それから先生のほうをふりかえった。「もし人生が夢にすぎないのなら、どうしてこんなに痛《いた》みをともなうんですか？」

先生は笑《え》みを浮《う》かべて「さあな、ルーク」といった。

23

母さんは唇《くちびる》をぎゅっと引きしめて、台所のテーブルのところにすわっていた。その目をひと目見ただけで、困《こま》ったことになるのがわかった。

「サール先生から電話があったわ」と母さんはいった。声を荒《あら》らげるわけでもなく、叫《さけ》ぶわけでもなかった。その声は抑制《よくせい》がきいていた。ぎりぎりのところで。母さんは大きく息を吐《は》き出した。

「すごく裏切《うらぎ》られた気持ちよ、ルーク。あなたには小言《こごと》をいわないようにしてきたし、うるさくあれこれいわないでおこうと思ってたわ。お父さんのこともそのうち乗りこえてくれるだろうと時間をあたえようとしてきた。あなたの力になろうとしてきたし、ずっと努力してきたのよ……あなたを信頼《しんらい》しようと。それなのに、まるであなたのほうはそんなわたしをせせら笑っているみたいじゃないの」

「笑ってなんかいないよ」

「あの不良《ふりょう》たちとつるんでうろうろするし、問題は起こすし、嘘《うそ》はつく。いままでぜったいにそんなことをしなかったのに、失礼な態度《たいど》を取るし、その上今度は二日つづいてずる休みだなんて。サール先生がうちからだというEメールを信じると、本気で思ってたの？　わたしのメールアドレスじゃないのに。先生は昨日《きのう》のうちに連絡《れんらく》しようと思われたんだけど、その前にまずあの不良《ふりょう》たちが学校に来ているかどうかを調べてみようと思われて、それであの子たちが来ているのがわかったから一日は様子を見ようとそのままにされたのよ。でも今朝もだからあやしいと思って、電話をくださったのよ」

「ごめんなさい」

「恥《は》ずかしいわ、ルーク」母さんはルークをにらんだ。「恥ずかしいの。なぜだかわかる？　あなたがわたしに恥ずかしい思いをさせているのよ。あなたは、わたしがごくまともな男性《だんせい》と仲良くしていることを、それがお父さんではないというだけで、ゆるしがたい罪《つみ》を犯《おか》しているかのように恥ずかしく思わせたわ。まるでわたしがお父さんのことを悲しまなかったみたいに、そしていままでもあなたほどには悲しんでいないみたいに。それからサール先生やこの村の半分の人のようなごくまともな人たちは、おそらくわたしのこともあなたと同じように道からはずれた、信頼《しんらい》できない人間だと思っているでしょうね。だってあなたにまっとうな道を歩ませることができないんだから。そのことでも恥ずかしいわ」

「母さん――」

「ほかにもまだ恥ずかしい思いをさせられているのよ、ルーク。考えてみたら、あなたのために嘘《うそ》までついていたんだから。あんなに荒《あら》っぽいことをやったりぶっきらぼうにふるまったりしていても、あなたは根はやさしくてとてもいい子なんだって説得しようとして、長い目で見てもらえばわかるなんていったのよ」

「母さん――」

「出ていってくれる？」

「母さん」

「出ていってよ！」母さんは手で両目をおおった。「いや……出ていかないで。とにかく……ああ、わからないわ……」

ルークはすわっている母さんを見た。「悪かったよ」

「どうしてなの、ルーク？」

「どうして悪かったかって？」

「どうしてずる休みなんかしたの？」

ルークはナタリーのことと、混乱《こんらん》したナタリーの暗い世界のことを思った。それからナタリーの世話をしている愛想《あいそ》の悪い老婆《ろうば》から秘密《ひみつ》にするようにいわれたことを思った。そして自分に復讐《ふくしゅう》したがっている少年たちのことも思った。どれも母さんには話せない。

「ただずる休みしただけだよ」とルークはいった。

「ただずる休みをしただけですって」

「ひとりきりになりたかったんだよ」

長い、張《は》りつめた沈黙《ちんもく》が流れた。

「明日は学校に行くから」

「それは行ってもらうわよ」母さんは目をおおっていた手を離《はな》して、ルークの顔を見た。「車で連れていくわ。九時にサール先生と面談《めんだん》することになっているのよ」

だが、翌朝《よくあさ》のサール先生との面談などルークにとっては心配でもなんでもなかった。ルークの予想どおりの展開《てんかい》だった。先生が質問《しつもん》し、ルークが嘘《うそ》をつく。どこへ行っていたの？　森です。二日とも？　はい。ずうっと森ですごしていたの？　はい。なにをして？　木に登って。どうしてずる休みをしたの？　ひとりきりになりたかったからです。一部はほんとうのことだった。森だと答えたのも一部はほんとうだ。だが、この会話のあいだじゅうルークは上《うわ》の空《そら》だった。自分の口で答えているときでさえ、ルークは最大の恐怖《きょうふ》のことを考えていた。

スキンたちのことだ。

きっと今日はルークをつけ狙《ねら》うはずだ。

面談はいつものように終わった。先生から叱責《しっせき》され、後悔《こうかい》していますといい、さらに叱責され、もうやりませんという。そしてもう一度チャンスをあたえるというおゆるしの言葉が先生から出て、それに対して感謝《かんしゃ》しているふりをした。それからルークは母さんを見た。そのとき初めてほんとうに罪《つみ》の意識《いしき》を感じた。だが、もう面談は終わっていた。まもなく母さんは帰っていく。そして今日のほんとうのやっかいごとが始まるのだ。

少なくとも今日はスキンたちと同じ授業《じゅぎょう》はなかった。ルークとスキンたちは英語以外同じ授業を取っていなかったが、サール先生との面談《めんだん》のために英語の授業《じゅぎょう》は免除《めんじょ》になっていたのだ。それでも休み時間と昼休みを乗りきらなければならなかった。それから、帰りのバスと。休み時間には音楽室に行くことにした。運がよければ音楽室にはパリー先生がいるだろう。先生がいればスキンたちもひどいことはできないはずだ。音楽室ではパリー先生が中学一年生の女の子ふたりのキーボードの演奏《えんそう》を聞いていた。ルークが近づいてくるのを見ると、パリー先生は片方《かたほう》のまゆを上げ、「これはこれは。巨匠《きょしょう》のおでましだわ」とうきうきした声でいった。

女の子たちは演奏をやめて顔を上げた。ルークはその前に立ったが、なんといっていいのかわからなかった。

「ミランダ・デイヴィスがさがしてたわよ」とパリー先生はいった。「あなたはもうここにはやってこないだろう、だってあなたはわたしたちのような者にはもったいない人だから、っていっていたけど」

ルークはなにもいわなかった。パリー先生の冗談《じょうだん》には慣《な》れていた。先生は女の子たちのほうを向いた。「わたしがいままでに出会った中で最高に才能《さいのう》のある音楽家よ。でも、彼《かれ》に学校のコンサートで演奏してもらえると思う？　無理にきまってるわ。ばかみたいだと思わない？　これじゃあまるで戦いを拒否《きょひ》するアキレスのようなものだわね」

「だれですか、それ？」と女の子のひとりがいった。

「あとで教えてあげるわ」パリー先生はルークのほうに向きなおった。「で、なんのご用かしら？　ピアノのレッスンを受けたいなんてわけはないわね」

「ぼくはただ……」ルークは肩《かた》をすくめた。「ただ来てみただけですよ。音楽が聞こえたものだから」

「いい曲だったでしょ？」パリー先生は女の子たちに向かってにやっと笑った。「この子たち、すばらしいのよ。自分たちだけでこの曲を作曲したの。それで、それをいじくりながら、もっとよくならないかとやっていたところなのよ。さあ、あなたたち。専門家《せんもんか》にちょっと聞いてもらいましょう」

女の子たちはびっくりしてパリー先生の顔を見たが、先生はただにっこりするだけだった。「だいじょうぶよ。まだ形は整っていないけれど、そんなことどうでもいいから。ルークは気にしないわ。この人はね、ほんとうはすごくいい子なの。なんだかマッチョぶってばかなことやってるけどね」女の子たちは演奏《えんそう》を始めた。ルークは腰《こし》を下ろして耳を傾《かたむ》けながら、休み時間が終わるのを待った。頭はスキンたちのことでいっぱいだった。

スキンたちには昼休みにつかまってしまった。生徒たちや職員《しょくいん》が大勢《おおぜい》いるカフェテリアなら安全だと思っていた。それに、下級生たちに囲まれてちょうどひとつだけあいている席が見つかったのでそこにすわった。だがまもなく、その子たちは食事を終えて行ってしまった。そしてぜんぜんちがうタイプの少年たちが腰を下ろした。向かい側にスピードとダズ、となりにはスキンがすわった。それもぴったりとくっついて。最初、三人はしゃべらずただじっとにらんでいるだけだった。それからスキンがルークのほうに体を傾けてきて小声でいった。「おまえは終わりだ」

「どういう意味なんだよ？」と自信たっぷりなふりをしてきいた。が、口から出た声はかすれていた。スキンの答えはぞっとするほどそのものずばりだった。

「おまえは死ぬっていう意味さ」

ルークの全身に寒気《さむけ》が走り、筋肉《きんにく》がこわばった。突然《とつぜん》だれかがルークの肩《かた》を軽くたたいた。飛びあがってふりかえると、ミランダが立っていた。

「ハーイ」ミランダがいった。

「やあ」ルークはスキンたちが自分をじっと見ているのを意識《いしき》しながら、ぎごちなくミランダを見あげた。だがミランダはスキンたちに気づいてないようだ。

「ちょっといい？」とミランダがいった。「パリー先生が音楽室に来てほしいって。食べおわってからでいいんだけど」

ルークはまだほとんど食べていなかったが、トレイを持ちあげてすぐに立ちあがった。「いいよ。さあ、行こう。おれはもう食べたから」

「ミランダ？」とスキンがいった。ミランダは初めてスキンの顔を見た。スキンは気持ちの悪い笑《え》みを見せた。「よお」

「ハイ」とミランダ。

「どうだい？」

「元気よ」

スキンは手をのばしてルークのお皿からフライドポテトを取った。「ルークのやつ、まだめしを食《く》ってないようだぜ」といいながら、ポテトを自分の口に放りこみ、ミランダのほうをちらりと見た。

「まだ乗ってるのか？」そういって、ゆっくりとポテトを噛《か》んだ。

「なんのこと？」

「まだ馬に乗ってるのかってことだよ」

「ええ」

「ここんところ、うちの前を通りすぎるのを見ないからさ。おれの部屋《へや》の窓《まど》からおまえの姿《すがた》を見るのが好きだったのによ」

ミランダはなにもいわなかった。

「スピーディは乗馬に興味《きょうみ》を持ってるんだぜ」とダズもルークのポテトに手をのばしながらいった。

「だけどこいつが乗れるくらいじょうぶな馬が見つからないんだよ」

スピードは怒《おこ》って顔をそむけたが、スキンもダズもそのことに気がついていない。ふたりともミランダをじろじろ見ていた。ルークはなんとかミランダをこの場から連れ出すため、割《わ》って入ろうとした。が、それより先にミランダが口を開いた。「ねえ、悪いんだけど――」ミランダはルークのほうをふりかえった。「パリー先生はいますぐっておっしゃってるの。ルークに時間があるのなら」

「わかった」とルーク。

ふたりはカフェテリアからぬけ出て廊下《ろうか》に出た。スキンたちが追いかけてこなかったので、ルークはほっとした。自分たちの姿がカフェテリアから見えなくなるとすぐに、ミランダはルークの腕《うで》をつかんで止めた。ルークはびっくりしてミランダをふりかえった。

「どうしたんだい？　パリー先生のところに行くんだろ？」

「どうしたって？」とミランダはルークを見つめかえした。「ルークのほうこそどうしたのよ？　パリー先生は会いたいなんていってないわ。あれはあたしがルークをあの場からぬけさせるためにでっちあげたのよ。なにがあったの、ルーク？　ジェイソン・スキナーたち、ものすごい目で見てたわよ。あんな顔するなんて信じられなかった。とくにジェイソンの顔ときたら。なにがあったの？」

「話せば長いことなんだよ」

「聞かせて」

「いえないよ」

「そう、じゃあだれかに話して。お母さんにいって。サール先生でもいいわ。とにかくだれかに」

「いえないんだよ。他の人がどうこうできることじゃないんだ」

「でも、ジェイソンったらルークを殺しかねないような顔をしてたわ」

「ほんとうにそうしたいんだと思うよ」

「ルーク！　だれかに話さなくちゃだめよ。なにが起こっているにせよ」

ルークは顔をしかめて目をそらした。「いえないんだよ。とにかく……いえないんだ」

ふたりは廊下《ろうか》に立ちつくした。カフェテリアに向かう生徒、出てきた生徒たちがふたりの横をかすめるように通りすぎていった。「外に出ましょ。ここは人が多すぎるわ」とミランダがいった。

ふたりはゆっくりと正面玄関《げんかん》から出て、大学受験準備棟《じゅんびとう》に向かって運動場の端《はし》を歩きはじめた。

「朝、出席を取るときにいなかったわね」とミランダはいった。

「人に会ってたから」

「学校の人？」

「うん」

「サール先生？」

「うん」ルークはちらりとミランダを見た。「昨日《きのう》学校をさぼったんだよ。それからおとといも」

ふたりはだまったまましばらく歩いていたが、やがてミランダがふたたび口を開いた。

「つまり、ルークはサール先生とも問題を起こして、ジェイソン・スキナーとも問題を起こしているってわけね」

「ああ」

「すばらしいわね」

ルークはこれ以上しゃべりたくなくて下を向いた。この件《けん》の一部をミランダにしゃべりだしたら、結局はすべてを話してしまうことになるとわかっていた。〈お屋敷《やしき》〉に押《お》し入《い》ったことも、ナタリーのこともすべて。そんなことはできない。自分のミランダへの気持ちがどんなものであれ――そう、この気持ちは日に日に強くなっていっていた――母さんをこの件に巻《ま》きこむことができないのと同じようにミランダを巻きこむことなどできなかった。

ミランダは声を低くしてふたたびいった。「ルーク、聞いて。あたしにはなにもいわなくてもいいわ。いい？　でも、もし話したくなったら、それはそれでいいのよ。わかった？」

「ありがとう」

ふたりはまただまりこんで歩きつづけた。そしてついに大学受験準備棟《じゅんびとう》の壁《かべ》のところまで来た。ミランダは向きを変えて、その壁にもたれた。ルークもそうして、ふたりそろって運動場をながめた。そのとき、ある考えがルークの頭に浮《う》かんだ。

「ミランダ？」

「なあに？」

「帰りのスクールバスでぼくのとなりにすわってくれない？　スキンにとなりに来られると困《こま》るから」

「まあ、ありがと。ずいぶんないい方ね」

「ごめん」ルークはあわててミランダのほうを向いた。「そういう意味でいったんじゃないんだ」

「他のだれかが来るといやだから、あたしにとなりにすわってほしいのね。そういわれて、すごくいい気分よ」

だがミランダは、笑いをこらえることができなかった。

「そういう意味でいったんじゃないってば」

「あたし、いま、怒《おこ》ってるのよ」ミランダはしかつめらしくいった。

「まさか」

ミランダはまたくすくす笑った。

「ほんとにきみといっしょにすわりたいんだよ」とルークはいった。

「でもいずれにしてもそれは無理だわ。今日はスクールバスに乗らないんだもの。お母さんがむかえにきてくれるの。午後町に買い物に行くから、帰りにあたしを拾って乗せて帰ることになっているのよ」ミランダは突然《とつぜん》腕《うで》をのばして、ルークの腕にふれた。「あたしたちといっしょに帰らない？　乗せていってあげるわよ。そうすればジェイソンたちを避《さ》けることができるし、あたしのとなりにすわることもできるじゃない」

「きみのお母さん、いやがらないかな？」

「まさか。お母さんがルークのことひいきにしてるって、知ってるでしょ。なぜだかは知らないけど」

「この前会ったときは、とてもひいきにしてくれているようには見えなかったけどな」

「あのときは、ルークが練習にすごく遅《おく》れてきて、あたしがいらいらしてたのを知っていたからよ。それでも心の中ではルークのことをひいきにしてたのよ。いっしょに帰りましょうよ。だいじょうぶだから」

「わかった。ありがとう」

ルークはミランダにほほえみかけ、ミランダもほほえみかえしたが、すぐに目をそらした。ルークはミランダがそばにいてくれることに感謝《かんしゃ》しながら、しばらく見つめていた。それから向きを変えてまた運動場をながめた。そうしながら、頭はまた〈お屋敷《やしき》〉と、自分を必要としている小さな盲目《もうもく》の少女のことにもどっていくのを感じていた。

24

あの子は苦しんでいた。ルークにはそれがわかった。また泣き声が聞こえてきたのだ。ちょうど昔父さんが遠くからルークの泣き声を聞いたように。午後の授業《じゅぎょう》を受けているときにも、家に送ってもらう車の中でミランダとミセス・デイヴィスとしゃべっているときにも、広場から家まで歩いて帰るときにも、あの子の声が聞こえていた。

家に入ると母さんがいった。「また無言《むごん》電話があったのよ」

「いつ？」なにげないふうをよそおいながら、ルークはいった。

「ほんの数分前よ」

「少しは話したの？」

「そんなひまなかったわ。もしもしっていったとたんに、切れちゃったんですもの。相手の番号もわからなかったわ」母さんはルークをじっと見た。「ほんとうに心当たりはない？　あの不良《ふりょう》のだれかじゃないのかしら？」

「ちがうと思うよ。あいつらならなんで切るのさ？」

「わたしがあの子たちを嫌《きら》っているのを知ってるからよ。あなたと話したいんだけど、その前にわたしと話さなきゃならないというのががまんできなかったんじゃないの？」

「あいつら、そんなに母さんのことをこわがってないと思うよ」ルークは冗談《じょうだん》めかしていおうとしたが、うまくいかなかった。ルークはあせっていた。一刻《いっこく》も早くナタリーのところに行かなくてはならない。だが、無言《むごん》電話のことをきいてすぐに家を飛びだしたら、いかにもあやしく見える。ルークはもっともらしい口実《こうじつ》がないかと頭の中であれこれ考えた。そしてまず思い浮《う》かんだものに飛びついた。「きっと心配するようなことじゃないよ。どこかのひまを持てあましてるばか者さ。きっとうちだけじゃなくて、あちこちにいたずらしてるんだよ。とにかく……」といってルークは腕《うで》時計に目をやった。「そろそろ行かないと遅《おく》れちゃう。楽譜《がくふ》を取りにもどってきただけなんだ」

「なんの楽譜？」

「チャイコフスキー」

「チャイコフスキーのなに？」

ルークは音楽室から『子どものためのアルバム』を持ってきた。「ハーディング先生がくれたんだ。ほら、中に言葉を書いてくれたんだよ」ルークが先生が書いてくれたページを開けると、母さんはそれを読んだ。

「親切な先生ね。先生らしいわ」と母さんはほほえんだ。「お父さんが昔、この中の曲をコンサートで弾《ひ》いたのを覚えてるわ。ずっと昔だけど。十年以上昔。うちにもこの楽譜があったはずだけど、お父さんが演奏《えんそう》して以来見てないわね。これと同じ本ではなかったけど。たしか水色の表紙だったわ」

「この中の一曲をコンサートで弾こうかなと考えてたんだ。とにかく、もうそろそろ行かないと」

「どこに行くの？」

「ハーディング先生のところだよ。先生の前で全部弾《ひ》いてみて、コンサートに合う曲があるかどうか見てもらう約束をしたんだ。母さんにいわなかったっけ？」

「聞いてないわ。でも、べつにいいのよ」母さんはルークから楽譜《がくふ》を取りあげると、ぱらぱらとページを繰《く》った。「あなたにはちょっと簡単《かんたん》すぎるんじゃないの、ルーク。コンサートではもうちょっとむずかしいものを弾いたら？　前に練習していたリストの曲とか」

「さっき父さんがコンサートでこれを弾いたっていったじゃないか」

「そうよ。でも、お父さんはこれを全曲弾いたのよ。それに、それもその夜のプログラムの一部にすぎなかったのよ。他の曲も弾いたの。ショパンとか、ドビュッシーとか、いろいろね」

「そう、ぼくも考えてただけなんだ。まだなにも決めてないし」

「わたしはただ――」母さんはルークの表情《ひょうじょう》に気づいて、すばやく楽譜を返した。「わかったわ。ごめんなさい。あなたがなにを弾くか、わたしの知ったことじゃないわね。それに、正直《しょうじき》いって、あなたがコンサートに出てくれるというだけでうれしいのよ。去年は出るよう説得するのに、あんなに苦労したんだもの。ハーディング先生によろしく伝えてね」

「わかった」

「それから、村の人はみんな先生に引退《いんたい》してもらいたくないと思ってるし、先生がノリッジへ引《ひ》っ越《こ》すなんていわれたのは冗談《じょうだん》だと思いたがってる、といっといて」

「そうじゃないと思うよ」

「なにが？　冗談だということ、それとも引っ越すこと？」

「冗談のほうだよ」

「ふうん。じゃあそうなんでしょうね」母さんはしばらくルークの顔を見ていたが、やがて両腕《りょううで》をのばしてルークを引き寄《よ》せた。ふたりは抱《だ》きあった。「今日はあれからうまくいったの？」と母さんはいった。

「うん」

「サール先生と会ってから、いらいらしたりしなかった？」

「べつに」

「これからはうまくいくわ、ルーク。いい？　ずっとよくなるわ」

「ああ、わかってる」

母さんは腕を離《はな》し、一歩下がった。「夕食は六時半よ」

「わかった」

「帰ってくるわね」

「約束する」

母さんはルークにキスをした。「じゃあ、行ってらっしゃい」

「うん」
ルークは玄関《げんかん》のほうに体を向け、あまり急いでいると悟《さと》られないように気をつけた。だが外の道に出たとたんに走りだした。

〈お屋敷《やしき》〉の中からナタリーが叫《さけ》ぶ声が聞こえてきた。ルークは玄関の上がり段《だん》に立って耳を澄《す》ました。想像《そうぞう》していたよりさらにひどかった。たんなる泣き声というのではなくて、ヒステリーの発《ほっ》作《さ》のようだった。楽譜《がくふ》をきつくにぎりしめ、ルークはベルを押《お》した。ミセス・リトルが出てきた。青い顔をしてげっそりしていた。目はぼんやりしていて、両手がふるえている。ミセス・リトルはだまってわきにどき、ルークを中に通した。ルークはミセス・リトルのそばを通りぬけて玄関ホールに入った。

「どうしたの？」とルークはきいた。

ミセス・リトルは荒《あら》い息をしていて、いまにも倒《たお》れそうだった。が、なんとか口を開いた。「ナタリーがひどい状態《じょうたい》なんだよ。こんなにひどいのは初めてだよ。とてもあたしの手には負《お》えない。昨日《きのう》あんたが帰ってから一時間かそこらは、だいじょうぶだったんだよ。でも、そのあと泣いたりうめいたりしはじめて、それからずっと、昼も夜もそんな調子でね。食べさせることも、上のあの子の部屋《へや》に連れていくこともできないんだよ。ピアノの前を離《はな》れようとしなくて。あの曲をよみがえらせようと思っているのか、鍵盤《けんばん》をばんばんたたくんだよ。それで、曲にならないとわかるとさらに機嫌《きげん》が悪くなる。あの子はぜんぜん寝《ね》てないんだよ。ぜんぜん。あたしもさ。今日も一日じゅう泣いたりうめいたりしっぱなしなんだよ。それで今度は、ここ一時間ほどかね、悲鳴をあげはじめたんだよ。こんなことはいままで一度もなかったのに。もうどうしたらいいのかわからない。あんたが学校から帰ってるかなと思って電話をかけたら、お母さんが出たんで切ってしまったよ」

「あんただろうと思ったよ」ルークは顔をしかめた。「とにかく、ピアノであの子の機嫌《きげん》が直るかどうかやってみよう」

ふたりは急いで居間《いま》に入っていった。ナタリーは寝間着姿《ねまきすがた》でソファのところにいた。顔じゅう涙《なみだ》でぐしゃぐしゃにし、体は乱暴《らんぼう》に扱《あつか》われた人形のようにへんな形にねじれている。ふたりが入ってきた音が聞こえなかったようで、顔も向けなければ、しゃべりもしなかった。ただ悲鳴をあげつづけていた。悲鳴がやむのは、息つぎをするときだけだった。ミセス・リトルはそのタイミングを待って話しかけた。「ナタリー、だれが来たと思う？」

ナタリーはまた悲鳴をあげた。

「ぼくだよ」悲鳴ごしにルークは声をかけた。「ナタリー、ぼくだよ。おかしな耳のやつだよ」

ナタリーはなおも悲鳴をあげていた。ミセス・リトルはルークに、早くピアノのところに行ってくれというふうに手を振《ふ》ったが、ルークはすでにピアノのほうに進みだしていた。目の前にハーディング先生からもらった楽譜《がくふ》を広げると、『甘《あま》い夢《ゆめ》』をさがしてページを繰《く》りはじめた。ナタリーは息をつぐために泣きやんだが、またしても叫《さけ》びだした。

「それはなんの曲だい？」とミセス・リトルがきいた。

「ナタリーが気に入りそうな曲だよ」

『甘《あま》い夢《ゆめ》』が見つかって、ルークは弾《ひ》きはじめた。即座《そくざ》に効《き》き目《め》が現《あら》われた。まるでルークがスイッチを切ったように、ナタリーの悲鳴が止まった。指にふれる鍵盤《けんばん》の感触《かんしょく》と、ずっと頭から離《はな》れなかったこの小曲のりんとした美しさを楽しみながら、ルークは弾きつづけた。どうしてこの曲がナタリーの頭からも離れないのかは、依然謎《いぜんなぞ》だった。が、そのこともいまは気にならなかった。大切なのは、この曲がいま魔法《まほう》をかけているということだった。ルークは弾きながら肩《かた》ごしにちらりと見た。ナタリーは背中《せなか》をしゃんとのばしてすわり、この前と同じうっとりしたような表情《ひょうじょう》を浮《う》かべていた。ルークはできるだけやさしく、できるかぎりの気持ちをこめて弾きつづけた。ピアノが歌いあげ、曲の最後まで来た。

静寂《せいじゃく》が広がった。ルークはこの魔法を破《やぶ》ってしまうのがこわくて、そのままじっとすわっていた。目の端《はし》のほうで、ミセス・リトルがひじかけ椅子《いす》にくずれるようにすわるのが見えた。もうへとへとなのだ。ナタリーもそうにちがいない。ふたりとも眠《ねむ》る必要があった。少なくともこの曲はナタリーの心を静めたようだった。が、それも長くはつづかなかった。しばらくするとソファから鼻をすするような音が聞こえ、それがうめき声になり、やがてまた悲鳴が始まった。

「ナタリー、やめなさい」とミセス・リトルが弱々しくいった。

ルークはまたピアノを弾きはじめた。今度は『森の静けさ』にしたが、悲鳴は止まらなかった。曲の半《なか》ばあたりでやめて、『精霊《せいれい》の踊《おど》り』を弾きはじめた。それでも悲鳴は止まらない。『ジングルベル』や『きらきら星』『明日にかける橋』なども弾いたがやはりなんの効果《こうか》もなかった。最後にもう一度『甘い夢』を弾いてみた。すると悲鳴はすぐに止まった。

この曲がなんだというのだろう？　この曲はナタリーにとって、他の曲にはない力があるようだった。曲の最後まで来たらどうしたらいいのだろう、と考えながらルークは弾《ひ》きつづけた。ナタリーだって永遠《えいえん》に叫《さけ》びつづけることなんてできない。そのうちに疲《つか》れてしまって叫べなくなるはずだ。いまはまた静かになっているが、ルークにしたところでこの曲をいつまでも弾きつづけるわけにはいかない。

また最後まで来たので、ルークは手を止めたまま緊張《きんちょう》して待った。静けさはさっきよりは長くつづいた。ルークはふりかえってソファのほうを見た。ナタリーの目は半《なか》ば閉《と》じられていて、頭はのけぞるようにしてクッションにもたれている。だが、とても快適《かいてき》とはいえない様子だった。手足を妙《みょう》な形にねじったまま寝《ね》そべっている。しばらく静かにしてはいたが、眠《ねむ》ってはいなかった。ルークが見ているうちにナタリーの口もとがまた叫《さけ》び声をあげそうになってきた。

ルークはふたたび前と同じ『甘《あま》い夢《ゆめ》』を弾きはじめた。そして今回は最後まで来ると、ほんの少しだけ待ってくりかえし弾きはじめた。そうやって、ルークははてしない夢のように、この同じ曲を何度もくりかえし弾いた。いまではもう楽譜《がくふ》は見ないで――そもそも初めからほとんど必要なかったのだが――心のすべてをこの曲に傾《かたむ》けて弾いていた。すると、飽《あ》きるどころか、弾けば弾くほどますますこの曲にのめりこんでいくので、自分でも驚《おどろ》いた。それとも曲のほうが自分の中に入りこんで、どんどん大きくなっていくのか。ルークにはわからなかった。たしかにそんなふうに感じられたのだ。だが、中でもいちばん不思議《ふしぎ》だったのは、ピアノを弾けば弾くほど、そしてソファのほうの静けさが増《ま》せば増すほど、ルーク自身心が安らかになっていくことだった。曲が最後に来て、ルークはまた初めから弾《ひ》こうとした。が、その必要がないことに気づいた。

ナタリーは眠《ねむ》っていた。

ルークはナタリーをしげしげと見た。ナタリーは体を丸く縮《ちぢ》め、親指をしゃぶっていた。いままでは目はしっかりと閉《と》じられ、息づかいもおだやかで規則的《きそくてき》だった。ルークはミセス・リトルを見た。もし、ミセス・リトルはひじかけ椅子《いす》にへたりこんだまま、なんとか目を覚ましていようと格闘《かくとう》していた。もし、ナタリーが今夜も泣き叫《さけ》んだら、ミセス・リトルはどうやって対処《たいしょ》するつもりなのだろうか。だが、いまのところはナタリーは眠っている。ミセス・リトルと目が合ったので、ルークはささやくようにいった。

「どうすればいいと思う？　このままここで寝《ね》かせておく？」

ミセス・リトルは首を横に振《ふ》った。「ベッドで寝かせないと。そのほうがちゃんと眠れるから。だけどいまはとてもひとりにさせる気にはなれないよ。あたしのベッドに寝かせるほうがいいだろうね。あの子はあそこのほうが好きだから。ともかく、ゆうべまではそうだったんだよ。今夜どうなるかは予想もつかないけど」ミセス・リトルはあくびをした。「あたしにわかっているのは、またゆうべみたいになったらお手上げだってことだけだよ」

「ひょっとしたらぶっつづけで眠るかもしれないよ」

「ひょっとしたらね。そう願いたいもんだ。なんにしても、あの子を二階《かい》に運んだほうがいい」ミセス・リトルは椅子から立ちあがろうとしたが、ルークが手でそれを制《せい》した。

「だいじょうぶだよ。おれがやるから。あんたはくたくただろ」

ミセス・リトルはなんの抵抗《ていこう》もせずに、椅子《いす》にどすんとすわりなおした。「あの子はあのままでだいじょうぶだから。昨日《きのう》寝《ね》かせようとしてあたしが着せた寝間着《ねまき》のままだし。ただあたしのベッドに運んで、上掛《うわが》けをかけてやって、ちゃんと眠《ねむ》っているかたしかめてくれるだけでいいから。あたしは……」ミセス・リトルは頭をうしろにもたせかけた。「あたしは……」

「そこにいて」とルークはいった。「なにもしなくていいから」

「上まで抱《だ》いて運んでやっておくれよ」

「わかってる」

「すごく軽いから。あんたにも簡単《かんたん》にできると思うよ」

「だいじょうぶだから、心配しないで。おれがやるから」

「わかったよ」ミセス・リトルの目とルークの目が合った。ルークはその目の中に、初めて温かいものが自分に向けられているのを見た。「ありがとう」とミセス・リトルはつぶやくようにいった。ほほえみはなかった。だが、この老女の人生にほほえみなどないのだと、ルークはすでに知っていた。おそらく昔はあったのだろう。ずっとずっと昔にほほえんだこともあったのだろう。だがそうだとしても、いまではそれを見せることはなくなっていた。ほほえむのをやめてしまったのはいつなのだろう、そしてなぜなのだろう。いつのまにかルークはそんなことを考えていた。

ルークはナタリーをちらりと見た。まだぐっすり眠っていて、とても起きそうになかった。ルークが抱きあげたときもかすかなうめき声のようなものを出しただけで、あいかわらず体を丸く縮《ちぢ》め、親指をしゃぶり、目をぎゅっと閉《と》じていた。ナタリーの体はほんとうに軽かった。あまりに軽いのでまるで赤《あか》ん坊《ぼう》を抱《だ》いているみたいだった。ルークはナタリーを自分の胸《むね》に引き寄《よ》せドアのほうを向いた。ミセス・リトルが目をこすった。「あたしが手伝わなくてだいじょうぶかい？」口ごもりながらそういったが、もう起きていられない様子だった。

「だいじょうぶだよ。あんたはしばらくここで休んでいてよ。おれがナタリーをベッドに寝《ね》かせてくるから」

「眠《ねむ》ってしまうかもしれないよ」

「そうだろうね」

「あんた、この子にしばらくついていてやってくれるかい？　ただ様子を見ているだけでいいから。だいじょうぶかどうか見ていてほしいんだよ。あたしがここでちょっと休んでいるあいだ」

「六時十五分くらいまでならいられるよ。そのあとは帰らなくちゃいけないけど」

「それでいいよ。もしあたしが眠ってたら、帰るときに起こしておくれ。それと、ナタリーにもしなにかあったら、起こして」

「オーケー」

あとはひと言もいわずに、ミセス・リトルは目を閉《と》じた。ルークはナタリーをちらりと見ると、しっかりと抱きなおした。それから居間《いま》を出て廊下《ろうか》を通り、階段《かいだん》を上っていった。こんなふうにしてこの家の中を歩いているなんてなんだか不思議《ふしぎ》な感じがした。最初にここに押《お》し入《い》ってからすごくいろんなことが起こった。階段の上まで来ると、ルークは二階の廊下をミセス・リトルの寝室《しんしつ》のほうに歩いていった。ベッドはすでに整えられていたので、ルークは羽根ぶとんをめくり、ナタリーをそっと下ろして寝《ね》かせた。ナタリーはすぐにまた丸く縮《ちぢ》こまった。あいかわらず親指をしゃぶり、ぐっすりと眠《ねむ》っている。ルークは羽根ぶとんをかけてやり、両端《りょうはし》をたくしこんだ。それから衝《しょう》動的《どうてき》に身をかがめてナタリーのこめかみにキスをした。ナタリーはかすかになにかもごもごいったが、動きもしなければ目も覚まさなかった。ルークは体をまっすぐに起こし、化粧台《けしょうだい》のそばにある椅子《いす》を持ってこようと体の向きを変えた。すわってしばらくナタリーの様子を見ているつもりだった。そのときルークの目に入ってきたものがあった。

ミセス・リトルの宝石箱《ほうせきばこ》だ。

ルークはその箱をまじまじと見た。前と同じ化粧台の上に置いてあった。ルークはスキンの夢《ゆめ》を思い出した。いまから思えばなんとばかげたことを考えていたのだろう。そもそもどうして自分がこのような件《けん》にかかわることができたのだろうか、とルークは思った。いくらその箱が無防備《むぼうび》に自分の目の前にあっても、いまとなってはミセス・リトルからなにか盗《ぬす》むなんてなんの魅力《みりょく》も感じられなかった。それでも、好奇心《こうきしん》からルークはその箱に引きつけられた。ふたには明るい銀色のビーズ飾《かざ》りがほどこされ、側面《そくめん》は黒いビロード張《ば》りで人目を引いた。ただ正面の房飾《ふさかざ》りは、いかにもという感じでわざとらしく、ルークの好みではなかった。ルークは化粧台に向かってすわると、箱を手もとに寄《よ》せた。そして物音が聞こえないかと耳を澄《す》ました。ゆっくりと、規則的《きそくてき》なナタリーの寝《ね》息《いき》が聞こえる。階下《かいか》からはまったく物音は聞こえてこない。視線《しせん》を箱にもどすと、誘惑《ゆうわく》がますます強くなってきた。見るだけ、ちょっと見るだけ、見てスキンの予想が正しかったかどうかをたしかめるだけ。

だがスキンの予想ははずれていた。中には宝石《ほうせき》など入っていなかった。一見したところ、古い白黒の写真が何枚《まい》かあるだけだった。ルークは写真を一枚取り出した。戦闘機《せんとうき》スピットファイアーのそばに立っている若《わか》い男性《だんせい》の写真だった。飛行服姿《すがた》で二十歳《はたち》か二十一歳《さい》くらいだろうか、あけっぴろげの少年っぽい顔をしていた。カメラのほうを見て、少し恥《は》ずかしそうに笑っている。ルークはその顔をしげしげと見た。一瞬《いっしゅん》自分とくらべてそれほど年上でもないような気がした。写真を裏《うら》がえすと少女っぽい筆跡《ひっせき》でなにか書いてあった。ビギン・ヒルでのビル。一九四〇年八月。

ルークは次の写真を手に取った。またビルの写真だった。だが今度のは他の若い男性たちといっしょのものだ。全員飛行服を着ている。飛行場にすわりこんでトランプをやっていた。背景《はいけい》に飛行機が何機か写っている。ビルと呼《よ》ばれる男性も含《ふく》めて、ほとんどが煙草《たばこ》を吸《す》っていた。写真を裏がえすと、同じ少女っぽい筆跡でまた書いてあった。ビルと仲間たち。ビギン・ヒルにて。一九四〇年八月。ルークは急いで他の写真もざっと見てみた。すべてビルと呼ばれる男性の写真のようだった。あるときはひとりで、あるときは他の男性といっしょに、いつも飛行服を着ている。すべてビギン・ヒルで撮《と》られたもので、日付もすべて一九四〇年八月だった。たいていは男たちがすわって煙草を吸いながらトランプをしている写真だったが、サッカーのボールを蹴《け》っているものが一枚と、ビルがひとりで木片《もくへん》を削《けず》っているものが一枚あった。次に見つかった写真は、それらとはまったくちがっていた。

やはりビルの写真だったが、今度は軍服姿で若い女性といっしょに写っていた。女性はパーティドレスのようなものを着ていて、ふたりでパブの入口らしいところに立っていた。腕《うで》を組みあい、ふたりともカメラに向かってほほえみかけている。女性《じょせい》はビルと同じ年くらいで、ルークにはそれがだれか写真の裏《うら》を見る前からはっきりとわかった。ビルとわたし、〈ブラック・ホース〉の前で。一九四〇年八月。ルークは写真の中でほほえんでいる女性に視線《しせん》をもどし、階下《かいか》にいる老女のことを思った。やはり昔にはほほえみがあったのだ。一九四〇年には。ほほえみが消えたのも、このときだったのだろうか？　ルークは箱の中をもう一度見た。もう写真はなく、折りたたんだ紙が一枚《まい》と、きつくひもでしばったひと房《ふさ》の茶色の髪《かみ》があった。写真を見ればだれの髪であるかはすぐにわかった。ルークはそれをそのままそっとしておいた。ふれるのは失礼だという気がしたのだ。だが、紙のほうは……

ルークはそこに横たわる紙をじっと見つめた。箱の中にある最後の謎《なぞ》だ。それが自分の良心のせいだったのかどうかはわからないが、じっと見つめていると、その紙のほうも自分を見かえしているような気がした。そして、自分には関係のないことなのに、目を通してみようかなどと考えていることを非難《ひなん》しているような気がした。そんなことをしてはいけないと、ルークにもわかっていた。これはミセス・リトルの過去《かこ》であって、自分のではない。だが一方で、これがまちがったことであっても、ミセス・リトルの身の上になにが起こったのかを見つけださなければならないこともわかっていた。答えはすでに予想できていたけれども。ルークは大きく息を吸《す》いこむと、その紙を手に取り、開いていった。それはビギン・ヒルから出された一九四〇年九月十八日付けの手紙で、先ほどの写真の裏書《うらがき》にある少女っぽい筆跡《ひっせき》とはまったくちがう、力強い筆跡で書かれていた。ルークはもう一度深呼吸《しんこきゅう》をしてから、読みはじめた。

親愛なるミセス・リトル

まことに遺憾《いかん》ながら、ビルは本日ビーチー岬沖《みさきおき》での戦闘中《せんとうちゅう》に敵機《てっき》に撃墜《げきつい》されました。ビルの機は今朝九時三十分ごろ海に墜落《ついらく》し、残念ながらパラシュートで逃《に》げだす時間はありませんでした。遺憾ではありますが、生存《せいぞん》の可能性《かのうせい》はないかと思われます。

このような悲しいお知らせをしなければならないことを、わたしとしましてもたいへん悲しく思っております。結婚《けっこん》まもなくご主人をなくされたミセス・リトルのお気持ちはいかばかりかとお察《さっ》し申しあげます。ビルはここにいるみんなからおおいに尊敬《そんけい》されていた、すばらしい男性《だんせい》でした。彼《かれ》を失ったことは大きな痛手《いたで》です。

ここにビルの遺品《いひん》の中から見つかった彼の写真を何枚《まい》かと、あなたといっしょに撮《と》った写真、それからあなたがビギン・ヒルのビルあてに出された手紙を同封《どうふう》します。その他の遺品も、もちろん追ってお送りいたします。

このような悲しいお知らせをしなければならないことを、ほんとうに申し訳《わけ》なく思っております。もしお聞きになりたいことや、なにかご要望がありましたら、どうぞいつでもご遠慮《えんりょ》なく、わたしかビギン・ヒルのヒュー・フィリップス大佐《たいさ》のいずれかへご連絡《れんらく》ください。

敬具《けいぐ》

ジェームズ・P・ハッチンソン少佐《しょうさ》

ルークはうしろめたさと苦しさで気分が悪くなりそうだった。ミセス・リトルは一九四〇年に夫《おっと》を亡《な》くし、その後二度と結婚《けっこん》しなかったのだ。ルークはミセス・リトルが少女っぽい字体で書いた言葉を読みかえした。これらが手紙といっしょに送られてきた写真だとしたら、ミセス・リトルはこの字を夫の死を知ったあとで書いたはずだ。いつのまにかルークは、どこかの部屋《へや》で、二度と会うことのない男性《だんせい》の名前を書いている若《わか》い女性の姿《すがた》を思い描《えが》こうとしていた。それはとても正視《せいし》できない姿だった。ルークはぎゅっと両のこぶしをにぎりしめた。自分にはこの写真をじろじろ見る権利《けんり》などない。すぐにもとにもどさなくては。手紙を折りたたみ、写真を取り出した順番に重ね、すべてをもとにもどしかけたとき、箱の中のなにかがルークの目にとまった。なにか小さくて明るいものが、しばった髪《かみ》の下にほどんど隠《かく》れるようにしてあった。ルークはまちがっていた。手紙が箱の中の最後の謎《なぞ》ではなかった。まだもうひとつあったのだ。ルークは唇《くちびる》を噛《か》み、手をのばした。

それは身元を刻印《こくいん》した銀の腕輪《うでわ》だった。

名前を読んでみた。

バーリー・メイ・ロバーツ

名前の下に電話番号があったのでルークは驚《おどろ》いた。その局番がどこのものかはわからなかったが、このあたりでないことはたしかだった。だが、不思議《ふしぎ》だった。こういう腕輪《うでわ》には、ペットの鑑札《かんさつ》とちがって電話番号を記さないのがふつうだったからだ。それに、バーリー・メイ・ロバーツという名前も不思議だった。これはミセス・リトルにちがいないとルークは思った。ミセス・リトルの名前がなんであるかルークにわかるわけがなかったし、ロバーツというのは旧姓《きゅうせい》かもしれなかった。だが、それにしてもこの名前にはどこかなじみがあった。どこかで聞いたことがある。それはたしかだった。

階下《かいか》で物音がしたので、ルークは体をこわばらせた。ミセス・リトルが廊下《ろうか》を階段《かいだん》のほうに向かって歩いてくる。ルークはあわてて出していたものを箱にもどし、箱を化粧台《けしょうだい》の上のもとの場所にもどした。

だが、ふと気づくと手にはまだ腕輪を持っていた。

どうしてそれを箱にもどさなかったのか、自分でもわからなかった。それからそのあとすぐに、どうして腕輪をポケットにすべりこませてしまったのか。どうしてミセス・リトルが部屋《へや》に入ってきたときに、化粧台のそばから移動《いどう》してベッドで眠《ねむ》っているナタリーのすぐ近くの床《ゆか》に腰《こし》を下ろし、まるでずっとそこにいたかのようなふりをしたのか。どうして、その夜遅《おそ》く、母さんが自室に引きあげたあとに、ベッドからぬけだしてインターネットのお気に入りの検索《けんさく》サイトを開き、バーリー・メイ・ロバーツという文字を打ちこんだのかも、わからなかった。

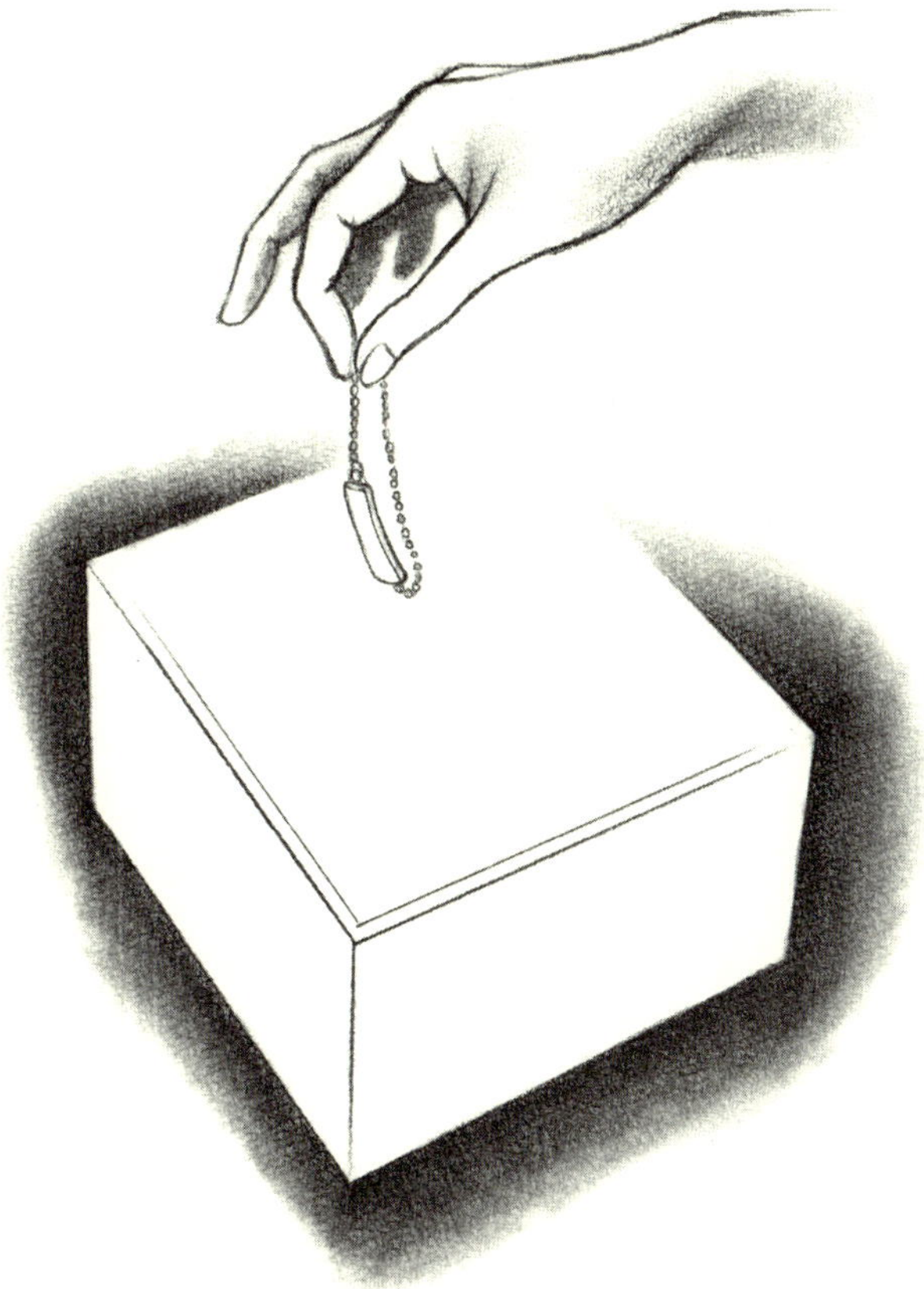

25

すぐにいくつかがヒットした。ルークは興奮《こうふん》に身をふるわせながら画面を食《く》い入《い》るように見つめた。「バーリー・メイ・ロバーツ」とルークはつぶやいた。「ほんとにいたんだね」

突然《とつぜん》、ルークは体をこわばらせた。だれかが肩《かた》のすぐそばにいて、自分を見つめている気配《けはい》がしたのだ。母さんが立っているのかと思って、くるっとふりかえった。が、部屋《へや》にはだれもいなかった。ほっとして肩の力をぬいたが、目はまだ自分の前の空間をさぐるように凝視《ぎょうし》していた。それから顔をしかめた。「父さんなんだね」とルークは小声でいった。「父さんだってことはわかってるんだから。感じるもの。前にも感じた。でも、どうして姿《すがた》が見えないの？」

部屋にはあいかわらずだれもいなくて静まりかえっていた。それでもルークには父さんがまだそばにいるのが感じられた。ルークは空間に向かってまた話しかけた。「全部見えてるんだね。ぼくにはわかるんだ」それからルークは笑《え》みを浮《う》かべた。「父さんもバーリー・メイ・ロバーツというのがだれなのか見つけだしたいんだ。オーケー」ルークは画面のほうに向きなおった。「いっしょにさがしだそう」
ルークは検索《けんさく》結果一覧《いちらん》に目を走らせた。最初のものはこう書かれていた。

バーリー・メイ・ロバーツ　オフィシャル・ウェブサイト

ここから始めるのがよさそうだ。ルークはそこをクリックし、息をひそめて待った。サイトが開くまですごい時間がかかっているように思われたが、突然《とつぜん》そのページが目の前に現《あら》われた。ナタリーの写真が出てきて、ルークは驚《おどろ》いた。まちがいなかった。小さな顔、黒い髪《かみ》、相手を信頼《しんらい》しきった笑顔《えがお》。ナタリーだ。ちがっているのは名前だけだった。だってこの子は結局のところナタリーではないのだから。これはバーリー・メイ・ロバーツという子だ。写真の下にそう書いてある。双子《ふたご》なのだろうか？　だが、なにかがルークにちがうと告げていた。この子は〈お屋敷《やしき》〉で会った少女だ。ルークにはわかった。ルークは画面をスクロールさせて読みすすんだ。

バーリーは十歳《さい》ですが知能《ちのう》は四歳児程度《ていど》です。行方《ゆくえ》不明になって二年になります。最後に目撃《もくげき》されたのは……

ルークは先を読みつづけた。まだふるえながら、そして父さんの気配《けはい》を身近に感じながら。サイトは小さなものだったが、この少女のことを物語るにはそれでじゅうぶんだった。この子の名前はナタリーではなくバーリー。名字《みょうじ》はロバーツ。ヘイスティングズに住んでいた。人なつっこくて相手をすぐに信用する。動物が好きで音楽が好き。よく笑う。知的障害《しょうがい》を持つ子どもたちのための養《よう》護《ご》学校に通っていた。そして二年前の運命の日、バーリーはどういうわけか両親から離《はな》れてしまい、気づかれないままどこかにさまよい出てしまった。それ以後姿《すがた》を見たものはひとりもいない。

バーリー・メイ・ロバーツ。ルークはどこでこの名前を聞いたかを思い出した。ニュースで聞いたのだ。警察《けいさつ》の捜索《そうさく》が最高潮《さいこうちょう》に達していたころに。だが、ルークはこの事件《じけん》にほとんど注意を払《はら》っていなかった。そのころは父さんが病気で、まもなく亡くなったからだ。ルークの気持ちはすべてそっちに向いていた。サイトはバーリーが盲目《もうもく》だということにも、両親が死亡《しぼう》したということにもまったくふれていなかった。それどころか、サイトの終わりにはぜひとも情報《じょうほう》をお願いします、と願う両親の写真が掲載《けいさい》されていて、その下にはメールアドレスと警察の担当者《たんとうしゃ》の電話番号が添《そ》えられていた。

ルークは腕輪《うでわ》をひっぱりだして、そこにある電話番号を調べた。サイトにのっている番号とはちがっていた。ロバーツ夫妻《ふさい》の自宅《じたく》の番号にちがいない。ルークはもう一度画面を調べた。バーリーはヘイスティングズに住んでいたらしい。ルークは電話帳《でんわちょう》をひっぱりだしてヘイスティングズの市外局番を調べた。腕輪に刻《きざ》んであるのと同じだった。バーリーの両親が、もし娘《むすめ》が迷子《まいご》になっても、見つけた人が連絡《れんらく》できるように自宅の電話番号を刻んでおいたのだ。だが、どうやらそれがうまく働かなかったようだ。ルークは椅子《いす》の背《せ》にもたれて、なにが起こったのか断片《だんぺん》をつなぎあわせようとした。だが、できなかった。ただひとつだけはっきりしていることがあった。ミセス・リトルはずっとルークに嘘《うそ》をついていたのだ。

「バーリー」そうつぶやきながら、ルークはもう一度女の子の写真を見つめた。「バーリー、バーリー、バーリー」ふとあることを思い出した。あの子がルークに向かって『甘《あま》い夢《ゆめ》』を口ずさもうとし、その曲の中になにが見えるとルークがたずねたときの返事を。あの子は「バーリー」といったのだった。それを聞いてルークは畑でそよぐ大麦《バーリー》のことだと思ったのだ。あの子は自分の名前をいっていたのに。ルークはミセス・リトルのことをまた思った。どれくらいのことをあの人は隠《かく》しているのだろうか？　そしてこの件《けん》であの人はどういう役割《やくわり》をはたしているのだろうか？

　ルークはこのウェブサイトからいったん出て、検索《けんさく》結果をすべて調べたが、新しいことはなにもなかった。どれも行方《ゆくえ》不明の少女をさがしているということを知らせ、オフィシャル・サイトと同じことを伝えているにすぎなかった。ルークはもう一度オフィシャル・サイトにもどり、ふたたびバーリーの写真をじっと見つめた。そうしているうちに、自分がなにをしなければならないかがわかってきた。女の子の両親に電話をしなければならない。勇気をふるい起こして電話するのだ。そんなにむずかしいことではない。自分の名前をいう必要はない。ただミセス・リトルの住所を教えて、そこにバーリーがいるといって電話を切ればいいのだ。ルークは時計を見た。夜中の十二時半だ。電話をするのにふさわしい時間とはいえないが、ロバーツ夫妻《ふさい》はこのような特別の事情《じじょう》なら文《もん》句《く》はいわないだろう。ルークはただ受話器を取りあげればそれでいいのだ。

　だが一時間後、ルークはまだその場にすわってためらっていた。もしこれがすべて裏目《うらめ》に出たらどうしよう？　バーリーの両親が気むずかしかったり、けんか腰《ごし》だったりしたらどうしよう？　写真で見るかぎりでは感じのいい人のようだが、娘《むすめ》がどこにいるか知っているという人間に対してどんな態度《たいど》に出るかは、まったくわからなかった。それに、いったんかかわってしまったら、もうあとにはひけないのだ。自分自身のことはほとんど話さないとしても、むこうは警察《けいさつ》に連絡《れんらく》し、警察は〈お屋敷《やしき》〉に行ってバーリーを見つけ出し、ミセス・リトルを逮捕《たいほ》するだろう。そうなれば、ミセス・リトルがルークの名前をしゃべってしまう。ミセス・リトルがルークのことをかばう理由などない。自分を裏切《うらぎ》ったのはルークだとわかるだろうし、そうなったらすぐにルークのことを密告《みっこく》するだろう。ルークが自宅《じたく》に押《お》し入《い》ったことを明かし、なんとしてでもルークの名誉《めいよ》を汚《けが》そうとするだろう。明日にもルークは警察署《けいさつしょ》に連行されて、尋問《じんもん》を受けることになるだろう。このことはみんなの知るところとなる。母さんも、ミランダも、ハーディング先生も、村じゅう、学校じゅうの人間が知ることになるだろう。とてもこの件《けん》にかかわったりなんかできない。

だが、例の女の子の写真がむりやりルークをこのような考えから引きもどした。ルークは画面上の顔を見つめかえした。その笑顔《えがお》はルークを非難《ひなん》しているように思えた。ふたたび父さんの気配《けはい》をすぐそばで感じたルークは、目の前の空間に向かって話しかけた。「わかってるよ、父さん、わかってるってば」

ルークは腕輪《うでわ》の電話番号をたしかめると、受話器を取った。心臓《しんぞう》がどきどきしている。受話器が汗《あせ》で手からすべり落ちそうだった。ルークは落ち着こうと努め、いうべきことを頭の中ではっきりさせようとした。電話の呼《よ》び出し音はいつまでも鳴りつづけていたが、ルークは待ちつづけた。だれも出ないでほしいと半《なか》ば願いながら。やがて女性《じょせい》の声が聞こえてきた。

「もしもし?」

小さな、疲《つか》れた声だったが、感じの悪い声ではなかった。ルークは話そうとしたが、どうしても声が出てこなかった。

「もしもし?」むこうの声がくりかえした。

ルークはもう一度声を出そうとした。話さなければ。なんとしても話さなければならなかった。

「悪いんですけど」と相手の声がうんざりした口調《くちょう》でいった。「無言《むごん》電話の相手をするようなひまはないんですよ。そういう電話はもうたくさんです。どうも」

「待って!」とルークはいった。

沈黙《ちんもく》が流れた。深く、張《は》りつめた沈黙だった。それからまた女性《じょせい》の声がいった。

「どなたですか?」

もう一度なんとか話そうとして、ルークは大きく息を吸《す》った。女性がため息をついた。

「なにかいうことがあるんでしたら、いってください。ないんだったら、切りますよ。いま午前一時半ですよ。ゲームの相手をする気分にはとてもなれませんから」

それでもルークはしゃべれなかった。なんとか話そうと努力したが、どうしようもなかった。父さんの気配《けはい》がさらに近くで感じられた。

「おやすみなさい」と女性がいった。

「待って! どうか切らないで」

また沈黙が流れたが、電話を切るガチャという音はしなかった。ルークは深呼吸《しんこきゅう》をして、ふたたび口を開いた。

「ミセス・ロバーツですか?」

「わたしがだれであろうが、あなたになんの関係があるの?」

「お願いですから。そうなんでしょ?」

「わたしがだれであろうが、あなたには関係ないことです。なんの用なんですか?」

「バーリーのことです」

また沈黙《ちんもく》が流れた。やがて女性《じょせい》がまたしゃべったが、その声はもはやいらいらしてはおらず、慎《しん》重《ちょう》なものに変わっていた。「バーリーのどんなことなんですか?」

「どこにいるか知ってるんです」

もう一度沈黙が流れた。相手がどう対処《たいしょ》しようかと考えているのがルークにも感じられた。それから突然《とつぜん》、この女性がどうして自分のことをこれほどまでに疑《うたが》っているのかにも思いいたった。バーリーが行方《ゆくえ》不明になって以来、数えきれないほどのいたずら電話を受けてきたにちがいないのだ。最小限《さいしょうげん》のことしかいうまいと決心していたにもかかわらず、ルークはこの女性を安心させてあげたい衝動《しょうどう》にかられた。

「聞いてください」とルークはいった。「これはいたずら電話じゃありません。いいですか? ほんとうにあの子がどこにいるか知ってるんです。だから、ちゃんと聞いてください。ただ、この電話を逆探知《ぎゃくたんち》しようとしたりしないように。そうできないようにしてますが、こちらも身を守るにはしかたがないんです。あなたたちに協力することはできるけれど、警察《けいさつ》にはかかわってほしくないので」

「あの子はどこにいるんです？」と相手の女性《じょせい》はいった。緊張《きんちょう》し、こわがっている声だった。

「あの子は安全です。安全だってことは保証《ほしょう》します」

「でも、いったいどこにいるんですか？」

「あの子は……あの子は、あの子のことをとても愛しているある人が面倒《めんどう》を見ています」

「だれです？」

ルークはあせる思いをコントロールしようとした。落ち着かなければ。口にするひと言ひと言に気をつけなければならない。自分をあまり危険《きけん》にさらさずにバーリーを両親のもとに返せそうな方法が見えかけていた。だが、それには正しくことを運ばなくてはならなかった。それにいま自分の中でうるさく頭をもたげてきた質問《しつもん》にも答えを得なければならなかった。

「ミセス・ロバーツ——あなたをミセス・ロバーツと考えることにします——バーリーには他に身内がいますか？」

「なんですって？」

「他の身内ですよ。だれかいますか？」

「それがいったいなんだっていうの？」

「とにかく教えてください。お願いだから」

「ブロードステアズにおじがひとりいます。それからここ、ヘイスティングズにおばがひとり。そんなことがどうして重要なんですか？」

「他にはだれもいませんか？　他の親戚《しんせき》は？」

「いません」

「おじいさんやおばあさんも？」

「いいえ。祖父母《そふぼ》はあの子が生まれる前にみんな亡《な》くなりました。お願い……どなたかは知りませんが……あの子はわたしたちの娘《むすめ》なんです。あの子は――」

「わかりました。あなたたちに協力します。約束します。ぼくは味方です。ただ……」先方が耳を澄《す》ましているのを感じ、ルークはつづけた。「少しややこしいんですよ」

「どうして？」と相手の女性《じょせい》はいった。「どこが？　バーリーはわたしたちのものです。他のだれのものでもありません。あの子はわたしたちの娘なんです」

「わかっています。よくわかりますよ。ただ……」状況《じょうきょう》が自分でコントロールしきれなくなってきているのをルークは感じた。もう一度冷静になろう、いうべきことを考えようと思った。「あなたたちに協力しますから、ぼくのいうことを聞いてください。お願いですから、最後まで聞いてください」

電話のむこう側から別の声が聞こえてきた。そばで男性の声が、ルークにではなく女性に向かってなにかいっている。「バーリーのことなのよ」と女性がささやいていたが、息をのむ音がルークにも聞こえた。

「ミセス・ロバーツ？　ぼくはあなたたちに協力したいんですよ……」ルークはナタリーとしてしか知らない少女のことを思った。「バーリーを助けたいんですよ。だけど、そのためにはこちらがいうとおりのことをしてもらわないといけないんです。それから、知っておいてもらいたいことが他にもあるんです」

ルークは夫妻《ふさい》のどちらかが話すのを待っていたが、なんの声も聞こえてこなかった。ルークは深《しん》呼吸《こきゅう》をしてからもう一度口を開いた。

「あの子は目が見えないんです」

「なんですって！」と女性《じょせい》が叫《さけ》んだ。

ルークが答えるより早く、男性が受話器をつかんでどなった。

「あの子になにをしたんだ？」

「ぼくはなにもしてませんよ」

「おまえはいったいだれなんだ？」

「ぼくがだれかはどうでもいいんです。とにかく――」

「なにがあったんだ？　あの子はどこにいるんだ？　おまえはなにを……？」

男性の言葉は女性の懇願《こんがん》するような声でところどころとぎれた。落ち着いて、受話器を返してと頼《たの》んでいる声だった。だが男性は電話に向かってどなりつづけた。「おまえがいったい何者で、なにをやったか、なにを知っているのかわからんが、これだけはいっておく。そのうち報《むく》いを受けるからな。おまえに正気《しょうき》か、良心のかけらでもあるんだったら――」

「だまれ！」ルークはできるかぎりするどく相手の言葉をさえぎった。こちらもどなりかえしたかったが、母さんを起こさないよう必死で声をおさえた。とにかく相手の言葉の流れを止めることはできたようだ。「お願いです。ぼくのことを信じてもらわないと。ぼくは協力しようとしているんだから」と急いでいった。

女性《じょせい》が受話器を返してと男性をせっついている声がまだ聞こえてきた。しばらくして電話のむこうでふたたび心配そうな女性の声がした。

「はい」だがルークは体がふるえているのを感じた。「まだそこにいらっしゃる？」

と考えた。男性の怒《いか》りはぞっとするほどだった。この件《けん》に深入《ふかい》りしていっていいのだろうか、のだろうか？　そのとき、また女性の声が聞こえた。

「お願い……わかってください……この件ではひどい思いをしてきたんです。あなたのいうことがほんとうなのか、わたしたちにはわかりません。あなたのいうとおりなのかもしれないし、そうでないのかもしれない。あなたもひょっとしたら、こんないたずらをして、人を悲しませておもしろがる人のひとりなのかもしれない」

「ちがいますよ」

「それに、今度はあの子が目が見えないなんていわれて。ああ、なんてことを……」

女性の声が消え入《い》り、泣き声が聞こえてきた。ルークはまたバーリーのことを思った。あの子の悲しみ、悲鳴、涙《なみだ》、孤独《こどく》、混乱《こんらん》した記憶《きおく》のことを。それからあの子がいま生きている、なにも見えない世界のことを。ルークは電話のむこうの女性の泣き声に耳を傾《かたむ》けた。しばらくすると、男性の泣き声も聞こえてきた。先ほど感じた疑《うたが》いは薄《うす》れはじめたが、それでもまだ油断《ゆだん》はできなかった。

ルークはふたりが落ち着くまで待ち、ふたたび口を開いた。

「ミセス・ロバーツ？」

「はい」

「これはほんとうのことなんです。約束します。すべてうまくいきますから。もしあなたたちがぼくを信用してくれれば」

「どうやって信用できるっていうんですか？　あなたがあの子にほんとうに会ったかどうかもわからないというのに。全部作り話かもしれないじゃないですか。あの子の写真はウェブサイトにのっていています。あの子の特徴《とくちょう》をいわれたって、嘘《うそ》をついているのかどうか、わたしたちには知りようがないんですよ」

ルークは目を閉《と》じ、夜のざわめきに耳を澄《す》ました。そして、衝動的《しょうどうてき》に自分もハミングを始めた。バーリーが大好きなあの曲を。これがこの女性《じょせい》になにかを意味するのか、ルークにはわからなかった。だがそれを聞いたとたんに、女性はまた泣きだした。

「ああ、ひどすぎるわ」と女性はいった。「この曲を知ってるんですか？」

ルークはハミングするのをやめた。

「知ってるとわかっているくせに」

「そんなことありませんよ。ただバーリーがこれを大好きだってことは知ってます。あの子がこれを口ずさもうとしているのを聞きました」自分自身の記憶《きおく》とごっちゃになり、ルークはためらった。

「教えてくれませんか……どうしてこれがあの子にとって特別の曲なのか？」

「あの子がおなかにいるときに、よくこの曲を弾《ひ》いていたんです」女性はまだ泣いていたが、多少落ち着いてきたようだ。「わたしが妊娠《にんしん》した直後に、夫《おっと》とピアノのリサイタルに行ったんです。ピアニストの名前は……覚えていませんが……」言葉がとぎれ、背後《はいご》で男性《だんせい》がしゃべった。

「スタントンだ」

ルークは全身にするどい痛《いた》みが走るのを感じた。父さんの気配《けはい》が包みこむようにぐっと近づいてきた。

「そう、そうです」と女性はつづけた。「マシュー・スタントン。その人はいろんな曲を弾《ひ》きました……でも、いちばんよく覚えているのは……チャイコフスキーの曲です。『子どものためのアルバム』から全曲弾いた中で、『甘《あま》い夢《ゆめ》』というのがいちばん気に入ったんです。でも、曲名がわからなくて……」女性は鼻をすすりあげ、鼻をかんだ。「で、コンサートが終わってからピアニストの楽屋《がくや》に行って、曲名をきいたんです。その人の前で歌ってみせて。でもどの曲のことをいっているのか、その人はわかってくれました」もう一度鼻をかみ、話をつづけた。話しながらもまだ鼻をすすっていた。「すごくいい人でした。自分でも弾けるように、楽譜《がくふ》のコピーを送ってあげるといってくださったんです。で、わたしたちの住所をわたすと、中にすてきなメッセージを書き入れた楽譜を、一冊《さつ》全部送ってくださったんです。ほんとうに親切な方でした。二年ほど前にその人が亡《な》くなったと聞いて、残念でたまりませんでした」女性はため息をついた。「そんなわけで、妊娠中にわたしはこの曲を弾いてバーリーに聞かせていたのです。何度も何度も。そしてあの子が生まれてからも。他の曲も弾きました。あの子はピアノの音を聞くのが大好きでしたから。でも『甘い夢』がいちばんのお気に入りでした。あの曲はあの子にとって特別のものなんです。なぜだかはわかりません。あの子にぴったりくるものがなにかあの曲にはあったんです。眠《ねむ》れないときでも、あの曲を聞けば心が落ち着くようでした」

長い沈黙《ちんもく》が流れた。やがてルークが口を開いた。「あの子にあの曲を弾《ひ》きつづけてあげてください。あの子があなたのもとにもどってきたら」

これを聞いて、女性《じょせい》はまた泣きくずれた。ルークは電話のむこうの泣き声に耳を傾《かたむ》けていたが、しばらくすると男性が電話のむこうでしゃべりだした。先ほどのようにどなってはいなかった。その声は冷静で深刻《しんこく》だった。

「どうすればいいのかいってくれ」と男性はいった。

26

ルークは教会の塀《へい》の後ろの、いつもの隠《かく》れ場所からスクールバスを見張《みは》っていた。他の生徒たちは乗りこんでいったが、スキンとダズはまだきょろきょろしながらドアのあたりをうろついていた。ルークをさがしているのだ。ルークは頭をできるだけ低くしながら、見張りをつづけた。スピードが広場のむこうの端《はし》に姿《すがた》を見せた。朝食の残りと思われるものを食べながら、バスに向かってよたよたと走ってくる。スピードがたどり着くと、三人でしばらくしゃべっていたが、それからそろって広場を見わたした。

ルークは塀の下に頭をひっこめた。今日だけはあいつらに見つかるわけにはいかない。バスが出ていく音が聞こえるまで、このまま待とうと心に決めた。ぺたんと地面に腰《こし》を下ろすと、塀にもたれ、墓石《はかいし》のほうをながめながら待った。朝の日差しはすでに暑く、空には雲ひとつなかった。ひどく暑い日になりそうだった。

しばらくするとバスがエンジンをふかす音が聞こえてきたが、ルークは塀の後ろに隠れたままじっとしていた。バスが発車し、広場を横切り、店をすぎていった。ルークはだんだん小さくなっていくエンジンの音に耳を澄《す》ましていた。それから広場で人の話し声がしないか耳をそばだてた。だが、なにも聞こえなかった。さらに耳を澄ましたまま二、三分待ち、それから立ちあがり、塀《へい》のむこうを見てみた。広場にはだれもいなかった。スキンたちは学校に行ってしまったので、今日一日顔を合わせずにすむ。これで問題がひとつ解決《かいけつ》したわけだ。今日も学校をずる休みしたことがばれたときに母さんやサール先生になんというかという別の問題があったが、それはあとで考えるしかない。

ミス・グラッブの店のドアが開いているかもしれないので、ルークは広場を横切るという危険《きけん》は冒《おか》さず、この前と同じ道を通った。小道ぞいに行って〈ストーニー・ヒル荘《そう》〉を通りすぎるルートだ。ロジャー・ギルモアは作業場でなにやらいそがしそうに働いていたが、ドアは閉《し》まっていたので、見られずに簡単《かんたん》に通りすぎることができた。まもなくルークはナット・ブッシュ通りの突《つ》き当たりまでやってきて、〈お屋敷《やしき》〉へと通じている小道を見おろした。窓《まど》から姿《すがた》を見られたり物音を聞かれたりしないように道の端《はし》っこに移動《いどう》してから、母さんの携帯《けいたい》電話と、ゆうべあの女性《じょせい》から聞いた番号を書きつけた紙をポケットから取り出した。最初の呼《よ》び出し音で男性が出た。「はい？」

「ミスター・ロバーツですか？」

「はい」

「ぼくです」

「そうだと思った」

「いまどこにいますか?」

「指示《しじ》されたところ、高速のサービスエリアだ。次にどうすればいい?」

「車の中に何人います?」

「わたしと妻《つま》だけだ」

「警察《けいさつ》がいっしょじゃないでしょうね。つまり、まさか——」

「いいか」と男性《だんせい》がさえぎった。「われわれはヘイスティングズから夜《よ》どおし車を運転してここまで来たんだ。へとへとに疲《つか》れているし、ぴりぴりしている。ここでいいあったりしたくないし、ゲームをしにここまでやってきたわけじゃないんだ。ただ娘《むすめ》がほしいだけなんだよ。すべてきみにいわれたとおりにした。警察には連絡《れんらく》しなかったし、だれにもこのことは話してない。きみの電話番号を逆探知《ぎゃくたんち》しようともしなかった。きみの名前も知らないし、知りたくもない。きみがわれわれに会いたくないのと同じように、われわれだってきみに会いたくない。ただバーリーを取りもどしたいだけなんだ。いいかい? きみのいうことはなんでもする。だからわれわれをもてあそぶのはやめてくれ。次になにをすればいい?」

「この地域《ちいき》の地図は持ってますか?」

「だからいっただろう!」男性がどなった。「きみがしろということはすべてやったんだ!」

腹《はら》を立てている男性の声を聞いて、ルークはかっとなった。そのとき背後《はいご》であの女性がせっぱつまった様子で夫《おっと》にささやいているのが聞こえてきた。「落ち着いて。落ち着くのよ。あの人にどなったりしないで」

沈黙《ちんもく》が流れ、それからふたたび男性《だんせい》がしゃべった。さっきよりはいくぶんいらだちをおさえている。

「地図はある」

「オーケー」バーリーをこの男性にわたしてだいじょうぶなのかという、ふたたび感じはじめた不安と戦いながらルークがいった。〈お屋敷《やしき》〉の方角にちらりと目をやった。「いいですか。次の段《だん》階《かい》は少し時間がかかるかもしれません。いまからあの子を置いておく場所を指示《しじ》します。そこはあの子がいまいる場所からは離《はな》れているから、その場所を突《つ》き止めようなどとは思わないで――」

「その話はすんでいる」と男性が話を中断《ちゅうだん》した。「いいかげんにしてくれ。その話はもうすんでいるじゃないか」

「わかった。わかりました」ルークはゆっくりと息を吸《す》いこんだ。「ブランブルベリーという場所をさがしてください。ほんの小さな村だから地図にのってないかもしれない。でもセッジコムという村が地図にのっているはずですから、そこから三、四キロほどいったところです」

「その村はどこにある？」

「あなたがいまいるところから二十キロほど行ったところです」

「わかった、だがどっちへ？　北か、南か、東か、西か。地図のどっちを見ればいいんだ？」

ルークは男性に方角を教え、男性は張《は》りつめた沈黙の中でじっとそれを聞いていた。

「それからどうする？」ルークが話しおえると男性がいった。

「またこちらから電話をするまでそこで待っていてください。いいですか？　ブランブルベリーに行って、そこで待つ。いまは携帯《けいたい》の電源《でんげん》を切ってバッテリーを節約しておいてください。ブランブルベリーに着いたらもう一度電源を入れてください。次の段階《だんかい》の用意ができたらこちらから電話します」

「それはいつごろだ？」

「わかりません」

「おい、いったいどういうつもり――」と男性《だんせい》がいいかけた。

「なんだと」ルークはどなった。「そっちこそどういうつもりだよ！」なんとか自分をコントロールしようと深呼吸《しんこきゅう》をしたが、うまくいかなかった。ルークは怒《いか》りにわれを忘《わす》れていた。「おれはあんたたちを助けようとしているんだぜ。いいか？　おれは敵《てき》じゃない。だからおれをそんなふうに扱《あつか》うのはやめろ。とにかく……とにかく……」

やさしく話しかける女性の声が聞こえてきた。「ありがとう。あなたがだれだっていいんです」

「おれは敵じゃない！」ルークは電話に向かってどなった。

「わかっています」

「ちがうんだ。敵じゃない！」

「あなたが敵じゃないことはわかっています。だいじょうぶよ。わかっているから」女性の声は落ち着いていて、母親らしい響《ひび》きがあった。一瞬《いっしゅん》、ルークのことを心配してくれているようにさえ聞こえた。女性は同じ物静かな声で話をつづけた。「わたしたちに怒《おこ》らないで。お願いだから。あなたがバーリーによくしてくれていることはわかりました。でも、わたしたちは動転《どうてん》していて、疲《つか》れていて、それにすごくこわいんです。だから話し方にまで気が回らないときもあるんですよ」

ルークはもう一度ゆっくりと息を吸《す》いこんだ。女性《じょせい》はまた話しだした。

「わたしたちはあなたが行けというところまで行きます。そこであなたが電話をかけてきたら、そのときにお話しします。すべてあなたのいうとおりにしますから」そこでいったん言葉を切ってから、最後に付け加えた。「気をつけて」

そのひと言にルークはびっくりした。こんなことになれば、ぴりぴりして用心深くなるのが当然だと思っていた。おそらくは怒《いか》りも感じているだろう。まさかこちらの安全を気づかってくれるなどとは思ってもいなかった。なんと答えていいのかわからなくて、どうにかこういっただけだった。

「じゃあ、電話を切ります」

「わかったわ。あとで話しましょう」と女性はいった。

女性の声が一度だけ揺《ゆ》らいだ。


ミセス・リトルは玄関《げんかん》のドアを開けて、ルークの顔を見たとたんに、ほっとした様子を見せた。

「よかった。来てくれたんだね。夜まで来てくれないと思っていたよ。あの子がまたたいへんな状《じょう》態《たい》でね。学校はさぼったのかい？」

だが、ミセス・リトルはルークの答えも待たず、背中《せなか》を向けると居間《いま》のほうに進んでいった。ルークはあとをついていきながら、両手がぴくぴくふるえるのを感じた。女の子はまだ寝間《ねま》着姿《きすがた》のままソファで丸くなっていた。今回は悲鳴をあげるのではなく、鼻をぐずぐずいわせたり悲しそうなうめき声をあげたりしている。顔じゅう涙《なみだ》でぐじゃぐじゃだ。ルークは戸口で立ち止まり、ナタリーと呼《よ》ばなければいけないことを思い出しながら女の子を見おろした。それからミセス・リトルのほうをちらりと見た。こちらもひどい様子だった。女の子が苦しんでいるのだとしたら、ミセス・リトルもそうだった。この人は今回の事件《じけん》でいったいどういう役割《やくわり》をはたしたのだろうか、とルークはまた思った。それから、バーリーを失ったらこの人はどうなるのか、とも。だが、いまはそんなことにかまっている場合ではなかった。考えなければならないのはこの女の子のことなのだ。それに集中しなければならなかった。正しくことを運ばなければならない。もしミセス・リトルがひとつでも疑《うたが》いを持ったら、なにが起こるかわからない。

「やあ、ナタリー！」とルークは明るくいった。

女の子はすぐにぐずぐずいうのをやめて、ドアのほうに顔を向けた。

「やあ」そういいながら、ルークは歩いていって、ソファのそばにかがみこむと女の子の片方《かたほう》の手を取った。ドアのそばからミセス・リトルが熱心にこちらを見ているのを感じたが、目は女の子から離《はな》さなかった。「ナタリー？　ぼくのこと覚えてる？」

女の子は鼻をすすり、あいているほうの手をルークの顔のほうにのばした。それから指でルークの顔の輪郭《りんかく》をなぞりながら左耳まで持っていった。そしてくすくす笑った。ルークも笑った。

「おかしな耳。きみもおんなじだよ」ルークは手をのばしてやさしく女の子の左の耳たぶをはじいた。女の子はまたくすくす笑った。ルークが『甘《あま》い夢《ゆめ》』を口ずさみはじめると、女の子の態度《たいど》が急に変わった。動揺《どうよう》はすでにおさまっていたずらっぽいそぶりを見せていたのが、今度は静かになった。身じろぎもしないほど静かに。女の子の目からまた涙《なみだ》があふれてきた。ルークが軽く女の子の手をにぎると、女の子も小さくにぎりかえした。目の前で体を丸くして横になっている女の子を見つめながら、ルークは視力《しりょく》を奪《うば》われ、記憶《きおく》を奪われたこの子の苦しみを考えていた。それからそばで立っているミセス・リトルのこと、ここでなにがあったのかを解《と》く鍵《かぎ》のこと、そして悪夢《あくむ》がもうすぐ終わりますようにと祈《いの》りながら高速道路を運転している、不安でいっぱいのふたりの人のことを。

ルークはバーリリーの体の下に両腕《りょううで》をそっと差し入れてやさしく自分のほうに引き寄《よ》せた。バーリリーは抵抗《ていこう》しなかった。それどころか、抱《だ》かれたいと思っているかのようにわずかに体《かか》をルークのほうに向けた。例の曲を口ずさみながら、ルークはバーリリーをきちんと自分の胸《むな》もとで抱えると、慎《しん》重《ちょう》に立ちあがった。バーリリーを抱きあげるのがどれほど簡単《かんたん》なことか、ルークはあらためてびっくりした。まるで空気みたいに軽い。精霊《せいれい》を抱いているみたいだ。いまではバーリリーも口ずさんでいた。前と同じように調子っぱずれだが、お母さんのおなかにいたときに弾《ひ》いてもらっていた曲のことを考えているのは明らかだった。

ルークはバーリリーを抱えて窓辺《まどべ》まで行った。ふたりともまだハミングをしている。そこでしばらく立ち止まり、庭のむこうの森を見つめた。それからルークは部屋《へや》のほうをふりかえった。ミセス・リトルがまだその場に立ってこっちを見ていた。その顔には安堵《あんど》とうらやましさの両方の表情《ひょうじょう》が浮《う》かんでいた。

「あんたはほんとうに魔法《まほう》の手を持ってるんだね」ミセス・リトルはしぶしぶ認《みと》めるようにいった。

それからため息をついた。「ほんとにわからないんだよ。ゆうべはほとんどだいじょうぶだったんだ。ナタリーはあんたが帰ってからもずっと眠《ねむ》ってたんだよ。でも、朝の五時半ごろになって目を覚まして、うめいたり泣いたりしはじめたんだよ。どうしてもやめさせることができなかった。あの子がなんでこういうふうになってしまったのか、わからないんだよ」

それはこの子があんたのものじゃないからじゃないか、とルークはどなりたかった。両親や友だちがいなくてさびしがっているからじゃないか。目が見えないからじゃないか。この子の家はここじゃないからじゃないか。この子が不幸で、なにがなんだかわからないからじゃないか。お母さんが弾《ひ》いてくれた曲のことをずっと思い出しているからじゃないか。そしてこの子はそれを表現《ひょうげん》できず、あんたに伝えられないからじゃないか、と。

だが、ルークが口にしたのはこれだけだった。「なにか飲み物を作ってくれないかな？　ナタリーもなにか飲みたがってるかもしれないし、おれはとにかくそうなんだ」

「オレンジジュースを持ってくるよ」

「なにか温かいもののほうがいいんだけどな」

ミセス・リトルは警戒《けいかい》したようにルークを見た。ルークはしっかりとミセス・リトルの顔を見たまま、もう一度いった。

「なんでもいいよ。紅茶《こうちゃ》でも、ココアでもなんでも」

なんということはない頼《たの》みのはずだ。なんということはない、ごくふつうのことだ。それなのにどうしてミセス・リトルはぼくのことを疑《うたが》わしそうに見ているんだろうか？　声か態度《たいど》からなにかばれたのだろうか？　そのときミセス・リトルが肩《かた》をすくめた。「ココアを作ってくるよ。ナタリーが好きだから」

「よかった。おれのには砂糖《さとう》を入れてね」

ミセス・リトルがもう一度ルークを警戒《けいかい》したように見たので、さりげなくいったのが逆効果《ぎゃくこうか》だったのだろうかと心配になってきた。ミセス・リトルの視線《しせん》を避《さ》けるように、ルークはバーリーのほうに向きなおり、頭を下げてバーリーと鼻と鼻をくっつけあった。バーリーが小さくくすくす笑ったのでルークはもう一度鼻をくっつけた。それから例の曲をもう一度口ずさみはじめた。

ミセス・リトルは動かなかった。

自分の中で緊張《きんちょう》が高まってくるのをルークは感じた。どうして部屋《へや》から出ていかないんだ？　どうしてぼくをあんなふうにじっと見ているんだ？　そのときミセス・リトルが口を開いた。「スプーン何杯《ばい》だい？」

「なんだって？」

「前にもいっただろ」ミセス・リトルがきびしい声でいった。『なんだって』っていわれるのは嫌《きら》いだって」

「ごめん――もう一度いってもらえますか？」

「砂糖はスプーン何杯ほしいんだい？」

「ああ、二杯。です。どうも」

それからルークはバーリーを抱《だ》いて部屋を歩きまわりながら、ハミングしつづけた。ミセス・リトルはまだしばらくルークを見ていたが、やがてきびすを返して廊下《ろうか》に出ていった。ルークはほっとした。歩いていくのをずっと見ていた。台所に入るのも見た。ミセス・リトルがドアを閉《し》めるかどうか見とどけるために待っていたのだ。だがドアは閉めなかった。ミセス・リトルの立っている場所からは、廊下ごしに居間《いま》が見わたせた。だがやかんを手にしたミセス・リトルは、流しでやかんに水を入れるためにじきにあっちを向くはずだ。ルークはバーリーを見た。まるでもうけっして離《はな》したくないというふうにルークにしっかりしがみついている。ルークはもう数キロのところまで来ているバーリーの両親のことを思った。父さんのことを思った。そしてみんなの人生にずっと流れているあの曲のことを思った。

バーリーが静かにしていてくれるのがありがたかった。いまこそがその瞬間《しゅんかん》だったからだ。ミセス・リトルは流しのほうを向いていた。蛇口《じゃぐち》の上にかがんでいる。いまだ。二度とチャンスはないだろう。ルークはバーリーを胸《むね》にしっかりと抱《だ》いたまま、忍《しの》び足で居間から出た。そして体の向きを変えると、台所のほうは見ずに、できるだけそっと玄関《げんかん》のほうに歩いていった。自分を呼《よ》ぶ声はなかった。廊下に響《ひび》いてくる足音もなかった。玄関のドアを開けた。カチッと音がしないように、入ってきたときに玄関のドアを少し開けたままにしておいてよかった。それからドアは閉めずに、こっそり門を出て森へとつづく小道に出た。森に入ると、バーリーが目を大きく開けてぱっと顔を上げたので、また目が見えるようになったのかと思いそうになった。屋根のような枝葉《えだは》のすきまから一条《いちじょう》の日の光が差しこんで、バーリーの顔を照らしていた。ルークはポケットから腕輪《うでわ》を取り出し、バーリーの手首にはめた。それからかがみこんでバーリーの額《ひたい》にキスをした。

「おうちに連れていってあげるよ、バーリー」とルークはいった。

27

ルークはバーリーを森の奥深《おくふか》くに運んでいった。途中《とちゅう》でだれか歩いている人に会いませんように、と祈《いの》りながら進んだが、だれにも会わなかった。まるで森が自分たちだけのもののようだった。バーリーはだまっていた。頭はルークの胸《むね》に押《お》し当てていたが、目は大きく見開いたままだった。まるで張《は》り出した枝《えだ》ごしに揺《ゆ》れる木《こ》もれ日《び》に見とれているかのように。バーリーは信じられないほど軽かった。ルークの腕《うで》の中で浮《う》いているみたいだった。バーリーは突然《とつぜん》顔を上に向けて目を細めた。

「だいじょうぶかい?」とルークはいった。

バーリーは答えなかった。この子は自分の身に起こったすべてのことを、そしていま自分の身に起こっていることを、どういうふうに理解《りかい》しているのだろうか、とルークは思った。ウェブサイトで見た言葉を思い出した。バーリーは十歳《さい》ですが知能《ちのう》は四歳児程度《ていど》です。行方《ゆくえ》不明になって二年になります——この子はいまどう感じているんだろう? なにを覚えているんだろう? 自分が連れ去られた日の記憶《きおく》はあるのだろうか? と、バーリーが突然しゃべった。あまりに小さな声だったのでほとんどささやきのようだった。

「森」

「なんていったんだい、バーリー？」

「森」バーリーは頭をゆっくりと左右に動かした。まるで自分のまわりの森を見わたしているようだ。ルークはためらったが、やがて左手をバーリーの目の前にかざした。バーリーは気づいていないようだ。やはりなにも見えてはいないのだ。そのときバーリーがまた口を開いた。

「森」

「森が見えるの？」

「森が聞こえる」

「森が聞こえる？」

「森が聞こえる」

ルークは立ち止まったまま耳を澄《す》ました。森は静まりかえっていた。モリバト一羽鳴いていない。それなのにどうしてバーリーには、ここが野原や、教会の敷地《しきち》や、人気《ひとけ》のない道ではないとわかるのだろう？　森のにおいのせいかもしれない。

「森が聞こえる」バーリーはまたいった。「森が聞こえる」

ルークはバーリーに顔を寄《よ》せて『森の静けさ』を口ずさみはじめた。

「これを覚えてる、バーリー？」とふたたび歩きながらいった。「前に弾《ひ》いてあげた曲だよ」

バーリーはなにもいわず、ただもう一度頭をルークの胸《むね》に押《お》しつけた。ルークはハミングしながら歩きつづけ、あの古いオークの木のところに来て初めて止まった。古い友だちのもとにまたもどってこられたのはいい気持ちだった。それにずっとバーリーをここに連れてきたかった。ここはルークにとって特別の場所だから、バーリーと分かちあいたかったのだ。ルークは腕《うで》の中のバーリーをあやしながら、腰《こし》を下ろした。そして木の幹《みき》にもたれた。頭上高いところで屋根のように空をおおった枝《えだ》が風にそよいでいる。ルークはハミングをやめてバーリーの顔をもう一度見た。いま目は閉《と》じられていて、まるで眠《ねむ》っているように見えた。だが、そのときバーリーが口を開いた。

「バーリー」とつぶやくようにいった。「バーリー」

「きみの名前だよ」そういってルークはバーリーの髪《かみ》をなでた。「それがきみなんだよ。バーリー。きれいなバーリー。きれいなバーリー・メイ・ロバーツ」

「おばあちゃんはどこ？」

あの老女はいまなにをしているのだろう、なにを考えているのだろう、どんな気持ちでいるのだろう、とルークは思った。想像《そうぞう》できなかった。いまではルークが女の子の正体《しょうたい》を突《つ》き止めたことに気がついたはずだ。きっとルークがバーリーを警察《けいさつ》に連れていったと思い、警察がまもなく〈お屋《や》敷《しき》〉にやってくると考えているのだろう。ミセス・リトルが早まったことをやりませんように、とルークは願った。が、いまはミセス・リトルのことまで考えている余裕《よゆう》はなかった。それよりもまずしなければならない、ずっと大事なことがあった。ルークは注意深くバーリーを下ろして、背中《せなか》がオークの木の幹にもたれるような形にすわらせた。それからバーリーの手を取った。「おばあちゃんは近くにいるよ。おばあちゃんはきみのことが大好きなんだよ。ぼくがきみのことを大好きなようにね。わかった、バーリー？」

バーリーはもう一度頭を右へ左へと動かした。目はずっと閉《と》じたままだ。

「まだ森が聞こえるの？」とルークはいった。

「森が聞こえる」

「少しここにすわっていよう。森の声を聞いていようね」バーリーは満足しているようで、頭をオークの木の幹《みき》にもたせかけさえした。ルークはしばらくバーリーを見守っていたが、それからできるだけそっと立ちあがった。バーリーは身動きせず、頭をルークのほうに向けることもしなかった。ルークが動いたことに気づいていないようだ。ルークはさらにしばらくバーリーの様子を見て、目を離《はな》さないようにしながら忍《しの》び足で森の空き地の反対側に移動《いどう》した。そして携帯《けいたい》電話を取り出すと番号を押《お》した。前のときと同じく、相手はすぐに出た。だが、今回はミセス・ロバーツだった。

「はい？」

「ぼくです。ブランブルベリーに着きましたか？」

「ええ」

ミセス・ロバーツの声は落ち着いていたが、その声はすぐ下に緊張《きんちょう》をはらんでいるのをルークは感じた。

「どこにいるんです？　つまり、その村の中の」

「大きな白い門のある茅《かや》ぶきの山荘《さんそう》の外です。放牧場があって――」

「わかりました。どっちを向いています？」

「はい？」

「どっちの方角を向いていますか？」

「ああ、なるほど」平静をよそおっている女性《じょせい》の声の下にふたたび緊張《きんちょう》が感じ取れた。「ちょっと待ってください。地図で調べますから」その後しばらく間《ま》があった。それから「ウェドバーンの村のほうを向いています」

「じゃあ、ぐるっと回って反対側を向いてください」

「アッパー・ディントンの方角ですか？」

ルークは自分の住んでいる村の名前を耳にして体をこわばらせた。いままでこの名前が会話の中で出ないようにと願っていたのだが、こうなったらしかたがなかった。

「はい。その方角に一キロ半ほど進んでください。森の端《はし》っこに沿《そ》って移動《いどう》することになります」

「バックランドの森ですね？」

「そうです」ルークはそういったが、またなじみの名前を聞いて居心地《いごこち》が悪くなった。「その道路を左側に待避《たいひ》所《じょ》のあるところまで進んでください。キンポウゲがいっぱい咲《さ》いている原っぱのそばだから、すぐにわかります。キンポウゲがあざやかだから。イラクサやシダなどが生えた原っぱに沿って柵《さく》があります。待避所のすぐ手前にはクリの木があります。道路の反対側の、百メートルほど先に森へとつづく小道があります。ここまでいいですか？」

「わたしたちはどうすればいいんです？」

「その待避所に車を止めて待っていてほしいんです」

「お願いだからかならず電話するといって。まさか、ここまで希望を持たせておいて、それで——」

「だいじょうぶですよ。ちゃんと電話します」電話のむこう側で女性が荒《あら》い息をしているのが聞こえてきた。「だいじょうぶです」ルークは急いでいった。「だいじょうぶですよ。ちゃんと電話します」

電話のむこう側にいるバーリーをちらりと見た。背中《せなか》をオークの木にもたせかけてすわり、ルークは空き地のむこう側にいるバーリーがそばにいないことにまだ気づいていない様子だ。ルークはふたたび口を開いた。「嘘《うそ》じゃありません、ミセス・ロバーツ。約束します。もうすぐバーリーを取りもどせますから」

電話のむこう側からミセス・ロバーツの声が聞こえてきたが、あまりに小さいのでバーリーの声かと思ったほどだった。「ありがとう。あなたがだれかは知らないけれど、ありがとう」そういって、電話は切れた。

ルークはバーリーのそばまで歩いてもどって、ひざをついた。バーリーはまだ木にもたれて、目を閉《と》じていた。ルークはバーリーをびっくりさせないように注意しながら手をのばし、バーリーの手を取った。バーリーは一瞬《いっしゅん》体を固くしたが、やがてまた力をぬいた。

「ぼくだよ、バーリー。ぼくだよ」とルークは静かにいった。

バーリーは顔をルークのほうに向けた。「歌ってる」

「歌ってる？」ルークはバーリーをふたたび抱《だ》きあげた。「だれが歌ってるの？　小鳥たち？」

「木」

「木が？」

「木が歌ってる」

胸《むね》に抱《だ》き寄《よ》せると、バーリーがまた目を開けているのがわかった。それからバーリーの両手がルークを通りこしてオークの木のほうにのばされているのも。ルークはバーリーが幹《みき》にふれられるように木に近づいた。バーリーの指先が木の皮の上を這《は》った。「木が歌ってる」とバーリーはいった。

ルークも耳を澄《す》ますと、しばらくしてその音が聞こえてきた。低くつぶやくようなメロディ、息の音よりもかすかな音だ。ルークは体をかがめてバーリーの頭にキスをした。「木が歌ってる」と
ルークはいった。それからバーリーを抱いてまた歩きだした。森のブランブルベリー側をめざして東のほうに。歩いていくと、まわりから他の木々たちのつぶやくような歌声も聞こえてきた。「たくさんの木が歌ってるね、バーリー。聞こえるかい？」

「みんな歌ってる」とバーリーはいった。

「そう、みんな歌ってるね。ほんとにたくさん、たくさん木があるね。オーク、トウヒ、カバ、カラマツ」ルークはバーリーをしっかりと抱きながら歩いていった。「それにハシバミも」ハシバミの木を通りすぎたときにルークはいった。「さわってみる？」ルークはバーリーの手がハシバミの樹皮《じゅひ》にふれるまでのばさせ、指をゆっくりと幹にそって動かしてやった。「わかる？　木のまわりにツタが絡《から》まってる」

「歌ってる」バーリーは手で木の幹をたどりながら、またいった。

「そうだね。これも歌ってるね。みんな歌ってる」

ルークは今度は『甘《あま》い夢《ゆめ》』を口ずさみながら歩いていった。バーリーもルークといっしょにハミングをした。バーリーの歌がルークのものと入《い》り混《ま》じり、ふたりの歌が木々の歌と入り混じった。そしてついに森のはずれに出た。ルークは道路からはかなりひっこんだ、小道のわきのところで立ち止まった。ふたりの前に広がっているヒヤシンスの群落《ぐんらく》から、くらくらするような香《かお》りが立ちのぼっていた。ルークはバーリーを見おろした。まだ腕《うで》の中で気持ちよさそうにしていて、あいかわらず軽く、あいかわらずハミングをしている。この子にどういうふうにさよならをいったらいいのだろうか。ルークはバーリーを若《わか》いモミの木のところまで運び、その根もとに下ろした。さっきオークの木のところでやったように、背中《せなか》を幹《みき》にもたせかけて。それからバーリーの横にすわって、また手を取った。バーリーはルークに向きなおり、あいているほうの手をのばしてルークの顔の輪《りん》郭《かく》をさぐった。ルークはくすくす笑った。

「きみがなにをしているかわかってるよ」

バーリーはくすくす笑い、ルークの耳たぶをはじいた。

「おかしな耳」とバーリーはいった。

「おかしな耳」ルークはバーリーをじっと見つめた。どういうところがそう感じさせるのかわからなかったが、バーリーはルークが離《はな》れていくことを知っているような気がした。ルークはバーリーを引き寄《よ》せた。「いつもきみのことを思っているよ。いつでもきみのことが大好きだよ」とルークはささやいた。それからしばらく考えていたが「おばあちゃんもいつもきみのことが大好きだよ」

と付け足した。バーリーは目を大きく見開いて、信じきった様子でルークを見あげた。バーリーに自分のこの笑《え》みが見えればいいのに、とルークは思った。ルークは最後にもう一度キスをすると、こういった。「それからきみのお父さんとお母さんもいつでもきみのことが大好きだよ」

「お父さんとお母さん」まだルークを見あげたまま、バーリーがいった。

「お母さんたちがもうすぐ来てくれるよ」ルークはバーリーの頬《ほお》をなでた。「これからはお父さんとお母さんがそばにいてくれるんだよ」

ルークはそっと両腕《りょううで》をバーリーの体から引き離《はな》し、バーリーの両手をひざの上に置かせた。それからほんの少しわきに移動《いどう》した。バーリーは身動きしなかった。顔も石のように動かなかった。ルークはふたたび『甘《あま》い夢《ゆめ》』を口ずさみはじめた。バーリーも同じ曲を、いつものおかしな、調子っぱずれの声でハミングしだした。

「ずっとハミングしてて、バーリー」とルークはいった。「ずっとハミングしてるんだよ。きみの声を聞いていたいから」

バーリーはそっとハミングしつづけた。

「ぼくはちょっとここにすわって、しばらくうとうとするから。なんだか眠《ねむ》たくなってきたよ。お昼寝《ひるね》してしまおうかな。ずっとハミングしててくれる？」

バーリーはハミングしつづけていた。そっとすべるように離れていきながら、この子はいままで見たことがないくらい幸せそうだ、とルークは思った。ルークは木々の陰《かげ》に隠《かく》れながら右のほうに進んでいった。ルークがもはや自分のそばにいないことにバーリーは気づいていないようで、まだ

ハミングしつづけていた。木々のざわめきをバックにバーリーの歌声がはっきりと聞こえた。ルークは携帯《けいたい》電話を出して話し、それからさらに木々の陰《かげ》に入り、大きなシカモアの木の後ろから様子をうかがった。

ふたりはまさにルークがいったとおりに行動してくれた。あせってはいなかったし、車で小道まで来ることもしなかった。大声も出さなかった。ゆっくりと前に向かって歩いてきた。ふたりの顔は、ウェブサイトで写真を見ていたのですぐに見分けがついた。明るい灰色《はいいろ》の頬《ほお》ひげをたくわえた背《せ》の高い男性《だんせい》と、黒いショートヘアの背の低い女性だ。ふたりの顔のどちらにもバーリーと似《に》たところがあり、この人たちにほんとうにバーリーを引きわたしてだいじょうぶなのかというかすかな疑念《ぎねん》も完全に消えてしまった。だが、ルークはふたりのことをいつまでも考えてはいなかったし、ふたりもルークをさがしてはいなかった。すべての目は木にもたれてすわっている女の子のほうに向けられていた。女の子の前にはヒヤシンスが海のように広がっている。バーリーはまだハミングしていた。これだけ離《はな》れていても聞き取れた。だが、バーリーはまた目を閉《と》じ、前に眠《ねむ》りかけたときにソファでやっていたように、親指をしゃぶっていた。ひょっとしたらいまも眠りかけているのかもしれなかった。ルークは唇《くちびる》を噛《か》んで見守った。ふたりは信じられないといった様子でついにバーリーのそばまでやってきた。そしてゆっくりと体をかがめた。まだバーリーにふれてはいない。女性がなにかをそっとやさしい声でささやくのが聞こえてきた。

その言葉まではルークには聞こえなかったし、聞こうとも思わなかった。この瞬間《しゅんかん》はもはやルークのものではなく、あの人たちのものなのだから。バーリーは体を動かした。だがこわがってはいなかった。目を開け、前に体を傾《かたむ》け、空気をさわった。お母さんがバーリーを抱《かか》えあげ、抱《だ》きしめた。お父さんがそばに寄《よ》り、両腕《りょううで》でふたりを抱きかかえた。そのままの形でしばらくじっとしていた。三人いっしょに愛という輪になって。それを見守りながら、ルークは自分も父さんの気配《けはい》に包みこまれているのを感じた。ルークは目を閉《と》じ、静けさの中でささやいた。「ありがとう」それからうなだれて、声もなく泣いた。ずいぶん長いあいだそうしていたように思えた。ふたたび顔を上げたとき、バーリーも両親もその場にはいなかった。

ルークは森を歩いてもどった。うつむいて歩いていると、まだ木々のざわめきが聞こえていた。そして不思議《ふしぎ》なことに、今度はバーリーのハミングの声までもが聞こえてきた。バーリーは行ってしまったというのに。いまバーリーは、高速道路へと向かう車の中でなにを感じているのだろう。愛すべき人たちが自分の人生を行き来する不思議さに、とまどっていることはまちがいない。だが、両親がすべてをふたたびきちんとしてくれるはずだ。あの場に立って、バーリーを抱きしめていたふたりの姿《すがた》を見たら、もうこれでだいじょうぶ、と思えた。ほんとうはおばあちゃんではなかったおばあちゃんや、おかしな耳をした少年がいなくなって、ちょっとはさびしく思うかもしれないが、それもすぐに消えていくだろう。このふたりの思い出さえも消えていくだろう。ある意味ではそうであってほしい、とルークは願った。バーリーにはここから前に進んでいく必要があるのだ。再《さい》スタートを切らなければならないのだ。だが、バーリーのことはルークの記憶《きおく》には永遠《えいえん》に残るだろう。

いまでは太陽が頭上高くに上り、刻一刻《こくいっこく》と暑くなっていくようだった。ルークは腕《うで》時計に目をやった。十二時五分。ほんとうにもうそんな時間なのか？　ルークはまるで自分が時間の中で凍《こお》りついていたかのような、いや、いまでもまだ凍っているような感じがした。あの古いオークの木までもうすぐだった。早くあの木に登り、木の家の中で休んでこれからのことを考えたくてたまらなかった。

だが、なにかがルークを立ち止まらせた。目の前の小道を見わたし、自分を落ち着かない気持ちにさせるのはなんなのかを見きわめようとした。やがてわかった。父さんの気配《けはい》が、いままでよりずっと近くで感じられたのだ。まちがいなかった。ルークは小さなトネリコの木にもたれて、小道をじっと見つめつづけた。

「どこにいるの？」とルークはつぶやいた。「お願いだよ、父さん。どこにいるの？」

なにも姿《すがた》を現《あら》わさなかった。

「お願いだよ、父さん。姿を見せてよ。一度だけでいいから」

やはりだれも現われなかった。それでも父さんの気配はまだ感じられた。ごく近く、いままでにないほどすぐそばに。父さんが自分になにかを伝えようとしているかのように、せっぱつまったものを感じた。突然《とつぜん》、父さんとは別の気配を感じた。ルークは体をこわばらせた。だれか他の人が近づいてきた。ルークが知っているだれかが。ルークはふたたび小道のほうに目をやった。が、その瞬間《しゅんかん》、後ろから手がのびてきてルークをつかんだ。

28

ルークはふりかえろうとしたが、その前に地面に投げ飛ばされた。衝撃《しょうげき》にぼうぜんとし、視界《しかい》もぼやけたが、そのぼんやりしたむこうから自分にのしかかってくるスキンの姿《すがた》が見えた。「ちくしょう！」とスキンが吐《は》き捨《す》てるようにいった。「このくそったれ野郎《やろう》！」ダズがスキンの背後《はいご》から姿を見せた。それからスピードも。三人そろって、顔をしかめながらしばらくルークを見おろしていた。やがてスキンが前に進み出ると、ルークのあばら骨《ぼね》のあたりを蹴《け》りあげた。

「うっ！」ルークは苦痛《くつう》のうめき声をあげ、なんとか身を守ろうと体を丸くした。また別の蹴りが入った。今度はダズに腰《こし》を蹴られた。次の瞬間《しゅんかん》、スキンとダズが怒《いか》りをルークの上にぶちまけるかのように、あらゆる方向から蹴りはじめた。ルークは叫《さけ》んだりうめいたりしながら、身もだえして地面を転げまわった。それからスキンがルークの髪《かみ》をつかんで、顔を自分のほうに向けさせた。

「これで終わりだと思うなよ。これからなんだから」と小声でいった。

スキンはルークを引きずりあげて立たせると、トネリコの木に背《せ》を押《お》しつけ、「こいつの腕《うで》を押さえておけ」と叫《さけ》んだ。ルークが動けずにいるうちに、ダズとスピードがルークの手首をつかみ、木の幹《みき》の後ろへ回して押《お》さえつけた。ルークはなんとか手を離《はな》そうともがいたが、そうすればするほどふたりは手をしっかりと押さえつけた。スキンはばかにしたような顔でルークを見た。「おれたちは学校だと思ってたんだろ？」

ルークはなにもいわなかった。

「え？　おれたちは学校に行ってると思ってたんだろ？」そういうと、スキンはルークの腹《はら》にこぶしをたたきつけた。ルークはうめき声をあげて体をふたつ折りにしたが、すぐにダズとスピードにひっぱりもどされた。「どうやら、おまえは勘《かん》ちがいしていたようだな」スキンがルークの顔を見ながらいった。ルークはまだ息を整えようとしながら、ぼんやりとスキンを見かえした。スクールバスのことは覚えていた。スキンたちが広場にいるのは見たが、バスに乗りこむところは見なかった。スキンたちはルークを待っていたにちがいない。そしてルークは来ないと悟《さと》ると、自分たちも学校をさぼることにしたのだ。午前中ずっとルークをさがして森を歩きまわっていたのかもしれない。もしスキンたちがバーリーを見つけたらどんなことになっていたかと思うと、ルークはぞっとした。だがそんなことをいつまでも考えているひまはなかった。スキンの鉄拳《てっけん》がまた腹を襲《おそ》ってきたのだ。ルークがふたたび体をふたつ折りにし、息を吸《す》おうとあえいでいると、今度はあごにアッパーカットが炸裂《さくれつ》した。頭が後ろの木に激《はげ》しくぶつかるのを感じた。視界《しかい》がまたぼやけたが、意識《いしき》はかろうじてあった。スピードが低い、ぴりぴりした声でこういうのが聞こえてきた。

「スキン、もういいだろ？　もうじゅうぶんだよ」

「まだじゅうぶんじゃない」

「スキン――」

「だまれ！」

スピードはだまった。ルークが横目でスピードのほうを見ると、丸々としたスピードの顔には恐怖《きょう》《ふ》が浮《う》かんでいた。いま起こっていることに対する恐怖と、スキンにしたがわなかったらどうなるかというさらに大きな恐怖が。スピードから助けてもらうことは無理だろう。ダズから助けてもらえないのもたしかだった。ダズは忠誠《ちゅうせい》を示《しめ》したくてたまらないのだから。スキンがさらに顔を寄《よ》せてきた。その表情《ひょうじょう》で、これからいよいよ報復《ほうふく》が始まるのだということがわかった。

「まったくばかだよな」とスキンがいった。「こんなことにならなくてもすんだのに。おまえが約束を守ればそれでよかったんだよ。ちゃんとやるべきことをやれよ。おれたちだってやるべきことはやってるんだ。スピーディだって、ちょっと背中《せなか》を押《お》してやればちゃんと仕事をやるんだ。だが、おまえはそうじゃなかった。おまえがおれたちの仲間になりたいっていうから、チャンスをやったのに、おまえはおれたちを裏切《うらぎ》った。それにおれたちをないがしろにした。それがいけなかったな、ルーク。おれたちをないがしろにした、っていうのが。それはゆるさねえ。ぜったいにゆるさねえ」

スキンはライターを取り出すとカチッと音を立ててつけた。明るい黄色の炎《ほのお》がふたりの前でゆらめいた。スキンはそれをルークの目の前で右に左にと動かした。ルークはぎょっとして後ろに身を引いたが、すぐに木にぶつかった。炎はさらにそばへと近づいてきた。「ゆるさねえ。ぜったいにゆるさねえからな」スキンがつぶやくようにいった。

「スキン」とスピードがいった。「スキン――」

「だまって、こいつを押《お》さえてろ」

「スキン――」

「おれのいうとおりにしろ！」スキンがどなった。

ルークは必死で視線《しせん》をめぐらした。ダズの顔は暗く、熱に浮《う》かされているようだった。だがスピードのほうは、相反《あいはん》する感情《かんじょう》が入《い》り混《ま》じって戦っているのがわかった。ルークはスピードに必死になって話しかけた。「スピーディ、あいつを止めてくれ」

スピードは顔を合わせられないとでもいうふうに、顔をそむけた。

「スピーディ！　助けてくれよ！」とルークはいった。

スキンに頬《ほお》をはたかれ、顔を前に向けると、目の前すぐのところに炎《ほのお》があった。そしてその炎の後ろから自分を見つめているスキンの顔が見えた。「スピーディは助けないよ。そんなことしたら、自分が同じ目にあうとわかってるからな」とスキンはいった。それから目の前でゆらめいている炎をしばらく見つめていた。「おれになめたまねをしたらどうなるか、いっておいたよな」スキンはライターをルークの右腕《みぎうで》のほうへ動かし、熱で肌《はだ》がひりひりするくらいまで近づけた。腕がちりちりするのを感じ、ぐいと後ろに引こうとしたが、ダズがきつく押さえていたので動かせなかった。

スキンはしばらく見ていたが、突然《とつぜん》ダズがつかんでいたルークの手をひっぱり、自分の前にかざした。そして片手《かたて》で炎をかざし、もう一方の手でルークの手首をつかんだまま、顔を上げた。

「警告《けいこく》しといたよな、ルーク。しなかったとはいわせない」

ルークはなんとか逃《のが》れようと狂《くる》ったように両手を動かした。

「こいつを押《お》さえろ！」とスキンがどなった。「しっかり押さえてるんだ！」

ダズが首に腕《うで》を回して、ルークをふたたび木に押さえつけた。スピードはまだルークのもう一方の手にしがみついていたが、刻一刻《こくいっこく》と恐怖《きょうふ》をつのらせているのがルークにもわかった。スキンがふたたび口を開いた。さりげない声だったが、こういう声のときがいつもいちばん危険《きけん》なのだ。

「立派《りっぱ》なピアニストの条件《じょうけん》は、立派な手を持っていることだよな。もし手がだめになったら、もうおしまいだ。だからピアニストの中には手に保険《ほけん》をかけてるやつがいる」ここでちょっと言葉を切ると、ルークの顔を見てつづけた。「おまえはかけてるのか？」

ルークはふたたび激《はげ》しく手を動かそうとした。が、また押さえこまれた。スキンはルークが暴《あば》れるのをやめるまで待って、それからわざとらしくため息をついた。「そんなふうに暴れるってことは、どうやら保険はかけてないようだな。それは残念だったな。おまえは今日からもうピアノを弾《ひ》けなくなっちまうんだから。というか、他のこともなにもできなくなっちまう」

ルークの全身に悪寒《おかん》が走った。スピードがまた熱心にいった。

「スキン、なあ、おれたち――」

「だまれ、スピーディ」とスキンがいった。

「スキン、おれたち――」

「だまれといっただろ！」スキンはスピードをにらみつけた。「ここに来る前に、このことはみんな了承《りょうしょう》したじゃねえか。ダズも、おれも、おまえも、みんな賛成《さんせい》したじゃねえか」スキンは目をルークのほうに向けた。「この弱虫だけは二度と賛成のしようがないけどな」スキンはあごをルークのほうに突《つ》き出してみせた。「だって、今日が終わるころには、こいつは死んでるんだからな」

そしてスキンはルークの手をぐいと前にひっぱると、手のひらに炎《ほのお》を押《お》しつけた。炎が手のひらを這《は》い、ルークは身をよじり、悲鳴をあげて両腕《りょううで》を激《はげ》しく動かした。ライターがさらに近づき、炎が焼けたナイフのように感じられた。ルークは口を大きく開け、吠《ほ》えるような声をあげた。言葉にならない痛《いた》みが全身をつらぬいた。スキンは声をあげて笑いだした。「ほんとに手に保険《ほけん》をかけておけばよかったな」スキンはくすくす笑っていた。「ばかなおやじさんはかけてただろうによ」

その言葉が、ルークの気力《きりょく》を激しくかりたてた。自分でも驚《おどろ》くほどの怒《いか》りの叫《さけ》びをあげて、ルークは自分の左腕をぼんやりと押さえていたスピードの手から引きはがし、ライターを地面にたたきつけた。そして怒りにかられて自分でもわけのわからないままに、体をふりほどいた。

「つかまえろ！」スキンがわめいた。

ルークはつんのめるようにして小道を走っていった。恐怖《きょうふ》のあまり、走るのにさしつかえるほどの痛みも忘《わす》れていた。スキンとダズがものすごい勢《いきお》いで追いかけてきた。もう少しのところでルークの体にふれそうになったが、つかまえることはできなかった。なんとか一メートルほど引き離《はな》したが、ふたりはののしりの言葉を吐《は》きながら、すぐあとを追ってきていた。ルークはなんとか距離《きょり》を広げようと必死になって走った。いつもなら軽々とこのふたりには勝てるのだが、今回はそうはいかないことがわかっていた。あまりにひどく痛めつけられて、エネルギーが残っていなかった。

村まで逃《に》げきることはできないだろう。近くで安全なところといえば一カ所しかなかった。そこにたどり着くことができれば。ルークは肩《かた》ごしに後ろを見た。スキンたちは少し遅《おく》れていたが、ルークも疲《つか》れてきたし、体じゅうがひどく痛《いた》んだ。なんとかスピードを上げて、必死になってあの古いオークの木をめざした。と、突然《とつぜん》その木が見えてきた。すぐ目の前にある。ルークは木の幹《みき》に飛びつき、登りはじめた。いままでこれほどまでにがむしゃらに、苦労しながら、狂《くる》ったようにこの木に登ったことはなかった。数秒で追いつかれるのはわかっていた。いまにも手がのびてきてルークの足をつかみそうだった。

なんとかぎりぎりのところで間《ま》にあった。ふたりがたどり着いたが、ルークは数センチのところで助かった。ふたりは飛びあがってルークをつかまえようとした。が、やがて無駄《むだ》だと気づき、動きを止めるとルークをにらみつけた。「これで助かるなんて思うなよ」スキンがうなるようにいった。「そうはいかねえからな。いっただろ。おまえは今日死ぬんだって」

ルークは最初の枝《えだ》に登って、そこに腰《こし》を下ろし、はあはあとあえいでいた。スピードがよたよたと空き地に走りこんできた。顔じゅう汗《あせ》だらけだ。スキンはすぐにスピードのほうを向いた。「よし、ふたりともどうすればいいかわかってるな。だったら、行け！」ダズはすぐに空き地を横切って走っていったが、スピードはぐずぐずとその場に残っていた。「行くんだ、スピード！」スキンが叫《さけ》んだ。「おれの時間を無駄にするな！」

「来いよ、スピーディ！」ダズが肩ごしに呼んだ。「スピーディ、来いったら！」

スピードはちらりと木のほうを見あげた。ルークはその顔に苦悩《くのう》の色を読み取った。だが、それからスピードは行ってしまった。スキンはにやにやしながらルークのほうに向きなおった。「おまえがこういうことをするんじゃないかと思ってな、ちゃんと用意しておいたのさ」スキンは地面に寝転《ねころ》び、腕《うで》を組んで枕《まくら》にした。「あいつらがもどってくるまで、おれはここで寝て待つことにするよ。おれがおまえの立場なら、やっぱりおんなじことをしただろうよ。この世での最後の時間をせいぜい楽しんでな」

ルークは木を登りはじめた。スキンがなにをたくらんでいるにせよ、こんな低いところにいて、ばかにされているのはごめんだ。体は痛《いた》み、頭は割《わ》れそうで、炎《ほのお》を押《お》し当てられた右手はずきずきしていた。だから木なんか登りたくはなかったが、木の家がルークを手招《てまね》きしていた。あそこなら少なくとも多少の安全とプライバシーが得られるだろう。ルークは痛みに耐《た》えながら登っていった。スキンがまだ下からときどきなにかどなっていたが、ようやく木の家にたどり着いた。床板《ゆかいた》に這《は》いあがり、横になった。ここなら地上からは見えない。スキンもいまでは静かになり、聞こえるのは葉《は》ずれの音だけだった。ルークは携帯《けいたい》電話を取り出して、番号を打ちこみ、待った。

「出てよ、母さん」とルークはつぶやいた。「電話を取って。電話を取って」だが、なんの返事もなかった。母さんはぼくをさがしにいっているんだ、とルークは思った。いまごろは、母さんにもルークが学校に行かなかったことがばれているはずだった。サール先生から電話があったにちがいない。

留守番《るすばん》電話の応答《おうとう》メッセージが流れた。発信音を待ってから、ルークは電話に向かって口早に吹《ふ》きこんだ。「母さん、ぼくだよ。困《こま》ったことになってるんだ。森の、あのオークの木の家にいる。

スキンが下にいるんだ。あいつらに追いかけられてるんだ。ぼくを殺す気なんだよ。あいつらは木の上までは登ってこられないけど、なにかをたくらんでいるみたいなんだよ。なにをする気なのかはわからない。はしごを持ってくるとか、そういうことだと思うんだけど。お願い、助けて。逃《に》げられないんだよ」ルークはしばらく考えた。「そうだ、母さん、ひとりでここに来ちゃだめだよ。危険《きけん》かもしれないから。ロジャーにいっしょに来てもらって。それともビル・フォーリーでもだれでもいいから。ひとりでは来ないで。わかった？」ここで言葉を切ってから「愛してるよ、母さん」といった。

ルークは電話を切り、もうひとつ、かけたい番号を思い出そうとした。そこには母さんからの伝言を伝えるために一度電話をしただけだったので、番号があっているか自信がなかった。一回で正しい番号にかけることができてほっとしたが、今度もまた留守番《るすばん》電話だった。「はい、こちらはロジャー・ギルモアです。ただいま留守にしていますので、発信音のあとにメッセージとそちらの番号をお話しください。こちらからあとでかけなおします」

発信音を待ってから、ルークはまたメッセージを吹《ふ》きこんだ。「ロジャー、ぼくです……ルークです。いま森の、古いオークの木の家にいます。お願い、助けて。危険な目にあってるんだ」

ルークは電話を切り、じっと横たわって下の物音に耳を澄《す》ました。話し声も動きまわる音もしなかった。下をのぞいてスキンがなにをするつもりなのかを考えるのはやめよう、とルークは心に決めた。もしあいつらがはしごかなにかを運んできたり、この木に登ってこようとしたりしたら音でわかるはずだ。しばらくのあいだはここで隠《かく》れていよう。ここで姿《すがた》を見せたら、ますますやつらを挑発《ちょうはつ》するだけだ。

警察《けいさつ》を呼《よ》んだほうがいいだろうか、とも考えたが、すぐにその考えを取りさげた。いったん警察がからんできたら、他のことがどうばれるかわからなかった。警察はみんなに聞いてまわるだろう。そして例の押《お》しこみのことまで見つけだすはずだ。そうなればバーリーのことや、それにミセス・リトルがかかわっていることまでわかってしまうかもしれない。もちろんミセス・リトルは悪いことをしたわけだが、なぜかルークはミセス・リトルが告発《こくはつ》される原因《げんいん》にはなりたくなかった。少なくとも直接《ちょくせつ》ミセス・リトルと話をするまでは。なんとか母さんがロジャー・ギルモアかビル・フォーリーかだれかと来てくれて、警察が介入《かいにゅう》することなくここから逃《に》げ出すことができればいいのだが。そうなったとしても、スキンたちをどうするかという問題は解決《かいけつ》しないわけだが、スキンたちも村の大人たちがこのことを知っているとわかれば、多少は態度《たいど》をやわらげて、そのうちすべてはうやむやになってしまうかもしれない。

だが、とにかくいまのこの苦境《くきょう》から逃《のが》れなければならなかった。

体じゅうが痛《いた》かった。ルークは痛みを無視《むし》してなにか他のことを考えようとした。そしていつのまにかバーリーのことを考えていた。あの子はいまどこにいるのだろう？　おそらく高速道路を家へと向かっているのだろう。バーリーの顔を思い浮《う》かべながら、あの子がぼくの顔を思い描《えが》くことはあるのだろうか、と思った。そんなことはないだろう。仮《かり》にバーリーがルークのことを思うことがあったとしても、それはルークの声か、あるいはルークがバーリーの中に呼び覚ましたあの曲のことだろう。自分がルークの中に呼び覚ました大切なもののことなど、バーリーが知ることはけっしてないのだ。ルークは目を閉《と》じ、まぶたの裏《うら》のあの青い広がりを見ようとした。いつもなら青い広がりは輝《かがや》く金色で縁取《ふちど》りがなされていて、中央には白い星がある。だが、いまは暗い、なにもない空間しか見えなかった。ルークは気まぐれな夢《ゆめ》を見ているようにそれを見ながら、しばらくその場に横になっていた。スキンの言葉がまた聞こえてきた。地面からではなく、ルークの心の暗闇《くらやみ》の中から。「おまえは今日死ぬんだ」

そのとき煙《けむり》のにおいがした。

鼻をつく、ねっとりとからみつくような煙のにおいだ。ルークはぎょっとして目を開け、木の家の端《はし》まで急いで這《は》って進むと下をのぞいた。下の地面ではスキンとダズがルークを見あげてにやにや笑っていた。木の根もとでは積み重ねられた小枝《こえだ》や木の葉《こは》などが燃《も》えていた。そしてその上には古タイヤが積まれている。スキンはルークに見えるように缶《かん》をかかげた。「ディーゼルオイルさ！」スキンは狂《くる》ったように笑いながら叫《さけ》んだ。「おまえへの特別のプレゼントだ！」

パニックに襲《おそ》われてルークは木から下りはじめた。一刻《いっこく》も無駄《むだ》にできないことはわかっていた。ディーゼルオイルと車のタイヤ――煙を吸《す》って死ぬまで二分もかからないはずだ。すでに目がひりひりしだし、息をするのも苦しくなっていた。煙に取り巻《ま》かれて、ルークはせきこみ、ぜいぜいい い、よだれを流した。なんとか息を止めようとしたが、うまくいかなかった。煙に飲みこまれていきながら、ルークはあえぎ、吐《は》き気《け》に襲われた。おそろしい黒い気体を吸いこむと肺《はい》のあたりがけいれんするのがわかった。ルークが煙を飲みこめば、煙のほうも、まるで巨大《きょだい》な怪物《かいぶつ》の口のようにルークを飲みこもうとした。まだ半分も下りていなかった。このままでは下りるまでに煙にやられてしまう。ルークはなんとか幹《みき》から離《はな》れようと、いちばん近い枝《えだ》を伝っていった。煙《けむり》の中心から逃《のが》れることができれば、きれいな空気が吸《す》えるかもしれない。だが、もう意識《いしき》が薄《うす》まりつつあった。なんとかむりやり体を動かしていたが、頭はぐるぐる回り、肺《はい》は燃《も》えるようで、目はどんどんふさがってきた。なんとか、枝の先のほうへ行かなければ。

下からスキンとダズの狂《くる》ったような叫《さけ》び声と、小枝がぱちぱちと燃えてはぜる音、そしてタイヤが燃える不気味なシューシューいう音が聞こえてきた。自分自身の、せきこんでしゃがれた、いまにも息が絶《た》えそうな声も聞こえてきた。ルークは激《はげ》しくせきこみながらじりじりと這《は》って進んでいったが、煙がすべてを包みこむ雲と化《か》してのしかかってきた。枝の端《はし》がすぐ目の前にあった。ルークは木の葉《こ》《は》が茂《しげ》る中を先まで這っていった。頭はふらふらし、心臓《しんぞう》も止まりそうだ。口は空気を求めてあえいでいた。だが、そこに空気はなく、さっきよりさらに黒い、危険《きけん》な煙があるだけだった。枝がルークの重みでたわみはじめた。ルークはなんとか枝にしがみついたが、地面のはるか上に宙《ちゅう》ぶらりんの形になった。はるか下で地面がぐるぐる回っていた。ふたりの少年が走って逃《に》げていくのと、別の人影《ひとかげ》が空き地に向かって全速力で走ってくるのが見えた。

そのときルークは落ちた。

衝撃《しょうげき》は覚えておらず、軽やかな感じと、もはや落ちているのではなく飛んでいるのだと気づいたことだけを覚えていた。ルークはまるで木そのものの中を通っているかのように、上へ上へと移動《いどう》していた。木がトンネルのようになっていて、そのトンネルには音が満ちていた。いまではすっかりおなじみになった、あのあちこちから聞こえる深いうなりのような音だ。そのトンネルの中をル

ークは上へ上へと飛んでいった。木の低いところを通りすぎ、真ん中あたりも通りすぎ、上の部分へ、そしてついには木を突《つ》きぬけて勢《いきお》いよく空へと飛び出した。そこまで来て初めてルークは後ろをふりかえった。スキンとダズが森の中を走って逃《に》げていくのが見えた。煙《けむり》で痛《いた》めつけられたあの大きな木が見えた。そしてその木のそばの地面に、自分自身の体が大の字になって横たわっていた。だれかがその上にかがみこんでいたが、だれなのかわからなかった。いまではまわりじゅうにだれかがいる気配《けはい》を感じていた。父さんの気配も、そしてずっと昔から知っているような気がする他の人たちの気配も。みんなが自分のまわりに詰《つ》めかけて、森や、地面にいる人たちや、自分自身の体さえ見るのをやめてこっちを向けとうながしているようだった。ルークがそちらのほうを向くと、目の前に光が広がっているのが見えた。それは星のようだった。あまりに大きく、明るく、喜びにあふれているので、そこからぜったいに離《はな》れたくないと思うほどだった。と、まるでその星そのものが発しているかのような声がした。

「おまえは死ぬ覚悟《かくご》ができているのか?」

ルークがその光の中を見つめると、光はますます、どんどん明るさを増《ま》していった。これよりも美しいものなどありえないと思った。ルークはその星のほうに飛んでいこうとした。そのとき、声がふたたびしゃべった。

「それとも、生きるつもりでいるのか?」

ルークは地面に横たわっている自分の体と、その上にかがみこんでいる人影《ひとかげ》のほうをふりかえって見た。母さん、ミランダ、ミセス・リトル、バーリー、ハーディング先生のことを思った。それからいまここで自分といっしょにいる、そしてこれまでもずっといっしょにいた父さんのことを思った。それから、なぜか自分は忘《わす》れていたが、むこうは忘れないでいてくれた、他の愛すべき人たちの気配《けはい》のことも。もうけっしてひとりぼっちだなんて感じないだろう。ルークはしばらくのあいだその光が奏《かな》でる音楽に耳を澄《す》まし、それからふたたび星のほうを見た。

「ぼくは生きます」とルークはいった。

29

ルークは目を開けた。いつのまにか森の地面に横向きに横たわっていた。視界《しかい》はぼやけていたが、木々の葉っぱと煙《けむり》と空を背景《はいけい》にして、ロジャー・ギルモアの心配そうな顔が自分を見おろしているのがわかった。胸《むね》がハンマーでなぐられたみたいな感じだった。まだせきこんでいたし、胸がぜいぜいいっていた。口の中に煙の味がして吐《は》き気《け》がした。しゃべろうとしたが、がらがらとかすれた音が出るだけだった。

「楽にして」とロジャーがいった。「まだしゃべらなくていいよ。力を残しておきなさい。いまはまだなにもしちゃいけない」ロジャーはルークの手を軽くたたいた。「いまから救急車に電話をするから」

「母さん」ルークはふりしぼるように声を出した。あまりにがらがらでへんな声だったので、自分の声とは思えなかった。「母さんに……来てほしい……」

「わかってる。彼女《かのじょ》にも電話をするから。いままで——」ロジャーの顔が苦しげにゆがみ、しばらく言葉がとぎれた。「いままでまだだれにも電話ができなかったんだ。あっという間《ま》にいろいろ起こったもんだから」ロジャーはふたたび顔をしかめ、それを隠《かく》そうとするように顔をそむけた。ルークはなにが起こったのか理解《りかい》しようとしたが、まともに考えられなかった。この胸《むね》の痛《いた》みが去ってくれれば――それから口と肺《はい》に残る煙《けむり》のひどい味と、視界《しかい》のくもりも、とルークは思った。それに母さんにこの場にいてほしかった。いてほしくてたまらなかった。右のほうで木の根もとからまだ黒い煙がもくもくと上がっているのが見えた。タイヤがまだシューシューと音を出し、炎《ほのお》が長い舌《した》を出して木の枝々《えだえだ》をなめていた。オークの木の幹《みき》は真っ黒になっていた。ルークは泣きだした。

「わかってる」ルークの視線を追って、ロジャーがいった。「残念だがこの木はたぶん死んでしまうだろう。こんな目にあっても生き残れる木なんてめったにあるもんじゃない。だが、この木のことにしても、火のことにしても、ぼくたちにはどうすることもできない。専門家《せんもんか》にまかせるしかないんだよ。あのスキナーの息子《むすこ》がタイヤの上にディーゼルオイルをふりかけたんだ。からの缶《かん》を手にして逃《に》げていくのを見たよ。ばかなやつだ！　頭がどうかしてるにきまってる。まあ、あいつや仲間のことは警察《けいさつ》がなんとかしてくれるだろう」ロジャーは携帯《けいたい》電話を取り出した。「さあ、ルーク、救急車を呼《よ》ぶよ。それから警察と消防署《しょうぼうしょ》にも伝えてもらう」

「それから……それから……」

「それからきみのお母さんに電話をするよ。だいじょうぶだから。きみはちょっと休みなさい。体力を取りもどさないと」

ルークはロジャーが電話で話すのを聞いていた。なにが起こったかを説明し、森の中のどのあたりにいるのか指示《しじ》しているロジャーの声が、とぎれとぎれに聞こえてきた。ロジャーも大きな痛手《いたで》を負《お》っていて、しゃべることさえたいへんのようだ。それでもなんとか話しおえ、母さんに電話をする番になった。

「まず自宅《じたく》のほうに電話してみる」携帯《けいたい》電話のボタンを押《お》しながらロジャーがいった。「で、もしいなかったら、携帯のほうにかけてみる」

「おれが……おれが……母さんの携帯を持ってるんだ」

「そうか」ロジャーはそれ以上なにもいわなかった。すでに電話の先方の声に聞き入《い》っていた。だが、残念ながら母さんはまだ家をあけていた。しばらく間《ま》があき、それからロジャーがメッセージを吹《ふ》きこむ声が聞こえてきた。「キアスティ、ぼくだ。ルークが落ちた。だいじょうぶだけど、病院に運ばなければならない。救急車を呼《よ》んだからいまこっちに向かっているはずだ。ぼくたちはいま森にいる。ルークのオークの木のそばだ。救急隊員はできるだけ近くで救急車を止めて、残りは歩いてくるはずだ。ジェイソン・スキナーやダレン・フィッシャーとのあいだでトラブルがあったんだ。警察《けいさつ》が介入《かいにゅう》することになると思う。ここ数分以内に家にもどれたら、森に来てくれ。だが、そうじゃなかったらまっすぐに病院に行ったほうがいいと思う。そっちで会おう。ぼくの携帯の電《でん》源《げん》をずっと入れておくから、チャンスがあったら電話をしてほしい。それからキアスティ――」ロジャーはそこで言葉を切った。「心配しないで。だいじょうぶだから。じゃあ、あとで」

ルークはロジャーが電話を切るのを待って、口ごもりながらいった。「ありがとう」ロジャーはルークのほうをふりかえって笑《え》みを浮《う》かべた。それからふたりはだまりこんだ。ルークはその場に横たわり、ロジャーはルークの横にひざをついたまま。火は燃《も》えつづけていたが、煙《けむり》はふたりのところまではやってこなかった。そのときになって初めて、ロジャーが自分を運んでくれたにちがいないと気づいて、ルークはびっくりした。この場所に落ちたはずはないのだ。もっと火に近いところに落ちたにちがいないのに、いまではオークの木から数メートル離《はな》れた、空き地のほぼ真ん中あたりにいた。煙を吸《す》わないよう、ロジャーが移動《いどう》させてくれたにちがいなかった。自分を運ぶためにロジャーはどんな苦痛《くつう》を味わったのだろうか。ふたりとも元気になったら、このことをきいてみよう、とルークは思った。いいたいことがいっぱいあった。だが、いまはふたりとも、だまっているのがいちばん楽だった。この沈黙《ちんもく》と、タイヤが燃えるシューシューという音ごしに、モリバトが鳴いている声が聞こえてきた。もっと遠いところではカッコーの鳴き声もしていた。ルークはあの光あふれる魔法《まほう》のような場所で見たこと、感じたこと、そして現在《げんざい》のこの苦痛の中でさえまだ感じていることを思い起こしていた。この世と、あっちの世界の両方で、自分が愛している人たち、自分のことを愛してくれている人たちのことを思った。そして突然《とつぜん》、自分の内側の深いところへ長い長い旅に出ていたのが、いまようやくもどってきたような気がした。

救急隊員が到着《とうちゃく》した。男性《だんせい》隊員は大きな緑色のリュックサックを背負《せお》い、長い平らな板を持っていた。女性のほうは赤い筒《つつ》のようなケースを持っていた。ふたりはきびきびとひざをついてしゃがみこんだ。

「こんにちは、ルーク」と男性の隊員がいった。「わたしはトム。こちらはメアリー。メアリーがギルモアさんと話しているあいだに、ちょっときみの様子を見させてもらうよ。いいね？　さてと、まず最初に両手できみの首をしばらく支《ささ》えさせてもらうよ。脊椎《せきつい》になにか異常《いじょう》がないか確認《かくにん》したいから。どこか折れているような感じはあるかな？」

「いいえ」とルークはつぶやくようにいった。

「よし。じゃあじっと寝《ね》てて」

ルークはトムの両手がそっと、だがしっかりと自分の首のまわりにあてがわれるのを感じた。数メートル先ではメアリーという名の女性《じょせい》隊員が低い声でロジャーと話している。なにをいっているかはわからなかったが、その話もすぐに終わり、いつの間《ま》にかまた三人に囲まれていた。メアリーは同僚《どうりょう》のトムのほうをちらりと見た。「ギルモアさんはルークを落ちた場所から動かしたんだそうです」

「そういうことはしてほしくなかったですね」とトムがいった。

「しかたなかったんです。そのまま放っておいたら、煙《けむり》にやられてしまっていましたよ。危険《きけん》だということはわかっていましたが、しかたなかったんです」

「なるほど」トムは両手でしっかりとルークの首を支えたままいった。「そうですね、この状況《じょうきょう》ではそれが最善《さいぜん》だったのかな。運がよければなにも心配することはないでしょう。だが、念のためにルークを担架《たんか》に固定して、移動中《いどうちゅう》に傷《きず》つけることがないようにします。まずその前に少し酸素《さんそ》をあたえましょう」

ルークは酸素マスクが顔に押《お》しつけられるのを感じた。口じゅうのひどい煙の味が消え、どっと安堵感《あんどかん》が広がった。

「これで少し楽になるわ」とメアリーがいった。「それじゃあ、これからあなたの首にカラーをつけて、担架《たんか》の上に固定するわよ。ちょっとへんな感じがするかもしれないけど、用心のためだから。わかった?」

ルークはだまっていた。まだ酸素《さんそ》がもたらしてくれる安堵感を味わっていたのだ。救急隊員たちはルークの首にカラーをつけ、それからルークをまっすぐに抱《だ》きあげて注意深く担架の上に乗せると、体と頭を固定した。

「だいじょうぶ、ルーク?」とメアリーがきいた。

ルークはだいじょうぶだという意味のことを口の中でもごもごいった。

「さて、きみを病院に運ぶ前に、二、三調べさせてもらうよ」とトムがいった。「われわれが持ってきた道具でメアリーがいろんなことをしているあいだに、ぼくのほうでは簡単《かんたん》なチェックをさせてもらう。不愉快《ふゆかい》なことはぜったいにしないと約束するから、心配しなくてだいじょうぶだよ。もしぼくがさわったところがほんとうに痛《いた》かったら、声を出してくれ。いいね? そうじゃなかったら、ただ静かに寝《ね》ていてくれればいい」

ルークは喜んでそのまま横たわっていた。酸素吸入《きゅうにゅう》の助けを借りても、エネルギーがぬけきったような感じだった。ルークはまたあの魔法《まほう》の場所、もうひとつの世界のことを思った。あそこでは疲《つか》れは感じなかった。気力《きりょく》が充実《じゅうじつ》していた。だが、いまはへとへとだった。

救急隊員たちは仕事に取りかかった。メアリーはルークの指先にクリップを止め、点滴《てんてき》を取りつけ、コードでポータブル・モニターにつながっている心電図《しんでんず》のパッチをルークの胸《むね》に取りつけた。それから血圧計《けつあつけい》の帯《おび》をルークの腕《うで》に巻《ま》いた。そのあいだに、トムは冷静にかつ丹念《たんねん》にルークの体を調べていった。そうしながら、メアリーに話しかけた。「見たところ骨《ほね》は折れていないようだ。腕と脚《あし》にひっかき傷《きず》がいっぱいある。おそらく木の上を這《は》っていたときにできたものだろう。顔にひどい切り傷やあざもある。肋骨《ろっこつ》のあたりはもっとひどい。どうやらひどくなぐられたり蹴《け》られたりしたようだ。それから右の手のひらにひどい火傷《やけど》がある。これは見るに耐《た》えないな」トムはちらりとルークのほうを見た。「どうやら木から落ちただけじゃなさそうだな」それからあわててルークの手にさわった。「いいんだよ。答えなくていい。いまはしゃべらなくていい」

だからルークはなにもいわず、隊員たちは仕事をつづけた。ロジャーがそばにすわって、だまって見守っていた。片手《かたて》をルークの肩《かた》に当てている。木の根もとからは煙《けむり》が上がりつづけていた。目を閉《と》じると、ルークは心がどこかへ漂《ただよ》っていくのを感じた。どこへ行くのかはわからなかったけれど。しばらくしてメアリーの声が聞こえてきた。

「さあ、ルーク。いまから病院に運ぶわ。むこうで念のため検査《けんさ》をするから。胸部《きょうぶ》レントゲンとか、血液《けつえき》検査とか、気管の検査とかそういうものよ。それから、前もっていっておくけど、途中《とちゅう》でちょっとした騒《さわ》ぎがあるかもしれないわ。トムがいま消防署《しょうぼうしょ》の人と話したところによると、消防車がすぐ近くまで来ているらしいの。だからあなたを救急車まで運ぶ途中で鉢《はち》あわせになるかもしれないのよ。でもあなたが心配することはなにもないわ」

「消防車でどうやって森の中をやってくるんですか？」とロジャーがきいた。

「このような現場《げんば》で使う特別の小型車《こがたしゃ》と機材があるんですよ」メアリーはそう答えるとすばやくルークのほうに向きなおった。「それから警察《けいさつ》もやってくるわ、ルーク。でも、病院での検査《けんさ》が終わって、あなたがまったく異常《いじょう》なしとわかるまで、だれもあなたに質問《しつもん》はできないことになっているの」

「異常はないんでしょう？」と口早にロジャーがきいた。

「だいじょうぶですよ。あなたのおかげでね」とメアリーがいった。「でも、いまは病院に連れていって、引き継《つ》いでもらわないと。それからあなたも病院で手当をしてもらわなければ、ギルモアさん。いままで見てあげられなくてすみませんでした。でも、まずルークの状態《じょうたい》を確認《かくにん》しなければならなかったものですから」

「ぼくのことは心配しないでください。だいじょうぶですから」

「ぜんぜんだいじょうぶなんかじゃありませんよ、ほんとうに。待っていただいてありがとうございます。いまはルークから目が離《はな》せないものですから。でも、病院までいっしょに来ていただければ、そこできちんと治療《ちりょう》をしてもらいますから」

「わかりました」

「じゃあ、ルークを運びましょう」

ふたりはルークを運んで森の中を歩いていった。ルークの顔にはまだ酸素《さんそ》マスクがつけられていた。メアリーがいっていたように、途中《とちゅう》で小型の消防車《しょうぼうしゃ》が一台、右手のせまい小道を繰《く》って進んでくるのと行き会った。その数分後に二台目もやってきた。ルークは通りすぎるときにちらりと見ただけだった。ルークに考えられたのは、ぼくの木を救うにはもう手遅《ており》れだということだけだった。だが少なくとも頭は多少はっきりしてきたし、火事の現場《げんば》から遠ざかるにつれて、黒い煙《けむり》で汚《よご》されていない青い空が見えてきてほっとした。ルークはさっきメアリーがロジャーにいったことを考えていた。「だいじょうぶですよ。あなたのおかげでね」それがどういう意味なのか、ルークにはよくわからなかったが、なんとなく推測《すいそく》ができそうだった。ルークは自分がかつて憎《にく》んでいた男の人を見あげた。いまは苦しそうに自分の横を歩いている。手をのばしてその手を取り、ぎゅっとにぎりしめた。

森の地面に寝《ね》ていたあとだけに、病院のベッドは暖《あたた》かくやわらかかった。ルークはベッドの中でくつろぎながら、窓《まど》から差しこむ午後の日差しを楽しんだ。さいわい、検査《けんさ》の結果大事にはいたらないことがわかった。ようやくロジャーも手当してもらっていると知り、ルークはうれしかった。だが、それよりいちばんすばらしいのは、母さんがそばにいてくれることだった。いまはふたりっきりだった。

「すぐによくなるわ」ルークの額《ひたい》をなでながら母さんはいった。「二、三日入院したら、退院《たいいん》できるそうよ」

「ぼくが電話をかけてメッセージを残したとき、どこに行ってたの？」

「あなたをさがしていたのよ。あちこち車で走りまわって。今朝サール先生からあなたが学校に来てないってお電話をいただいて、それでさがしにいったのよ。先生があの不良《ふりょう》たちも来てないとおっしゃったから、あの子たちといっしょにちがいないと思ったの。もしあなたひとりだけだったら、まっすぐに森に行ったわ。でもジェイソン・スキナーたちはあなたほど森が好きじゃないでしょ。だからあの子たちがよくうろうろしている他の場所をさがそうと思ったのよ。ほんとにあらゆる場所をさがしまわったわ――あの森以外は」

「ごめんなさい」とルークはいった。「ほんとうにごめんなさい。すべてをめちゃくちゃにしてしまって」

「そんなことないわ」母さんは片手《かたて》をルークの肩《かた》に置いた。「わたしたちのあいだで解決《かいけつ》できないことなんてなにもないのよ」

「ロジャーはどう？　あの人に会った？」

「まだよ。でも電話で話したわ」

「あの人、だいじょうぶ？」

「ずいぶん痛《いた》いみたいだけど、よくなるわ。それよりみんなが心配していたのはあなたのほうよ。ロジャーも含《ふく》めてね」

「ロジャーになにがあったの？　どうしてけがしたの？」

「知らないの？」

ルークは首を横に振《ふ》った。「木から落ちたときのことはなにも覚えてないんだ。あの、落ちたことは覚えてるんだけど、それから……」ルークはあの魔法《まほう》の場所のことをまた思った。それからつかの間《ま》だったけれど、あそこですごした貴重《きちょう》な時間のことを。あのときのことはよく覚えていたし、今後もずっと忘《わす》れないだろう。だが、たとえいつか話すことがあるとしても、いまはまだそのときではなかった。「あまり覚えていないんだ」とルークはいった。

「そうなの、じゃあなにが起こったのか話してあげるわ。わたしは家に帰って、留守番《るすばん》電話であなたのメッセージを聞いたの。それからロジャーのも。それですぐにロジャーの携帯《けいたい》に電話をかけたわ。そのころにはあなたはもう病院に運ばれていて、ロジャーはレントゲンを撮《と》るところだったけど、簡単《かんたん》に話してくれたの。ロジャーが作業所へ行こうとしていたときに、自宅《じたく》のほうで電話が鳴るのが聞こえたんですって。それでだれからの電話かたしかめにすぐにもどったそうよ。でもほんの少しの差で切れてしまったの。あなたのメッセージを聞いて、それからすぐに森に走ったのよ。間一髪《かんいっぱつ》で間《ま》にあったといっていたわ」

「そうだったんだ」ルークは木の上での絶望的《ぜつぼうてき》な最後の瞬間《しゅんかん》のことを思い起こした。「落ちていくときに、だれかがこっちに向かって走ってきたのは覚えてる。だけどそれがだれかはわからなかったんだ。だって頭はぐるぐる回っていたし、あたりは煙《けむり》だらけだったから」

「それがロジャーだったのよ。あなたが枝《えだ》の端《はし》から落ちかかっているのを見て、受け止めるか、衝《しょう》撃《げき》のクッションになろうと思って駆《か》け寄《よ》ったそうよ。あんな高いところから落ちてくるあなたを受け止めようなんて、むこう見ずなことだけど。自分もけがをするとわかっていたにちがいないわ。とにかく、ロジャーはなんとかあなたと地面のあいだにすべりこんで、あなたがその上に落ちたのよ。でもおかげで、ロジャーもひどい目にあったわ。肩《かた》の脱臼《だっきゅう》、右手首の骨折《こっせつ》、それから肋骨《ろっこつ》も二本ひびが入ったの。苦しかったにちがいないわ。とくに次にあんなことをしたときにはね」

「どういうこと？」ときいたが、ルークには答えが予想できた。

「あなたを動かさなければならなかったのよ。脊椎損傷《せきついそんしょう》のおそれがあるからそんなことはしたくなかったんだけど、落ちたままの場所にじっとしていたら、ふたりとも煙《けむり》で死んでしまうから、あえて危険《きけん》でもやらなければならなかったのよ。で、空き地の火から遠いところまであなたを動かしたの。けがをした体で、煙に巻《ま》かれながら、どうやってそんなことができたのかしら。とにかく、あなたを下ろして、それからあなたの脈《みゃく》を調べたの。そうしたら心臓《しんぞう》が止まっていて、息もしていなかったんですって。死んだも同然よ」母さんは手で顔をおおった。「あなたは死んでたのよ、ルーク。死んでたの。この世から逝《い》ってしまってたのよ」母さんは目尻《めじり》をぬぐった。「もしあの場にロジャーがいなかったら、いてもなにをすべきか知らなかったら、あなたは生きていなかったのよ。ロジャーはあなたに口うつしの人工呼吸《こきゅう》と、心臓マッサージもしてくれたの。手首が折れているのに、どんなに苦しかったでしょうね。それからまた人工呼吸とさらに心臓マッサージ、と何度もくりかえしてくれたそうよ。生きかえらなかったらどうしよう、とこわくてたまらなかったといっていたわ。そのとき――なんてありがたいことかしら――息を吹《ふ》きかえしたのよ」

母さんはハンカチを出してまた涙《なみだ》を拭《ふ》いた。ルークは手をのばして母さんの手を取った。「ごめんなさい、母さん」ルークも涙が出そうだった。「これからはちゃんとするよ。これからは――」

「いいのよ、ルーク。いいの。これからはよくなるわ」

「これからはちゃんとするよ」

「ふたりともちゃんとやりましょうね。どんなことでもやりなおせるんだから」母さんは鼻をかんだ。「どんなことでも……やりなおせるのよ」

ふたりともだまりこんだ。それぞれが気持ちをしずめるための時間を必要としているかのようだった。やがて母さんが口を開いた。

「ひとつへんなことがあったの。ここに来るのに村はずれを車で走っていたら――かなり飛ばしていたんだけど――道路でボビー・スピードウェルとばったり会ったのよ。わたしはほとんど気づかなかったんだけど、たまたまフェンダー・ミラーを見たら、あの子が狂《くる》ったように手をふりながらわたしの車を走って追いかけてくるのが見えたの。で、車を止めたのよ。一刻《いっこく》も早く病院に行きたかったから止まりたくはなかったんだけど、とにかく止めたわ。あの子はひどい様子だった。息が切れて、せきこんで、激《はげ》しく泣いて、もうめちゃくちゃなのよ。最初はなにをいっているのかわけがわからなかったわ。でもようやく、自分たちがあなたになにをしたかを口にしたの。それを聞かされてわたしがどんな気持ちになったか、あなたにもわかるでしょ。ああ、ルーク……」母さんはルークの手をぎゅっとにぎりしめた。「あなたが無事《ぶじ》だったからよかったけど、もし、万が一――」

「だいじょうぶだよ、母さん」

「あんなことをするなんて……あんな、あんな……」

「だいじょうぶだよ、母さん。ぼくはもうだいじょうぶだから。ほんとうだから。で、スピードがどうしたの？」

「ああ、あの子のことだったわね」母さんは気を取りなおした。「あの子は他のふたりが火をつける前に逃《に》げ出したっていったの。とてもそんなことはできなかったからって。二日前から計画していたそうよ。タイヤもディーゼルオイルも、ぜんぶあのオークの木の近くに隠《かく》して、あなたが次にあの木に登ったら火をつけようというつもりだったらしいわ」母さんは首を横に振《ふ》った。「そんなことを考えつくということさえ、信じられない」

「で、スピードは逃げ出したあとどうしたんだって？」

「わが家まで必死で走って、ベルを鳴らしたっていってたわ。もちろんわたしはいなかったわけだけど」

「それで？」

「そのあとずっとわたしをさがして村じゅう走りまわっていたそうよ。警察《けいさつ》に電話するとか、自分のお母さんにいうとか、そういうことには頭が回らなかったみたい。そこまであの子に求めるのは無理だわね。でも、そういうあの子を見てそれまでよりは多少心証《しんしょう》がよくなったわ。とにかく、あの子をその場に残してここに来たってわけ」

ルークは窓《まど》のほうに目をそらし、長くゆっくりと息を吸《す》いこんだ。ということはスピードは気がとがめていたわけだ。それほど驚《おどろ》くべきことではないのかもしれない。だが他のふたりが後悔《こうかい》しているとはとても考えられなかった。おそらくルークを殺すことができなくて残念がっているのだろう。あいつらは警察になんていったんだろう、とルークは思った。それから自分自身警察になんというつもりなのだろう、と。もうすぐここで事情聴取《じじょうちょうしゅ》が行なわれることになっていた。話すべきこともあれば、おそらくは隠しておくべきこともあった。もしミセス・リトルのことを聞かれたら、なんと答えればいいかわからなかった。またぎゅっと手をにぎられて、ルークは母さんのほうを見た。

「だいじょうぶよ、ルーク。あなたには少し時間が必要なだけ。わたしからミランダに電話をしてなにがあったか話しておくわ。それからハーディング先生にもあなたがコンサートで演奏《えんそう》できないって知らせておかなくては」

「だめ！」自分の反応《はんのう》の激《はげ》しさに、ルーク自身少し驚《おどろ》いた。

母さんがルークの顔を見た。「なにがだめなの？　ミランダに話すこと、それともコンサートに出ないってこと？」

「コンサートに出ないってことだよ。つまり、コンサートには出るから。演奏したいんだよ」

「ルーク、コンサートまであと何日もないのよ。まだ弾《ひ》ける状態《じょうたい》じゃないわ」

「弾きたいんだよ」ルークはがんこにいった。「だいじょうぶだよ。それにミランダにもフルートの伴奏《ばんそう》をするって約束したし」

「だれか他の人がやってくれるわよ。メラニーとか、サマンサとか」

「ぼくがやりたいんだよ」

「けがをしてるじゃないの。あざだらけだし、それに右手はひどい状態なのに」

「だいじょうぶだよ。指は動かせるから」

「でも、火傷《やけど》のほうは？」

「弾けないほどひどくはないよ」

「まだ試してもないのに」

「だいじょうぶだってば。それから、右手以外もだいじょうぶだよ。ちょっと痛《いた》いけど、それだけだから」

母さんは顔をしかめた。「そうねえ、ほんとうにだいじょうぶかしら。いまはできると思っていても、そのときになったら体力がまだないとか、弾《ひ》く気になれないと思うかもしれないわよ。こうしましょう、わたしがハーディング先生になにがあったか説明して、あなたは演奏《えんそう》できないつもりでいてくれっていうわ。で、奇跡《きせき》が起こってあなたが弾けるということになったら、それはボーナスということにしましょう」

「コンサートはだいじょうぶだってば」

「まあ様子を見ましょう」

「だいじょうぶだよ」

母さんは首を振《ふ》ったが、顔はほほえんでいた。「そこまでがんこに言いあえるくらいだから、それほど具合《ぐあい》は悪くなさそうね」母さんは体をかがめた。「でもミランダに電話をすることについては、文句《もんく》ないでしょう?」

「ないよ」

母さんは自分の携帯《けいたい》を取り出した。「これもあなたから返してもらったことだし、いますぐに電話するわ」母さんはわざと意地悪な顔をしてみせた。

「だめだよ、かけちゃ」

「どういう意味？」

「病院内では携帯《けいたい》は使っちゃいけないんだよ。いろんな計器の支障《ししょう》になるから」

「あら、そうだったわね。すっかり忘《わす》れてた」母さんは顔をしかめて携帯をしまった。「でも、患《かん》者専用《じゃせんよう》の電話があるんでしょ？」

「うん。看護師《かんごし》さんに頼《たの》んで持ってきてもらうんだ」

「わかったわ。じゃあ看護師さんをさがしてくるわ」母さんは立ちあがってドアのほうを向いた。

だが、ルークがもう一度母さんの手を取った。

「母さん？」

母さんは立ち止まってルークのほうをふりかえった。

「なあに？」

ルークはしばらく母さんの顔をじっと見つめて、それからまた口を開いた。

「ロジャーと結婚《けっこん》してくれるよね？」

30

三日後、ルークは家に帰った。母さんが車をガレージに入れているあいだに、ルークは玄関《げんかん》をくぐり、廊下《ろうか》に足を踏《ふ》み入れた。なぜか何年も家から遠く離《はな》れていたような気がした。無防備《むぼうび》さと同時に不思議《ふしぎ》と安らぎも感じながら、あたりを見まわした。このふたつの感情《かんじょう》がどうして両立しうるのか、ルークにはわからなかった。わかっていたのは、自分がいままでとはなにかがちがうということだった。火事と木から落ちたショックの裏《うら》でなにかが起こったのだ。ルークを変えてしまうようなにかが。そういう意味では、自分の感じ方は正しいのだとルークは気づいた。そう、何年間も遠くに行っていたのだ、と。

実際《じっさい》には二年間。いや、正確《せいかく》には二年一ヵ月と六日だ。だけど、どうしてぼくはまだ日にちを数えているのだろうか？　自分の人生から逃《に》げ出し、死だけを見つめていた日にちや時間、一分一秒を数えあげたりしないで、思い出をなつかしむことはできないのだろうか？　そろそろ前に進むときだ。そうなっても父さんは自分といっしょにいてくれる。そう、いまもまたルークは父さんの気《け》配《はい》を感じていた。いまでも、前と同じようにごく身近に。ルークは目を閉《と》じて静けさの中でささやいた。「父さんがいるのを感じるよ。見えないけど感じるんだよ」

玄関《げんかん》のドアがかちっと鳴り、ふりむくと母さんが立っていた。ルークは歩いていって母さんを抱《だ》きしめた。母さんはくすくす笑った。「信じられないわ」

「信じられないって、なにが？」

「ここ何日かで、ひと月分よりもたくさん抱きしめられているわ」

「それって、文句《もんく》？」

「そういうふうに聞こえた？」

ふたりは声を合わせて笑った。それから母さんが口を開いた。「あなたにいうのを忘《わす》れていたわ――今夜夕食にお客さまをふたり招待《しょうたい》しているの。ちょっとわたしの勇《いさ》み足《あし》だったかもしれないわね。あなたはまだそんな気分じゃないかもしれないのに。だから、もし疲《つか》れているようなら、心配しないで。いつでも――」

「母さん」ルークは母さんの顔を見た。「ぼくはだいじょうぶだよ。ずっといってるだろ。今晩《こんばん》人と会うのもだいじょうぶだし、明日の晩のコンサートもだいじょうぶだって」

「うーん、コンサートのことはまだどうだかわからないけど」

「ほんとに出たいんだ。ぼくにとって大事なことなんだよ」

「そうね、ミランダにとってはたしかに大事なことね。とても緊張《きんちょう》してるでしょうね。あなたがやりたいっていうのを止めるわけにはいかないけど、でもこれだけは約束してちょうだい。もし突然《とつぜん》てくれるわ」

弾《ひ》きたくない気分になったら、そういうって。直前になってやめてもいいんだから。みんなわかっ

「そんな必要ないよ。だいじょうぶだから」

だが、ほんとうのところ、ルークは疲《つか》れきっていた。万全《ばんぜん》の体調と感じられるまで、じゅうぶん休養を取らなければならないことはわかっていた。だが、同時にコンサートで演奏《えんそう》しなければならないこともわかっていた。ミランダのためだけではなく、自分のためにも。いわなくてはならないことがあるような感じだった。それがなんなのかは自分でもわからなかったが、音楽を通してしかいえないことなのだった。

「で、だれが来るの？」ルークはできるだけ明るくいった。「いや、待って——ぼくに当てさせて。ロジャーとミランダでしょう？」

「そうよ。ミランダはフルートを持って早めにやってくるわ。あなたが練習をする気になった場合にそなえてね。でも、わかってるわね、ルーク、もし疲れていたら——」

「母さん」ルークは指を母さんの 唇《くちびる》 に当てた。「心配するのはやめてくれない？」

「そんなの無理よ」母さんはほほえんでルークにキスをした。「でも、努力してみるわ」

ミランダは七時ちょっと前にやってきた。片手《かたて》にフルートを持ち、もう一方の手に赤いシャクヤクの花束を抱《かか》えていた。ミランダはルークにほほえみ、なぜかちょっとどぎまぎしながらルークもほほえみかえした。だが、ミランダに会えてうれしかった。母さんが台所から出てきた。「ミラン

ダ！　玄関《げんかん》のベルが鳴ったような気がしたんだけど、オーブンに頭をつっこんでいたからよくわからなかったのよ」

「まさか、ガスオーブンで自殺されるつもりじゃないですよね？」

母さんは笑った。「それはないわね。まあ、なんてきれいなお花なの」

「どうぞ。庭に咲《さ》いてたので」

「それはありがとう。これに合う花びんをさがしてくるわ。なにか飲み物はいかが？　ちょうどオレンジジュースをしぼったところなの」

「うれしい。いただきます」

「じゃああとで持っていくわ。あなたたちふたりで先に行ってて」

ルークは音楽室に案内し、中に入るとドアを閉《し》めた。ミランダは部屋《へや》の中央まで歩いていって、作曲家たちの胸像《きょうぞう》や楽譜《がくふ》を入れた棚《たな》、ピアノ、窓辺《まどべ》にある古いハープなどを見まわした。「あたし、この部屋が大好き。ルークのお父さんの人柄《ひとがら》がしみこんでいるわ。それからルークの人柄も」

「ぼくのはどうだかわからないけど、父さんの人柄はたしかにそうだね」

「いいえ、ルークのもよ。ほんとうに」ミランダは古いハープのほうをあごで示《しめ》した。「お父さん、あれを弾《ひ》いてらしたの？」

「あまり弾いてないよ。店でほこりまみれになってるのを見て、かわいそうに思って買ったんだって。ときどきつまびいてはいたけど、ハープは本業じゃないからね」

「じゃあだれも弾いてないの？」

「うん。ちょっともったいないよね。だって、かなり古いやつだけど、音は正確《せいかく》なんだよ。売ればいいんだけど、なんとなくここに置いておきたいんだ。たとえなんの音楽も奏《かな》でなくてもね」

母さんがオレンジジュースのグラスを持って姿《すがた》を見せたが、ジュースをピアノの上に置くとまた出ていった。ミランダはドアが閉《し》まるのを待ってから、ルークのほうを見た。「ルーク、だいじょうぶ？」

「だいじょうぶだよ」

「すごく疲《つか》れているように見えるけど」

「いや、だいじょうぶだよ。ほんとに」

「それから、コンサートで弾《ひ》くほうも、ほんとにだいじょうぶなの？　無理しなくてもいいのよ、あの、もしルークが――」

「ミランダ、いいかい、ぼくはだいじょうぶだってば。わかった？」ルークはミランダにほほえみかけた。「ミランダもなんだか母さんみたいになってきたな」

「それはどうも！」ミランダはルークをピアノのほうに押《お》していってすわらせた。「じゃあやりましょう。練習よ」ミランダはフルートを持ち上げたが、急にまた下ろした。「あっ、いけない！」

「どうしたんだい？」

「楽譜《がくふ》を持ってこなかったわ。ルークが見るものがなにもない」

「だいじょうぶだよ。覚えているから」

「ああ、失礼」ミランダは苦笑いした。「ルークが天才だってこと、忘《わす》れてたわ」ミランダはフルートをふたたび持ち上げた。「さあ、行くわよ」

「ちょっと待って。楽譜《がくふ》をぜんぜん持ってこなかったっていうことは、暗譜《あんぷ》してるってこと？」

「そんなに驚《おどろ》かないでよ」

「べつに驚いてないよ」

「ううん、驚いてる」

「いや、驚いてない。ぜんぜん驚いてない」

ミランダは突然《とつぜん》顔をそむけた。「ルーク？」

「なに？」

「あたし、ほんとうに一生けんめい練習したのよ」

「知ってるよ」

「コンサートでルークに恥《はじ》をかかせたくないから」

「そんなことになるはずないよ」

「それと、あたし自身も恥をかきたくないから」

「そんなことにはならないって。きっとうまくできるよ。さあ、やろう」

ふたりは演奏《えんそう》を始めた。すぐにルークにはミランダのいうとおりだとわかった。ほんとうに一生けんめい練習していた。『精霊《せいれい》の踊《おど》り』は始めから終わりまで一度もつまずくことなく、流れるように演奏された。曲が終わってからも長い沈黙《ちんもく》があったが、ふたりともそれを破《やぶ》りたくなかった。

やがてミランダが肩《かた》をすくめた。

「真ん中のあたり、速すぎると思う?」

「いや」

「なにか――」

「ミランダ」ルークはピアノからミランダへと視線《しせん》を移《うつ》した。「すばらしかったよ」

「お世辞《せじ》でしょう」

「そうじゃないよ。本気でいってるんだ。ほんとうにすばらしかったし、フルートの音色《ねいろ》もよくなったよ」

「ありがとう」ミランダはうつむいた。「ルークがそんなことをいってくれるなんて、うれしいわ。それにハーディング先生も同じことをいってくれた。だから、ルークの口から出まかせじゃないのかもね」

ルークは笑いだした。「人からほめられたらすなおに受け入れるようにしたほうがいいんじゃないの?」

「そうかもね」ミランダはルークにほほえみかけた。「もう一度やったほうがいいと思う? つまり、念のためにあと一回――」

「いや」ルークは首を横に振《ふ》った。「その必要はないよ。いまここでどういうふうに演奏《えんそう》したかを覚えておいて、明日も同じようにすればいいよ。まったく同じというわけにはいかないだろうけど――二度と同じにはならないからね――でも、きっとうまくいくよ。今日よりうまくできるかもしれない」

「弾《ひ》いているときに、手は痛《いた》くなかった？」

「ええと——火傷《やけど》のこと？」

「そう」

「最初はちょっと痛かったけど——のばすときにね、でも弾いていくうちに慣《な》れてきて、終わりのころには忘《わす》れてしまってたよ。ぜんぜん問題ない」

ミランダはフルートをピアノの上に置き、オレンジジュースをひと口飲んだ。「あの女の子のこと、不思議《ふしぎ》だと思わない？」

ミランダがいつバーリーのことをいいだすだろう、とルークはずっと思っていた。バーリーの話は大ニュースになっていた。ルーク自身のこともニュースにはなったが、簡単《かんたん》にふれられただけだし、名前は伏《ふ》せてあった。だがバーリーのことはすべての新聞でトップ記事だった。知的障害《しょうがい》のある少女が、二年間行方《ゆくえ》不明の末に森で劇的《げきてき》に発見された。《不明少女発見される》という見出しもあれば《神隠《かみかく》しの子の帰還《きかん》》というものもあった。ある解説者《かいせつしゃ》はラジオでバーリーのことを〝パーディータ〟(注)と呼《よ》んだが、どういう意味かはわからなかった。ロバーツ夫妻《ふさい》に電話をかけてきて、バーリーがいる場所まで導《みちび》いたという匿名《とくめい》の若《わか》い女性《じょせい》の正体《しょうたい》を、みんなが知りたがっていた。ルークは内心笑《え》みを浮かべた。マスコミでは自分は匿名の若い女性ということになっているんだ。自分の名前を秘密《ひみつ》にしておいてくれるかぎり、そんなことは気にならなかった。ロバーツ夫妻がこういうふうにかばってくれるとは思っていなかった。自分の身元をさぐろうとしているのでは、と思ったくらいだったから。だが、夫妻はどうやら自分をそっとしておいてくれたようだ。ルークは感謝《かんしゃ》していた。ひょっとしたらルークがほんとうにバーリーの友だちだとわかってくれたのかもしれない。ルークはミランダの質問《しつもん》を思い出していった。「うん、不思議《ふしぎ》だね」

「ルークは、あの女の子が森にいたのと同じころに、ひどい目にあっていたのよね。それって不気味じゃない？　なにも見なかった？」

「なにも」

「あの子はブランブルベリー寄《よ》りの端《はし》で見つかったんだから、見たはずないわね。だってルークは森の反対側にいたんだから。それにしても、不思議な話だわ」

「うん」

玄関《げんかん》でベルが鳴った。そのややあとに、母さんが呼《よ》ぶ声が聞こえた。「ルーク？　出てくれる？いま手が離《はな》せないの」

「いいよ！」ルークは叫《さけ》びかえした。そしてミランダといっしょに玄関ホールまで出ていってドアを開けた。ロジャーが立っていた。右腕《みぎうで》はギプスをして三角巾《さんかくきん》で吊《つ》りさげられていた。自由なほうの手には赤いシャクヤクの花束を抱《かか》えていた。ミランダはそれを見るとくすくす笑いだした。

「すてきなお花ね、ロジャー」ミランダはロジャーのほうに歩いていって、頬《ほお》にキスをした。「あたしが持ちましょうか？」

「ありがとう」

「あたしたち、そのギプスにサインしてもいい？」

（注）シェークスピア作の『冬物語』の主人公。赤《あか》ん坊《ぼう》のときに捨《す》てられた王女だが、十六年後に発見され、めでたく結婚《けっこん》する。

「そっと扱ってくれればね」

「約束するわ」

「ぼくが心配していたのはルークのほうだよ」

母さんがオーブン用のミトンを手にして出てきて、ロジャーと顔をあわせた。「ちょうどいいタイミングだったわ。あと五分ほどでできあがるから」

「ロジャーがお花を持ってきてくれたんですよ。ほらね？」ミランダがシャクヤクの花束をかかげて見せた。

「あら――」母さんとミランダはそっとほほえみを交わした。

「気に入ってくれればいいんだけど。庭から摘《つ》んできたんだ」とロジャーがいった。

「もちろんよ」母さんはあわてていった。「すてきだわ。ありがとう」母さんはロジャーにキスをし、それからミランダから花束を受け取ると台所へ向かった。「ちょっと失礼させてもらうわね。なにかがふきこぼれそうになっているわ。ルーク、ロジャーにビールをあげてくれる？」

「オーケー」ルークはビールを取り出してグラスに注ぐと、玄関《げんかん》ホールに引きかえした。ロジャーとミランダはまだそこに立ったままなにやら話しこんでいた。

「ありがとう」グラスを受け取ってロジャーがいった。「どうだい、気分は？」

「いいよ」ルークはあくびをしながらいった。「でもこの三日間、眠《ねむ》ってばかりのような気がする」

「それが必要だったんだよ。病院がきみを三日間入院させて、正解《せいかい》だったよ。すごくいい人たちだったろ？」

「うん」ルークはまたあくびをした。「そっちはどう？　気分は？」

「ラグビーのイングランド代表チーム全員に踏《ふ》みつけにされたような気分だよ。だが、それ以外はかなりいい」

「すごく勇敢《ゆうかん》だったわね」ミランダがいった。

「いや、そんなことないんだよ。避《さ》けるわけにもいかなかったというだけさ。まさかあんなに重いとは思わなかったよ」

ミランダは笑ったが、すぐに真剣《しんけん》な表情《ひょうじょう》にもどった。

「ロジャー？」

「うん？」ロジャーがビールをすすりながらいった。

「ルークの木はほんとうに死んじゃうの？」

「べつにぼくの木じゃないよ」ルークがいった。

「あたしはずっとあれはルークの木って気がしてたわ」

「ぼくもだよ」ロジャーはルークにほほえみかけ、それからミランダのほうに向きなおった。「残念だが、とても生き残れるとは思えないな。消防署《しょうぼうしょ》の人たちはできるだけ速く火を消そうとすばらしい働きをしてくれた。ことに、ディーゼルオイルのしみこんだタイヤを扱《あつか》わなければならなかったことや、森の奥《おく》で行きにくい場所だったことなんかを考えあわせるとね。問題は、木の皮の大部分が焼け落ちてしまったということなんだ。とくにあいつらがタイヤを積みあげた側の皮がね。木を保護《ほご》しているのは皮なんだよ。だから、あの木がうまく生き長《なが》らえるかどうか、まったくわからない。生きのびるかもしれないが、正直《しょうじき》いって、その見こみはあまりないだろうな。ほんとうに残念だけど」

　ルークはあの木のことを思った。自分の美しい木、友だちだった木——そして唇《くちびる》を噛《か》みしめた。あの木が死ななければならないなんてひどすぎる。だれか話題を変えてくれればいいのに、とルークは思った。さいわいなことにちょうどロジャーがそうしてくれた。「ルーク、きみにきこうと思っていたんだが、森でなにがあったかだれかからきかれた？」

「どういうこと？　マスコミの人のこと？」

「いや、マスコミじゃない。マスコミからうるさくいわれることはないはずだ。いまの時点では取《しゅ》材《ざい》は許可《きょか》されていない。それに、関係者がみんな十四歳《さい》ということで、名前を出すことも禁《きん》じられている。裁判《さいばん》になったときにはどうなるのかわからないが、きみをそっとしておいてくれればいいんだけどね。いや、ぼくがきいたのは警察《けいさつ》のことだよ。警察からなにかいってきた？」

「うん、かなりね。病院にやってきていろいろきいていったよ。ものすごく長いあいだ。でも、ぼくがすごく疲《つか》れていたから、そういうふうに感じたのかもしれないけど。それから警部《けいぶ》さんがここにも電話してきたよ」

「それはいつのことだい？」

「一時間ほど前かな」

「なんのために？　さらになにかきかれたのかい？」

「ううん、ただぼくの様子を確認《かくにん》するためだっていってたけど」

「それはよかった」

「ふつうの補足調査《ほそくちょうさ》だって母さんは思ってるみたいだよ」

「それでもよかったよ」

「うん。警察《けいさつ》からなにかきかれた?」

「ちょっとね」とロジャーはいった。「でもぼくはこの件《けん》で主役じゃないから。主役はきみだよ。だから警察もきみに長い時間をかけてるんだ。とにかく、うまくいったのかな?」

ルークは警察から事情《じじょう》を聴取《ちょうしゅ》されたときのことを思い起こした。自分がいったことや、いわなかったことを考えあわせて、注意深く言葉を選んでいった。「うまくいったよ。スキンやダズとのあいだでここのところいろんなことが積み重なってきていて、ついにそれが爆発《ばくはつ》したんだって話したんだ。二年ほどあいつらとつるんでいたけど、悪い影響《えいきょう》を受けているって気づいたから、仲間からぬけだそうとしていた。やつらはそれでぼくをいじめだして、それがどんどん悪質《あくしつ》になっていった。そしてついに、ぼくをひどい目にあわせてやろうと決めたんだ」

「ひどい目だって?」ロジャーはルークを見つめた。「きみはあれをそんなふうにいうのかい? ジェイソン・スキナーはきみを殺そうとしたんだよ。そのことがわかっているのか?」

「うん、わかってる」

「警察にもそういったんだろうね」

「うん、いったよ」

「あれは罪《つみ》のないいたずらなんかじゃないんだよ、ルーク。あいつはタイヤに火をつけたんだよ。そしてその上にディーゼルオイルを浴びせかけたんだ。どうなるかわかっていてね。あれは殺人未《み》遂《すい》だよ。それより前にあいつらがきみになにをしたかはこの際《さい》関係がない。今度の一件《いっけん》であいつはいま拘留《こうりゅう》されているんだ。きみもおそらく証言《しょうげん》しなければならなくなるだろうな」

「わかってる。そういわれたよ」

ルークはミセス・リトルのことを思った。ミセス・リトルのことも、〈お屋敷《やしき》〉のことも、バーリーのことも、だれにもしゃべっていなかった。そしていまもまだ話したほうがいいのかどうか迷《まよ》っていた。ミセス・リトルは悪いことをした。それはわかっていた。だがバーリーの人生にミセス・リトルがはたした役割《やくわり》について、ルークが知らないことがまだいっぱいあった。どうすべきか決める前に、まずミセス・リトルと話さなければならない。それに、ルークがなにをいうかは、スキンたちがなにを話したか次第《しだい》でもあった。

「ダレン・フィッシャーはどうなったの？」ミランダがきいた。

「スキナーと同じだよ」とロジャーがいった。「拘留中だ。当然だろうよ。ふたりとも自業《じごう》自得《じとく》だ。暴行《ぼうこう》と殺人未遂——ひどいことをやったもんだ。ジェイソン・スキナーのほうが刑《けい》が重くなるんじゃないかな。あいつが扇動《せんどう》したわけだから。それに、どうやらあいつのほうがフィッシャーより前科も多いらしい」

「はるかに多いよ」とルーク。

「で、ボビー・スピードウェルは？」とミランダがきいた。

「あいつについてはどうなるのかよくわからない」とロジャーがいった。「むずかしいところだな。それほどひどい刑《けい》にはならないかもしれない。あいつは曲がりなりにも、あの場から逃《に》げて助けを呼《よ》ぼうとしたんだからね。裁判《さいばん》の結果どうなるのか、まあ様子見《ようすみ》というところかな」

ルークは写真と悲しみとともに引きこもっているあの老女のことをふたたび思った。いまはまちがいなく、自分はどうなるのだろうとおびえているはずだ。ミセス・リトルもこのニュースは聞いているにちがいない。そしてルークが警察《けいさつ》になにをしゃべったのだろうと思っているはずだ。ルークは大きなグランドピアノのあるミセス・リトルの居間《いま》を思い描《えが》いた。あのピアノもほんの短いあいだ命を吹《ふ》きかえしたあと、また沈黙《ちんもく》を守っているはずだ。

ミランダがまた口を開いた。「ロジャー？」

「なんだい？」

「いま、そのギプスにサインをしてもいい？」

「いいよ、でも――」

「やさしくするから。ペンを持ってる？」

「悪いが持ってないんだ」

「ここにあるよ」ルークがいって、電話用のメモ帳《ちょう》のところにあったペンをミランダにわたした。

ミランダはロジャーのギプスの上になにやら書きはじめた。片手《かたて》をロジャーの腕《うで》の下に回してギプスを支《ささ》えながら、もう片方の手で書いている。ルークはミランダの肩《かた》ごしにそこに書かれたメッセージを見た。

ロジャー、早くよくなって。もっともっと彫刻《ちょうこく》を作ってほしいから。

　たくさんの愛をこめて、ミランダ

ミランダはペンをルークに手わたした。「ルークの番よ」

「オーケー」ルークはペンを受け取り、ミランダがやっていたようにロジャーの腕《うで》を支《ささ》えた。それからなにを書くか考えようとした。いいたいことはいっぱいあったが、結局ひとことしか出てこなかった。だからそれを三回書くことにした。


　ありがとう、ありがとう、ありがとう。

　　ルーク

ロジャーはメッセージを見た。「これ以上ありがとうといわれたら、きみがぼくのことを好きになりはじめているんじゃないかと心配になってくるよ」

「そこまではいわないよ」

「ああ、それではっとしたよ」

そこで三人そろって食堂に向かった。

31

翌朝《よくあさ》、十一時になっても〈お屋敷《やしき》〉のカーテンはまだ閉《し》まっていた。ルークは門の外に落ち着かない思いで立っていた。家で今夜のコンサートの練習をするべきだとはわかっていたが、これだけはしなければならなかった。避《さ》けることはできない。だが、閉められたカーテンが気に入らなかった。そのせいで屋敷がこれまで以上に不気味に見えた。それにしてもどうしてこんな時間にまだ閉まっているのだろう？

ルークは中にいる老女のことを思った。その孤独《こどく》と不幸を、そして自《みずか》らの行《おこ》ないのためにそれまでにも増《ま》して人々から嫌《きら》われ、そしてもちろん、警察沙汰《けいさつざた》になるとおそれているであろうことを思った。ルークはカーテンをもう一度ちらりと見て、それから急いで玄関《げんかん》に行くとベルを押《お》した。

返事はなかった。しばらく待ってもう一度ベルを押す。やはり返事がない。三度目を試みた。まだ返事がなかった。家の中からはまったく物音が聞こえてこない。ひょっとしたらミセス・リトルは出かけているのかもしれない。逮捕《たいほ》をおそれて、どこかに身を隠《かく》したのかもしれない。ルークは家の裏《うら》のほうに歩いていって上を見た。書斎《しょさい》の窓《まど》が開いていた。それからミセス・リトルの寝室《しんしつ》の窓も。どうやら家にいるようだ。だがそれならどうしてどこもカーテンが閉《し》まっているのだろう？

ルークの不安はどんどん大きくなっていった。居間《いま》のほうへ行って、カーテンのすきまがないかさがしはじめた。すぐ近くに、一カ所あった。小さなすきまだったがだいじょうぶだろう。ルークは中をのぞいてびっくりした。ミセス・リトルが居間の反対側に顔を向けてひじかけ椅子《いす》にすわっていたのだ。ルークに見えるのは椅子の背《せ》の上から出ているミセス・リトルの頭の後ろ側だけだった。その横の小さなテーブルの上に、グラスと薬のびんが転がっていた。

ルークはぎょっとした。ミセス・リトルはなにをしたんだ？　ルークは窓をたたいた。人影《ひとかげ》は動かなかった。もっと大きな音でたたく。それでも人影は身じろぎもしなかった。ルークは体の中からパニックがこみあげてくるのを感じ、思いっきり大きくドンドンと窓をたたいた。「ミセス・リトル！」そう叫《さけ》んだ。

なんの反応《はんのう》も、なんの動きもなかった。

ルークは必死になってあたりを見まわした。どうすればいいだろう？　電話で助けを呼《よ》んで、救急車に来てもらわなければ。だが今日は携帯《けいたい》電話を持っていなかった。ルークはちらりと書斎の窓に目をやった。前にもやったのだから、またできるはずだ。這《は》いのぼって中に入れたら、ミセス・リトルの電話を使おう。それなら間《ま》にあうかもしれない。ルークは雨どいのところまで走り、よじのぼって書斎の窓から入りこんだ。それから廊下《ろうか》を走り、階段《かいだん》を駆《か》けおりて居間に向かった。

すると、ミセス・リトルが真ん前に立っていた。

ルークは荒《あら》い息をしながら立ち止まった。ミセス・リトルの姿《すがた》を見てぎょっとした。目がうつろで、立っているのもおぼつかない様子だった。この前に見たときより十歳《さい》も老《ふ》けたように見えた。そして打ちひしがれていた。ひと目見ただけでそうわかった。それでも、ルークを驚《おどろ》かすパワーはおとろえていないようだった。ミセス・リトルはあのいつもの、人をさげすむような目でルークを見た。

「いや、あたしは薬を多量に飲んだりしてないよ」そう苦々しくいった。「ちょっと頭痛《ずつう》がするだけさ」

ルークはなんといっていいのかわからないまま、ミセス・リトルの前に突《つ》っ立っていた。ミセス・リトルはしばらくだまってルークを見ていたが、やがてひと言もしゃべらないままひじかけ椅子《いす》のほうに行くと、ゆっくりとすわりこんだ。ルークももうひとつのひじかけ椅子まで歩いていって、ミセス・リトルの目をじっと見たまま、向かいあう形ですわった。ミセス・リトルは疲《つか》れきった声でしゃべりだした。

「警察《けいさつ》が昨日《きのう》訪《たず》ねてきたよ。やってくるだろうとは思っていたけど」

「おれは警察にはなにもしゃべってない」ルークはあわてていった。「あの、バーリーのことだけど」

「あんたがしゃべってないことはわかってるよ」ミセス・リトルはルークをじっと見つめた。「警察はバーリーのことで来たんじゃない」

「なんだって？　いや、あの——もう一度いってもらえますか？」

「警察《けいさつ》はバーリーのことで来たんじゃないんだよ。あの子の名前すら出さなかった」ミセス・リトルは頭を椅子《いす》の背《せ》にもたせかけた。「あんたのことでやってきたんだよ」

「おれの？」

「ああ」ミセス・リトルは言葉を切った。「あの事件《じけん》のことは気の毒だったね」だが、それほど気の毒だと思っているようには聞こえなかった。ルークがだまったままでいると、ミセス・リトルは同じ抑揚《よくよう》のない声で話をつづけた。「警察がやってきたのは、あんたのいわゆるお友だちが、あんたがふた晩《ばん》つづいてこの家に侵入《しんにゅう》して、宝石箱《ほうせきばこ》を盗《ぬす》もうとしたといいはったからなんだよ」

ルークは体をこわばらせた。病院での事情聴取《じじょうちょうしゅ》のときにもそれ以後も、ルークは警察に〈お屋《や》敷《しき》〉のことはなにも話していなかったし、警察のほうでもぜんぜんふれてこなかった。担当《たんとう》の巡査《じゅんさ》がまた今朝になって様子はどうかと電話をしてきたが、〈お屋敷〉のこともミセス・リトルのこともバーリーのこともひと言もふれなかった。それどころか、ほとんどサッカーのことばかりしゃべっていたのだ。ミセス・リトルは話しつづけた。

「あたしは宝石箱なんて持ってないと警察にいったよ。他の子たちが何度も家を偵察《ていさつ》してたのは見たけれども、だれも侵入なんかしていないともね。あたしはよく眠《ねむ》れなくて——これはほんとうのことだけど——夜は遅《おそ》くまで起きているから、もしだれかが入ってきたら物音が聞こえるはずだ、ましてふた晩つづけてならば、とね。あんたのことを知ってるかと聞かれたから、ああ、知ってるといっておいたよ。あんたはときどきここにやってきてピアノを弾《ひ》いてくれるあたしの仲のいい友だちだから、その子が夜中に押《お》し入《い》るなんてまずありえないっていっといたよ。なにか盗まれたものはないかときかれたので、ないと答えた。だけど、もちろんそれは嘘《うそ》さ。あんたはたしかに盗《ぬす》んだからね」ミセス・リトルはルークをきびしい目で見た。「あんたは腕輪《うでわ》を盗んだ。それからあたしの以前の人生についての知識《ちしき》も盗んだんだよ。あんたが知るべきことではなかったのに」

「わかってる。悪かったよ。反省《はんせい》してる」重苦しい沈黙《ちんもく》が流れた。「どうしておれのことをいわなかったの？」

「あんたがあたしのことをいわないでいてくれたからだよ」ミセス・リトルはいった。「もちろん、あたしの犯《おか》した犯罪《はんざい》は、あんたのより重いことはわかっている。ずっと重いってことはね。もし真実が明るみに出れば、あんたはすぐにゆるされて、地元のヒーローに祭りあげられるのはまちがいない。で、あたしはこれまで以上にひどい悪口をいわれるだろうよ。そうなって当然だと思うけど」

「だけど、少しはほんとうのこともいってるじゃないか。つまり、おれがここに来てピアノを弾《ひ》いていたってこととか」

「まあね」

「じゃあ、おれたちが友だちだってことは？」

「それが嘘だってことはふたりともわかっているはずだよ」

ルークは唇《くちびる》を噛《か》み、顔をそらした。「あんたがおれは押《お》し入《い》ってないっていったら、警察《けいさつ》はなんていった？」

「本気でそう考えていたわけじゃないといっていたよ。〈お屋敷《やしき》〉や宝石箱《ほうせきばこ》のことを口にしたのは少年たちのひとりだけらしい。その子の話は混乱《こんらん》していてわけがわからなかったんだと思うよ。だから警察《けいさつ》も最初から本気にはしていなかったんだろうけど、一応《いちおう》は調べなくてはと思ったんだろう。他のふたりはきかれてもすべて否定《ひてい》しているらしいよ」

ルークはあごをなでた。それをいったのがだれかは容易《ようい》に想像《そうぞう》できた。スピードがいつもの要領《ようりょう》を得ない話し方で真実を告白したのだろう。スキンとダズは、もちろん暴行《ぼうこう》と殺人未遂《みすい》をも含《ふく》めて、すべてを否定したのだろう。時機《じき》が来れば、ルークもそれについて証言《しょうげん》することになるだろうが、そのときには警察に話したのと同じ線で押《お》すしかない。だが、ルークはまだミセス・リトルのことを明らかにしたほうがいいのかどうかわからなかった。ミセス・リトルは悪いことをした――これは明らかだった――が、なぜかルークはミセス・リトルを犯罪者《はんざいしゃ》として見ることができなかった。バーリーを両親から引き離《はな》してしまったけれど、バーリーを愛していたことはたしかだったし、バーリーからも愛されていた。それにミセス・リトルは生涯《しょうがい》、ほとんど愛にも友情《ゆうじょう》にも恵《めぐ》まれなかった人なのだ。バーリーも行ってしまったいま、おそらくいままで以上にさびしい思いをしていることだろう。ルークはためらったが、やがて口を開いた。「おれたちが友だちだと警察にいってくれて、うれしいよ」

ミセス・リトルは鼻を鳴らした。「あたしが行ってしまったら、あんたの気持ちも変わるだろうよ」

「行ってしまう?」ルークはびっくりした。「まさか――」

「いや、ちがう、ちがう」ミセス・リトルはつっけんどんにいった。「なにも自殺しようなんて思ってないよ。そうなれば村の人たちは喜ぶんだろうけどね。インドに帰ろうと思ってるんだよ。あっちにはまだ一人か二人は生きている知りあいがいるからね」

「どうしても行くの？」

「ああ」ミセス・リトルはあたりを見まわした。「ここのどの部屋《へや》を見てもバーリーのことを思い出してしまってね」ミセス・リトルの声が多少やわらいだ。「あたしがビル以外でほしかったのは、子どもだったんだよ。だから、ビルが死んだとき、あたしの人生は終わったと思った。あたしは他のだれとも結婚《けっこん》したくなかった。他の人なんてだれも愛せないとわかっていたから。それにだれがあたしなんかを本気で愛することができる？」

「ビルは愛したじゃないか」

「ビルは特別だったんだよ！」ミセス・リトルはするどい声でいった。「あの人はどういうわけだか、あたしのことを一度も醜《みにく》いなんて思わなかった。だけど他の人はみんなちがう。他の男はあたしになんかこれっぽっちも興味《きょうみ》を持たなかった。あたしのほうだって興味を持ってほしくなんかなかったけれどね。だけど子どもはほしかったんだよ。ほしくてたまらなかった。子どもたちも男と同じように、あたしを気持ち悪がっていたとしてもね。だけどバーリーは一度もあたしを見ていない。だからあたしがどんな顔をしているかあの子は知らないんだよ」

ルークは自分の前にあるやつれはてた顔を見て、自分もかつてはミセス・リトルのことを醜くて感じが悪いと思っていたが、もはやそうは思っていないことに突然《とつぜん》気がついた。なぜなのかははっきりわからなかった。ミセス・リトルは話しつづけた。

「あたしはあの子をちょうど二年前に見つけたんだよ。あの子は八歳《さい》だった。あたしはその数週間前にインドからもどってきて、〈お屋敷《やしき》〉に移《うつ》り住んでいた。だけどあのときは兄のレイフの葬式《そうしき》に出るために車でヘイスティングズへ行ったんだよ。レイフはあたしのただひとりこの世に残された身内だった。もっともずっと仲は悪かったけれどね。レイフはどうしようもない浪費家《ろうひか》で、父があたしにはたくさんお金を残してくれたのに、自分にはほとんど残さなかったといって、けっしてあたしをゆるさなかった。父はレイフに財産《ざいさん》を残しても一年もしないうちにギャンブルで使いはたしてしまうだろうとわかっていたんだよ。とにかく、レイフはヘイスティングズにひとりで住んでいて、ちょうどあたしがインドから帰ってきてすぐに死んだ。当時あたしは車を持っていてね——その後手放したけど——で、車で葬式に行ったんだよ。その帰り道のことだった。ヘイスティングズのはずれの人気《ひとけ》のない道路を走っていると、溝《みぞ》に小さな女の子が倒《たお》れていたんだよ。あたしは車を止めて様子を見にいった。それがバーリーだったんだ。意識《いしき》を失っていた。体の半身に打撲傷《だぼくしょう》があり、頭にもひどいけがをしていたけれど、まだ生きていた。ひき逃《に》げされたみたいだった」

ミセス・リトルは挑《いど》みかかるような顔でルークを見た。「あたしはインドで看護婦《かんごふ》をしていたと話したけど、あれはほんとうなんだよ。事故《じこ》の被害者《ひがいしゃ》を扱《あつか》った経験《けいけん》もいっぱいあった」ミセス・リトルは言葉を切ったが、まだルークをじっと見ていた。まるで自分の話の中にはほんとうのこともあるとルークが信じていることを、確認《かくにん》しているかのように。だがルークはなにもいわなかった。

しばらくしてからミセス・リトルは話をつづけた。「あたしはなんとかあの子を蘇生《そせい》させることができた。かろうじてね。それからあの子の全身を丹念《たんねん》に調べた。あの子は少しうめいて、手足を動かした。身もだえさえしはじめた。どこも骨《ほね》は折れていないようだったけれど、重傷《じゅうしょう》であることはまちがいなかった。あたしはあの子を乗せていちばん近い電話ボックスまで走り、救急車を呼《よ》ぼうと心に決めた。で、あの子を抱《だ》きあげて車に乗せ、道路を走っていったんだよ」

ミセス・リトルは顔をくもらせた。「そのときにふと考えが浮《う》かんだんだよ。なんてことを。悪いことだとわかっていたから、ずっとはらいのけようとした。あの子はあたしのものじゃない。あの子はけがをしている。ショック状態《じょうたい》だ、って。そのときは、頭のけがのために目が見えなくなっていたことには気がつかなかった。だけど、車を走らせているうちに、感じはじめたんだよ……こうなったのもなにかの縁《えん》だって」ミセス・リトルはルークと顔が合わせられないかのように、顔をそむけた。「あたしは助手席を後ろに倒《たお》して、あの子をそこに寝《ね》かせていたんだ。そして運転しながら、あの子をなでてなぐさめようとしていた。そのとき、あの子が……あの子が突然《とつぜん》あたしのほうに手をのばしてきたんだよ。ほんとうに信頼《しんらい》しているような感じだった。あたしのことを知っているみたいに。それであたしの気持ちが……あのときどういう気持ちになったのか、いまではわからない」

「で、どうしたの？」

「あの子を連れて帰ったんだよ」ミセス・リトルは簡単《かんたん》にいった。「わかってる。いけないことだって。とんでもないことだって」ミセス・リトルの目に涙《なみだ》が浮かんでいた。ミセス・リトルはまるでそれが汚点《おてん》であるかのように乱暴《らんぼう》にその涙をぬぐった。「そこまで子どもがほしいという気持ちがどんなものか、あんたにはわからないだろうね。それは……痛《いた》みのようなものなんだよ。心の中をどんどん蝕《むしば》んでいく。子どもを見るたびにその気持ちはひどくなっていく。この小さな女の子を見て、すごくかわいくて信頼《しんらい》しきっている子を見て……どうしようもなくなってしまったんだよ。あたしはだれにも気づかれずにあの子を家に連れて帰った。そして腕輪《うでわ》をあの子からはずし、ナタリーと呼《よ》び、あの子の世話を始めたんだよ。あたしの技術《ぎじゅつ》と経験《けいけん》をもってすれば、じゅうぶんにできるとわかっていた。あの子はよくなってきて、あたしたちの絆《きずな》も強くなっていった。最初のころはすばらしかったんだよ。ビルとあたしがとうとう持つことができなかった子どもに出会ったような感じだった」

「だけどあの子はあんたのものじゃない。連れてきたりしてはいけなかったんだ」

「そんなことはわかってるよ！」ミセス・リトルはルークをにらみつけた。「あたしがなにをやってるかわかっていなかったとでも思うのかい？　最初のうちはものすごい罪《つみ》の意識《いしき》を感じていた。とくにこの話が表《おもて》ざたになって、あの子の両親がニュースに出てあの子を返してくれと訴《うった》えているのを見るとね。ニュースを見て初めてあたしにも事情《じじょう》がわかったんだよ。父親と母親のあいだで多少の行きちがいがあったらしい。父親のほうは母親があの子の面倒《めんどう》を見ていると思っていて、母親のほうでは父親が見ていると思っていたとか、そういうことだった。とにかく、どういうわけかバーリーがふらふらと家から出てあの道路まで行ってしまい、そこで車にはねられてそのままにされたにちがいない。あたしに見つけられるためにね」ミセス・リトルの声がふたたびやわらかくなった。「あたしがあの子を見つけたのは運命だったんだよ。あたしがあの子を見つけたのは運命だったんだ」

「だけど、あの子をずっと手もとにおいておくためじゃない！」ルークは首を振《ふ》った。「まちがってるよ。あんただってそれはわかってるはずだ」

「わかってるよ、わかってるとも」ミセス・リトルの目にふたたび涙《なみだ》が浮《う》かんできた。「あの子を両親に返そうと本気で考えたんだよ。とくに両親がテレビで訴《うった》えてるのを見たあとにはね。だけど、そうしているうちに何週間かがすぎ、何カ月かがすぎていった。あたしはどんどんあの子が好きになっていったし、あの子もあたしのことを好きになっていった。あたしたちはいつもいっしょだった。すばらしかったよ。あたしはあの子を抱《だ》いてやり、あやしてやり、食事をさせてやった。そしてあの子がこの家を歩きまわるのにつきそった。それから……とにかくそういうふうに親しくなっていったんだよ」ミセス・リトルはハンカチを取り出し、涙を拭《ふ》いた。「あの子はほんとうにすばらしかった。人目につくことをおそれて、あたしはあの子を外には連れていかなかった。ずっと家に閉《と》じこもり、人がうちに来ないようにしたんだよ。そんなにむずかしいことじゃなかった。それまでだってそうしていたんだからね。あたしは嫌《きら》われ者だったから。だけど、バーリーはあたしを嫌わなかった。あの子はあたしを愛してくれたんだよ。もうそれだけでじゅうぶんだった」

「それでも、やっぱりまちがってるよ」とルークはつぶやいた。「あんただってわかってるはずだ。両親がどんな気持ちでいるか考えなかったの？」

「あの人たちはあの子を外に出してしまったんだよ！」ミセス・リトルはルークをにらみつけた。

「あの子がさまよい出ても、ほったらかしだったんだよ！」

「それは勘《かん》ちがいがあったからだよ」

「そうだとしてもあの人たちのせいだよ！　ちゃんと世話ができないんだったら、あの人たちには娘《むすめ》を手もとにおいておく資格《しかく》なんかない、って思ったんだ！」だが、ミセス・リトルの怒《いか》りはあっという間《ま》にひいていった。ミセス・リトルはどさりと椅子《いす》に腰《こし》を下ろした。「わかってる、わかってるんだよ」そしてまた涙《なみだ》をぬぐった。「なんとかしてあの子を両親に返すべきだったんだよ。とくに、あの子がほんとうの苦しみの徴候《ちょうこう》を初めて見せたときに」

「ほんとうの苦しみ？」

「そう」ミセス・リトルは大きく息を吸《す》った。「けがが治《なお》ると、最初の何カ月かは、あの子をなだめて落ち着かせることができた。あの子はとても明るくって人なつっこい性格《せいかく》のようだったからね。あの子がひどく混乱《こんらん》していることはわかっていた。なにしろ、目も見えないし、自分の思っていることもはっきりと表現《ひょうげん》できないんだ。それでも、あたしはなんとかあの子を落ち着かせることができた。そのうち警察《けいさつ》が捜査《そうさ》してもなにもわからないということになって、ニュースでの報道《ほうどう》もついにとだえてしまった。だけど、そのころになってあの子がかんしゃくを起こしはじめたんだよ。夜《よ》どおし泣いて、どうしても泣きやまない。悲鳴はあげなかった。もし悲鳴をあげていたら、ついには外からだれかが聞きつけて、だれかがあたしといっしょにここにいると思ったかもしれない。あの悲鳴はあんたがあの子にピアノを弾《ひ》いてくれた、あのあとから始まったんだ。だけどかんしゃくだけでもじゅうぶんにひどかったよ。あたしはなんとかあの子をなだめる方法をさがしたけど、うまくいかなかった。そして次の年には事態《じたい》はさらに悪くなった。それから最近になって、あの男の人がピアノの調律《ちょうりつ》にやってきたんだよ」

ルークは大きなグランドピアノのほうを見た。表面に温かく日が当たっていた。ミセス・リトルはもう一度大きく息を吸《す》った。「これも、この前話した中でほんとうのことだよ。ピアノがバーリーにあたえた影響《えいきょう》のことさ。あんたも自分の目で見ただろ。その日まで、あたしもピアノの影響がどれほど強力なものか気がつかなかったんだ。調律師《ちょうりつし》が来るまで、あの子はピアノの音は聞いたことがなかったからね。あの子の変わりようは忘《わす》れられないよ。調律を終えてピアノを弾《ひ》きはじめたとたん、あの子は凍《こお》りついたように動かなくなった。口をぽかんと開けてね。まるで別人になったみたいだったよ。あの子のそんな姿《すがた》はそれまで見たことがなかった。だけどその反動もあった。調律師が帰ったあと、あの子は自分で音楽をもう一度再現《さいげん》しようとでもするように、ピアノの鍵盤《けんばん》をたたきはじめたんだよ。もちろん、そんなことはできなかったけれどね。で、ますますいらしていったんだよ」

ルークはずっとピアノを見つづけていた。ミセス・リトルの秘密《ひみつ》が明らかになるにつれて、ついにあの女の子にまつわる謎《なぞ》もはっきりとしてきた。この件《けん》に関しての自分の役割《やくわり》も、そう、はっきりとわかってきた。「ということは、おれは道具でしかなかったんだ」ルークは苦々しい思いを隠《かく》そうともしなかった。「バーリーのためにピアノを弾いて気をしずめることができればだれでもよかったんだ。あんたがもうしばらくあの子をここに閉《と》じこめていられれば」

沈黙《ちんもく》が流れた。やがてミセス・リトルが口を開いた。「バーリーのためだけにピアノを弾いてもらいたかったわけじゃない」

「どういう意味だよ？」

ミセス・リトルはまた間《ま》を置いてからいった。「あたしのためにも弾《ひ》いてほしかったんだよ」

ふたりの目が合った。ミセス・リトルの目の中にはルークの怒《いか》りをしずめるなにかがあった。ミセス・リトルは苦労して立ちあがると、窓《まど》のそばの戸棚《とだな》まで足をひきずっていってぼろぼろの楽譜《がくふ》らしきものをひっぱりだし、それを持ってピアノのところまでもどってきた。「自分は弾けないのに、どうしてあたしがこの家にピアノを置いているか、不思議《ふしぎ》だと思ったことはないのかい？」

「前に一度きいたら、あんたはすごく怒《おこ》っておれには関係のないことだといったじゃないか」

ミセス・リトルは無視《むし》して話をつづけた。「あたしは一曲も弾けはしないけれど、戦争が終わってからずっとピアノを持っているんだ。どこに住んでいても、ピアノはずっと持っていた。いつもこれみたいにいいピアノをね。調律《ちょうりつ》もいつもきちんとしてもらってた。敬意《けいい》を表《ひょう》してね」

「敬意？」

「ビルにだよ」ミセス・リトルは楽譜を譜面台《ふめんだい》に置いた。「あの人はピアノがじょうずだった。あんたとはくらべものにもならないけど、でもじょうずだったんだよ。あの人は何時間もあたしにピアノを弾いてくれた。あたしはそばにすわって、ただ耳を傾《かたむ》けてうっとりしていたもんだよ。あの人が弾いたような曲はそれまで聞いたことがなかった。その中でもあたしがとくに気に入っている曲があったんだ。もう六十年も聞いてないけどね」ミセス・リトルは突然《とつぜん》ルークのほうを向いた。

「それを弾いてくれるかい？」

「なんの曲？」

「ここに来て見ておくれ」

ルークは立ちあがってピアノのところまで行った。そして譜面台《ふめんだい》にある楽譜《がくふ》を見た。スクリャービンのエチュード、作品二‐一。「この曲は知らないな」楽譜に目を走らせながらいった。

「美しい曲だよ」ミセス・リトルは興奮《こうふん》して一瞬《いっしゅん》少女のような声を出した。「それにスクリャービンはこの曲を書いたときあんたくらいの年齢《ねんれい》だったんだよ。知ってたかい？　ビルが教えてくれた。想像《そうぞう》してごらんよ——こんなすばらしい曲をそんなに若《わか》いときに作るなんて」ミセス・リトルは突然《とつぜん》、それまでになく愛情《あいじょう》を感じさせるまなざしでルークを見た。「それに、あんたがその曲を弾《ひ》くのはいかにもふさわしいよ。すばらしい才能《さいのう》を持つ若者が、同じようにすばらしい若者の作品を演奏《えんそう》するんだから」

ルークは顔をそむけた。きまりが悪くてなんと答えていいのかわからなかったのだ。

「じゃあ、あたしのために弾いてくれるかい？」

「おれに弾いてほしいというのならね」

ミセス・リトルはピアノのわきに寄《よ》ってルークに場所をあけた。ルークはすわりかけた。が、そこで止まった。あるものが目に入ったのだ。それまで忘《わす》れていたが、いいようもなくルークの心を突《つ》き動かしたあるものが。ルークの目の前、ピアノのほこりの上にまだくっきりと残っていたのは、バーリーが指で描《か》いた星形だった。それをじっと見つめていると、強い感情がこみあげてきた。一瞬、自分の横に立って弾くのを待っているのは、ミセス・リトルではなくてバーリーのような気がしてきた。ルークは目を閉《と》じ、まぶたの裏《うら》の暗闇《くらやみ》をじっと見つめた。金と青を背景《はいけい》にしたあの小さな白い星をさがして。あった。星はいままで以上に明るく輝《かがや》いていた。自分が死に向かって突き進んでいたときに、包みこんでくれたのはこの星の光なのだろうか？　バーリーもあの子だけの内なる世界でこれを見たのだろうか？

ミセス・リトルの声が聞こえてきた。「だいじょうぶかい？　目をずっと閉《と》じているけど」

ルークはふたたび目を開けた。そしてふと気づくと壁《かべ》に飾《かざ》ってある色とりどりの星の絵を見つめていた。ルークはふりかえってミセス・リトルのほうを見た。「うん、だいじょうぶだよ」それから目の前に置いてある楽譜《がくふ》をしばらく見て、思わずいった。「この曲をあんたのために弾《ひ》くよ。心をこめて。でもここでじゃない」

「じゃあ、どこでだい？」

「今夜村の公民館で行なわれるコンサートでだよ」

「あたしはコンサートには行かないよ」

「来ればいいじゃないか」ルークは熱心にミセス・リトルのほうを見た。「楽しいよ。この曲をそこであんたのために弾くよ。約束する」

ミセス・リトルの顔に失望の色が見えたが、必死で話をつづけた。

「あそこであんたのために弾きたいんだよ。コンサートの場で」

失望の色が怒《いか》りに変わった。「なんでも勝手にするがいいさ。あたしは行かないから」とミセス・リトルはどなった。

「お願いだから来てよ」

「なんで行かなくちゃいけないんだい？　村の人はみんな、あたしに来てほしくないと思っているのに」

「おれは来てほしいと思ってる。おれたち、友だちだろ。あんたがさっき自分でそういったじゃないか」

「警察《けいさつ》向きにいったんだよ。あんたにうるさくかまわないように。それからあたしにも」

「それでも来てほしいよ」

「いや、行かない」ミセス・リトルは大声でいった。いまでは怒《いか》りでものすごい顔になっていた。

「あんたはなにも考えてないんだろ？　コンサートに来いだなんて、まるでなんでもない簡単《かんたん》なことのようにいって。あたしがどうして外に出るのが嫌《きら》いなのか、一度だって考えてみたことがあるのかい？」ミセス・リトルは声を低めたが、まるで声なき悲鳴のように聞こえた。「あんたに、あたしみたいに醜《みにく》い者の気持ちがわかるかい？　もちろんわからないだろうよ。わかるわけがない。あんたは若《わか》い。顔もいい。世界はあんたの思うままだ。友だちを作るのにも、恋人《こいびと》を見つけるのにも苦労することはないだろう。顔をそむけられたり、嫌悪《けんお》もあらわに見られたりするのがどんなものか、あんたはわかってないんだ。悪口をいわれたり、ばかにされたりするってのがどんなものか。無視《むし》されるというのがどんなものか。見ただけでうつる病気かなにかのように避《さ》けられるってことが」

「ビルはあんたのことを病気だなんて見ていなかっただろ」

「ビルは特別だったんだよ！」ミセス・リトルは叫《さけ》んだ。「そういっただろ！　ビルはちがうって！　ビルのような人は他にはいなかったし、これからもぜったいにいない！」ミセス・リトルは顔をしかめて言葉を切り、それから低い、怒《いか》りのこもった声でつぶやくようにいった。「あたしがなんでバーリーをかわいがっていたと思ってるんだい？　あの子はあたしを見ることができないからなんだよ。あの子はほんとうに……人を信じきっていて、かわいらしくて……それに楽しそうだった。あの子はあたしがどんなに醜《みにく》いかぜんぜん知らなかった。もし知ってたら、あの子があたしを寄《よ》せつけたと思うかい？」ミセス・リトルは鼻を鳴らした。「あの子だって他の子どもたちと同じような反応《はんのう》をしただろうよ。一キロも走って逃《に》げて、あたしにふれられまいとしたはずだ」ミセス・リトルは譜面台《ふめんだい》から楽譜《がくふ》を取り去った。「ここでこの曲を弾《ひ》かないのなら、どこでも弾いてほしくない。もう帰っておくれ！」

ルークはふるえていた。自分は状況《じょうきょう》を大きく読みあやまっていた。「あの……ごめんなさい」ルークは口ごもりながらいった。「おれはただ……あんたが外に出る……きっかけになればと思って。こ、こんなに、あんたを怒《おこ》らせるつもりなんかなかったんだ。いまからその曲を弾くから」

「帰って！」

「お願い、ほんとうに――」

「出ていっておくれ！　あんたの顔なんか見たくない！」ミセス・リトルは顔をそむけた。口がゆがみ、目は暗くゆるぎなかった。ルークはなんとか償《つぐな》える方法はないかと必死になって考えていた。「ミセス・リトル？」そう声をかけたが、ミセス・リトルは口をきかず、ルークのほうを見ようともしなかった。もう一度やってみた。「ほんとうにごめんなさい」やはり返事はなかった。ルークはしばらく考えていたが、ふたたびいった。「ミセス・リトル？……やっぱりこの曲を今夜のコンサートで弾《ひ》くよ。家にスクリャービンのエチュードは全部楽譜《がくふ》があるから。父さんがいっぱい買ったんだ。だから……」言葉がとぎれた。「午後じゅう練習して、今夜のコンサートで弾くよ。あんたが来ても来なくても。でも……ほんとうにあんたに来てほしいと思ってるんだ」

「行かないよ」顔をそむけたまま、ミセス・リトルはつぶやくようにいった。

「それから……あの……」

「出ていって」

「それから、ほんとうにごめんなさい。あんなことといってしまって。悪かったよ。それから……あんたが、おれにここに来てピアノを弾いてほしいと思ったときには……あんたの好きなどんな曲でも……喜んで弾かせてもらうよ」

ミセス・リトルは泣きだしそうな声でふたたびいった。「出ていって」

ルークは自責《じせき》の念でいっぱいで、自分に対して腹《はら》が立った。善意《ぜんい》からとはいえ、ミセス・リトルをコンサートにひっぱりだそうとするなんて、ばかなことをしてしまった。ミセス・リトルが同意するはずなどないではないか。これで完全にミセス・リトルと仲たがいしてしまった。こんなことにはなりたくなかったのに。ミセス・リトルとの関係がどんなにおかしなものであったとしても、そしてミセス・リトルのバーリーに対する行動をいまも認《みと》めることはできないにしても、ルークはこの女性《じょせい》とのあいだに妙《みょう》な絆《きずな》を感じはじめていたのだ。守ってやらねばという思いさえ抱《いだ》いていた。ミセス・リトルに好かれているわけでもないのに、どうしてこんなふうに感じるのかルークにもわからなかった。ひょっとしたら、ミセス・リトルの以前の人生を垣間見《かいまみ》てしまったからかもしれない。あるいはミセス・リトルがバーリーに話しかける声のやさしさのせいなのかも。ルークにはおそらくけっしてわからないだろう。ミセス・リトルはもう一度自分の人生にカーテンを引いてしまった。それをふたたび開けることはないのではないか、とルークは思った。

ルークは心に決めた。なにがあろうと今夜のコンサートでスクリャービンのエチュードを弾《ひ》こう、そして明日〈お屋敷《やしき》〉に行ってもう一度ミセス・リトルにあやまり、最初に頼《たの》まれたように、あのピアノであの曲をミセス・リトルのために弾かせてもらおう、と。ルークはその日の午後を練習してすごした。母さんはロジャーのところに行っていて、家には自分ひとりなのがうれしかった。そのことをいまではこんなに気持ちよく感じることができるのが不思議《ふしぎ》だった。母さんはルークのそばにいて、だいじょうぶなことをたしかめたいといっていたのだが、ルークのほうが出かけるようにと言い張《は》ったのだった。自分はだいじょうぶだし、練習するのにひとりになりたいから、といって。後半はほんとうだった。だが前半は嘘《うそ》だった。ルークはぜんぜんだいじょうぶなんかではなかったのだ。なぜだかわからないが、またぴりぴりしていた。こんなに心が乱《みだ》れているのは、ミセス・リトルとのあいだであんなことがあったからだろう。あるいは例の事件《じけん》のショックが遅《おく》れていまごろやってきたのかもしれない。だが、もっと深いなにかがある、とルークは感じていた。そしてピアノを弾けば弾くほど、この気持ちはどんどん強くなっていった。まるでルークの内側のなにかが口を開き、長いあいだ隠《かく》されていた彼《かれ》の一部がさらされているような感じだった。

ルークはピアノを弾きつづけ、曲の中にのめりこもうとした。少なくともスクリャービンのエチュードは美しい曲だった。それまで聞いたことはなかったが、いま知ることができてうれしかった。この曲には、せつないほどになにかをこいねがうようなところがあった。とくに出だしのフレーズのところに。ルークは何度も何度も弾《ひ》いた。毎回弾き方を変えて弾いたが、弾くたびにいっそうこの曲が好きになっていった。そして弾きながら、ビルがこの同じ曲を弾いているのに耳を傾《かたむ》けるミセス・リトルの姿《すがた》を思い描《えが》いた。おそらくミセス・リトルはピアノを弾くビルの横に立っていたのだろう。それともひじかけ椅子《いす》にすわっていたのか。ひょっとしたら床《ゆか》に寝《ね》そべって聞いていたのかもしれない。ルークはパブの外で撮《と》られた写真で見た若《わか》い夫婦《ふうふ》を思い描こうとした。若く幸せな女性《じょせい》と、若く幸せな男性。やがてその映像《えいぞう》は色あせて消えていき、すべてを失い暗い表情《ひょうじょう》をした、年老《としお》いた女性の顔が見えてきた。

曲の終わりかけで、ルークは突然《とつぜん》弾くのをやめた。先ほどの自分の行動にまた腹《はら》が立ってきたのだ。気持ちは依然《いぜん》としてぴりぴりしていた。それに暑かった。ルークは窓《まど》のほうを見た。窓は閉《し》まっていて、午後の太陽が窓の敷居《しきい》のところを照らしていた。そのむこうではフジの葉っぱが風にそよいでいる。ルークは立ちあがると、歩いていって窓を開けた。そして、その場に立って、餌台《えさだい》にいるコマドリをしばらく見ていた。やがて、なぜかあの曲に呼《よ》びもどされたような気がして、ルークはピアノのほうにもどり、エチュードを最後まで弾きおえた。そして静けさの中でそのまますわっていた。どうしてこんなに落ち着かないんだろう？　わけがわからなかった。幸せな気持ちになっていいはずなのに。すべてがいい結果に終わったのだから。あんなことがあったあとだから、まだ多少体力は弱っているし、痛《いた》みもあるし、疲《つか》れてもいる。でも深刻《しんこく》な被害《ひがい》はなにもなかった。スキンとダズとスピードにもう悩《なや》まされることはないし、母さんとも仲なおりできたし、ロジャーともうまくいくようになった。それにバーリーは無事《ぶじ》だったし。

バーリー。

行方《ゆくえ》不明になって、見つかった少女。あの子はいまどこにいるのだろう。なにをし、なにを考え、どんな気持ちでいるのだろうか。はっきりしない記憶《きおく》と実年齢《じつねんれい》より低い知能《ちのう》で、見えない世界をどういうふうにとらえているのだろう。ルークは、森の中を運んでいったときのバーリーの顔を思い浮《う》かべた。あの子はぼくの腕《うで》の中で妖精《ようせい》のようだった。ぼくのことを、まるで父親か母親かあるいは兄のように信頼《しんらい》しきっていた。ルークは目を閉《と》じて自分自身の暗く混乱《こんらん》した世界に見入《みい》った。するとと不思議《ふしぎ》なことに、一瞬《いっしゅん》自分も目が見えないような気になった。そうなのかもしれない、とルークは思った。ぼくもある意味では目が見えないのかもしれない。目が見えなくて混乱していて、自分がどこから来たのかはっきり覚えておらず、自分の人生がいったいどうなっているのかもよくわかっていないんだ。そしてたぶん、バーリーのように、いつかだれかが助けにきてくれて、途中《とちゅう》まで運んでいってくれると、信じて希望を持っていなければならないのだ。

「いまどこにいるんだ、バーリー？」ルークはつぶやいた。「そして、なにをやっているんだい？ぼくのこと、覚えてる？」そして『甘《あま》い夢《ゆめ》』を弾《ひ》きはじめた。「この曲を覚えていたように？」ルークは、記憶の中のバーリーの顔を見ながら弾きつづけた。そのとき、近くで音が聞こえた。ルークはピアノを弾くのをやめて、耳を澄《す》ました。しばらく沈黙《ちんもく》が流れたが、それからまた聞こえた。弦《げん》がささやくようなあまりにかすかな音だったので、聞こえたこと自体が驚《おどろ》きだった。もっとはっきりと聞こうと、ルークは耳を傾《かたむ》けた。やがて突然《とつぜん》、ルークはその音がどこから聞こえてくるかに気づき、窓《まど》のほうを向いた。

あのハープだった。だれも弾《ひ》いたことのないあのかわいそうな古い楽器だ。そのハープをそよ風が弾いていたのだ。ルークがさっき開けたばかりの窓から入ってくる風が、見えない手でハープの弦《げん》をつまびいている。そのつぶやきのような音がルークのほうに流れてきた。とても軽やかな音で、ルークをやさしく愛撫《あいぶ》しているようだった。窓のところにハープではなくバーリーがいるような気がして、ルークは窓のほうを見た。「じゃあ、音楽でぼくに話しかけて。そうしたらぼくも同じようにするから」そういって、ルークは『甘《あま》い夢《ゆめ》』を最後まで弾いた。そのあとにつづく静けさの中で、ハープがまだポロンポロンと鳴るのが聞こえていた。やがて、風が止まり、その音もやんだ。ルークはピアノの前にすわりふたたび静けさの中で耳を澄《す》ました。「行方《ゆくえ》不明になって見つかったんだよ、バーリー」ルークはつぶやくようにいった。「きみもぼくもふたりとも」そして譜面台《ふめんだい》にある楽譜《がくふ》にもう一度目をやった。

スクリャービンのエチュード、作品二‐一。この曲を自分と同じくらいの年齢《ねんれい》の少年が作曲したかと思うと不思議《ふしぎ》な気がした。ルークはその楽譜をしばらくじっと見て、もうずっと昔に死んだロシア人の若者《わかもの》が、この音符《おんぷ》をひとつひとつ書いていったところを想像《そうぞう》しようとした。するといつのまにか自分がまたピアノを弾いているのに気づいて、驚《おどろ》いた。この曲ではなく、『甘い夢』でもなく、他の人が作曲したどんな曲でもなく、それは前にルークのところにやってきた未完《みかん》の曲だった。ルークがいつも父さんの曲と思っていたあの曲だ。芳香《ほうこう》のように忍《しの》び寄《よ》ってきたその音楽を、ルークはひたすらピアノの上に移《うつ》していった。弾《ひ》きながら、いつものように途中《とちゅう》で突然《とつぜん》止まってしまったら、今度はどうなるのだろうと考えていた。いつもなら単純にまた初めからもう一度くりかえすだけだった。だが今回は、その瞬間《しゅんかん》が近づくにつれて、まだ先へつづくとルークは感じた。次々と出てくる音符《おんぷ》にしたがいながらも、ルークにはこの曲がどうなっていくのかわからなかった。だが、形になっていないメロディが果物《くだもの》のように自分からぶらさがっているのはわかった。その果物が突然落ちた。古いメロディが流れ出て、新しいメロディが流れこんできた。最初はためらいがちに、それからどんどん力強く、そして最後には止まることのない音の川となって。ルークはこの曲が自分をどこに連れていくのかも、それがなにを意味するのかもわからないままに、どんどん弾いていった。そうしていると、自分からなにか古いものが流れ出て、同時になにかおだやかなもので満たされていくような気がした。ルークはこの曲に支配《しはい》され、なにもわからなくなるまで弾きつづけた。

32

公民館はコンサート開始時間の二十分前には満席になっていた。あとは遅《おく》れてきた客用にハーディング先生が後ろのほうに用意した折りたたみ式の椅子《いす》があるだけだった。まったくの音痴《おんち》で有名なミス・グラッブまでが来ていた。ハーディング先生の弟子《でし》たちの発表会であるこのコンサートは、何年も前から村の生活の一部になっていたので、みんなこれを聞きのがしたくないと思っているようだった。ルークは片側《かたがわ》をミランダに、反対側を母さんとロジャーにはさまれて最前列の席にすわり、しょっちゅうふりかえってはだれが来ているかを見ていた。

演奏者《えんそうしゃ》の大部分を占める子どもたちが、両親とともに前の四列にすわっていて、あたりは興奮《こうふん》したざわめきや、弦《げん》をはじく音、楽器を調整する音などでにぎやかだった。青いスーツにピンクの蝶《ちょう》ネクタイというとんでもなく派手《はで》なかっこうをしたハーディング先生が、わきの通路を気持ちよさそうに歩きながら、そこにいる人たちみんなとおしゃべりしていた。先生は肩《かた》の力をぬいて楽しそうで、自分の最後のコンサートをすばらしいものにしようと心に決めているのがはっきり見て取れた。

　ミセス・リトルの姿《すがた》は見えなかった。

　来るとは思っていなかったが、それでもルークは何度もふりかえって見た。あまりにしょっちゅうなので、とうとう母さんとミランダから、どうしてそんなに後ろばかり見ているのときかれたほどだった。ルークは肩をすくめただけで答えなかったが、それでもひそかに後ろを見つづけていた。大昔ばかばかしいことはルークにもわかっていた。あの人はこんな大勢《おおぜい》が集まる場所には来ない。大昔にビルが弾《ひ》いてくれた曲という魅力《みりょく》を持ってしてもじゅうぶんではないのだ。いまごろ、あの人はきっと自宅《じたく》にいる。自宅でハーディング先生のように村から出ていく準備《じゅんび》をしているのだ。ハーディング先生はノリッジに行き、ミセス・リトルはインドにもどる。ふたりとも移動《いどう》していくのだ。

　ある意味、自分もそうだ、とルークは感じた。ふたりのようにここから出ていくのではない。それどころか自分がいまいたいと思う場所は、ここ以外にはどこにもなかった。だが、それでも移動していくのだ。自分が出ていくのは場所ではなくて、いまの自分にはもはやふさわしくない心のありようからではあるけれど。それでも、これだけいろんなことがうまくいったというのに、ルークはまだ心がぴりぴりしていた。

　そして驚《おどろ》いてもいた。みんな自分に対してすごく親切だったのだ。ルークは冷たくされるものとばかり思っていた。少なくとも村人の一部からは。自分がスキンたちとつるんでいたころの行動を快《こころよ》く思っていなかった人たちだ。ところがそんな態度《たいど》を示《しめ》す人はだれもいなかった。ミス・グラッブまでもが、具合《ぐあい》はどうだと声をかけてくれた。ルークの身に起こったことは明らかに村じゅうに知れわたっていて、いつのまにかルークは親切と気づかいの的《まと》になっていた。それから好奇心《こうきしん》の的にも。とくにミランダはそうだった。

「ねえ、教えてよ」ミランダはまた、プログラムの最後の演目《えんもく》を読みあげた。「〝ルーク・スタントン　自由曲〟――で、なにを弾《ひ》くつもりなの？」

ミランダはおもしろそうにルークを見つめていた。このようにせまってみてもまともな返事がもらえるとは思っていないようだ。

「まあ、待ってればわかるさ」

「もう、教えてよ」

「教えない」

「だれにもいわないから」

「そりゃあだれにもいわないだろうよ。だってなんなのか知らないんだから」

「あたしたち、友だちだと思っていたのに」

「ぼくもそう思っていたよ」

ミランダは母さんのほうを向いた。「おばさん、ルークはなにを弾くんですか？」

「知らないのよ。わたしにも教えてくれないの」そういって母さんはルークのほうを横目で見た。

「あまりに長すぎるものでなければいいんだけど。今夜は子どもたちが大勢《おおぜい》いるから、あまりに長いと退屈《たいくつ》するわ」

「ベートーヴェンの『ハンマークラヴィーア・ソナタ』はどうだい？」ロジャーが口をはさんだ。

「あれはたった一時間しかかからないから。ルークが速く演奏すれば、みんな真夜中までには家に帰れるよ」

「そういう話はもうたくさんだよ」ルークはいった。

ハーディング先生がステージに上っていった。しゃべり声が消え、期待に満ちた沈黙《ちんもく》が広がった。ルークは最後にもう一度後ろをふりかえったが、ミセス・リトルの姿《すがた》はなかった。ルークは顔をしかめた。こんなふうに後ろばっかり見るなんてばかみたいだ。もうやらない。ルークは自分が演奏《えんそう》する曲だけに心を向けようとした。ハーディング先生がせきばらいをした。

「こんばんは、みなさん。場内が暑すぎなければいいんですが。今夜はちょっと息苦しいようなので後ろのドアを開けっぱなしにしておきましょう。そうすれば、音楽を聞きたくないと思って広場にいる人たちも、そうはいかないでしょうからな」

聴衆《ちょうしゅう》から抑《おさ》えた笑いが起こった。

「それにすごく大きな音で演奏すれば、〈トビー・ジャグ〉にいる連中まで引き寄《よ》せることができるかもしれません。わたしは何年もこれを試みているんですがね」

また聴衆から抑えた笑いが起こった。ハーディング先生はミランダやルークの数列後ろにすわっているデイヴィス夫妻《ふさい》にウィンクをしてから、話をつづけた。

「とにかく、今回はわたしの最後のコンサートなので――それを思うみなさんのすすり泣きが聞こえますな。それとも、会場じゅうから聞こえてくるのは安堵《あんど》のため息でしょうか？――すばらしいものになるように願っております。きっとそうなるはずです。ここにいるすばらしい演奏者たちは、みんなとても一生けんめい練習を重ねてきました。わたしは彼《かれ》らのことをじつに誇《ほこ》りに思っています。だが、みなさんはわたしの長話を聞きにいらしたんじゃない。さあ、音楽を始めましょう。今夜の第一曲目を演奏《えんそう》するのはナオミとジェネル。曲目は『羊は安らかに草を食《は》み』です」

大きな拍手《はくしゅ》の中、ふたりの小さい女の子がリコーダーを手にして緊張《きんちょう》しながら進み出ると、ステージへの階段《かいだん》を上がっていって、コンサートが始まった。ルークはステージを見つめ、耳を傾《かたむ》け、リラックスしようとした。が、どうしてもできなかった。自分の演奏のことを考えて緊張しているというだけではなかった。それ以上のなにかがあった。なにかに呼《よ》ばれているような、落ち着かなさがまたもどってきた。それがなんなのかルークにはわからなかった。ひとり、またひとりと演奏者がステージに上り、各自の演目《えんもく》を演奏した。ジェラルディン、ベン、スージー、サリー、ゾーイ、ジョン、アンドリュー、シーアーン、サラ、ピーター、とプログラムは進行していった。そして曲の合間《あいま》に、もうしないと決めたにもかかわらず、ルークはまた会場の後ろをふりかえっていた。

だがミセス・リトルはいなかった。

夜がふけていき、ルークがミランダと演奏する番が近づいてきた。その後ルークはステージに残り、独奏《どくそう》することになっている。それが今夜の最後のイベントだった。ルークはとなりでミランダがそわそわしているのに気づいて、ミランダの目を見た。ミランダは青い顔をして緊張していた。こわがっているといってもいいくらいだ。ミランダが突然《とつぜん》体を傾けてルークの耳もとでささやいた。

「あなたに恥《はじ》をかかせるようなことはしないから、ルーク。約束する」

「わかってるよ」

「すごく……緊張《きんちょう》しているの」

「だいじょうぶだよ。とにかくせいいっぱいやれば」

ミランダは唇《くちびる》をぎゅっと引き結び、ジョージとジョーがギターを演奏《えんそう》しているステージをじっと見つめた。ルークは手をのばしてミランダの手をぎゅっとにぎってから離《はな》した。ミランダはふりかえって、ルークにほほえみかけた。やがてまた拍手《はくしゅ》がわき起こった。ステージの上の少年ふたりはおじぎをし、ハイタッチを交わしてから、自分たちの席にもどった。ミランダはフルートを手にしてルークのほうを向いた。「オーケー。いよいよだわ」

ミランダが先になってステージに上った。ルークはピアノのほうに歩いていって腰《こし》をかけると、ミランダがこっちを向いて合図をするのを待った。自分の右手にいる聴衆《ちょうしゅう》がひとつのかたまりのように感じられた。ふたりが始めるのを待つあいだ、あっちへこっちへと落ち着かなく動いている。ルークは大きく深呼吸《しんこきゅう》をした。みんなもぞもぞ動くのをやめてくれればいいのに、と思ったが、子どもたち、とくに演奏をした子どもたちはみんな興奮《こうふん》でじっとしていられない様子だった。ルークは自分が注目されていることも感じていた。

ミランダがルークのほうを向いた。その顔に心配そうな表情《ひょうじょう》が浮《う》かんでいた。ルークはだいじょうぶだとはげまそうとして、ほほえみかけた。ミランダがとにかく早く始めて早く終わってしまいたいと思っているのは明らかだった。あせって速く演奏しすぎて、曲を台なしにしてしまうのではないかとルークは心配になってきた。

だが、そんな心配は無用だとすぐにわかった。聴衆が静まり、ミランダが演奏しはじめたとたんものにもなったが、意外なことにそれを実感するのはルークのほうだった。『精霊《せいれい》の踊り《おど》』はまさに題名どおりにものになった。音符《おんぷ》が空中に放たれていくにつれて、ルークはまるで自分があの光と音の魔法《まほう》の世界で実感した踊る精霊がいまここによみがえり、いつまでもふたりを囲んで動きまわっているように感じた。ミランダは演奏《えんそう》をつづけた。前に演奏したときと同じように、いやそれよりずっとじょうずに演奏していた。最後に静けさが訪《おとず》れたとき、いままでこれほど豊《ゆた》かな音楽は聞いたことがないとルークは思った。拍手《はくしゅ》がわき起こった。あまりの感動に、ルーク自身も思わずピアノの前で立ちあがり、拍手をしていた。ミランダに拍手を送り、口笛を吹《ふ》き、笑いかけ、また口笛を吹いた。笑いかえしたミランダの頰《ほお》は幸せに紅潮《こうちょう》していた。ルークはミランダといっしょにステージの中央に立ち、ふたりそろっておじぎをした。割《わ》れんばかりの拍手が鳴り響《ひび》いた。

「ありがとう、ルーク!」まっすぐに背《せ》をのばしたとき、ミランダがいった。「ありがとう、ありがとう、ありがとう!」

ミランダはルークににっこりほほえみ、それからステージから下りて自分の席にもどった。拍手が鳴りやんだ。ルークはゆっくりとピアノのほうにもどり、すわると目の前に楽譜《がくふ》を広げた。自分のまわりでふたたび沈黙《ちんもく》が深まっていき、みんなの目が自分に注がれているのに気づいて、心を落ち着かせようとした。わくわくするような期待に満ちた雰囲気《ふんいき》が子どもたちにまで影響《えいきょう》したのか、いまでは小さな子も静かにしていた。期待が大きいことはルークにもわかっていた。この演目《えんもく》は本日の目玉だったのだ。それでも、目の前の楽譜を見ていると、ルークにはあの若《わか》い女性《じょせい》のことしか考えられなかった。地味で、魅力《みりょく》のない若い女性。そしてその女性を愛し、亡《な》くなった若《わか》い男性《だんせい》のことしか。

ルークは聴《ちょう》衆《しゅう》のほうを向くと口を開いた。「この曲はスクリャービンが作ったものです。エチュード、作品二十一。この曲を……」ルークは下を向き、それから自分を見つめるたくさんの顔に向かってまた顔を上げた。「この曲をぼくの友だちに捧《ささ》げます。その友だちと……その人のご主人に。それでは」ルークは両手をピアノのほうにのばした。早くしゃべるのを終えて、ミランダのようにできるだけ早く音楽に没頭《ぼっとう》したかった。だが、指が鍵盤《けんばん》にふれる前に、会場の後ろで動きがあったのに気づいた。ルークは手を止めて、そっちを見た。つられて聴衆もふりかえった。

戸口にミセス・リトルが姿《すがた》を現《あら》わしたのだ。タイミングがあまりに完璧《かんぺき》だったので、ミセス・リトルはしばらく公民館の外に立っていたにちがいないとルークは思った。開いているドアから流れてくる音楽を聞きながら、中にいる人たちからは見られないところにいたのだろう。ミセス・リトルはおどおどと、きまり悪そうで、こわがっているようにさえ見えた。みんなの目がいっせいに自分に向けられたので、背《せ》を向けて逃《に》げ帰ろうとしているように思えた。だがハーディング先生が顔に笑《え》みを浮《う》かべて歩み寄《よ》り、後ろに並《なら》べてある折りたたみ椅子《いす》のほうに身ぶりで案内した。静まりかえった中を、ミセス・リトルは折りたたみ椅子のほうに歩いていき、腰《こし》を下ろした。みんなの好《こう》奇《き》の目にさらされて、まだ緊張《きんちょう》し、不安を感じているのがはっきりわかった。そのとき、ミセス・リトルの目とルークの目が合った。

ルークはとっさにほほえんだ。ミセス・リトルに歓迎《かんげい》の気持ちを伝えるために、なにかしたくてたまらなかったのだ。ルークはミセス・リトルがこわがっていること、安心を求めていることを体で感じとった。スクリャービンのエチュードの最初の音を早く出して、とミセス・リトルが全身でいっているような気がした。ミセス・リトルがこのような場所に出てくるのにどれほどの勇気がいったかをルークは想像《そうぞう》しようとしたが、とても無理だった。だが、ミセス・リトルを助けるために自分にできることがひとつだけあった。ルークはピアノを弾《ひ》きはじめた。と、たちまちすべてが変わった。公民館が――母さん、ロジャー、ミランダ、ハーディング先生、ミス・グラッブや大勢《おおぜい》の子どもたちとその親たちがいる公民館が、からっぽになったように思えた。先ほどまで人々と精霊《せいれい》にさえ囲まれていると感じていた場所が、いまでは突然《とつぜん》、後ろにすわっているおびえた老婦人《ろうふじん》と自分だけを残して、みな消え去ったかのように感じられた。

ルークは目を楽譜《がくふ》と鍵盤《けんばん》とピアノのつややかな木製《もくせい》の表面に向けつづけた。いや、ミセス・リトル以外ならなんでもよかったのだ。だが心はミセス・リトルのほうを向いていた。ミセス・リトルが緊張《きんちょう》してすわり、こちらを見つめながら耳を傾《かたむ》けているのが感じられた。ミセス・リトルは泣いてもいた。最初の音が流れたときから泣きだしていた。ルークはそれを感じ取ることができた。まるでその涙《なみだ》が自分自身の涙であるかのように。ルークは夢《ゆめ》の中にいるような気持ちで弾きつづけた。そのうち曲がルークの体の中からあふれ出て、だれか他の人が弾いているような気がしはじめた。

最後の音が鳴りやみ、ついにルークが顔を上げると、ミセス・リトルがすわって、自分を見つめているのが見えた。顔には静かな笑《え》みが浮《う》かんでいた。そばにはミセス・リトルを見守るように若《わか》い飛行機乗りが立ち、手を彼女《かのじょ》の肩《かた》に置いていた。

拍手《はくしゅ》の音があまりに大きかったのでルークはびっくりした。自分がいま見たものと、反応《はんのう》の大きさにかすかにふるえながら、ルークは立ちあがり、ステージの中央まで出ていった。ミランダと母さんとロジャーが立ちあがって拍手《はくしゅ》していた。他の人たちもみんな立ちあがって拍手していた。ミセス・リトルのほうをちらりと見ると、やはり拍手をしていた。顔にはまだおだやかな笑《え》みが浮かんでいたが、その心は内側のもっとずっと深いところに向いていることがルークにはわかった。若《わか》い飛行機乗りの姿《すがた》は見えなくなっていたが、まだミセス・リトルのわきにいるのがわかった。

拍手の音はどんどん大きくなっていった。ルークは聴《ちょう》衆《しゅう》におじぎをし、ステージから下りて席にもどろうとした。いままでは全員が立っていて、「アンコール」と叫《さけ》ぶ声が公民館じゅうに響《ひび》きわたっていた。ハーディング先生が前に進み出てルークの腕《うで》を取り、それから聴衆を見わたして静かにするように身ぶりで示《しめ》した。しばらくはだれもそれに気づかなかったようで、拍手と叫び声がつづいた。が、やがて徐々《じょじょ》に熱狂《ねっきょう》はおさまっていった。まだルークの腕を取ったまま、ハーディング先生が全員に話しかけた。

「さて、みなさん、すばらしい夜をすごしていただけたでしょうか。いまはきっとそれぞれのおうちに帰りたくてたまらないところでしょう。それでは――」

抗議《こうぎ》の叫びがわき起こった。もっとも、みんなハーディング先生独自《どくじ》のユーモアのセンスには慣《な》れていたので、悪意はこもっていなかった。騒《さわ》ぎが静まるのを待ってから、先生はわざと驚《おどろ》いたような表情《ひょうじょう》を浮かべた。「失礼、他になにかありましたかな？」

「アンコール！」

「アンコール！」

「なんですか？　だれか『アンコール』とおっしゃいましたかな？」

「アンコールだよ、この意地悪じじい！」やはり立ちあがっていたビル・フォーリーが叫《さけ》んだ。

ハーディング先生はふたたび静かにと身ぶりで示《しめ》した。

「そうですか、いや、アンコールに演奏《えんそう》したいのはやまやまなんだが、準備《じゅんび》をしていなくて。だが……」ハーディング先生はルークのほうをふりかえった。「ルークにやってもらえるよう説得できれば……」

熱狂的《ねっきょうてき》な声がふたたび公民館じゅうにわき起こった。ルークがミランダのほうを見ると、こちらにほほえみかけていた。会場はまた静かになり、ようやくハーディング先生が話をつづけた。

「ルーク、ここでみんなの願いを聞き入れなかったら、わたしは八つ裂《ざ》きにされそうだよ。まあ、ここにいるかなりの人間が、そんな光景を見たいと思っていることもたしかなようだが。どうだね、友だちを助けると思って、戸棚《とだな》をさがしてなにか別の曲の楽譜《がくふ》を持ってきてくれんかね？」

聴衆《ちょうしゅう》から叫び声がまたまたわき起こった。

「やれ、やれ、ルーク！」

「もう一曲！」

「もう一曲！」

ルークはもう一度ミランダの目を見、それから母さんを見、またハーディング先生のほうに視線《しせん》をもどして、うなずいた。叫び声が歓声《かんせい》に変わる中、ルークはステージにもどってピアノのほうに歩いていった。ハーディング先生はルークがすわるのを待ってから、聴衆のほうに向きなおり、ふたたび静かにするようにと示《しめ》した。

「それでは、みなさん。ルークのアンコールを今宵《こよい》最後の曲といたしましょう。きっとルークも休息を必要としているでしょうし、そうじゃなくてもわたしが必要としている。だが、幕《まく》を閉《と》じる前に、この最後のコンサートを運営《うんえい》する上でわたしを助けてくださった有志《ゆうし》の方々に――それぞれご自分でわかってらっしゃるはずだ――お礼をいわせていただきたい。それからもちろん、すばらしい演奏《えんそう》を聞かせてくれた出演者の諸君《しょくん》も、どうもありがとう。わたしがノリッジへ行ったら、みんな手紙をくださいよ。姉とふたりだけのさびしい暮《く》らしをすることになるんだから。姉はわたしよりもさらに高齢《こうれい》で、わたし以上《いじょう》に現実《げんじつ》からかけ離《はな》れてしまっているんでね。だから、どうか手紙を書いてください。全員にお返事を出すと約束します。そのうちEメールの使い方さえ勉強するかもしれません。いや、わかりませんぞ。不思議《ふしぎ》なことがいろいろ起こりますからな。では、もう一度――」

だが先生のあいさつはつかつかと前に進んできたビル・フォーリーの巨体《きょたい》に中断《ちゅうだん》された。「ふたつの理由により、あんたの話をさえぎらせてもらう」とビルはきびきびといった。「まず第一に、おれがここで中断しなかったら、あんたは今夜じゅう長々としゃべりつづけるつもりだろう。これ以上あんたがそこに立っている姿《すがた》を見るのは――とくにそのスーツでな――まともな人間には耐《た》えられんことだ。二番目に、われわれはルークの演奏をもう一度聞きたいんだ」

聴衆《ちょうしゅう》から賛成《さんせい》という声がわきあがった。

「それから三番目――」

「失礼」ハーディング先生が割《わ》って入った。「たしか理由はふたつしかなかったんでは？」

「そうかな、おれは三つだと思ったが」ビル・フォーリーはせきばらいをした。「三番目に、スージーがなにかいいたいそうだ」

五歳《さい》のスージーが、まだ片手《かたて》にリコーダーを持ったまま前に進み出た。もう一方の手にカードと薄《うす》い包みを持っている。ハーディング先生はまじめな表《ひょう》情《じょう》でかがみこみ、スージーが話すのを待った。

「今夜は……」スージーは唇《くちびる》を噛《か》み、床《ゆか》をきょろきょろ見た。「すてきなコンサートと……」ここでまた唇を噛み、あとは一気に早口でスピーチを終えた。「音楽をどうもありがと、これはプレゼントです」

そしてカードとプレゼントの包みをハーディング先生の手に押《お》しつけ、さっさと母親のもとへもどってしまった。ハーディング先生は笑《え》みを浮《う》かべて、体をまっすぐに起こした。「どうもありがとう、スージー。こんなことをしてもらって、どうしていいのかわからんよ」

「包みを開けるんだよ！」ビル・フォーリーがどなった。「それからそれを持ってさがってくれ。ルークの演奏《えんそう》が聞けるように！」

笑いの渦《うず》が巻《ま》き起こった。それからふたたび静かになり、ハーディング先生は封筒《ふうとう》を開けて、中を読んだ。先生は顔を上げてふたたび聴《ちょう》衆《しゅう》のほうを見た。「ありがとう。みなさん、ほんとうにありがとう。なんといっていいのかわからんよ」

「言葉が出てこないんだとよ！」ビル・フォーリーがいった。「こんなこと初めてだな！」さらに笑いが起こったあと、ハーディング先生が包みを開けているあいだまた静かになった。ビル・フォーリリーの声がまた響《ひび》きわたった。「先生になにをプレゼントしたかまだ知らない人のためにいうけど、これは先生がここ何年も手に入れるのを避《さ》けようとしてきたパソコンを買うための小切手だ。それからインターネットにつないでEメールアドレスをもらうのに必要なソフトのCDも入っている」ビル・フォーリリーはハーディング先生のほうを向いた。「だから、どうぞ行ってくれ——おれたちから逃《のが》れられるほどノリリッジは遠くないぞ」

さらに歓声《かんせい》があがり、そして笑い声と拍手《はくしゅ》がわき起こった。ハーディング先生は騒《さわ》ぎがしずまるのを待ってからいった。「ありがとう。みなさんどうもありがとう」それからもう一度ステージのほうに向きなおった。「ルーク、わたしたちが家に帰れるように、最後にもう一曲弾《ひ》いておくれ」

説明もなにもなしにルークは弾きはじめた。おしゃべりの進行中に、あれだけ膨大《ぼうだい》な音楽の知識《ちしき》のあるハーディング先生ですら一度も聞いたことのない曲で、自分に弾ける曲のことをルークはずっと考えていた。当然結論《けつろん》はあの曲だった。自宅《じたく》の音楽室でルークの体からあふれ出てきたあの曲の他になにがあるだろうか？ 父さんが先ほどメロディを完成させてくれた、だれも、ハーディング先生でさえ知っているはずのないあの曲。今回は、弾いている最中になんの映像《えいぞう》も浮《う》かんでこなかった。音符《おんぷ》が指先から踊《おど》り出るにつれて、ハーディング先生が以前話していた金属盤《きんぞくばん》の上を動く砂《すな》のパターンのように、音楽のねじれた輪郭《りんかく》が見えるだけだった。ルークは弾きつづけた。いまや公民館も村も、いや、国も世界も飛び出し、星々と、音と影《かげ》、そして美がはちきれんばかりの天空で弾いていた。

曲が終わり、静けさがその場に広がった。そしてその静けさはいつまでもつづいた。

その静けさを破《やぶ》るものはだれもいなかった。だれも動かなかった。荒《あら》い息をし、顔や手から汗《あせ》を流しながらルークは椅子《いす》にすわりなおした。それから体の向きを変え、まるで初めて見るというふうにそこに居並《いなら》ぶ大勢《おおぜい》の聴衆《ちょうしゅう》の顔をながめた。聴衆もだまったまま、畏怖《いふ》の念に打たれたようにルークを見かえした。この呪縛《じゅばく》のような沈黙《ちんもく》を破ったのはスージーだった。母親に大きな声でささやいたので、後ろのほうにすわっていたミス・グラッブにまで聞こえたにちがいない。

「なんでみんなさっきみたいに拍手《はくしゅ》をしないの？」

この瞬間《しゅんかん》、みんなが拍手をしだした。最初ゆっくりと始まった拍手は、どんどん速くなっていった。ルークがステージの前に出てきたころには、みんな立って歓声《かんせい》をあげていた。それまで以上にぎごちなく、気詰《きづ》まりな思いでルークはおじぎをし、それからステージを下りた。そのとたんに、まわりを取り囲まれてしまった。それも子どもたちだけではなかった。みんながルークにふれたがっているようだった。キスされ、抱《だ》きしめられ、握手《あくしゅ》ぜめにあい、背中《せなか》をたたかれた。シーアーンとゾーイはサインをほしがった。ビル・フォーリーには、思っていたようなばかじゃなかったみたいだな、といわれた。ミセス・スピードウェルまでが近寄《ちかよ》ってきておめでとうといい、ルークがお礼をいう間《ま》もなく急いで去っていった。母さんとロジャーとミランダは、人ごみが散っていくのを待ってわきにひかえていた。やがて徐々《じょじょ》に人垣《ひとがき》がまばらになっていって、ルークがほっとしたころに、母さんたちが進み出てきた。デイヴィス夫妻《ふさい》とハーディング先生もやってきた。

だがひとりだけ離《はな》れている人がいた。ルークは他の人が自分を取り囲んでほめてくれているあいだも、その女性《じょせい》を待っていた。その女性は公民館を出ていきはしなかったが、立ってドアのほうを見ていた。だれかあっちに行って話しかけてくれればいいのに、とルークは思ったが、だれもそんなことはしなかった。ルークはミセス・リトルと目を合わせようとした。行っちゃいけない。このまま帰ってしまってはいけない。もしそうするのなら、走って追いかけようと思っていた。

「すごく思わせぶりだったわね、ルーク」ミランダがいっていた。「あの曲をだれに捧《ささ》げるかを話したときのことよ」

ルークは身を固くした。ミセス・リトルがこっちを向いて目を合わせたのだ。手招《てまね》きしたかったが、それはできないとわかっていた。そんなことをしたら、侮辱《ぶじょく》と思われるだろう。だが、なんとかしたかった。

「ルーク？」とミランダ。

ルークはちらりとミランダを見たが、ふたたび目をミセス・リトルにもどし、懇願《こんがん》するように見つめた。

「ルーク？」母さんがいった。

ルークはふりかえって母さんを見た。

「ルーク？　ミランダがあのスクリャービンのエチュードをだれに捧げたのかってきいてるわよ」

「あの曲、気に入ったよ」とロジャーがいった。「すごく美しい。初めて聞いたけど」

「だけど、いったいだれに捧げたの？」ミランダがきいた。「ご主人のいるお友だち、ってだれのことなの？」

「わたしのことです」後ろから声がした。

ルークがびっくりしてふりかえると、そこにミセス・リトルが立っていた。他のみんなもふりかえって見つめた。ミセス・リトルは警戒《けいかい》するようにみんなの顔を順に見ていった。

「ミセス・リトル」母さんはそういって前に進み出ると、手を差し出した。「ごめんなさい。いままで一度もお話ししたこと、ありませんでしたわね？」

「ないと思います」母さんの手を取り、握手《あくしゅ》しながらミセス・リトルがいった。「でも、ルークのことをご存《ぞん》じなんですね。それも……かなりよく知ってらっしゃるみたいですね。わたしたちときたら、まるで……つまり、ルークとわたしがいかにおたがい……」母さんはルークのほうを向いた。

「つい最近のことなんですよ」ミセス・リトルに会ったことも話してくれなかったじゃないの」

視線《しせん》をもどした。「ジェイソン・スキナーたちがいつもうちのまわりをうろついていましてね。家に押《お》し入《い》ることでも計画していたんでしょう。で、ルークも巻《ま》きこみたがっているようでしたが、ルークはけっしてそれに乗りませんでした。それどころかわたしたちは友だちになったんです。学校をずる休みした日、ルークはうちに来ていたんです。うちには弾《ひ》き手《て》のないピアノがありましてね、わたしはルークに戦争で亡《な》くなった夫《おっと》のことを話したんですよ。夫はビギン・ヒルの航空兵《こうくうへい》でした。ビーチー岬沖《みさきおき》で撃墜《げきつい》されましてね。その夫が、よくわたしにピアノを弾いてくれていたんです。とくにあのスクリャービンのエチュードをね。それでルークはうちに来てピアノを弾くために学校をさぼってくれたんですよ。それがわたしにとってどれほどうれしかったか、とても言葉では言い表わせません」

「ぼくもだよ」と口早にルークはいい、ふたりはもう一度目を合わせた。

「それに、思うんですけど」と、ミセス・リトルはまだルークの顔を見たままいった。「あの少年たちがルークにあんなことをやったのは、うちに押《お》し入《い》るのにルークが協力しないので腹《はら》を立てたからじゃないでしょうか」

ルークがミセス・リトルの顔をのぞきこむと、そこにはかすかな笑《え》みが浮《う》かんでいた。目の端《はし》のほうで、ルークはハーディング先生が見つめているのをとらえた。先生が口を開いた。「で、最後の曲のことだがな、ルーク。あの曲は知らない気がするんだが。だれの曲かな?」

ルークはふりかえってハーディング先生の顔を見た。ちらりと見ただけで、先生はもう答えを知っていることがわかった。が、とにかく質問《しつもん》に答えた。「スタントンの曲です、先生」

「そうじゃないかと思ったよ」

「スタントン? マシュー、それともルーク?」ロジャーがきいた。

「両方だよ」ルークはそういったが、ハーディング先生は首を振《ふ》った。

「そうは思わんな」先生はちらりとロジャーのほうを見た。「わたしが思うに、あれはルークが作ったマシューに捧《ささ》げる曲だろう。そうじゃないかね、ルーク?」ルークは笑みを浮かべた。ハーディング先生は手をのばしてルークの腕《うで》を軽くたたいた。「あの曲はじつにすばらしいよ」

他の人たちからも大きな賛同《さんどう》の声が聞こえた。

「ありがとう」ルークがいった。

「で、これからもあのようなすばらしい曲が生まれると期待していいのかな？」とハーディング先生。

ルークの頭の中ではすでに次の曲が奏《かな》でられていた。「見ていてください」ルークはいった。

「そうするよ」ハーディング先生はそういってから、ため息をついた。「いやね、ノーフォーク州《しゅう》の片《かた》すみに隠居《いんきょ》しようというのは、ちと早計《そうけい》だったかなと思いはじめているんだよ。とくに、スタントン二世がのびのびと活躍《かつやく》しはじめたとなってはな。ああ、そうだった……」先生はミセス・リトルのほうに向きなおった。「いまごろになってではありますが、こうしてお目にかかれてほんとうによかった。どうしていままでお会いするチャンスがなかったんでしょうな。おそらくわたしのせいでしょう——個人的《こじんてき》なこまごまとしたことにかまけておったもんだから。とにかく、わたしがノリッジに出発する前にお近づきになりたいですな。もし、そちらがよければ、ということですが。無理強《むりじ》いはしたくありませんからな。だが、いろいろとおしゃべりできたら、楽しいでしょうな」

「わたしはあと数カ月したらインドにもどります。家はすでに売りに出しました」ここまでいって、ミセス・リトルはまたルークを見、それからハーディング先生のほうに向きなおった。「でも、それはすばらしいお話ですね。いつでもうちにいらしてください」ミセス・リトルはその場の全員を見まわしていった。「それからみなさんも。来ていただければうれしいですわ」

「わたしたちもですわ」母さんがいった。「ルークがまたあなたのためにピアノを弾《ひ》いてもいいですしね。きっと弾いてくれると思いますよ」

「ルークはいまでは演奏《えんそう》する時間はあまりないよ。次のすばらしい作品を作曲するのにいそがしくて」ハーディング先生はルークにウィンクをし、それから体を近づけていった。「本気でいっとるんだよ」

「わかってます」とルーク。

みんなでドアのほうへ向かった。ハーディング先生はミセス・リトルと話しこんでいた。「わたしも戦争中ビギン・ヒルからそう遠くないところにいたんですよ。ご主人とちがって、勇敢《ゆうかん》なことはなにもしませんでしたがね。わたしは……」ふたりは何年来《なんねんらい》の知りあいのように話しつづけていた。ルークは後ろにさがって、自分の身に起こったことに筋道《すじみち》をつけて考えようとした。とりわけ、あの自分の心に襲《おそ》いかかってきた不思議《ふしぎ》な感覚を理解《りかい》しようとした。ルークは幸せだった。それはわかっていた。だが、それでも自分の中のなにかに悩《なや》まされつづけていた。あの、落ち着かずぴりぴりした不思議な感覚はあいかわらずまだあった。そしてまた、だれかに呼《よ》ばれているような気がしてきた。抗《こう》しがたいほど強力ななにかに。ミランダがだまって横を歩いていた。そこにいてくれることがうれしかった。

他の人たちはルークよりも先にドアのところに着き、夜のとばりが下りた外に出た。そしてそこでしばらくみんながそろうまで待っていた。公民館ではミセス・フォーリーや手伝いの人たちが、もういそがしそうに椅子《いす》を片《かた》づけたり、掃除《そうじ》を始めたりしていた。ルークとミランダも外で待っていた人たちに合流した。

「星が出ているよ」空を見あげてハーディング先生がいった。

「きれいだこと。それに満月だわ」と母さんがいった。

「ミセス・リトルとわたしは、わが家でお茶を飲むことになったんだが、みなさんも来ませんか？大歓迎《だいかんげい》ですよ」

「それはご親切に。でも……」といってから母さんはロジャーをちらりと見た。「少し遅《おそ》すぎるんじゃないかしら」ロジャーは母さんにほほえみかけ、それからハーディング先生のほうを向いた。

「でも、お誘《さそ》いありがとうございます、ハーディング先生」とロジャーがいった。

「わたしたちもお邪魔《じゃま》したいんだけど、〈トビー・ジャグ〉にもどらないと」とミスター・デイヴィスがいった。「フィリップにバーを頼《たの》んできたんだが、混《こ》む時間はひとりでは自信がないようなのでね」

「よくわかりますよ」ハーディング先生はみんなに笑顔《えがお》を見せ、蝶《ちょう》ネクタイを直した。それからミセス・リトルのほうをふりかえった。「どうやらわたしたちだけのようですな」

「そのようですね」

おやすみ、と笑みを浮《う》かべて、ふたりはハーディング先生の家のほうへと歩いていった。母さんがルークのほうを向いたが、ルークが先に口を開いた。「母さん？　まだ家に帰る気になれないんだ」

「いいわよ」

「ぼく、ちょっと――」

「ひとりでいたいのね」母さんはほほえんだ。「いいのよ。わかっているから。その気になったら帰ってらっしゃい。その楽譜《がくふ》、持って帰ってあげましょうか？」

「ありがとう」ルークはスクリャービンの楽譜《がくふ》を母さんにわたした。「あの……」ルークはミランダをちらりと見て、質問《しつもん》をちゃんと言葉にしようとした。だが、ルークが口を開くより前に、ミセス・デイヴィスがそれに答えた。

「ミランダもまだだいじょうぶよ。この子は演奏《えんそう》を終えて凧《たこ》みたいに高く舞《ま》いあがった気分になっているの」ミセス・デイヴィスは前かがみになって娘《むすめ》にキスをした。「そうでしょ、ミランダ？」

ミランダは母親にほほえみかえした。

「じゃあ、あとでね」ミセス・デイヴィスがそういい、他の人たちもルークとミランダをその場に残して帰っていった。みんなが道を曲がって姿《すがた》を消すのを待ってから、ルークはミランダのほうに向きなおり、顔を見た。

「どうしたの、ルーク？　なんだかへんよ。なにかまずいことでもあるの？」

「なんだか自分でもわからないんだよ」ルークは顔をしかめた。「まずいかどうかはわからない。反対かもしれないんだ。なにか、すごくいいことなのかもしれない。ただ、ぼくにはわからないんだよ。ごめん、わけのわからないことをいって」ルークはしばらく考えていた。「ミランダ？」

「なあに？」

「ぼく、ちょっと行きたいところがあるんだ。すごく大切なところなんだよ。いっしょに来てくれる？」

ミランダはすぐにうなずいた。

33

森は静まりかえっていた。木々の葉をそよがせる風もない。フクロウも鳴いていない。どこかを走りまわる小さな足音や、翼《つばさ》をばたばたさせる音で静けさを乱《みだ》すものもいない。まるですべてがふたりのまわりで眠《ねむ》っているようだった。ふたりは木々の中をだまったまま歩いていった。その足どりもふたりの思いと同じようにおだやかだった。頭上に大きく屋根のように広がる、じっと動かない木々の枝《えだ》ごしに、夜空が見えた。星が多いために乳白《にゅうはく》色《しょく》になっている。ふたりは歩きつづけた。ぴったりと寄《よ》り添《そ》いながら、この森のように押《お》しだまったまま。歩きながら、ルークはまたバーリーのことを考えていた。ついこのあいだ、バーリーを抱《かか》えてこの道を来たことを。

あの子はいまどこにいるのだろう。まちがいなく眠っているはずだ。いや、そうであってほしい、とルークは思った。このところバーリーはあまり眠れていなかった。だが、おそらくいまはまた幸せになっているだろう。ルークのように。それでも、この気持ち――そわそわしたような、ぴりぴりしたような――のために、ルークはまだ落ち着かなかった。ミランダがすぐそばに寄り添っていてくれてほっとした。ふたりは月に照らされた空き地をいくつか通りぬけた。ふたりともまだそれぞれの思いにとらわれてだまったままだった。やがてついに、あの傷《きず》ついた木が待っているあの空き地の近くまでやってきた。ルークは突然《とつぜん》立ち止まった。

「待って」

ミランダも立ち止まって、ルークの顔を見た。「どうしたの？」

ルークは空き地のほうをじっと見つめた。あのオークの木の根もとあたりで、なにかが動くのがたしかに見えたのだ。だが、こんな時間にこんなところにだれがいるというのだろうか？

「ルーク？　だいじょうぶ？」とミランダがいった。

木のそばでまた動くものが見えた。今度ははっきりと人影《ひとかげ》とわかるものが木の幹《みき》のそばに見えた。あそこにだれかがいるのだ。まちがいない、とルークは思った。それとも、あれは……？　ルークはふたたび見た。あれは夜の魔法《まほう》にすぎないのだろうか？　ミランダにはなにも見えていないようだ。もどったほうがいいのだろうか、とルークは考えた。

「ルーク？」ミランダが近寄《ちかよ》ってきた。顔に恐怖《きょうふ》が浮《う》かんでいた。「なんかへんよ」

「いや、そんなことはない」ルークはあわてていった。「なにもへんじゃないよ。だいじょうぶだ。ただ――ねえ、ちょっとだけここで待っていてくれる？」

「あの木がどうなったのか見にいきたいんじゃないの？」

「そうなんだけど――」

「少しのあいだ、ひとりでいたいのね。木とふたりっきりになりたいんだ。いいわよ。その気持ち、わかるから」

ルークは感謝《かんしゃ》しながらミランダを見た。ミランダは完全にまちがっていた。ルークはいまこの瞬《しゅん》間《かん》、世界のだれよりもミランダにいっしょにいてほしかったのだ。だが、少なくともその誤《ご》解《かい》のおかげで、自分があの木のあたりを調べにいくあいだ、ミランダに害のおよばない安全なところにいてもらう理由はできたわけだ。とにかくあの木を調べなければならなかった。なにが、あるいはだれがそこにいようとも。

「そう長くはかからないから」とルークはいった。

「いいわ。ここで待ってるから」

「だいじょうぶ？」

「もちろんよ」ミランダはルークの腕《うで》にふれた。「ほんの五十メートルくらいしか離《はな》れてないじゃないの。心配しないで」

「すぐにもどってくるよ」

「心配するのはやめて、ルーク。だいじょうぶよ。気持ちはわかるから」

「じゃあ、ちょっと行ってくる」ルークはそういうと、木々のあいだをぬけて空き地のほうに向かった。目はあの古いオークの木に釘《くぎ》づけになっていた。不思議《ふしぎ》な人影《ひとかげ》が木の根もと近くに立っている。いまははっきりと見えた。黒っぽい人影がルークに背《せ》を向け、まるで傷《きず》の具合《ぐあい》を調べているかのように、顔を木の皮に近づけている。ルークは空き地の端《はし》で足を止めて見つめた。人影はまだこちらを向かず、木をじっと見つめつづけている。この人はだれなのだろう？　敵《てき》である場合にそなえて距離《きょり》を保《たも》ったまま、ルークは声をかけてみようかと思った。だが、見守っているうちに、この人は敵《てき》ではないという気がしてきた。それどころか、この見知らぬ人の黒い姿《すがた》をじっと見ているうちに、あの、せつなくていてもたってもいられないような気持ち、恐怖《きょうふ》、ぴりぴりした感じは、なぜか自分をこの場所に、この瞬間《しゅんかん》に連れてくるためのものだったということがわかってきた。ルークはゆっくりと歩いていった。空き地を横切り、あの木のほうへ。近づいていくと、人影《ひとかげ》は物音を聞いたのか、ふりかえった。ふと気づくと、ルークは月の光に照らされた父さんの顔をまじまじと見ていた。

父さんをこんなにはっきりと、近くで、見慣《みな》れた姿のままで見て、ルークはいままで父さんと離《はな》れていたことなんてなかったような気がした。まるでふたりで夜の散歩に出て、この場所までやってきたような感じだった。昔ふたりで、お気に入りの木を見によく来ていたときのように。ルークはふるえながらじっと見ていた。父さんも見つめかえした。父さんの目は温かく、きらきらとして生気《せいき》に満ち、唇《くちびる》にはなにかいいたげな笑《え》みが浮《う》かんでいた。ルークは、一歩、さらに一歩と、ふたりの顔がくっつきそうになるまで前に進んだ。それでも父さんの目は静かにルークを見つめ、口もとには笑みが浮かんでいた。

「だいじょうぶだよ」ルークはつぶやくようにいった。「ぼくはだいじょうぶだから」その瞬間、ルークの前にあった顔と体が徐々《じょじょ》に消えはじめた。ルークはまだふるえながら、しだいに消えていく父さんの顔をじっと見ていた。顔が消え去ってしまい、そのあとに木が割《わ》りこんできても、まだ父さんの目が自分を見ていて、唇には笑みが浮かんでいるのをルークは感じていた。やがてすべては消えてしまった。ルークは一瞬《いっしゅん》静けさと安らぎと美しさを感じ、それからショックと信じられない思い、そしてパニックに襲《おそ》われた。絶望《ぜつぼう》のうめき声をもらして、ルークはもうそこにはない姿《すがた》をつかもうと手をのばした。気がつくと、木を抱《だ》いていた。後ろでルークを呼《よ》ぶ声が聞こえた。ルークはふりかえった。頰《ほお》を涙《なみだ》が流れていた。見るとミランダがそこに立っていた。父さんの顔を照らしていたように、月の光が明るくミランダの顔を照らしていた。

「ルーク」ミランダはやさしくいい、両腕《りょううで》を開いて差しのべた。

ルークはミランダに駆《か》け寄《よ》り、引き寄せた。ふたりはしっかりと抱きあった。ミランダは暖《あたた》かく、愛に満ちていた。ミランダはルークの背中《せなか》を、うなじを、髪《かみ》をなでた。「だいじょうぶよ」ミランダはささやいた。「もうだいじょうぶ、だいじょうぶだから」ルークは泣いていた。あまりに激《はげ》しく泣いたために、自分がばらばらになってしまうのではないかと思うほどだった。そのあいだずっとミランダはルークを抱き、なで、ささやきつづけた。やがてミランダはルークにキスをした。首に、頰に、唇《くちびる》に、そっとやさしく。ルークもキスを返した。キスをしては泣き、泣き、心臓《しんぞう》がドラムのように激しく打っていた。やがてふたりはキスをやめてただ抱きあった。ルークはまだ泣いていた。いまは声は上げずに。ミランダの頰も涙でぬれているのを感じたが、それが自分のものなのかミランダのものなのかはわからなかった。ルークは顔をミランダの首にうずめ、ミランダの輝《かがや》くような美しさにうっとりとしながらさらに強く引き寄せた。ミランダもルークも荒《あら》い息をしていた。森の静けさの中でふたりの息づかいだけが聞こえていた。ルークの後ろでオークの木がまっすぐにそびえ、傷《きず》ついた手のようにその枝《えだ》をふたりの上にのばしていた。

「ぼくから離《はな》れていかないで」ルークがつぶやいた。

「離れない」ミランダはルークを強く抱《だ》きしめた。「ルークもあたしから離れていかないで」

ルークはさらにミランダを引き寄《よ》せた。そのとたんに体をこわばらせた。暗闇《くらやみ》の中に忍《しの》びこむ木霊《こだま》のように、またいろんな音が聞こえてきたのだ。森の音、ミランダと自分がここに立っている音、バーリー、ミセス・リトル、母さん、ロジャー、それから自分がいままでに知っているすべての人の音、父さんの音、目には見えないけれど、いまもまわりで踊《おど》っているのが感じられる精霊《せいれい》たちの音、いままでに聞いた音楽の音と、まだ出てきてはいないけれど自分の中の深いところでどんどんふくれあがってくる音楽の音、そして、これらの音すべての底から、そしてまわりから、フルートの歌やハープの歌、鐘《かね》の歌、そしていまではすっかりおなじみのあの深く、ブーンというなりといっしょくたになった、創造《そうぞう》のメロディも聞こえてきた。ハーディング先生のいったとおりだ。これらの音は自分を傷《きず》つけるためではなく、なぐさめるために鳴っているのだ。ルークはミランダにしがみつき、目を閉《と》じてまぶたの裏《うら》の暗闇の中に広がる金色と青を見た。やがてあの白い星がハスの花のように開いた。そして天空の歌が自分のまわりで、中で、あらゆるところで聞こえはじめた。

ミランダの唇《くちびる》を頰《ほお》に感じて、ルークは顔をそちらに向け、またミランダの唇を求めた。ふたりはそっとキスをし、それからまだ抱きあったまま、体を少し離して額《ひたい》と額をくっつけあった。「まだ泣いてるのね」とミランダがいい、手をのばしてルークの顔をなでた。「だいじょうぶよ。だいじょうぶだから」

「わかってる」

ミランダはルークの顔をなでつづけ、それから突然《とつぜん》動きを止めてため息をついた。

「どうしたの？」ルークがいった。

「この木がかわいそうだわ」

「木のことは心配しないで」ルークはミランダの髪《かみ》を手ですいた。「木もだいじょうぶだよ」

「ロジャーが、この木は死んでしまうって」

「死なないよ」

「なんでわかるの？」

ルークはふたたび物音に耳を澄《す》ました。すると腕《うで》に抱《だ》いたもうひとりの少女の姿《すがた》が浮《う》かびあがってきた。空気のように軽いあの少女の姿が。同時にあの少女の言葉もよみがえってきた。

「木が歌ってる」ルークはつぶやいた。

「えっ？」

「木が歌ってる」ルークはミランダの目を見つめた。「歌ってるんだよ。また目を覚ましたんだ。傷《きず》つけられたけど、立ちなおろうとしているんだよ」

「なんでわかるの？」

「ぼくには聞こえるんだよ」

「あたしには聞こえないけど」

「低いつぶやきのような音だよ」

ミランダは、コンサートのときに見せたのと同じ静かな笑《え》みをたたえてルークを見つめていた。ミセス・リトルが浮《う》かべていたのと同じ、ついさっき父さんが浮かべていたのとも同じ静かな笑みだ。そして、父さんはどこにいるにしても、きっといまも同じ笑みを浮かべているだろう。静かな、やさしい笑み。ふと気づくとルークも同じようにミランダにほほえみかえしていた。ミランダはルークを引き寄《よ》せて、もう一度キスをした。それからひと言もしゃべらずに、ふたりは手を取りあい、ひとつの影《かげ》となって、暗さを増《ま》していく森の中をもどっていった。

暗闇《くらやみ》の中で星をさがして――訳者《やくしゃ》あとがきにかえて

イングランドの南西部デヴォン州《しゅう》ののどかな村に住むティム・ボウラーの仕事部屋《べや》は、木々が茂《しげ》り花々が乱《みだ》れ咲《さ》く教会の庭を見おろすところにあり、その庭の向こうには緑したたる丘陵《きゅうりょう》地《ち》が広がっているそうです。彼《かれ》の作品はすべてここで、小鳥の歌を耳にしながら書かれたそうですが、本書『星の歌を聞きながら』（原題 ***Starseeker***）は、まさにボウラーが住んでいる場所を舞台《ぶたい》にしたのでは、と思われるような作品です。

物語の舞台はイギリスの片田舎《かたいなか》にある大きな森に隣接《りんせつ》した村。この森にある一本の大きな木が物語で重要な役をはたします。そしてある大きな音楽的テーマが物語全体を縦糸《たていと》のように貫《つらぬ》いています。物語は主人公ルークが不良《ふりょう》仲間に脅《おど》されながら、村はずれのミセス・リトルの〈お屋敷《やしき》〉にものとり目当てで忍《しの》びこむところから始まります。十四歳《さい》のルークはすばらしい音楽の才能《さいのう》を持ちながら、二年前に最愛の父を亡《な》くした悲しみから立ちなおることができず、村の不良の仲間に入ってしまったのでした。ルークは自分でもどうすることもできない混乱《こんらん》の中にいます。いまさら仲間からぬけるというとスキンたちになにをされるかわからない。大好きだった母からもこのことでしょっちゅう注意を受け、けんかばかりしている。それに母に最近恋人《こいびと》ができたことをどうしても認《みと》めることができない。それだけではなく、他の人には聞こえないいろんな音や音楽が絶えず聞こえてくることにも悩《なや》まされています。そんな状態《じょうたい》で〈お屋敷《やしき》〉に忍《しの》びこみ、そこでひとりの小さな少女と出会ったことから、ルークの運命は変わっていきます……。

ティム・ボウラーの他の作品の倍ほども長さがあるこの物語には、じつにたくさんのことが盛《も》りこまれています。ボウラーはこの作品のことを自身のホームページで「何層《そう》にも折り重なり、いくつものテーマを持った小説だ。これは希望と癒《いや》しと光についての、創造《そうぞう》の歌と音楽についての、そして悲しみを乗り越《こ》えふたたび愛を得ることについての物語である。また、ひとりの少年が大人へ、才能豊《さいのうゆた》かな、かつ心豊かな人間へと成長する物語であり、彼《かれ》の人生を永遠《えいえん》に変えてしまった、幼《おさな》い忘《わす》れがたい少女の物語でもある」と語っています。これだけたくさんのものを盛りこみ、読者をぐいぐいひっぱっていくストーリーをつむぎだしたボウラーの筆力《ひつりょく》には、あらためて敬意《けいい》を表《ひょう》したくなります。

ミセス・リトルと少女の不思議《ふしぎ》な暮《く》らし。少女とルークの気持ちの交流。一方でスキンたち不良《ふりょう》との関係が微妙《びみょう》にぎくしゃくしてくる緊迫感《きんぱくかん》。読者は最初からルークを取り巻《ま》く世界に強く引きつけられていきますが、やがて物語は予想もしなかった方向に進んでいきます。少女の正体がわかりかけてくるところでは、推理《すいり》小説を読んでいるようにハラハラドキドキし、スキンたちに追い詰《つ》められる場面ではまさに手に汗握《あせにぎ》る思いがします。それから最後のミセス・リトルとの和解や夜の森の感動のシーンにいたるまで、じつに息をつく間《ま》もありません。そして読みおえたあと、「ああ、いい本を読んだ」という深い充実感《じゅうじつかん》に満たされます。

ボウラーの作品には霊的《れいてき》なことや超常現象《ちょうじょうげんしょう》がよく現《あら》われますが、この作品ではとりわけそれが強く出ています。亡《な》くなった父親の気配《けはい》。オークの木の洞《ほら》から中に入りこんで木の中を突《つ》きぬけ、上空へ父親といっしょに飛んでいくというルークがよく見る白昼夢《はくちゅうむ》――これは一種の幽体離脱《ゆうたいりだつ》のようです。その白昼夢で追いかける天空に輝《かがや》く星。どこからともなくルークにだけ聞こえてくるさまざまな音や音楽。これらの不思議《ふしぎ》な要素《ようそ》もこの物語をいっそう魅力的《みりょくてき》にしています。

さまざまな音が聞こえるだけではなく、ルークには（そして亡くなった父親にも）ある音や音楽を聞くとそれ固有の色や形が見えます。これは超自然の現象ではなく共感覚《きょうかんかく》といわれるもので、「文字に色が見える、音に手ざわりを感じる、痛《いた》みから不思議な映像《えいぞう》が浮《う》かぶなど、五感のうち二つの感覚が同時に働く、奇妙《きみょう》な知覚様式」（パトリシア・リン・ダフィー著《ちょ》／早川書房刊《しょぼうかん》『ねこは青、子ねこは黄緑――共感覚者が自ら語る不思議な世界』より）です。こういう感覚を持った人は二千人にひとりとも、二万五千人にひとりともいわれています。本書でルークがその曲を演奏《えんそう》する作曲家スクリャービンも一説によると共感覚の持ち主《ぬし》だったといわれており、彼《かれ》は音とそれぞれ対応《たいおう》する色、においを交《まじ》えたコンサートを開いたりもしたそうです。

登場人物ひとりひとりの性格《せいかく》が丹念《たんねん》に描《えが》かれていることも、この物語の魅力《みりょく》を語る上で欠《か》かせません。それぞれの人物設定《せってい》がしっかりされているから、物語が生き生きと動きだすのでしょう。中でも同級生の少女ミランダが、けなげにやさしくルークを見守る様子には心を動かされます。

『星の歌を聞きながら』はティム・ボウラーの六作目の作品ですが、彼《かれ》はその後七作目の *Apocalypse*（黙示《もくし》）と、怪談《かいだん》シリーズの第一作 ***Blood on Snow***（雪にしたたる血）を書きあげています。*Apocalypse* はヨットで航海《こうかい》中に嵐《あらし》に襲《おそ》われ、漂着《ひょうちゃく》した離《はな》れ小島で、想像《そうぞう》を絶《ぜっ》する危険《きけん》な目にあう家族の物語だそうです。またどんなハラハラドキドキを味わわせてくれるのか、いまから読むのが楽しみです。ボウラーのことですから、スリリングなだけにとどまらず、心の深いところに響《ひび》いてくるような作品に仕上がっているにちがいありません。「書くことはわたしの人生そのものだ」といっているティム・ボウラー。今後もますますすばらしい作品を書きつづけてくれることでしょう。

最後になりましたが、本書の翻訳《ほんやく》にあたっては、前回の『川の少年』のときと同様、早川書房編集《しょぼうへんしゅう》部《ぶ》の大黒《だいこく》かおりさんにたいへんお世話になりました。それから今回もまた、伊勢《いせ》英子《ひでこ》さんにすばらしい表紙とさし絵を描《えが》いていただきました。心からお礼申しあげます。

二〇〇五年二月

早川書房の児童書〈ハリネズミの本箱〉
星《ほし》の歌《うた》を聞《き》きながら

二〇〇五年三月二十日　初版印刷
二〇〇五年三月三十一日　初版発行

著　者　ティム・ボウラー
訳　者　入江真佐子《いりえまさこ》
発行者　早川　浩
発行所　株式会社早川書房
東京都千代田区神田多町二ノ二
電話　〇三 - 三二五二 - 三一一一（大代表）
振替　〇〇一六〇 - 三 - 四七七九九
http://www.hayakawa-online.co.jp
印刷所　株式会社精興社
製本所　大口製本印刷株式会社

Printed and bound in Japan
ISBN4-15-250030-1　C8097